U0018278

人物的解剖

跟好萊塢編劇教父學習角色研究的技藝, 挖掘人物的四個自我
深究人性的課題, 建立渾然一體的人物角色宇宙

羅伯特・麥基 Robert McKee—著　　汪冠岐、黃政淵—譯

CHARACTER

The Art of Role and Cast Design for Page, Stage, and Screen

獻給米雅（Mia）
——我的妻子、我的生命。

目次

編輯室報告

　　本書原文書名「Character」，在中文裡本就有「小說、戲劇裡的人物、角色」之意，一般常混譯為「角色」、「人物」，討論影劇作品時則更常以「角色」稱之。本中文版最終定名為《人物的解剖》，全書中也以「人物」統一翻譯「character」的理由如下：

　　1. 作者在第六章〈角色 vs. 人物〉中清楚指出：「角色（role）不是人物（character）。角色只是承擔了故事的社會結構裡某個普遍、一般的身份，並執行這個身份的任務……」（詳見第六章）全書中，作者清楚劃分「character」與「role」的使用，中譯勢必也需有所區別，以免造成讀者混淆。

　　2. 作者解釋人性時，經常混用「character」和「human being」，也因為「character」幾乎和真人一樣，是有血有淚的完整個體，由此推想，「character」譯作「人物」會比「角色」更貼近此義。

　　綜合以上兩點考量，本中文版為忠實傳達作者的原意，文中所有「character」均視上下文需求，統一譯為「人物」、「故事人物」、「虛構人物」、「筆下人物」，只在作者為強調人物身份、功能而使用「role」時精準對應「角色」一詞，於翻譯上做出區隔，同時方便讀者清楚掌握作者本意。據此，中文書名也定名為《人物的解剖》。

故事人物（character）不是真實的人，就像米洛的維納斯像（Venus de Milo）[1]、〈惠斯勒的母親〉（Whistler's Mother）[2] 與〈甜美的喬治亞・布朗〉（Sweet Georgia Brown）[3] 都不是真實的女性。

　　故事人物是藝術品──是人性的象徵，具有情緒渲染力，飽含意義，令人難忘。故事人物誕生於作者的腦袋，安然棲身於故事的懷抱，注定永遠活在人心。

1　古希臘雕像，又稱「斷臂的維納斯」，是羅浮宮的鎮館之寶。
2　詹姆斯・惠斯勒（James McNeill Whistler，1834 － 1903）以母親為主題創作的油畫，正式的畫名為〈黑與灰的組合一號〉（Arrangement in Grey and Black No.1）。
3　傳唱多年的知名爵士樂曲。

前言

　　對大多數寫作者來說，過去的事都已過去，所以他們關注未來的潮流，希望能藉由順應當下，增加自己的節目被製作或作品被出版的機會。作者的確需要了解自身所處的時代，但文化、美學的流行來來去去的同時，人性沒有這樣的潮流更替。演化科學的研究一再顯示，人性長久以來沒有太大的變化。四萬年前的男男女女在洞穴牆上留下自己的手印，他們這樣的行為和我們現在做的事——自拍——其實沒什麼兩樣。

　　幾千年下來，藝術家和哲學家描繪與研究人性；但接著從十九世紀末葉起，科學聚焦在人性背後的心智運作。科學家發展出很多人類行為的理論，從精神分析（psychoanalysis）、行為主義（behaviorism）、演化論（evolutionism）到認知主義（cognitivism），五花八門。這些分析辨識、記錄了人性的諸多特徵與缺陷，這些見解也毫無疑問激發了作者對故事人物和卡司（cast）[4] 的想像力。不過，本書並不偏重任何一門心理學派，而是集結、融合多個學科領域的概念，以觸動可以啟發與引導作者創作的想像力、直覺力。

　　本書的主要目標有二：一，豐富你對故事人物的認識；二，強化你的創

4　「卡司」為英文直接音譯，意指在故事中扮演重要角色的一群人，本書採用此意，特此說明。（「卡司」一詞在中文裡尚有「影視作品的演員陣容」另一層意義）

作技巧。在你從主角開始，接著是第一、第二、第三層配角，最後來到最外圍那些沒有名字的路人，依序創作出一整組複雜、前所未見的故事人物時，本書能從這兩個層面幫助你。要達成這一點，需要重複的功夫。一章又一章，重複再重複，某些最重要、最根本的原則會在新的脈絡之下產生迴響和共鳴。我會不斷重申某些概念，因為每一次創作者從新的角度重新思考熟悉的事物，都可以深化他的理解與認識。

接下來的章節中，「對比」這個原則幾乎撐起所有人物設計的論述。我將對照好幾組相反的概念，比如故事人物對比真實人類、制度與機構對比個人、表象對比實質、外在生活對比內在心理等等。當然，你我都明白，在任兩個極端事物構成的光譜中，不同的可能性會重疊、混合。然而，要想清楚地、熟練地感知故事人物的複雜度，作者必須對於相互抵觸、似是而非的事物具備敏感度，擁有鑑賞矛盾事物的眼光。這樣的能力可以挖掘出創作的所有可能。本書就是在傳授這樣的技能。

照往例，我會拿當代得獎的電影與影集、小說和短篇故事、舞台劇及音樂劇舉例說明，包括喜劇與劇情片類型。除了當代的作品，我也會提到四千年來許多經典作品的作者——莎士比亞就是其中一位——創作的故事人物，當中有些作品你可能沒聽過或沒讀過，但希望你會把這些作品加入你的研讀清單中。

以不同時代創作出來的故事人物為例來說明，有兩個用意：首先，舉例是為了釐清想說的論點，而最清楚的例子通常剛好就是第一個出現的，不論那是多早以前。第二，我希望你對自己的專業感到驕傲，而當你創作時，便是在參與一個源遠流長、崇高、陳訴真相的傳統。過去作品裡精彩的故事人物可以替你未來的創作鋪路。

本書的結構如下：

第一部：人物頌（第一章至第三章），探討能夠啟發我們創造故事人物的元素，並闡述能讓你發揮天賦、創造出精彩人物的基本功。

第二部：打造故事人物（第四章至第十三章），深究如何創造前所未見的

故事人物，先從「由外（在）而內（在）」的創造人物方式談起，接著討論「由內到外」的形塑方式，隨後擴展到人物的對立面與衝突面如何展現出人物的面向與複雜度，最後討論到最極端的故事人物。就像英國作家毛姆（Somerset Maugham, 1874 − 1965）所說的：「唯一一個永遠寫不完的主題就是人性。」

第三部：人物的宇宙（第十四章至十六章），從類型、主題，以及讀者／觀眾與故事人物之間的關係切入，討論人物的呈現方式。

第四部：人物關係（第十七章），選出共五部作品，短篇小說、電影、戲劇和影集各一，分析這些作品裡卡司成員間的關係，來說明卡司設計的原則和技巧。

總之，我會一步步拆解故事人物的宇宙，從人物的宇宙到當中的星系，從星系到太陽系，從太陽系到行星，從行星到生態系，從生態系到生物體，一層層分析——這一切都是為了協助你在人性的神祕難解裡，發現創造性意義。

沒人能教你怎麼創作故事、故事人物或其他元素。你的創作過程是獨一無二的，我所傳授的一切都無法代替你創作。本書不是在告訴你創作故事人物的方法，而是告訴你故事人物的根本。我能做的只有提供你美學上的大原則，並以實例來輔助說明，不只拆解細部來看，也關注整體構成，以及細部與整體之間的關係。想參與這趟研究故事人物的旅程，你必須用上你的腦袋、品味，以及確實投入大把時間進行創作。我無法手把手地帶著你，但我能提供知識，讓你善用自身的才華。為了達到這樣的目的，我建議你慢慢閱讀本書，過程中時不時稍作停頓，消化、吸收所學，並思考該怎麼將你的收穫應用到自己的創作上。

本書致力於深化你對人物複雜性的洞察與認識，加強你對精彩人物特徵的鑑賞力，並且在你遇到靈感需要滋養的低潮期時，引導你創造出一整套卡司。

第一部
人物頌

　　故事裡的人物影響我們生命的方式，有別於現實生活中真實的人。我們受的教養、成長背景深深影響我們的舉止、作為，不過，一旦我們開始吸收各式各樣的故事，故事人物也成為同等重要的指引和模範——影響力遠比父母和社會願意承認的還要大。虛構的人物啟發我們，幫助我們更理解自己和身邊的人。

　　本書的前三章將深入探討人性的要素，以及說故事這門藝術的原則，兩者都是虛構寫作這項專業的基礎。第一章要檢視虛構與真實人物的差別，展開對上述主題的探究。

01

故事人物 vs. 真實的人

　　生活中的人類是持續變化的半成品；故事裡的人物是不再變化的完成品。真實的人以清楚的方式直接影響我們；故事人物悄悄潛入我們的想像力，含蓄地觸動我們。真實的人有實際的社交生活；故事人物活在作者創造的人物網絡裡。真實的人代表他們自己；故事人物象徵人類精神。

　　不過，一旦這些人物在書頁之間、舞台之上、銀幕之中搬演，這些象徵與隱喻就變得栩栩如生，獨一無二。巧妙的故事人物不像真實的人一樣性情晦澀難懂；和你實際認識的任何人相比，這些人物更清晰但同時更複雜，神祕迷人但同時更容易理解。此外，故事人物一旦在故事裡固定下來便停止變化：在故事過了高潮點之後就不再改變。

　　真實的人離開了現實意味著死亡；但故事人物離開了一個故事，卻能再進到另一個故事裡。例如，影集《絕命毒師》（Breaking Bad）裡的律師吉米・麥吉爾（Jimmy McGill）啟發了前傳影集《絕命律師》（Better Call Saul），毒販傑西・平克曼（Jesse Pinkman）也啟發了續集電影《續命之徒》（El Camino）。

　　故事人物和真實的人，兩者的分別顯而易見，只要比較一下演員和他們演出的角色就能明白。拿最優秀的演員來說，他們在實際生活中啟發我們的方式，和他們演出的人物影響觀眾的方式，幾乎大不相同。為什麼？因為我

們經歷的遠比我們展現的還要多，但故事人物將他們的體驗與經歷完全展現出來。故事人物走進故事裡時，他是一罐盛裝著過去的容器，也是一塊吸收未來的海綿；這號人物被寫下來、被演出來，是要完全展現他的核心本性，徹底讓觀眾了解、永遠被觀眾記得。因此，和創作這些人物時的種種人性面思考相比，精彩的故事人物會具備更豐富的面向，也更吸引人。

真實的人一天扎扎實實地存在二十四小時；故事人物僅活在舞台的幕起幕落、螢幕的淡入淡出、書本的首頁末頁之間。真實的人有一生要活，並且由死亡決定這段人生何時結束；故事人物是否完足、是否繼續登場，都由作者決定。故事人物的生命開始與結束，在讀者翻開或闔上書頁之時，或觀眾進入、離開戲院之際。[1]

如果故事人物有辦法來到我們的現實生活中，那麼他一定會走出故事，永不回頭，因為他會有其他更開心的事情能做，而不是在原本虛構的生命裡受苦。

人物與體悟

和我們周遭真實的人不同，故事人物在我們研究他們時，願意靜止不動，讓我們有所領悟。故事人物在我們面前搬演時，似乎有種靈感力會帶著我們穿透他的話語與行為，深入他未表明的想法與欲望之中，甚至更深入抵達終極潛文本（subtext）——潛意識——的暗流裡。相較之下，我們凝視自己時，潛意識始終頑固地隱而未顯。正因如此，我們的真實面貌永遠都帶著點神祕。就像蘇格蘭詩人羅伯特‧伯恩斯（Robert Burns, 1759－1796）如此描述我們遇到的困境：「噢，真希望有哪個神祇能讓我們可以從他人的角度看到我們自己。」我們時不時感到困惑，但故事裡的人物組合提供了某種團體治療。

故事人物為自身的未來奮鬥，聚焦於個人目標，他們的追求限縮了自身的感知。不過，當我們挑了一本書或買了張票，首先會向後靠，360度環視那個圍繞著故事人物的世界，接著會傾身向前，凝視人物的心靈深處。多虧了這些美學角度，我們更容易從故事人物身上、他們所處的環境中，產生更

犀利、深邃的理解與體悟，這是我們檢視自身和周遭環境時無法做到的。我經常希望，我對自己與對美國的理解程度，能夠企及我對沃特·懷特（Walter White）和《絕命毒師》的理解。

人物與極端

人性交織著諸多強烈的矛盾——良善與邪惡、慈愛與殘酷、慷慨與自私、睿智與愚蠢⋯⋯以及其他一連串無止盡的對立。不過，日常生活中，鮮少有人會深掘自身內心的矛盾，探索到極致。我們之中，有誰敢像美國非裔作家童妮·摩里森（Toni Morrison, 1931－2019）的小說《寵兒》（Beloved）裡的女主角柴特（Sethe）一樣，挖掘破碎的自我，深入到如此幽暗的境地？有誰曾像《絕命律師》裡集兩個靈魂於一身的男主角吉米·麥吉爾／薩爾·古德曼（Saul Goodman）一樣，面臨這麼多的道德抉擇？難道美國報業大王威廉·藍道夫·赫斯特（William Randolph Hearst, 1863－1951）的生活方式，真的就像電影《大國民》（Citizen Kane）裡他的螢幕化身一般，滿懷致命的熱情嗎？

就連那些家喻戶曉的名人——羅馬皇帝馬可·奧理略（Marcus Aurelius）、美國總統林肯、美國前第一夫人愛蓮娜·羅斯福（Eleanor Roosevelt）——也多半是以「故事人物」而非「真實的人」的姿態被世人記得，因為傳記作家將他們小說化，劇作家將他們戲劇化，演員在他們死後賦予他們新生命了。

人物與聚焦

真實的人有所掩飾，難以參透；故事人物在偽裝之餘，卻迷人得令我們想多認識。我們平常打交道的人，要嘛難以相處於是無法理解，要嘛和我們太不相干懶得認識。不過，作者卻能將一項惱人的特質，轉化成一道性格謎題。最精巧的虛構人物，需要作者投注極大的專注力，以及對人心敏銳的洞察力。就像我們與生活中難相處的人打交道總得多花點心力，能讓我們動腦思考的故事人物也格外吸引人。這也是為什麼——說來有種令人玩味的諷刺感——

需要我們付出心力認識的故事人物，多半讓人感覺非常真實。故事人物越具體、越多面向、越難以預測與理解，看起來越吸引人、越真實。反之，人物越籠統、越一致、越容易預測與理解，看起來就越不真實、越不有趣，也越樣板且誇大。[2]

人物與時間

從故事人物的觀點來看，時間之河從他依稀記得的過去流瀉出來，流向未知未來的汪洋之中。但從我們的觀點來看，說故事（storytelling）的行為讓時間「空間化」，使時間像空間一般存在於最初與最後的影像之間。因為作者凍結了時間的淌流，讀者／觀眾的心智得以自由穿梭在不同時間裡，往返不同的日、月、年之間，追索故事的源頭，挖掘藏在過去的起因，在人物的命運揭曉前預測未來的發展結果。

一則故事是一個關於生命的隱喻，表達存在（being）的本質；一位故事人物是一個關於人性的隱喻，展現生成（becoming）的本質。故事藉由一個又一個的事件延展開來，但只要故事被說了，就固定下來，像一座時間的雕像，處於持續「存在」的狀態。相較之下，在故事的高潮將人物推向未來之前，一個層次豐富的人物會因為故事裡的衝突而改變、重塑內在與外在的自我，他的本質與命運將有所不同——這就是「生成」的弧線。

想法或觀念有其壽命，通常很短。這也是為什麼故事會生鏽，而且當故事的意義越受限於時代，故事的壽命就越短。即使是最偉大的故事，要想長存，當中探討的主題也需要持續、跟上時代的重新詮釋。

可以長存的，是故事人物。古希臘吟遊詩人荷馬（Homer）的奧德修斯（Odysseus）、莎士比亞的「埃及豔后」克利歐佩特拉（Cleopatra）、愛爾蘭作家喬伊斯（James Joyce, 1882 – 1941）的里奧波德·布魯姆（Leopold Bloom）、美國劇作家亞瑟·米勒（Arthur Miller, 1915 – 2005）的威利·羅門（Willy Loman）、美國作家馬里奧·普佐（Mario Puzo, 1920 – 1999）的「教父」麥可·柯里昂（Michael Corleone）、加拿大作家瑪格麗特·愛特伍（Margaret Atwood, 1939 –）的「使女」奧芙弗雷德

（Offred the Handmaid），還有美國電視編劇查爾斯兄弟（Glen and Les Charles）筆下的費雪・柯恩（Frasier Crane）和奈爾斯・柯恩（Niles Crane）[5]，這些人物將會持續活在我們的想像中，即使在他們的故事退出世人的記憶許久之後也一樣。[3]

人物與「美」

如果故事人物的特質和深度密切貼合，便能展現出「美」。「美」不是漂亮好看。漂亮好看是裝飾性的，「美」則是有表現力。美感這項特質有不同的說法，古希臘哲學家柏拉圖（Plato）所說的「和諧」（harmony）、中世紀神學／哲學家阿奎那（Aquinas）形容的「光輝」（radiance）、美國哲學家伊利亞・喬登（Elijah Jordan, 1875 － 1953）指稱的「崇高」（sublimity）、英國藝評家約翰・羅斯金（John Ruskin, 1819 － 1900）形容的「清晰」（clarity）、「恬靜」（repose），以及德國哲學家黑格爾（Hegel, 1770 － 1831）所謂「無作為的平靜」（deedless calm）──這些詞彙都試圖捕捉傑出藝術品給人的感受，不論藝術品本身多麼黑暗或騷亂。故事人物可能很邪惡，甚至醜得可怕，但如果他的各種特質能順利統合成一個有意義的整體，這個人物便流露出某種美感，不管人物本身有多怪誕。此外，就像柏拉圖所說的，我們對「美」的反應感覺很像「愛」，於是一個精彩的人物帶給我們的快感，不只是經過思考判斷下的產物，更會讓我們心生情感。「美」能使我們的精神層面更開闊，庸俗則會蒙蔽我們的心。[4]

人物與共鳴

要能同理故事人物、產生共鳴，需要細緻的感受力。同理與共鳴能刺激我們的感知、活化我們的心智。故事人物給我們力量，讓我們從內在、外在反思、了解自己。故事人物讓我們從自身的特異、善變、表裡不一和未顯現的美當

5　以上人物登場的作品依序為：史詩《奧德賽》（*Odyssey*）、莎劇《安東尼與克利歐佩特拉》（*Antony and Cleopatra*）、小說《尤里西斯》（*Ulysses*）、劇作《推銷員之死》（*Death of a Salesman*）、小說《教父》（*The Godfather*）、小說《使女的故事》（*The Handmaid's Tale*）、影集《歡樂一家親》（*Frasier*）。

中，知道自己是什麼樣的人、為什麼是這樣的人。[5]

美國作家亨利·詹姆斯（Henry James, 1843－1916）曾說，寫小說的唯一理由是要對抗生命。同樣的道理，創造人物的唯一理由是要對抗人性，想像出某個人物，他比我們可能遇過的任何人更複雜、更展現人性、更有魅力。如果故事和人物不去對抗現實，我們就不會創作這些故事與人物了。[6]

我們想從一則精彩的故事中得到什麼？想活在一個我們無從經歷的世界裡。我們想從一個精彩的人物身上得到什麼？想透過一位無法忘懷的故事人物，經歷一段我們無從經歷的人生。

難忘的故事人物讓我們感受到身而為人的共通性，進而在我們的心裡找到安身之處。因為我們有所共鳴，故事人物帶著我們體會了他人情緒的各種面向，雖然我們只能間接感受，但這些體驗仍逼真生動。讓人難忘的故事人物可以脫離他的故事，留存在想像之中，鼓勵我們想像故事場景之外的他，想像他的過去與未來。

故事人物得到許多幫助，因而比真實的人更栩栩如生。在書頁之間，生動的描述和對話能刺激我們的鏡像神經元（mirror neuron）[6]，讓故事人物的存在更鮮活。在舞台上或銀幕上，演員讓作者筆下的故事人物活了起來。身為觀眾的我們則以自己的觀點深化、精煉、封存每個人物的演出。因此，每一位故事人物走進每個人心裡時，都變得有點不同。同一個故事人物在每個人心中，都有獨特的差異。就像夢境中的畫面那樣，精彩的故事人物都比現實中的真人來得更鮮活，因為不論這些人物被描繪得多麼逼真，其核心終究是身而為人的精神象徵。

人物與創作者

故事人物活在虛構世界的方式，似乎和我們活在現實中沒什麼兩樣，但一則故事裡的卡司依然是人為創造出來的，就像芭蕾舞團一樣，有安排好的舞碼

6　人腦中存在的神經元，能幫助我們模仿、學習、感同身受。

與走位，以達到作者的目的。[7]作者的目的是什麼？為什麼作者要這麼做？為什麼要花時間創造人類的複製版，不去和朋友家人相處、享受他們的陪伴？

因為現實永遠不夠。我們的心智渴望意義，但現實無法提供清楚明確的開頭、中間、結尾——故事做得到。我們的心智渴望不受拘束地深入了解自己，深入認識他者祕而不宣的自我，但真實的人不管內在、外在都戴著面具，有所偽裝。故事人物則不然。他們堂而皇之地登場，讓我透徹了解後離開。

事件本身沒有意義。閃電擊中一塊空地沒有意義，但擊中一位流浪漢就有意義了。當一個事件有了人物，大自然的漠然瞬間充滿了生機。

創作故事人物時，你會自然地採集不同的人性切面（你對自我的理解、對與你相似又不相似的人的理解，以及周遭人等具備的不同性格；他們有時很奇怪，有時很老套陳腐，上一秒很迷人，下一秒又令人生厭），以便創造虛構的人物。但你很清楚，你創造出的人物，和現實生活中啟發這些人物的靈感來源，兩者並不相等。雖然真實生活中的人可能會激發作者的創作靈感，但就像一個母親愛小孩的方式和愛丈夫的方式必定截然不同，作者十分清楚，在自己的故事花園裡茁壯的故事人物，和長出人物的種子，他愛這兩者的方式也大相逕庭。

那麼，好的故事人物需要「什麼樣的」創造者呢？以下是作家必須具備的十項能力。

1. 品味

學會在他人的創作中辨別好壞並不難，但要能看出自己作品的缺陷，需要膽識和判斷力。這樣的膽識和判斷力來自你天生對庸俗的嫌惡，以及能鑑別乏味與有趣、了無生氣與生機勃勃的好眼力。因此，一個藝術家得具備敏銳的厭惡感。[8]

有缺陷的拙劣寫作比陳腐的角色、露骨直白的對白更嚴重。爛作品是因為作者的濫情、自戀、刻毒、自溺，以及最重要的，作者的自我欺騙，因而粗劣俗爛。相反地，務實堅毅的心智不僅能啟發你創作出真實的作品，也能引領你過上真實的人生。在自己的創作裡發現越多前述那些缺點，並懷著這

些缺點應得的嫌惡感捨棄這些毛病，你越能在自己的生命中避免這些缺陷。

目光銳利的作品會展現「擾亂我們的幻象」與「幻象遮蔽的真實」兩者之間的差異，也就是揭示假象與事實的分別。[9]這樣的作品展現了對人生的深刻洞見，好似一盞遙遠無形的智慧明燈，照亮、闡明了人的生命。

因此，你讀越多優秀作者的作品，欣賞越多傑出的電影、影集、舞台劇作，你的品味就會更加開闊、深化。

2. 知識

要寫出上乘的虛構作品，作者對於故事的場景、歷史和卡司，必須具備有如上帝般無所不知的了解。因此，要創作故事人物，作者得持續觀察自我、觀察周遭的人──需要灌注他對生命的所有認識。一旦察覺遺漏了某段過往，他可以搜尋腦海中最生動的記憶。此外，為了填補其中的空白，他也可以找資料研究，探索心理學、社會學、人類學、政治學等與人生相關的學科。萬一這些都不夠用，作者還可以買張票去旅行，直接去發現、探索未知。[10]

3. 原創性

極富創造力的原創需要深刻的體悟。某個觀察到的現象或許能啟發創作者，但要讓表面上看到的事物更加豐富，創作者得加入自己的獨特觀點，看到事物表面下的東西、不在那裡的東西，以及之前其他人沒察覺到、隱藏的真相。

事實上，大家以為是原創的東西，往往不過是回收再利用。「以前沒人做過這個」的想法很少是對的，會這麼想反而展現了作者的無知，不曉得其他作者過去的成果，決定自己試試看。這種「想做點什麼不一樣的」衝動，反而導致那點不一樣不只微不足道，還讓故事變糟。創新的嘗試大部分失敗在前人其實早就做過了，失敗在舊調重彈。

原創和改編並不相斥，儘管頒給原創作品和改編作品的獎項延續了這樣的迷思。除了《暴風雨》（*The Tempest*），莎士比亞其他劇作都是從已存在的故事改編而成。真正的創新無關乎「做法」，而是關於「內容」──在於新事物，而不是以新做法呈現舊事物。不管是透過哪一種媒介或類型，每個故事都必

須製造期待，加深風險危機，創造出人意料的結果。這是已知的既定。現代主義（modernism）和後現代主義（postmodernism）過去之所以極具原創性，是因為它們揭露之前沒注意過的題材，反轉既有的看法，並改變我們看待生命的方式。但時代不同了。除了電影產業顛覆性的特效展現了風格上的鋪張、文學創作的碎片化（fragmentation）、劇場的觀眾參與以外，最近這幾十年都沒什麼大變革。那些強攻藝術形式的技巧早已不管用。現在，前衛精神進攻的是內容，而不是形式，利用故事揭露這個世界早已學會共處的各種謊言。

4. 表演的技藝

說故事結合了走鋼索高手的膽量，以及魔術師既能巧妙隱瞞又能精彩揭曉的才華。因此，作者首先要是個娛樂家。他提供讀者／觀眾「真實」與「嶄新」的雙重刺激：首先，讓他們直接遇上危險的實情；再來，前所未見的人物登場，面對這些危機。

5. 意識到讀者／觀眾

虛構作品與現實提供的體驗差別在於品質，而非種類。讀者／觀眾對故事人物有所回應，需要用上的理解力、邏輯推理和情緒感受力，都和他們在日常生活中運用的沒有分別。最大的差別在於，美感經驗（Aesthetic Experience）[7] 沒有大於美感經驗自身的目的。虛構的故事需要長時間、連續的專注力，最後成就情感上有意義的滿足。因此，作者形塑人物時，必須考量到人物每分每秒對讀者／觀眾的影響力。

6. 精通故事的形式

想要創作出一件藝術品，你得先真的見識過藝術品。最初的靈感來源並非他人的生命，不是你的生命，而是藝術形式本身。一個故事是一則關於生命的隱喻，一個從最少素材展現最大意義的巨大象徵。你最初接觸到的故事形式，

7　指人類對於美和藝術的感應，是十九世紀以後美學的最重要課題。

驅使你以故事人物的內涵——在自己和他人身上發現的人性，在社會和文化中察覺到的動態價值（dynamic value）——填滿這樣的形式。[11]

問題是：形式是內容的載體，但說到底，此二者密切相連。我們在下一章會看到，故事就是人物，人物就是故事。所以，在你能精通其中之一以前，得先將兩者分開。人物可以從故事獨立出來，從心理層面、文化層面來檢視，並賦予一個單獨的意涵。舉例來說，《絕命毒師》的主角沃特·懷特象徵墮落的創業精神。然而，一旦回到他們的故事裡，故事人物的意義可能會大大改變。所以在我看來，當你要開始創作，故事是關鍵。

7. 痛恨老套

一個點子或技巧首次發想出來時，因為實在太巧妙了，大家不斷重複使用，好幾十年下來，它一次又一次被回收再利用，結果這個點子或技巧就成了老套。

熟知你創作的藝術形式的發展歷史，是創作的基本要件；欣賞藝術創作時——還有，更重要的是——當你自己創作時，具備能夠察覺陳腔濫調或老套的眼光，也是創作的必要能力。

舉例來說，英俊貌美、年輕氣盛、沉迷毒品與性事的富豪其實抑鬱又痛苦，這不是什麼新鮮題材，上千部劇作、電影、小說和歌詞都講過同樣的概念。自從史考特·費茲傑羅（F. Scott Fitzgerald, 1896－1940）寫出《大亨小傳》（The Great Gatsby）的蓋茲比（Gatsby）和黛西（Daisy），耽溺帶來的空虛早就成了精緻藝術（high art）或流行文化中的老套。[12]

如果富豪是你的創作主題，請好好研究眾多類似的故事人物，不只是研究費茲傑羅所寫的人物，還有作家伊夫林·沃（Evelyn Waugh, 1903－1966）、劇作家諾爾·寇威爾（Noel Coward, 1899－1973）、導演伍迪·艾倫（Woody Allen, 1956－）、編劇惠特·史蒂曼（Whit Stillman, 1952－）、編劇蒂娜·費（Tina Fey, 1970－）等人塑造的人物；以及，所有用上柯爾·波特（Cole Porter, 1891－1964）作詞作曲、法蘭克·辛納屈（Frank Sinatra, 1915－1998）歌曲的電影、劇作或電視影集，包括 HBO 近年推出的原創影集《繼承之戰》（Succession）。

8. 道德想像力

這裡說的道德，含義比善／惡、對／錯還要廣。我指的是所有人類經驗裡，各種正、反面的極端，從生／死、愛／恨、正義／不義、富有／貧窮、希望／絕望，到興奮／無聊等等，這些形塑我們、形塑社會的元素。

而這裡說的想像力，可不只是白日夢。我指的是，作者以極富創造力的視野灌溉出來，對時間、地點和故事人物的所有認識與理解。作者想像筆下世界裡人物的整體面貌時，他的價值觀必定會引導他辨識哪些元素很重要、哪些很瑣碎。

作者的價值觀造就了作者對生命的獨特看法，以及對正、反特質整體樣貌的獨特觀點。什麼樣的事物值得我們為它而活？什麼樣的事物值得我們為它而死？作者的答案顯示他的道德想像，也就是說，為了設想更深刻、更複雜的人物，他有辦法挖掘人類經驗裡各種對立面的能耐。

我關心的不是主日學強調的道德成規，而是創造、打磨故事人物的作者應該具備的想像力，對價值觀探究十分敏銳的想像力。你會在形塑你之所以為你、最核心的存在本質中，找到你的道德想像。成就你的事物，會相應地成就你的創作。

9. 最好的自我

不創作的時候，作者可能就是作者通常會有的樣子：一個有缺陷、有困擾的靈魂，討人厭又難相處。然而，一旦他坐下來創作，轉變就發生了。當他把手放在鍵盤上打字，就成為最睿智、最敏感的自己。他的才華、專注力，還有最重要的，他的誠懇正直，都達致最高的水準。

這個盡可能最好的自我，會將自己最真實的洞見寫進故事人物裡。

10. 認識自我

針對古希臘劇作家索福克里斯（Sophocles）的箴言「認識你自己」（Know

thyself）[8]，三位知名作家的反應如下。歌德（Johann Wolfgang von Goethe, 1749 – 1832）說：「認識你自己？如果我了解自己，我大概會落荒而逃。」安德烈‧紀德（André Gide, 1869 – 1951）表示：「一隻想了解自己的毛毛蟲永遠不會變成蝴蝶。」契訶夫（Anton Chekhov, 1860 – 1904）則這麼說：「我對人性所有的理解，都來自於我自己。」我相信這三位對自己都有深刻的認識，但契訶夫最不憤世嫉俗，眼睛也最雪亮。他明白，我們所有人終究都是孤獨地活著。

雖然我們會與所愛或所恨的人建立人際關係，雖然我們能仔細觀察研究我們身處的社會，但唯一的真相是，我們無法像認識自己一樣，認識其他人。在科技能讓我們活在他人的意識裡之前，大家都得隔著一段距離，獨自一人身在自己的意識裡，解讀他人表情呈現的種種跡象。人終究是孤獨的。

所有傑出的人物創作皆始於自我認識，終於自我認識。不管作者如何想像自己的本質——有著潛伏在一長串公眾形象背後、不為人知的自我，或是有著任憑現實不斷變化、都不會改變的自我——他都是獨立完整且與眾不同的。根據這份核心的自我認識，作者必須推演出筆下人物內在的變化。換句話說，每個人只擁有自己，這是唯一與自己毫無隔閡的心靈。因此，所有傑出的人物塑造皆始於自我認識，終於自我認識。

不過，諷刺的是，儘管大家都明顯不一樣——有著年齡、性別、基因、文化背景的差異——我們又何其相似。我們的相仿大過相異。我們都要活過相同的經歷：體會愛的喜悅、死的恐懼。因此，你可以確定，不管自己腦中閃過什麼樣的想法或感受，對於街上迎面走來的路人來說，在特定的時間點、以獨特的方式，他們腦中也閃過同樣的想法或感受。

你越能參透自我的謎團，便越能感知你筆下人物具備的人性，你的故事人物也越能展現你對人性的體悟。最終，你的故事人物會在有同感的讀者／觀眾心中，引起迴響。而且，當大家閱讀、觀賞你的作品，他們也會對自己有更多發現，因為你的故事人物是根據你的特質發展出來的，這些特質對他們來說很新鮮。

8　相傳是刻在古希臘德爾菲阿波羅神廟的箴言之一，但它為世人廣泛認知是因為古希臘哲學家蘇格拉底曾以之為其重要哲學命題。亦有人說此語出自蘇格拉底。

我會在第五章探究「進入人物」（writing in-character）的寫作技巧，討論如何將你的內心世界轉化成故事人物的內心世界，好讓你對自己筆下的人物，和你對自己一樣都非常了解。[13]

最後提醒

失敗的故事人物展現了不自然、不像樣的人；老套的故事人物展現了他人偏好的人物樣貌；獨特的故事人物展現了我們偏愛的人物樣貌；引起共鳴的故事人物展現了我們是什麼樣的人。

日常生活中，我們不允許那些可能造成危害但滿足自己的行為，例如復仇，於是我們狼吞虎嚥地從故事裡得到各式各樣的滿足。我們要故事帶我們到不同的世界裡，然而，是故事人物化身為駕駛員，載著我們抵達憑一己之力到不了的遠方；是同理心化作燃料，驅動我們每一趟想像的旅程。

好幾百年累積下來的故事創作提供了各式各樣複雜的人物，這些人物遠超過我們一生中會遇見的人，而且能讓我們對實際遇見的人有更深刻的認識。而且，因為比起真實的人，我們更理解故事人物，所以我們很少以喜愛故事人物的方式，去喜愛真實的人。我們對故事人物的喜愛，也遠勝過對真實人類的喜愛。這沒什麼好意外的，畢竟我們無法非常了解真實的人，即便是最親近的親朋好友。不過，如果你不相信我所說的，如果你不覺得虛構比真實更好，你最好重新考慮一下自己的職業選擇。

02

亞里斯多德理論的辯證

情節 vs. 人物

     情節驅動（plot-driven）和**人物驅動**（character-driven）是影評在二十世紀中期創造出來的詞彙，用來區別好萊塢電影和歐洲電影——或是，以他們的觀點來說，用來分別大眾娛樂和精緻藝術。沒多久，書評也開始以同樣的說法來區分純文學小說和暢銷通俗作品。外百老匯（Off-Broadway）原本是劇作進軍百老匯之前的試驗場，但在一九六〇年代，紐約劇場界沿著紐約第四十二大街，以藝術創作和盈利賺錢來分別兩者。同樣的模式在英國劇場又上演一次，將倫敦西區劃為傳統劇場的地盤，把愛丁堡藝穗節（Edinburgh Festival Fringe）視為前衛表演藝術的陣地。多年後，美國影視圈分成訂閱制和廣告贊助節目兩派：串流平台推出鎖定成人觀眾、以人物帶動故事的藝術性影視作品，商業電視台則是推出瞄準家庭受眾、以情節帶動故事的娛樂大作。

亞里斯多德：情節重於人物

這樣的分別源遠流長。在他探討古希臘悲劇藝術的著作《詩學》（*Poetics*）中，亞里斯多德依照創作的難度和對作品的重要性，將戲劇創作的六個要素由高到低依序排列，分別是：（1）情節、（2）人物、（3）思想、（4）對白、（5）

音樂、（6）大場面（Spectacle）。

他認為，比起人物，故事裡的事件（event）需要更精湛的藝術創作技巧，而且對觀眾的影響更深遠。他的看法就這樣盛行了兩千年。但從《唐吉訶德》（*Don Quixote*）開始，小說演變成主流的說故事媒介，而到了十九世紀末，文學評論家顛倒了亞里斯多德第一、二名的排序，主張讀者真正想要的是難忘的故事人物。他們認為，劇情裡一連串的事件只是作者展示故事人物這些衣裳的曬衣繩。

這個理論把情節想成物理面、社會面的動作與反應，同時將人物侷限在顯意識、潛意識領域的想法和感受。但實際上，這四個面向彼此互相影響。

當故事人物目睹一件事發生，他的感官立刻將這件事傳送到大腦，所以這起事件於外在世界發生時，幾乎同時也在人物的內在上演。倒過來說也成立：當故事人物做了一個決定，這個於人物內在發生的事件，會因為人物以具體行動實踐了這個決定，而成為外在事件。藉由知覺感官，外在、內在事件能輕易流動，從裡到外，再由外而內，在不同層面之間轉換，彼此互相影響。如果將情節的定義限縮為外在行動，便會錯過絕大部分發生在一個人生命中的事。

試圖劃分到底是情節驅動還是人物驅動，其實是一場似是而非的爭論，而且從亞里斯多德的排序以來，這場爭辯一直如此似是而非。想問哪一種的創作難度比較高、哪一種在美學層面上比較重要，很明顯是犯了「範疇錯誤」（categorical error）的毛病。要在這兩者之間分個高下其實不合邏輯，因為兩者本質上是同一件事：情節就是人物，人物就是情節。兩者是故事這枚硬幣的兩面，互為表裏。

沒有事件讓人物的行動和反應付諸實行，人物無法成立；沒有人物引發事件的變化，而且／或體驗到事件的變化，一樁偶發事件無法成為故事事件。沒有經歷任何事件的人是獨立存在、沒有生命、靜止的畫像，最適合掛在牆上。缺乏人物參與的活動，就像汪洋大海上的雨天：重複無奇、微不足道、乏味、無意義。為了深入了解這些差異，我們得先定義幾個名詞。

人物、情節、事件

故事人物指的是虛構的人，他導致某些事件發生，或因為他人、他物使這些事件發生而有所反應，或以上兩者兼備。

情節指的是故事裡的事件編排。因此，沒有情節的故事並不存在。要稱得上是故事，就要具備一連串事件，也就是有情節；要稱得上是情節，就要鋪排一連串的事件，也就是有故事。不管故事有多短，作者都要想辦法讓某些事發生在某些人身上，以設計故事事件。

一部虛構作品的搬演過程中，可以有無限多種變化、脫離傳統的形式，諸如觀點（point of view）切換、事件依主題堆疊或事件依因果推進、故事中的故事／劇中劇、倒敘、重複、省略、真實可信的或幻想奇異的等等。這一切要如何變化，端視怎麼做最能表達作者的想法。然而，不管故事的事件安排如何吸引人，讀者／觀眾終究是透過人物來認識這個故事。

事件是在人物和情節的定義裡都會看到的名詞，所以，讓我們來精確定義這個詞：字典將「事件」解釋為發生了某件事。不過，如果故事裡某件事發生了，卻沒有產生任何重要的改變，這起事件便沒有意義。舉例來說，一陣微風改變了草坪上落葉的位置，有事物起了變化，但事件本身沒有意義，因為不牽涉價值取向的改變，一點也不重要。

對作者來說，**價值**（value）指的是人類經驗的對立面，像電池的電荷一般，從正極＋（正面）變成負極－（負面），或是相反。生／死、正義／不正義、愉悅／痛苦、自由／奴役、良善／邪惡、親密／漠然、正確／錯誤、有意義／無意義、有人性／沒人性、團結／分裂、美麗／醜陋等等，這些賦予人生意義與重要性的人類經驗對立面，幾乎能無窮無盡地列下去。說故事這門藝術透過賦予事件某個價值，讓事件有意義。

舉例來說，如果某件事發生，導致某個故事人物對另一個人物的感受從愛（＋）變成了恨（－），這起事件就有了意義，因為「愛／恨」這組對立的價值有所改變，從正面變成負面。或是相反：如果某個事件使故事人物的財富狀況從貧窮（－）變得富有（＋），這樣的改變有意義，因為「貧窮／

富有」這組人類的對立經驗從負面成了正面。

因此，**故事事件**（storied event）便是人物生命裡價值取向改變的時刻。帶來這種轉變的，可能是人物的行為，或是人物針對某件自身無法掌控的事件所做的反應。不管是哪一種情況，這起事件使他生命中岌岌可危的某個價值取向有所轉變，由正轉負或由負轉正。

硬幣的兩面

當故事走向因為「揭露（真相）」或「人物的決定」而有所轉折，我們便能清楚看到情節和人物都會同時受影響。

揭露（真相）：在電影《唐人街》（*Chinatown*）第二幕的高潮，傑克·尼克遜（Jack Nicholson）飾演的主角吉德（J. J. Gittes）指控費·唐娜薇（Faye Dunaway）飾演的伊芙琳·穆瑞（Evelyn Mulwray）殺了自己的丈夫。回應這項指控時，伊芙琳不是坦承謀殺，而是坦承自己和父親亂倫，生下了一個女兒。吉德立刻明白，是伊芙琳的父親諾亞·克羅斯（Noah Cross，約翰·休斯頓〔John Huston〕飾）殺了自己的女婿，好占有自己的孫女／女兒。這個橋段揭露了真正的凶手，瞬間將情節從負面轉為正面。同時，我們也突然認識了伊芙琳——明白她所受的苦，以及奮力對抗瘋狂父親的勇氣。

人物的決定：吉德可以報警、提交證據給警方，在一邊納涼讓警察逮捕諾亞·克羅斯，但他反而決定自己追捕凶手。這個決定讓情節一轉為負面，對主角來說充滿危險，同時也突顯了他致命的缺陷：盲目的自尊心。吉德是那種會賭上性命冒險，也不願尋求協助的人。

「事件」與「人物」可說是故事轉折點（turning point）的兩面。由外而內檢視故事，這些轉折點就是「事件」；從內而外的話，是「人物」經歷這些轉折點。沒有事件，故事人物便沒有作為，或沒發生任何事；沒有人物，便沒人引發事件，或針對事件有所反應。

誠如亨利·詹姆斯的形容：「如果人物不是決定事件發展的關鍵，那人物是什麼？如果事件不是人物的具體示現，那事件是什麼？一名女子站起身，

一隻手還放在桌上，用意味深長的眼神望向你。如果這不是個事件，我想很難說這是什麼。從任何層面來看，人物就是行動，而行動就是情節。」[1]

假設你正在寫的故事包含亨利‧詹姆斯前述提到的事件：你的主角正陷入極大的危機中，他明白說個謊就有救，但他站起身，一手放在桌上，看著一名女子，眼神訴說著深沉、痛苦的真相。他必須為此承擔痛苦的後果，這決定和行動將他的人生從正面轉向負面。同時，他的決定、他的行動，以及兩者導致的結果，說明了他的人物本色：一個勇於坦承的人。

且說這是你故事裡最高明的一場戲好了，不過，儘管它力道強勁，接下來就每下愈況了。完成這個故事後，你發現最後的高潮顯得很平淡，而且因為收尾不好，你從故事開頭灌注的心血也跟著付諸流水。怎麼補救才好？你會發現你可以從以下兩者之一補救：從人物或事件著手。

事件設計：你可以推翻原本的故事轉折點，不讓你的主角說實話，而是說謊，進而獲得權力與金錢。這個改寫或許能創造出令人滿意的故事高潮，但同時也徹底翻轉主角的品行，讓他最後變得富有但墮落。如果你喜歡這樣的轉變，問題就解決了。

人物設計：你回頭檢視主角的心理，發現故事的高潮之所以缺乏衝擊力，在於主角人太好、沒有道德瑕疵，導致結局沒有說服力。你可以把主角的道德層面改得較負面，將他改寫成一位強悍的生存者。怎麼表現這種人物本色上的改變呢？重新設計事件來強化他這個精明、搞兩面手法的新自我。如果這些新轉折點的累積，能在故事高潮產生一個強而有力的結果，問題就解決了。

為了解釋得更清楚，容我再說一次：故事事件將導致人物生命中的價值取向有所改變；如果不是故事人物有所作為、導致這些事件發生，那麼就是外力引發這些事件，而故事人物有所反應。因此，要改變故事人物的本性，你得重新設計許多事件，以展現他改變成什麼樣的人。而要改寫事件，你得重塑故事人物的心理，讓他能夠做出令人信服的新抉擇，進而採取新作為。因此，情節或人物沒有哪一方比較富有創造性或哪一方比較重要的問題存在。

那為什麼亞里斯多德沒看出這番道理？一個可能的答案在於，他非常喜

歡索福克里斯的《伊底帕斯王》（*Oedipus Rex*）。伊底帕斯調查一起駭人聽聞的犯罪，結果發現自己既是這樁罪行的受害者，也是加害者。有諸多事件他無能為力，有諸多事件他盡一切可能避免但仍無法迴避，這些事件殘酷地揭示了他的宿命並摧毀他。

《伊底帕斯王》在亞里斯多德的時代可說是最精彩的劇作，他深受這部作品展現的悲劇之美吸引，因此希望其他劇作家也能創作出具備同樣崇高力量的作品。所以很有可能，索福克里斯筆下令人無法抗拒的宿命深深感動了亞里斯多德，進而使他高估事件而低估人物。

不過，第二個更有可能的理由牽涉到美學傳統：古希臘雅典城邦的劇作家在創作時，沒想過「潛文本」（subtext）這件事。當時的演員都會戴著面具，來展現故事人物具備的本質。如果某個人物說了謊，觀眾一定可以察覺有未明說的潛文本，但絕大多數的戲份裡，他所說的台詞就是他想表達的全部內容。因此，比起「誰」發生了什麼事，亞里斯多德更看重發生的事件本身。

現在的作者就不一樣了，因為累積了幾百年對人類心理的認識，懂得區別「人物本色」（true character）與「人物塑造」（characterization）了。

人物塑造 vs. 人物本色

人物塑造：所有可以觀察到的特徵與外在行為——綜合了年齡、性別、種族、談吐與儀態、職業和家庭狀況、服裝與儀態、態度與個性——簡單來說，就是故事人物與他人互動時，展現的表面形象或偽裝。這些細節提供我們線索去理解這個故事人物是什麼樣的人，但讀者和觀眾明白表象並非實質，知道故事人物的表裡有差距。

人物本色：人物外表看不出來的內在特質，是他最深沉的動機和最根本的價值觀。故事人物面對生命中最大的困境時，他為了追求最強烈的渴望而做的決定和採取的行動，會揭露他的本性。這些決定和行為表現出他最核心的自我。

人物塑造的表面特徵確立了故事人物的可信度，而人物本色的內在特質

形塑了人物本身和他的未來。如果讀者／觀眾不相信故事人物真的會做出那些他所做的事、說出那些他所說的話、試圖實現那些他想實現的欲求，那麼這個故事便說得不好。故事人物最根本的自我做出決定、採取行動，讓故事情節開展，並鋪陳了之後會發生的事件。人物本色和人物塑造一起在可信的故事裡創造可信的故事人物——不管是久遠過去或現在的故事都是如此。但因為《詩學》沒有區分兩者的功能，情節和人物的爭論就變成不對等的比較，拿蘋果和橘子相比。

故事人物是設計來解決或解決不了他們的問題，故事則是設計來表現人物試圖處理問題時具備的特徵和特性。情節裡的諸多事件是故事人物做的事，故事人物則是造成並／或執行這些事件的載體。如果衡量兩者誰輕誰重，會發現兩者一樣重，彼此構成完美的平衡。一百多年來，從亨利・詹姆斯到當代小說家大衛・洛吉（David Lodge, 1935 -），許多作家、學者都表明這兩者互相依賴的關係。所以，到底為什麼人物驅動／情節驅動的爭論會延燒到二十一世紀呢？

因為這場貌似美學層面的爭論，其實掩蓋了文化政治（cultural politics）的角力，牽涉到品味、階級，還有最重要的，金錢的較量。**人物驅動**一詞代表「不為利益而為愛服務，最好由學術評論家解讀，只受知識份子青睞，最好是由公共資金製作的上乘藝術品」；**情節驅動**則是表示「由平庸的作者寫成，參雜陳腔濫調，鎖定教育程度不高的受眾，過於陳腐讓人缺乏評論的興致，為了公司利潤製作，微不足道的作品」。這兩個詞帶著這些意涵，互相比拚。

如果看重事件勝過人物便會創作出次等藝術，這個想法顯然極為荒唐。荷馬史詩《奧德賽》（*Odyssey*）、莎士比亞的《仲夏夜之夢》（*A Midsummer Night's Dream*）、海明威（Ernest Hemingway, 1899 - 1961）的小說《老人與海》（*The Old Man and the Sea*）、史丹利・庫柏力克執導（Stanley Kubrick, 1928 - 1999）的電影《發條橘子》（*A Clockwork Orange*），還有（如果談通俗一點的作品）當代英國劇作家麥可・弗萊恩（Michael Frayn, 1933 -）的鬧劇《大家安靜》（*Noises Off*），全都是情節驅動的傑作。相反地，不管是小說、劇作、影視作品，你受過多少由膚淺、過度修飾但沒內容的人物所驅動的作品荼毒？真相是，沒有哪一方能擔保任何事。

暫且將文化政治的角力放一邊，這兩者最大的差別在於故事因果關係的根源。情節驅動和人物驅動這兩個詞具有意義，只有在人物或情節主導故事的因果時，而非故事的美感價值。如果你創作時遇上瓶頸，要找到解決方法，不妨問問這個重大的問題：是什麼因素讓這些事得以發生？

　　情節驅動的故事往往將故事主要的轉折點，特別是觸發事件（inciting incident）[9]，設計成讓故事人物無法掌控。這些事件往往會造成負面的衝擊，而且來自以下三層面的衝突：

　　（1）自然因素：惡劣的天候狀況、疾病、火災、地震、外星生物入侵，以及其他不可抗力的事件；（2）社會因素：犯罪、戰爭、人禍、公或私部門的貪污腐敗，種族、性別或階級相關的不義作為，以及其他類似事件；（3）機遇：彩券中獎、車禍、與生俱來的基因，還有純然的運氣。

　　總之，就是這三個層面中所有剛好發生的事件，不管好壞。

　　人物驅動的故事則相反：主要事件操之在故事人物手中。這類故事中，人物的決定與行動造成事件發生。無關機遇，無關強大的自然或社會外力，而是自由意志驅動的個人選擇，主導故事發展。

　　因此，情節驅動和人物驅動之間有六個關鍵差異：

1. 因果關係

情節驅動的故事中，觸動關鍵轉折點的力量來自外在或超乎故事人物能處理的範圍，比如惡人犯罪、獨裁者發動戰爭、瘟疫肆虐全世界、外星生物入侵地球、太陽殞落等等。

　　人物驅動的故事剛好相反，最主要的起因來自內在顯意識或潛意識的力量，促使故事人物渴望他渴望的、選擇他選擇的、做出他做出的事，比如墜入情網、從事犯罪行為、告發上司、離家出走、相信某人的謊言、追查真相等等。

9　觸發事件是故事講述過程的第一個重大事件，也是故事所有後續發展的主要原因。觸發事件通常都會改變主要角色原本生活的狀態，打破原本所在世界的平衡。

2. 身份認同

後續幾章我們會談到，欲求和渴望對於形塑故事人物的自我很有幫助。情節驅動的故事裡，源自外在的欲求驅使主角所有作為，人物驅動的故事則偏好讓主角順從發自內心的欲求。

3. 價值

在純粹情節驅動的故事裡，主角奮力提供世界的不足，以和平／爭戰、正義／不義、富有／窮困、同志情誼／自我中心、健康／生病等價值呈現。在純粹人物驅動的故事裡，主角則努力填補自身的不足，以愛／恨、成熟／生澀、真相／謊言、信任／懷疑、希望／絕望等價值呈現。

4. 深度

情節驅動的類型幾乎不太著墨故事人物的潛意識或非理性層面。舉例來說，系列電影《不可能的任務》（*Mission: Impossible*）主角伊森‧韓特（Ethan Hunt）只順從一個自覺的、合理的欲求：修補損壞的、不正義的世界。因此，他與不可能任務情報局（IMF）的成員擬定計畫，巧妙執行計畫的每個步驟，矯正不公不義之處，在最後恢復了公平正義。如果上述過程中，伊森‧韓特同時也備受懸而未決的童年創傷所苦，那麼他替觀眾帶來的高速刺激就會比過期的牛奶還要快變味。

情節驅動的故事透過外在物質面、社會面設定來呈現的細節，豐富了故事本身，也從高山山頂到燕尾服西裝的畫面，從鳥叫蟲鳴到機械運轉的聲音，帶來視覺和聽覺的饗宴。

人物驅動的類型則透過心理層面的矛盾帶出故事的層次。這類故事在人物心中埋藏不自知的欲求，接著讓這些欲求與人物的理性、顯意識發生衝突。挖掘人物不同面向的深度時，這些人物驅動的故事如果說不上是入侵潛意識，至少也觸碰到潛意識領域。

美國劇作家田納西‧威廉斯（Tennessee Williams, 1911－1983）的《慾望街車》（*A Streetcar Named Desire*）中，主角白蘭琪（Blanche DuBois）不斷表示，她渴望的只有快

樂地活在這個世上，但是她生命裡的殘酷和醜陋使她的渴望無法成真。其實，她的潛意識有著相反的渴求，而且最終在這齣劇作的高潮處，隨著她為了逃避現實而陷入瘋狂，這份強烈的渴求繼而獲得實現。

故事人物的深度是丈量內在複雜度的一個方法，但人物的複雜度取決於他遇到的對立力量（forces of antagonism）。對立力量有多大，人物就有多複雜。如果人物遇到的衝突無法展現他的深度，讀者／觀眾就無從感受到。

5. 好奇心

人物驅動的作品會將外在物質面、社會面的衝突減至最低，以聚焦人物內在的戰爭，或多位人物彼此間的衝突。「這個人物會怎麼做？」是抓住讀者或觀眾好奇心的問題。至於這個問題的答案，如果處理得好，會出乎意料、令人大吃一驚。莎士比亞這位擅長描繪人物心理的大師，為他主要人物的內心世界注入一股出人意表的特質。舉例來說，他筆下不同調性的戀人，從《皆大歡喜》（*As You Like It*）裡滑稽的小丑試金石（Touchstone）和村姑奧德雷（Audrey）、《無事生非》（*Much Ado About Nothing*）裡老練世故的碧翠絲（Beatrice）和班奈狄克（Benedick），到《安東尼與克利歐佩特拉》裡充滿悲劇色彩的安東尼和克利歐佩特拉，所有的情侶都顛覆了我們的預期，甚至連人物都對自己感到驚訝。試金石不知道自己為什麼想娶奧德雷為妻，但衝動之下就結婚了；碧翠絲叫班奈狄克去殺人時，著實嚇到了班奈狄克；英勇善戰的將軍安東尼在激烈的海戰打到一半時，突然變得怯弱，丟下軍隊去追隨自己愛的女人。不管是引人發笑的、浪漫的或悲劇性的人物，他們都對自己的衝動感到震驚，問自己：「我到底做了什麼？」

情節驅動的作品因為排除了內在衝突，這類故事必須從社會層面著手，將主要的故事人物兩極化：動作英雄要恢復正義、拯救受害者，反派壞蛋則做出殘忍的暴行、濫殺無辜。由於我們知道這些人物是什麼樣的人、會做什麼樣的事，這類作品激發我們好奇心的手段則是透過創造極端的武器，讓我們驚嘆：「他們要怎麼做？」

諸如神力女超人（Wonder Woman）、超人、蜘蛛人、暴風女（Storm）等 DC

與漫威（Marvel）宇宙的超級英雄，他們運用自身的超能力或生理特性，以獨特又迷人的方式拯救或保護人類；至於反英雄（antihero）人物 [10]，像是死侍（Deadpool）、洛基（Loki）、黑寡婦（Black Widow）、貓女（Catwoman）等，他們也運用自身獨特的力量，但目的是為了宰制或摧毀生命。

6. 自由觀 vs. 命運論

「自由」和「命運」是難以捉摸卻始終存在的觀念。自由觀代表未知的未來，代表一個神祕莫測的終點；它是眾多可能的結果之一，直到生命最後一刻才會揭曉。另一方面，命運或宿命論則認為，好像有個看不見、無法逃躲的業力形塑著我們的人生，在生命的最終階段導向一個無法逃躲、注定會發生的事件。對古希臘人來說，命運似乎非常真實，真實到他們將命運擬人化為三位女神。而且時至今日，大家仍在使用「命運之手」這樣的用語。

　　命運和自由的概念以諸多迷人的方式，和故事創作產生密不可分的關係。故事剛開始時，開展在讀者／觀眾面前的未來似乎充滿所有可能性。故事好像能自由朝著上千個、甚至隨機的方向發展，形成故事自身的命運。然而，一旦故事達到高潮，我們回顧故事的開頭，便會發現它的發展早就注定了，沒有轉圜餘地。這兩種觀點在情節驅動和人物驅動的故事中，呈現的方式很不一樣。

　　對純粹情節驅動、充滿動作場面的故事（action story）[11] 來說，故事人物會在觸發事件裡，踏上帶有正面或負面意義的命運之途。故事達到高潮時，由於讀者和觀眾已經掌握故事人物的本性與行事作風，便能明白故事勢必會照著某個注定如此的方式發展。早有定數的人物，以早有定數的方式遇上彼此、發生衝突。英雄人物做出無私的行為，為了滿足利他的需要：他們就是這樣的人。反派人物做出殘暴的行為，為了滿足對權力的渴望：他們就是這樣的人。這些扁平人物的僵固本性造就了他們的命運。

---

10 反英雄指的是故事中不具備傳統英雄特質的主要人物，例如不太有勇氣、不抱持理想主義，或道德觀並非毫無瑕疵。他們有時會做出傳統英雄人物會做的事，但多半和傳統英雄的行事動機不同。

11 英文裡所謂的 action story 泛指充滿一連串行動的故事，充滿主角面臨生死交關的事件。通常節奏快，給人刺激緊張之感。間諜、冒險、恐怖故事等都屬於這類。

相反地，全然人物驅動的作品展開時，我們便會察覺到故事未來的發展取決於複雜的人物內心互相矛盾的力量。故事人物為了自身的欲求試圖做出決定、採取行動時，這些力量會在他們心中互相角力。

舉例來說，赫南·迪雅茲（Hernan Diaz, 1973－）的小說《遠方》（*In the Distance*）裡，男主角哈坎（Hakan）用上一輩子盡己所能來找尋失散的手足。故事來到高潮時，我們如果回頭檢視開頭，便會察覺那股命定的走向。不過，這種必然性是源自主角內在互相角力的矛盾力量。處在充滿壓力的轉折點時，主角所做的各種決定展現了他的本性，但宿命感沒那麼強烈，後續發展沒那麼必然。這個故事可能有一百種不同的發展，因為哈坎永遠都能自由選擇不同的道路。

對於所有的故事來說，我們會察覺到宿命感或自由感，端視我們身處故事的哪個階段。觸發事件發生時，我們因為未來發展具備無限可能而感到自由；在故事高潮處時，我們則會或多或少察覺無法逃躲的宿命安排。其實，根本沒有任何力量預先決定、安排好一切；命運沒有女神的化身，命運也沒有手。這種感覺不過是我們回望過去的軌跡時看到的海市蜃樓。

不切割情節或人物

上述提到自由觀與宿命論的處理方式，適用於極端的情節驅動和人物驅動的故事。然而，人生的軌跡是由極為複雜的原因構築而成，因此優秀的故事創作者鮮少只挑其中一方、排除另一方作為事件的成因。

平衡事件的成因

大部分作者會平衡事件的成因，混用動機明確的抉擇與毫無來由的巧合。他們都會用上操之在人物手中的事件和人物無能為力的事件，因為不管是什麼原因造成某件事發生或何時發生，故事人物都得有所反應。一樁意外一旦發生，這個事件立刻變成倖存者的人格考驗。

莎士比亞所有作品的開頭都很情節驅動。他取材的管道來自英國、希臘、北歐的諸位編年史家著作，例如霍林希德（Raphael Holinshed）[12]、蒲魯塔克（Plutarch）[13]、薩克索・格瑪提庫斯（Saxo Grammaticus）[14]，或是從其他劇作家的虛構情節中汲取靈感，並且最常取材自義大利劇作家的作品。因此，擊劍對決與自殺、鬼魂和巫女、船難及戰爭，還有女扮男裝的愛情等，都成為他最喜歡的母題。接著，他將這些題材以獨特的事件設計方式重新改寫，創造出精彩的主角和配角來搬演這些題材。

英國現代主義先驅作家約瑟夫・康拉德（Joseph Conrad, 1957－1924）也是如此。他創造出宏偉壯觀、情節驅動的冒險故事，諸如《海隅逐客》（*The Outcast of the Islands*）、《黑暗之心》（*Heart of Darkness*）、《吉姆爺》（*Lord Jim*）、《我們的人》（*Nostromo*，或譯為《諾斯楚摩》）、《密探》（*The Secret Agent*），讀到最後一頁卻像莎士比亞的劇作一般，讓人覺得是人物驅動的故事。

歌德在成長小說《威廉・邁斯特的學徒時代》（*Wilhelm Meister's Apprenticeship*）中告誡小說創作的同行，隨機任意的外在力量與人物內心發人省思的衝突，對藝術家來說同等重要。由於德國狂飆運動（Sturm und Drang）[15]傾向將所有敘事限縮在異常心理狀態下的極端情緒，歌德因此極力主張故事的事件成因要在這兩者之間取得平衡，希望藉此削弱這樣的傾向。[2]

讓我們來看看戰爭故事這個最情節驅動的類型是如何平衡事件成因。作為戰爭史詩的始祖，荷馬的《伊里亞德》（*Iliad*）較偏重爭吵不休的眾神一時衝動引起的戰事和外在事件。相較之下，英國小說家尼可拉斯・蒙薩拉特（Nicholas Monsarrat, 1910－1979）的二戰經典《滄海無情》（*The Cruel Sea*）取向則完全相反，聚焦在人物的心理層面。隨著北大西洋上的海戰嚴重波及主要人物服

---

12 十六世紀英國編年史家。莎士比亞從他的著作《英格蘭、蘇格蘭與愛爾蘭編年史》（*Chronicles of England, Scotland, and Ireland*）找到《馬克白》、《李爾王》等劇作的創作素材。

13 羅馬時代的希臘作家、散文家暨傳記文學家。莎士比亞自他的著作《希臘羅馬英豪列傳》（*Plutarch's Lives*）取材，寫就《安東尼與克利歐佩特拉》等劇作。

14 十二世紀晚期的丹麥史學家。他的著作《丹麥人的事蹟》裡記載北歐傳說中的人物，其中一位啟發了莎士比亞創作《哈姆雷特》。

15 十八世紀晚期的德國文學運動，頌揚大自然、情感感受、個人主義，試圖推翻啟蒙時代盛行的理性主義。

役的護航艦，船長和船員得和恐懼對抗，在生死交關之際，時時刻刻都必須決定該怎麼做、要如何反應。再舉一個作品時代更近一點的例子。美國作家卡爾・馬藍提斯（Karl Marlantes, 1944 − ）的越戰小說《馬特洪峰》（*Matterhorn*）展現了恐怖的平衡，一方面描繪瘋狂的叢林野戰如何摧毀人的心智，一方面刻畫人的道德與堅毅性格如何讓人起身反擊、努力活下去，並保持心智的完整。

人物驅動的故事不必然會渲染複雜的心理狀態；情節驅動的作品也不必然會出現老套樣板的英雄和反派。

舉例來說，電影《男孩別哭》（*Boys Don't Cry*）裡，主角的面向單一、扁平，身邊圍繞開著貨卡到處狂歡作樂的混蛋。這部片顯然屬於人物驅動的類型，因為不論主角身邊這些混蛋心胸有多狹隘、思想有多僵化，身為反派的他們主宰著劇情走向。另一方面，康拉德在小說《吉姆爺》裡，賦予主角心理層面的複雜性，但讓圍繞著吉姆的社會外力影響他充斥著內疚的焦慮感、侷限他的反應，最後吞噬了他。

不管如何取得平衡，到頭來，所有情節問題的解答都要在故事人物的身上尋找。別問「發生什麼事？」這類的開放性問題，而是要問：「什麼事發生在我的故事人物身上？怎麼發生在他身上？為什麼是發生在他身上，而不是她身上？是什麼改變了他的人生？為什麼它會以這種方式改變他？他的未來會發生什麼事？」請將所有和情節有關的問題都連結上故事人物的人生。否則，這些問題都沒有意義。[3]

整合一切的成因

不論怎麼平衡故事內在、外在的事件成因，最理想的結果是能在讀者／觀眾心中，將人物和情節統合成一個整體。一個故事人物移情別戀帶來的衝擊，可能和一位士兵在戰場上背叛同袍帶來的衝擊一樣，甚至有過之而無不及。在這兩個例子中，故事事件不僅改變了價值取向，也同時揭示了人物本色。

不管故事類型為何，優秀的創作裡，外在事件能引發「揭露、改變人物本色」的內在轉變，內在欲求也能促成「引發外在事件」的決定與行動。人

物和情節兩者因此完美結合為一體。

最後提醒

針對亞里斯多德理論的爭論，如果想知道你的故事屬於哪一方——情節驅動、
人物驅動，或兩者兼顧——只要列出所有場景，並將當中的轉折點依「起因」
來分類，看哪些是由人物的決定造成，哪些是由不可掌控的外力造成。不管
你的故事偏向哪一方，沒有哪一方比較有創造性。最終，這些事件怎麼發生、
開展，都將在你腦力激盪的過程中確定下來。

03
創作者的基本功

在深入探究如何創造故事人物之前，我們先以這一章來檢視幾個支撐作者創作的根本信念。你如何看待人性？怎麼看待文化的影響力？對作者身份、寫作的責任有什麼看法？

創作者如何看待創作

創作即瘋狂

古人通常將創造力形容為進入一種出神著迷的狀態，瀕臨發狂的邊緣。現代喜劇助長了類似這樣的迷思，時常將藝術家形塑得很神經質，卡在渴望搬演自身幻想的癡迷和幻想觸發的尷尬窘迫之中，進退兩難。英國劇作家湯姆・史塔佩（Tom Stoppard, 1937 －）在舞台劇作《滑稽的模仿》（*Travesties*，又譯《諧謔》）中譏諷愛爾蘭作家喬伊斯即為一例。

創作即幻想

以佛洛依德更富同情心的觀點來看，我們是為了逃避現實而創作。因為樂極

生悲多是常態，因為甜點雖美味但總把你的牙齒搞壞，因為戀愛讓你心花朵朵開接著又讓你心碎得滿地，因為期盼幾乎不會成真，所以我們投入幻想的懷抱。孩提時代，我們學會躲進自己的想像力裡，幻想自己踏上一段段冒險旅程，藉此逃避現實的不順遂。長大成人後，這些白日夢變得益發奢侈。大家都能幻想、做白日夢，但創作將幻想提升到另一個層次。

　　藝術家也想像各種情境，只是接著將這些想像轉化成電影、小說、劇作和影集。儘管他們的故事通常刻畫痛苦的經歷，但虛構的創作不會造成真實的傷害，故事人物的痛苦只會昇華為讀者／觀眾的快樂。

創作即發現

神經科學探究創造力的過程中，將大腦區分成左、右半球，並辨識出左、右半球的功能：左腦掌管邏輯的推演與歸納、線性思考、數學計算、規律識別和語言。右腦負責推演因果關係、類比、圖像化、聽覺想像力（auditory imagination）、非語言表達、直覺、節奏、感受和情緒。[1]

　　讓我們先來看個例子，讀讀美國詩人卡爾‧桑德堡（Carl Sandburg, 1878 － 1967）的詩作〈霧〉（Fog）：

　　霧來了
　　躡著小貓的細步。
　　它蹲坐凝視
　　港口與城市
　　蹲坐於沉靜的腰腿肉
　　而後走遠。

　　如果在腦中想像一下這首詩，會明白「貓」和「霧」的意象同時出現在桑德堡的腦中。他的左腦看到的是兩個不相干的生物和天氣現象，右腦則注意到只有充滿創造力的心智會發現的關聯，於是以寂靜、靜止的意象連結並混合兩者，創造出第三個新事物。我們讀這首詩時，桑德堡這個帶有哀愁之

美的隱喻，以之前從未體驗過的感受豐富了我們的心靈。挖掘之前未注意到的相似之處，是人的心智能給予他人心靈最美麗的禮物。

說到底，創造力就是發現這「第三個新事物」的能力。藝術家的天賦是搜尋雙重性的探測器，發現已存在事物之間隱藏著的相似之處，接著靈光一閃，將已知事物轉化為新事物，將兩個已知融合為前所未見的新事物。

創造力在我們的腦中是往哪個方向淌流，才會發現這第三個新事物呢？是右腦到左腦，還是左腦到右腦？是從殊相（特定、個體）連結到共相（普遍、全體），還是從共相連結到殊相？答案是，天才的思考是雙向的——有時緩慢地互相交替，有時瞬間切換——因為理性和想像會啟發彼此。[2]

如果以奇幻類型來說明，作者創造奇幻人物時，通常會從人物的原型（智者、戰士、大地之母）開始構思，再將他們具體落實在真實世界裡，打磨他們作為實際人物的舉止與談吐（過程是從抽象概念到具體實際）。或者，拿作者創作社會劇（social drama）來說的話，他一開始可能會從真實的新聞事件取材，接著設計整組卡司，以富有象徵意義、宏大的規模，去呈現正義與不公的角力（過程是從具體實際到抽象概念）。

讓我們比較一下二〇一七年的兩部電影《神力女超人》（Wonder Woman）和《意外》（Three Billboards Outside Ebbing, Missouri）。前者講述一位女神下凡，在人類的戰爭裡浴血奮戰；後者講述禮品店老闆試圖替被殺的女兒復仇，她的報仇之舉成了一個富含象徵意涵的行動。

創造力就像希臘神話裡的神祇荷米斯（Hermes），他是腳上長著翅膀的信使，往返於兩個世界——理性／非理性、左腦／右腦——以美學秩序馴服現實生活的混亂。

創造力就像小孩外出玩耍，把理性留在家裡，為自由聯想這匹馬裝上馬鞍，在一趟趟的旅程中縱馬疾馳。兩個隨機的想法突然碰撞、融合成第三個新點子時，右腦會抓住這塊難得可貴的寶石，交給左腦。如此一來，作者便能運用他理性面的技巧，將這塊原創的閃亮寶石嵌入尚未完工的草圖中，把它重新塑造為令人難忘的故事人物。

人物創作的兩個理論

人物創作的過程怎麼展開，是一個值得討論的主題。作者是一點一滴發想拼湊出人物，還是人物早就存在他心中、只需要把他們「生出來」？故事人物是有意識的創作產物，還是潛意識的化身？

發想論

有些作者從故事的靈感出發，再腦力激盪、發想出故事人物，讓人物具備足以彰顯故事靈感的特徵和面向。

小說《飢餓遊戲》（*The Hunger Games*）作者蘇珊・柯林斯（Suzanne Collins, 1962 －）表示：「某天晚上我躺在床上轉電視頻道，整個人非常疲憊。我轉了好幾台的實境秀，有個節目是關於一群年輕人要爭奪一百萬，或贏得某個單身漢的芳心之類的。接著，我看到伊拉克戰爭的新聞畫面。這兩件事以令人不安的方式融合在一起，也就是在這個瞬間，我有了凱妮絲（Katniss）[16]故事的點子。」

至於小說家派屈克・麥克葛瑞茲（Patrick McGrath, 1950 －），則通常是在引人好奇的現實作為中得到故事靈感，這些行為可以簡單到像是奇怪的說話語調，或是某人把帽子用引人注目的角度戴在頭上，然後他會自問：「什麼樣的人會用那種奇怪的語調講話，或是用那種方式戴帽子？」接著，當他在鍵盤上打字時，會將自身的創作才華、一輩子對人的觀察，以及他對人性衝動的理解結合在一起，讓引人好奇的舉止特徵轉化為心理層面上極具說服力的人物與故事。

分娩說

其他作者則將自己視為某種旁觀者、一種媒介，讓不同性格的人物得以進入尚未寫成的故事。這些故事人物好似活在另一個世界，是一種獨立的存在，接著經過「心智的產道」、歷經一段分娩的過程，來到作者的意識中。

英國小說家伊莉莎白・鮑恩（Elizabeth Bowen, 1899 － 1973）在〈小說創作的注意

---

16 《飢餓遊戲》的女主角。

事項〉（Notes on Writing a Novel）一文中寫道，「人物創造」是個令人誤解的概念。她認為，故事人物早就存在那裡，慢慢地讓小說家認識他們——就像在火車上認識的旅客在光線昏暗的車廂裡交談那樣。

以小說《生活是頭安靜的獸》（Olive Kitteridge）榮獲普立茲獎的美國作家伊麗莎白‧斯特勞特（Elizabeth Strout, 1956－）則是說，她筆下的故事人物從來與她的個人經驗無關，這點與一般讀者的想像很不同。她認為，這些人物神祕地、自然地在隨意的場合、零散的對話中自己活了過來，然後經過一段她難以解釋的過程，最終連結成一個故事。她會在小紙片上匆匆寫下一段段文字，而紙片漸漸累積越來越多。過程中，她會捨棄一些紙片、保留某一些，耐心等待，讓「故事人物各自忙著他們的小事，而我負責留下那些沒有欺瞞的內容」。

小說家安‧拉莫特（Anne Lamott, 1954－）曾表示：「我總覺得這些人就在我心裡——這些故事人物，知道他們是誰、有什麼打算、什麼樣的事發生了，但他們需要我幫忙把這些內容寫在紙上，因為他們不會打字。」

對大部分作者來說，日復一日的人物創造過程需要上述兩種模式：來自潛意識的驚喜（分娩說），以及在房間來回踱步下的即興產物（發想論）。每寫下一位新的故事人物，作者得用上所有靈感來源，試圖在其中找到最佳平衡。

創作有其神祕難解之處，這點毫無疑問，但宣稱故事人物會拒絕任作者擺佈，這番說詞讓我感覺是文學創作的自我陶醉。難道作曲家會宣稱，他想演奏的一組和弦拒絕發出它該有的聲音嗎？難道畫家會主張，紅色有自己的想法嗎？某些作者為了讓自己看起來很神祕，試圖讓我們相信寫作就像做夢一般，相信作者只是臣服於天生的衝動，相信他們只是讓自己無法掌控的力量傳達出去的管道——這類說法總是聽起來有點虛偽，有些自以為是。

假設，就像導演伍迪‧艾倫或劇作家盧易吉‧皮蘭德（Luigi Pirandello, 1867－1936）創造的故事人物一樣，你筆下的人物某天從你的故事中走出來，來到現實世界裡。我指的不是像《開羅紫玫瑰》（The Purple Rose of Cairo）[17] 或《六

---

17 伍迪‧艾倫的電影《開羅紫玫瑰》描述愛看電影的女主角某次看電影時，片中男主角竟然走出來和她相會，她在驚訝之餘也墜入情網。但她又遇上了飾演男主角的男演員，令她左右為難。

個尋找作者的劇中人》（*Six Characters in Search of an Author*）[18] 一樣，故事人物出現在那個奇幻的真人世界，我指的是成為實際的人、來到你所在的現實。假設這位故事人物想寫自己的故事，假設他搶走你的鍵盤，再假設這位老兄發現自己一點才能都沒有。這時你該何去何從？

故事人物是藝術品，不是藝術家。人物在作者的腦中顯現，而且會照著作者的意志行動，儘管他們現身、行動的方式常常出人意料。對自己想出來的點子感到驚訝，是才華洋溢的作者的家常便飯。潛意識會吸收藝術家的生活體驗、對事物的研究與認識，以及藝術家的夢境與想像，接著混合這些材料、轉化成新的形式，再送回顯意識中。藝術家不會察覺這番運作過程，直到結果出現：對某種行為舉止的深刻洞見、某些人物特徵的極端組合，突然間、意外地冒出來，讓藝術家吃驚不已。這些靈光乍現來自潛意識的翻騰攪動，在藝術家奮力打磨自己的手藝時，潛意識正悄悄運作。

就像拉梅茲分娩法（Lamaze Method）[19] 一樣，創作是在作者全然清醒的狀態下將故事生出來。沒有什麼神祕力量，沒有什麼宙斯的女兒[20] 從奧林帕斯山（Olympus）下凡來啟發你。在你本來就知道的事物身上灌注生命，這就是寫作一直以來的本質，未來也仍會是這麼一回事。

創作的渴望

經過一輩子的學習、體驗和想像，創作者一點一滴累積各種知識學問，一切都在潛意識中翻騰。右腦任意撿拾各式各樣的事物、察覺這些事物之間的關聯、將之結合一氣，接著將這些新產物交給左腦運用。然而，這時出現了藝術家會持續面對的問題：因為你只能用你腦袋裡的東西進行創作，於是你的創作完全侷限在那些你沒想過的想法中。

---

18 皮蘭德婁的這部劇作講述某個劇團排練時，突然闖入六個作家未完成的「劇中人物」，要求作家把他們寫完、讓他們演完自己的故事。

19 又稱拉梅茲（分娩減痛）呼吸法。強調特殊呼吸方式、伸展放鬆等技巧，用來減輕分娩時的疼痛與不適。

20 指希臘神話中的繆思女神（Muses），是西方文化中象徵「靈感」的人物。

你的知識或經驗越少，你的才華越不可能創造出富有原創性的內容；相反地，你的知識越豐富、洞察越深刻，你的才華越有可能發現新點子。無知但有天賦的作者或許能創造出幾件小而美的作品，但要創作長篇又複雜的作品，需要豐富又深入的學問。

靈感賜予你吸引人但你不熟悉的故事人物時，你會突然明白，自己知道的並不足夠。永遠不夠。要讓你的才華能超常發揮，靠的是累積所知。創作者沒辦法偽裝，也不能是冒牌貨，必須具備寬廣深厚的感知力，具備能揭示真相的才智。有鑑於此，創作出獨特人物的作者，會以紮實的研究支撐自己的創造力。

且說某天晚上你做了個夢：一家人身穿實驗室白袍，發狂似地在擺滿一排排試管的桌子旁忙進忙出。這個場景裡的某些元素把你嚇醒，滿身大汗。第二天早上你動手寫筆記，想了解這神祕的一家人。你寫下什麼樣的內容呢？你有幾個問題必須回答：

這些人物是什麼角色？母親？父親？兒子？女兒？他們是科學家還是破壞者？他們確切的工作內容為何？他們是要創造，還是破壞？還是說，那些身穿實驗室白袍的人象徵某些極為私密的事，其實和科學一點關係都沒有？不管你怎麼回答，新的問題都會冒出來，你可能答得出來，可能答不出來。如果沒有累積大量特定知識，你就只能模仿他人。那麼你要如何創造出一整組迷人的原創人物呢？

首先，請整理你對故事人物、對他們的世界所知的一切。你可能覺得你都知道，但要等到確實寫下來，你才會明白自己真正知道哪些內容。寫下來的文字讓你脫離自我欺騙、讓你面對現實，指出通往充滿創造性的調查與研究。如果你發現無法把自己具備的知識化成文字，這單純意味著一件事：是時候好好學習了。

滋養創造力的四種研究途徑

四種研究途徑分別是：探索自我、發揮想像力、從書本累積知識和實地訪查。

1. 探索自我

從真實生活中或故事裡，你體驗到所有飽含意義的感受，都儲存在你的記憶中。經過一段時間，來自這兩方的感受會漸漸混融在一起，因為記憶都將這些感受存放在同一個心智庫裡。這也是為什麼我們經常會覺得真實發生過的事不像真的，虛構的故事卻好像真的發生在我們身上。所以呢？

所以說，如果我們費心探究自身的過往，便會明白：我們知道的遠比我們以為自己知道的，還要多更多。

盤點回憶是第一個、也是最根本的研究形式。如果你想呈現生命的真實，只要問：「我從人生中第一手學到的事物裡，有什麼能幫我創造這些故事人物？」

假設你是個女性作者，正在撰寫圍繞著某個父權家庭的故事，而你設想了兒子反抗嚴父的場景。你的記憶要怎麼協助你創造這些人物，並且讓這場反抗的戲出人意表、揭露某些內情，但又一點都不老套？

不妨回想一下你的童年時光。你一定曾經受罰，只是程度可能不嚴重。總之，明知會被處罰，你還是會違抗父母的管教。處罰和反抗這種對峙狀態以痛苦和憤怒作為核心情緒，這是普世皆然的事實。請問問你自己：在情緒層面感覺到痛苦的所有經驗裡，哪一次讓我覺得最難受？過去最讓我覺得憤怒的事是什麼？我痛苦時會做什麼？憤怒時會做什麼？

重建過去這些場景，以生動、寫日記的方式寫下來。關注你自身情緒的內在感受，以及化作實際行為時是什麼樣子：你看到、聽到、感受到什麼，還有最重要的是，你說了、做了什麼。用文字表達這些意象和行為，如實真切地表達到讓你的手掌心冒汗、讓心臟劇烈跳動，好像一切又再發生了一次。

接著，回到你的故事人物身上。根據你的回憶，想像你過去的經歷如何轉移、變形或甚至反轉成為他們的經歷。

2. 發揮想像力

記憶是拿過去的事件在當下重現。另一方面，想像力是拿你五歲發生的事，和你二十五歲發生的事結合在一起。想像力是擷取你看到的新聞內容，

搭配你某天晚上的夢境，再混合幾句你在街角聽到的對話，最後將三者放進你在某部電影裡看到的一個畫面裡。想像力是動用類比的力量，從過去的點點碎片創造出當下的整體。

因此，在你筆下的父親開始懲戒兒子、兒子開始反抗父親之前，請單純地想像一下他們就好。在你的腦海中看到他們的容貌、聽到他們的聲音。繞著他們走一圈。別馬上列出他們的特徵、分析他們的動機，或寫出他們的對白。這些都還不是時候。我反而要建議你，帶著他們在你的想像力裡走一遭。

在這個最初階段，你要先產生一個整體的印象，有點像在派對上和某人聊過後留下的那種感覺。不過，一旦你認定某個人物值得你深入創造，你得將想像力發揮在更具體的細節、更深刻的面向上。

3. 從書本累積知識

如果你打算寫一段對立的父子關係，你可以利用自己的親身經歷、你對其他家庭的觀察，以及你能想像到的一切，作為創作素材。然而，不管有多熟悉這個主題，你很快就會發現記憶和想像有其侷限，無法帶你走太遠。你在任何計畫的初期階段所具備的知識，通常都不足以讓你完成這個計畫。意思是，你得額外透過書本學習。

如果你找了以親子關係為主題、鞭辟入裡的心理學與社會學著作來研讀，並以寫論文做學問的態度畫重點、記筆記，會發生兩件深具影響力的事：

一、你會在這些著作研究的親子關係裡，找到你的親子關係，並能確認你所知的一切是真是假。你會發現，不同文化裡的親子關係都經歷相同的困擾、度過類似的階段。每個家庭回應、調適的方式都有其獨特之處，但人類相似之處遠比相異之處來得多。因此，如果你的創作夠有說服力，那麼你筆下的獨特性會成為共通的普遍性，因為受眾會在你虛構出來的家庭中，辨識出自己的親子關係。也就是說，你的創作自然會找到讀者或觀眾。

二、那些無法靠自己領悟的洞見，會在你看書的過程中顯現。隨著所學與所知融合在一起，腦海裡會湧現許多極富創造力的選項。這些獨特的選項會協助你打贏不落俗套的這場仗。

4. 實地考察

你筆下的父子攤牌橋段得在某個場景裡發生。或許你想像這對父子是馬術師，為了馬術比賽在練習時吵了起來，或是在運馬拖車旁修理壞掉的拖車鉤時起了爭執；又或者，他們在回程的高速公路上，互相指責是誰害拖車鬆脫。這三個場景都有可能，但你從沒親眼見過任何一種。

這時，你最好就像紀錄片導演一樣，在現實世界裡實際勘查，以親眼目睹事情怎麼發生，親口與生活在這些現場的人談談，並記錄下訪查的心得要點，直到你精通這個主題。直到你覺得，與撰寫類似內容的其他人相比，你已經挖得更深、走得更遠了；直到你認為，自己已經成為筆下人物和這些場景設定的專家。在這之前，請你別停筆，繼續琢磨、鑽研。

作者如何看待人性

獨創的故事人物來自對人性的獨到見解，所以任何傑出的作者都會發展出一套自己的人性論，解釋什麼樣的原因導致人以某些方式做出某些事。發展自己的人性論沒有既定的公式；藝術家未必都條理分明、中規中矩。因此，所有作者都得用自己的方式，將自己對人性的想法組織成一套獨特的見解。

你的理論會反映在你的人物身上，影響他們對意義和意圖的理解，影響他們覺得什麼事該做、什麼事絕對不能做、該為什麼奮鬥、該反抗什麼、可能希望建構或摧毀什麼、如何看待愛和人際關係、希望促成怎樣的社會變革、想做什麼樣的決定、想採取什麼樣的行動。

你的理論如何成形，端看你如何看待人。你相信全體人類共享最根本、與生俱來的人性？還是認為，人具有可塑性，受家庭、經濟和文化層面諸多力量形塑而成？你覺得人性無關性別，每個人都一樣，還是因性別而有差異？因文化而異？因階級而異？還是說，大家都不一樣？

為了方便你比較自己的理論和歷史上幾個主流想法，在接下來的段落，我從兩個相反的觀點整理了多家思想如何看待一個重要的問題：「人類行事的動機為何？」為什麼我們會做出那些事？

這兩個相反觀點代表了「先天」與「後天」的爭論：哪一方最重要？是與生俱來的基因和能力——固有本質——最重要？還是後天教養、文化薰陶——外來影響——最重要？換句話說，人的成功是誰的功勞？人的失敗又該怪誰？

兩大理論：固有 vs. 外來／先天 vs. 後天

當人類開始深入思考自身，便發展出諸多主張，以理解生命中的混亂。這些博大精深的理論往往分成兩派，從相反的觀點看待人類行事的動機。如果不是採取從自我出發，由內而外、主觀、內在固有的觀點，便是依循從外在環境出發，由外到內、客觀、後天外來的角度，也就是：先天與後天這兩派觀點。

印度思想

我們先來看看源自印度的兩種思想：

內在固有

佛教認為，人沒有所謂不變的靈魂或永恆的自我。如果我們以為聽見了自己的想法，是因為我們錯把虛妄、無我（nonself）當成有意識的自我，當成有個「我」產生了這些想法。簡單來說，現實真的存在，但自我是個幻覺。

後天外來

印度教提出相反的主張：自我確實存在，現實則是幻象。我們不明白現實的本質，也無法明白。摩耶（Maya）是產生幻覺的力量，賦予沒有形體之物形體，但掩蓋、扭曲了本質。

我們以感官經歷的世界確實存在，但只是終極現實的拙劣模仿，終極的現實隱藏在摩耶產生的幻象之後。終極的現實不可言傳、無法解釋，因為語言本身就是摩耶的副產品。

古希臘思想

和印度哲思發展時代相近的古希臘哲學，則迥異於上述的兩種信念：

內在固有

和佛教相反，蘇格拉底（Socrates）主張自我是存在的中心，根本不是虛妄、幻象。他訓誡道：「未經檢驗的生命不值得活。」因此，你得「認識你自己」。在還沒面對、接受自我內在的世界之前，我們怎能奢求掌握外在世界蘊藏的智慧？在尚未體察自己的人性之前，我們怎可能理解其他人？

後天外來

和印度教相反，亞里斯多德相信世界既真實存在，也能夠掌握、理解。追根究柢，我們是政治性動物（political animal），社會群體就是我們最自然的歸屬。運用自身的才能，積極參與公共事務、利益他人，我們便會產生成就感。所謂的幸福人生應體現美德與卓越，與志同道合的夥伴共享理性的思想。

中國思想

中國哲學和古希臘、印度的哲思有些類似：

內在固有

與蘇格拉底、佛陀的思想類似，道家思想從內在自我出發，望向外在現實。道家思想強調，比起人的社群，我們更應該與自然的事物、自然的規律與模式和諧共處。道家思想不講究複雜的儀式，而是追求簡約、自發性、同情心與謙遜這些重視依循內在自然精神的行為。道家認為，控制他人需要蠻力，控制自我則是需要韌性；理解他人是智慧，而理解自己是大智慧。

後天外來

就如同亞里斯多德、印度教思想，孔子認為，人的福祉建立在并然有序的社會之上。儒家思想從社會出發，注重關乎群體福祉的道德規範、家族忠

誠、祖先祭拜，並劃分嚴格的身份階級，以及長幼、夫婦等倫常。而且不管在任何情況下，「義」都很重要。

十九世紀

兩千五百年後，西方哲學仍然分成這兩派：

後天外來

就像亞里斯多德，馬克思（Karl Marx, 1818 – 1883）相信社會面的力量決定人怎麼思考。他也和佛陀一樣，認為固定不變的自我並不存在：「所有歷史都是人性持續不斷變化的過程。」

內在固有

佛洛伊德與馬克思背道而馳。他認為，潛意識掌管宇宙的中心，家庭以外的社會結構不重要。他的內在精神以三部分構成：本我（id，生命能量的來源，或天生的本能與欲望）、自我（ego，身份認同）、超我（superego，良知）。自佛洛伊德開始，精神分析學家持續爭論著：如果這三者之中有所謂真實的自我，那會是哪一個？

二十世紀

後天外來

二十世紀中葉，美國人類學家暨神話學家喬瑟夫・坎伯（Joseph Campbell）提出他具顛覆性的神話理論。他借用卡爾・榮格（Carl Jung）潛意識原始原型（subconscious primordial archetypes）[21] 的主張，套用在一個通用的敘事模型裡，不同原型各有其角色。

坎伯斷言這個單一神話（monomyth）[22] 已經流傳許久、遍佈不同的文化，但

---

21 榮格認為人普遍擁有「集體潛意識」，這是在人類祖先演化過程中，累積下來的精神產物，當中由好幾個原型組成。
22 坎伯分析了世界各地的神話與宗教故事，得出一套共通的敘事模式：「英雄的旅程」。它指的是故事裡的主角都會歷經一段「啟程、啟蒙、回歸」的旅程，在過程中實現並超越自我。

其實這個敘事模型多半是被建構出來的。[3] 許多作者因為奉這套單一神話的論述為圭臬，而將故事人物簡化為缺乏面向的陳腔濫調。

內在固有

心理學家威廉‧詹姆斯（William James, 1842 − 1910）認為內心世界持續存在著矛盾：有時，私密自我（private self）感覺像一團固定、平穩、一致的意識，但白日夢、混亂與騷動將意識融解成不斷變化、流動的眾多想法和印象。詹姆斯不解：「我們怎麼有辦法具備持續存在的單一自我，同時又擁有好幾個大相徑庭、屬於過去的自我？」我們怎麼有辦法同時是我們所認識的單一自我，又同時是散落在眾多記憶裡多個過去的自我？這些詹姆斯式的矛盾有助於啟發作者創造出複雜的故事人物。

二十一世紀

最近幾十年，針對人性的兩派爭論以這兩種形式呈現：

後天外來

批判理論（Critical Theory），也就是後現代主義，是一個以後天養成為本的思想系統，將大腦心智視為受社會制約的器官。因此，以某個文化的主觀信念去評斷另一個文化的行為和價值，既偏狹又不合理。此一堅定的信念走到極端，甚至否定了科學方法本身——蒐集證據、實驗、理性演繹此一過程——認為這套方法帶有偏見、在文化層面有失公正。

內在固有

認知科學（Cognitive Science）則是批判理論的相反。這門學科源自語言學、資訊科技、電腦科學領域。在這個以先天固有為本的理論裡，心智是由演化設計而成的一台生物電腦。認知科學認為，一旦我們解開大腦的謎團，拜科學之賜，我們便能徹底明白導致人類各種行為舉止的原因。

針對這兩派的爭論，我認為影響人生的因素永遠混雜這兩方，只不過基因和文化在影響力的質和量上差異很大。然而，更重要的是，上述提及的主張都沒有考慮到巧合帶來的衝擊。

來看看針對雙胞胎進行的實驗：雙胞胎具備相同的基因，但會逐漸形成不同的人格特質。不管他們是否生長在同一個家庭，他們保留某種程度的相似，但仍然不一樣。因此，對雙胞胎來說，先天或後天因素都沒有造成關鍵的差異。那造成關鍵差別的因素是什麼？偶然、隨機、巧合。

打從出生開始，許多條件與狀況都無從選擇，世間諸多力量毫無章法、隨機地相互碰撞激盪，構成了每個人的生命。孩子會天生承襲父母、手足的行徑，而且經常是衝動的行為；孩子在他所無從選擇的文化背景中成長，任由這股文化力量形塑他；之後受到什麼樣的教育，也端視他遇到什麼樣的老師；宗教信仰方面也是如此；他玩的遊戲、參加的比賽有輸有贏；他會有屬於自己的職場際遇，在當中載浮載沉。以上這些都充滿各種巧合，連天氣在內的環境因素都隨機對他產生影響。在藍天下盡情奔跑、久經日曬、皮膚曬成褐色的小孩，和生養在多雨、日照缺乏、在家收看大自然節目的小孩，兩者截然不同。

和其他因素一樣，運氣也同等重要，決定了他的人生會有怎樣的走向：好的、壞的、不好不壞的發展。一旦機遇做了該做的事，就輪到故事人物回應了。回應時，先天和後天的影響才開始起作用。

寫故事的三大能力

你可以從上述各家思潮的概述中揀選你認同的，或者全部否定也無妨。怎樣都沒關係，只要你對人性的洞察比尋常經驗和常規教育來得更深刻就好。要發展自己的理論，建議你把重點擺在三種能力之上：道德想像力、邏輯推演與自我認識。最終、最重要的寫作準備，是將你的才華聚焦在這三個難題上。解開這三道難題，對於故事人物為何做那些事，你會有更開闊、也更細膩入微的理解。

1. 道德想像力

道德想像力是指對人生價值的敏銳感受，有能力辨識價值取向的改變（正面 vs. 負面）、層面的轉移（顯意識 vs. 潛意識）、強度的轉變（隱晦 vs. 明顯）——這些變動的特性會逼迫、驅使人做出決定並採取行動（或是遲疑、拖延耽擱），以便處理（或逃避）衝突。

要創造一個複雜的故事人物，作者的道德想像力必須直視人物的內心，辨識並衡量在他生活中發揮影響力的價值——成熟／青澀、正直／奸邪、大方／自私、仁慈／殘忍——所有人性價值取向的變動。

要創造複雜的故事設定，作者會在故事設定的社會與背景環境中，創造正、負面價值的衝突：什麼是善 vs. 什麼是惡、重要 vs. 細瑣、正義 vs. 不義、有意義 vs. 無意義等生命中各式各樣的價值。

如果沒有互相衝突的價值，故事的背景設定就和桌遊規則差不多；沒有作者的道德想像力建構出人物特質的矛盾，人物的作用比大富翁的棋子還不如。因此，不管是先從故事設定發想人物，或是從人物開始建構故事設定，作者最終都得運用自身對生命諸多價值的理解，創造價值的對立與變化。[4]

2. 邏輯推演

說故事的人必須具備由小見大、一葉知秋的能力。就像作曲家聽到一組和弦便能寫出一首旋律，畫家看到一抹色彩便能將畫布填滿驚奇，而作者掌握了一絲線索，便能想像出一個人。

在你說故事的生涯中，你不可能在現實中認識所有你要寫進故事裡的人。因此，請發展演繹、歸納的推理能力：從部分拼湊整體——看到一個小孩，便能想像他生長的家庭；從整體回推部分——想像一個擁擠的城市，便能發現一個迷失的靈魂。

3. 認識自我

所有書寫都具備自傳性質。每次發自內心的即興創作、每個來自外在的靈感觸發，都是透過你、你的心智、你的想像力、你的感受，落實於文字之中。

這並不意味你筆下的人物是你另一個自我。它代表的是，對自身的了解是人物創造最主要的根源，就像植物的主根一般。

你唯一能既深且廣、好好認識的人，只有你自己。你唯一能客觀審視的主觀，只有你自己的主觀。你唯一能對話的內在聲音，只有你自己內心的聲音。你活在「自己的心智」這間牢房裡，因此不管你和某人的親密關係持續多久，你都無法真正明白對方的內心世界。你能揣測，但永遠無法真的認識。

你唯一能認識的自我，只有你自己的自我，儘管如此也仍有侷限。因為自我欺瞞會扭曲自我認知，你對自己真正了解的程度，永遠不及你認為的那麼多，對自身的認識永遠不完全，在很多層面也充滿謬誤。儘管如此，這是你僅有的。

如果你只能了解一部份的自己，對他人的認識甚至更少，要怎麼創造出原創、複雜的故事人物呢？透過問這個問題：「如果我是這個人物，身處在這樣的情境中，我會有什麼樣的想法、感受和行為？」接著，側耳傾聽最真誠的答案，因為那永遠是對的。你會做人會做的事。你越能參透自身的人性謎團，你越能了解他人的人性。

儘管大家明顯各不相同——年齡、性別、種族、語言、文化都不同——我們的相似之處卻遠多於相異之處。我們共享著最根本的人類經驗。因此，如果你有某個想法、某個感受在心中滋長，你也可以確定，每一位在街上朝著你走過來的人，都以他們各自獨特的方式懷抱同樣的感受和想法。

當我們了解人物創造的關鍵在於對自我的認識，看著從最偉大的創作者——莎士比亞、托爾斯泰、田納西·威廉斯、童妮·摩里森、威廉·惠勒（William Wyler, 1902 － 1981）[23]、文斯·吉利根（Vince Gilligan, 1967 －）[24]、英格瑪·柏格曼（Ingmar Bergman, 1918 － 2007）[25]，以及其他非常非常多人——心中走出來的無數故事人物，看著這些如此獨特、迷人、令人難忘的人物，看著這些想像力的產物，就能明白這一切多麼令人驚豔。

---

23 美國導演暨製片，代表作包括《羅馬假期》（Roman Holiday）等。
24 美國編劇、導演暨製片，影集《絕命毒師》主創。
25 瑞典電影暨舞台劇導演，著名作品包括《第七封印》、《野草莓》、《假面》、《芬妮和亞歷山大》等。

第二部
打造故事人物

> 我筆下的人物都是人類文明過去與現在的集合體，自書籍和報紙裡
> 取幾段、從人性中拿一點、自華美的服飾裡剪幾塊碎布拼湊而成，
> 就和人類的靈魂一樣。
>
> ——史特林堡（August Strindberg, 1849－1912）[26][1]

　　創造故事人物最好的方式為何？由外而內，還是由內而外？要先打造故事相關設定，再填入卡司？還是先發想卡司，之後再打造他們身處的世界？

　　不管哪一種方式，只要處理到單一故事人物，同樣的問題依然適用：應該先塑造外在特徵，再回頭打造內在核心？還是要先從內在核心處理起，再往外添加外在特徵？接下來的兩章要分別檢視這些不同技巧。

---

26 瑞典劇作家、小說家，在舞台劇中結合心理學與自然主義，這類戲劇隨後演變成表現主義戲劇
（Expressionist drama），著名作品包括《夢幻劇》、《茱莉小姐》等。

04

人物發想：由外到內

　　靈感迸發時，閃現的很少是一組完整、已完成的人物故事，通常只是一種直覺的小火花、一個謎團中的一絲線索。這些迷人的片段讓想像力奔馳，引發自由聯想的連鎖反應。起初看似是個重大突破的構想，往往會走進名為陳腔濫調的死巷子。不過，經過時間淘洗而留下來的寶貴識見，是通往成功的蜿蜒小徑。

　　靈感會從作者身邊任何領域冒出來，因此，讓我們先將作者的宇宙想像成一個圓，從中心向外共分成五層：

1. 最外層是現實世界：時間和地點、人與事、過去及現在。
2. 現實世界往內一層是書本、舞台和銀幕等故事媒介。
3. 再往內一層是不同的類型（genre），各有各的許多慣例。
4. 每個故事包含：回溯故事人物生成的背景故事、敘事中發生的轉折點，以及統合所有故事事件的主題。
5. 圓的中心是作者深具創造力的自我，這個自我向外望去，找尋靈感。

　　讓我們先從最外層開始講起，逐步討論到身處圓心的作者。

靈感來自現實生活

現實（物件、圖像、話語、聲音、氣味、食物的風味、物品的質地）與無邊無際的想像力相互激盪、碰撞時，往往會引發創作人物的衝動。任何偶然的感受或經驗，都能使無拘無束的想法傾瀉而出，最終醞釀成熟，化身為一位複雜的故事人物。不過，對作者來說，最常見的靈感來自其他真實的人。

真實的人之於作者，就像聲音之於音樂家。作者創造人物時，人性便是音符，供作者譜成一首人類舉止的交響曲。因此，虛構的故事人物和真實的人兩者截然不同。

真實的人難以捉摸、還在變化、還不完整——他還有接下來的人生要過；故事人物則是完成的作品，從最初賦予靈感的真人演變而來，是完整又深具表現力的版本。真實的人確實存在，但故事人物通常顯得更真實。真實的人迎面而來時，我們會閃避一旁以免相撞；故事人物只會輕巧地從我們身邊經過，絲毫未察覺我們目睹了他們的每個轉身。我們得直接面對真實的人，彼此互相影響。故事人物則是激起我們的興趣，吸引我們去理解、掌握他們。

亨利・詹姆斯、盧易吉・皮蘭德婁等二十世紀初的作者認為，儘管他們能像上帝一般了解故事人物（就如他們的小說和舞台劇作所呈現的），他們卻不太有把握能如實評述真實的人。因為只能看到表面的姿態和特徵，他們懷疑自己是否真的能深入瞭解真實的人。他們認為，要想判斷他人的潛藏動機，我們充其量只能猜測——就算是有根據的推測，也仍受偏見影響，仍然會出錯。

他們確實有道理。且說你正在寫回憶錄，筆下的人物自然包括你實際認識的人，但一位泛泛之交轉化成的故事人物，有可能像立可拍快照一樣表面又膚淺。

如果你直接取材自真實人生，請看到表象之下的事物，挖掘沉默的真相，以你的洞見驚豔我們。別只是照抄。你該做的，反而是重新想像真實的人，將他們轉化成能說服我們、精彩的故事人物。

也就是說，從真實的人身上找靈感，不見得保證你的人物具備可信度。

如果作者不覺得某個人物夠真，就不會覺得有什麼必要書寫。不過，如果一個又一個特徵逐漸累積，可信度慢慢在作者心中扎根、加深他的看法，那麼創作就開始了。通常，會有個獨特的面向突然間反映了整個人，而這個「畫龍點睛的細節」便從確切的現實既有之中挖出一個有意思的靈感，變成新的可能。

作者如果不太熟悉筆下人物的背景、環境和特徵，只能籠統地寫個大概，他對故事人物的看法會因此萎縮，進而削弱他的創造力。相反地，對現實有著全面掌握的作者能在與眾不同的設定下，創造出獨特的人物，並立刻吸引讀者和觀眾投入。

靈感來自故事媒介

乘載故事的媒介是第二個靈感來源，不僅影響作者故事呈現的形式，也影響人物的特徵和行為。舉例來說，為了配合攝影機的效果，比起語言方面的表現，銀幕上的故事人物更強調視覺方面的表現。

因此，影視編劇傾向創造能以神情、姿態表現自己的故事人物。而為了博得劇院觀眾的青睞，比起視覺方面的表現，舞台上的故事人物更重視語言方面的表現。因此，劇作家傾向賦予人物深具表現力的對白。

舞台和銀幕上的故事人物是以現在式演出，這些當下的視覺、語言表現是為了他們未來的欲求。小說文字則通常以過去式敘述，回憶已發生的事件，鉅細靡遺詮釋到底發生了什麼事。因此，小說作家往往賦予第一人稱敘事者鮮活的記憶、深具洞察力的雙眼，以及察覺弦外之音的敏銳感受。

除了人物塑造之外，故事媒介也深深影響作者的身份認同。我的身份為何？舞台劇作家？劇集統籌？影視編劇？小說家？

以上職稱都有各自值得敬重的傳統，但我強烈建議創作者悠遊於於書頁、舞台、銀幕之間。若將自己的創作身份侷限在單一媒介裡，會限制你的創造力發揮的空間。

舉例來說，如果沒人要將你的劇本搬上銀幕，何不將這個劇本改以另一

個媒介呈現？變成舞台劇演出，或以小說的形式出版，將你的故事人物公諸於世，並觀察讀者和觀眾的反應。你的體悟不能只有獨坐桌前的你看到。公開你的故事、面對並回應你收到的反響，留意自身創作技巧的進步。充分發揮你的才能，並給自己一個通用所有媒介的身份：作者。

要將你的身份認同推向更深的層面，請問問自己：「我熱愛我心中的藝術，還是熱愛身在藝術裡的我？」[1]

你之所以寫作，是因為你的生命裡有股力量驅使你提筆傳達？還是因為你夢想活出藝術家的人生？

很多新手起初對好萊塢、百老匯或作家群集的康乃狄克鄉間，懷抱著強烈的憧憬，但經過幾次挫敗後，他們的夢想被澆熄，進而徹底放棄。因此，不管是哪一種故事媒介啟發了你，請確定這個媒介不只是符合你對某種生活方式的想像而已。

靈感來自故事類型

我猜想，對大部分作者來說，從現實中得到的靈感遠比他們認為的來得少，從虛構創作中獲得的靈感遠比他們察覺到的還要多。真正的靈光乍現，很少來自作者在街角或在網路上瞥見的事物。真正的靈光乍現，往往來自他們熱愛的故事類型，可能是出自小說、劇作、電影或影集裡的一小段對白，或是處理得極好的意象。

主要的故事媒介包含很多類型（請參考第十四章），每個類型中包含多個次類型，這些類型都能互相結合、混搭，成為各式各樣的故事。所以，在你搜索嶄新、原創的主題時，不妨將注意力放在你自己的故事喜好上。

你愛追什麼樣的影集？迫不及待去看什麼樣的電影和舞台劇？喜歡讀什麼樣的小說？最愛什麼樣的故事類型？讓你的熱情啟發你，成為故事人物最早的靈感來源。

靈感來自事件

俄國戲劇導演史坦尼斯拉夫斯基（Konstantin Stanislavsky, 1863 – 1938）[27]傳授他的演員一個解鎖自身才華的技巧，他稱作「魔力假使」（Magic If）──轉換成假設性的思考方式，藉此開啟想像力。演員想創造出逼真的故事人物時，最好問自己這個沒有標準答案的問題：「假使Ｘ Ｘ Ｘ發生了，我會有什麼反應？」接著想像自己的反應。

且說演員正在排練一場家人間爭吵的戲，其中一位演員可能會暗暗自問：「假使這時我揍了我哥一拳會怎樣？他可能做何反應？針對他的反應，我大概會怎麼應對？」

有了這些假設性問題，這些如果怎樣怎樣，他的想像力便能激發出意想不到但真實的行為。

故事人物的作者也做一樣的事。隨著「魔力假使」流淌在作者的想像力中，作者能創造出引發後續事件的觸發事件：假使鯊魚吃了某個觀光客，什麼樣的人物會追捕這隻鯊魚？[2]假使有個女人發現，和她結婚將近五十年的先生其實仍愛著他的初戀對象，也就是過世已久的未婚妻，什麼樣的妻子會讓這個真相摧毀她的幸福？[3]

「假使……，會怎樣？」這個問題通常能啟發作者想到觸發事件，進而想到針對觸發事件有所反應的人物，接著決定這個故事屬於情節驅動還是人物驅動。

史蒂芬・金（Stephen King, 1947 –）表示，他的小說都以情節驅動的方式開場。為了使故事開展下去，他會運用「魔力假使」，發想出主角無法掌控的觸發事件。但從那一刻之後，他希望筆下人物能主導故事發展，做出身為作者的他都始料未及的決定。因此，翻到最後一頁時，他的小說讀起來總會像是人物驅動的故事。[4]

---

27 俄國劇場導演、演員暨理論家。他研究出一套獨門的表演方法，之後發展成當代重要的戲劇表演體系。

靈感來自主題

書寫是探索生命的行為。就像船員一樣，作者航行在故事的汪洋裡，不太確定要往哪裡去，或不確定到了目的地後會有什麼樣的發現。如果過程中沒有什麼事物令他驚豔，這意味他正行駛在陳舊老套的航道上，需要往新方向駛去。

最終，隨著故事人物和事件融合成創造故事高潮的轉折點，作者便會發現他筆下故事的意義。也就是說，故事以自身的意義令作者驚豔。作者並沒有規定故事要具備什麼樣的意義。所以說，故事的意義到底是怎麼回事？

從遠古神話到當代的諷刺文學，所有精彩的故事都在傳達一個根本的想法：生命如何以及為何改變。這樣的意義來自諸多深沉的原因，而這些原因改變了故事核心價值的取向，從負面變成正面，或是從正面變成負面，例如從恨變成愛或由愛轉成恨，從自由到奴役或是反過來，從無意義的人生到有意義的人生或是反過來。在無數關於人、關於人性的故事裡，透過各式各樣價值的轉變，意義油然而生。

作者在為故事努力耕耘的過程中，社會表象之下或故事人物潛意識裡隱藏的深沉原因會突然顯現，讓作者對人物產生獨到的見解。這是作者即興創作時才會有的領會，無法刻意為之。

然而，如果作者從反方向進行，以某個信念為主旨，發想劇情和人物來搬演這個信念，那麼創作的即興、自發性便蕩然無存，任何意料之外的體悟也會永不見天日。狂熱地想證明自己的觀點、執著於傳遞某些信念的作者，會使故事淪落為直白的說教、將故事人物變成大道理的傳聲筒。

這種做法和中世紀的道德劇（morality play）一樣陳腐過時。這些道德劇以普通人為主角，讓主角遇上擬人化、由其他演員搬演的道德概念，諸如美德和邪惡、寬恕和傷害、美與真、生與死——所有的安排都是為了進行道德勸說。

如今，社會劇很不幸地常用這種方法，從概念出發、逆向創作故事。這個類型從很多社會弊病裡挑選主題，例如貧窮、性別歧視、種族歧視、政治腐敗，亦即以各種面貌示人的不公不義與痛苦。

舉例來說，某位作者可能認為，儘管藥物成癮是嚴重的社會問題，卻能夠靠愛來治癒，於是便以「愛能治癒成癮」的主題為基礎，先創造了最後一幕的故事高潮，描述某個愛的舉動使一位癮君子從好幾十年受藥癮奴役的狀態中解放，下半輩子變得清醒無比。知道這個結局後，這位作者接著將故事所有的轉折點串回導致藥癮的觸發事件，中間填入好幾起事件，設計人物搬演他的理論。於是，好人變得非常非常好，壞人則壞到骨子裡，對白也寫得分毫不差、直白清楚，在在顯示愛的力量能治癒藥癮。但，這些做作的成果改變不了任何人對愛或藥物成癮的想法。

比起機械化地以信念帶動劇情，在創造人物的摸索過程中發現的意義，往往更有見地。

靈感來自人物的生命史

每個故事人物都有自己的生命故事，最早能回溯到他誕生的家庭。這段過去對作者來說重要嗎？小說家菲利普・羅斯（Philip Roth, 1933－2018）[28] 認為很重要。對他來說，人物的過去貯藏了動機的催化劑，以及人物諸多的寶貴面向。這也是為什麼他會替每個作品的主角發想五千多筆[29] 零零碎碎的人生資訊。

劇作家大衛・馬密（David Mamet, 1947－）[30] 不這麼認為。對他來說，發想故事人物的童年，不管有沒有設計那些常見的創傷，似乎是件浪費時間的事。

這兩個相反的觀點，和作者選擇的故事媒介以及自身工作習慣都大有關係。儘管有例外，小說一般以過去式敘述，呈現故事人物橫跨一段時間的人生樣貌；舞台劇作則一般是順著當下搬演每個場景（但仍有例外）。如果要在舞台上解釋人物的背景、生平，劇作家會利用倒敘（flashback）、追憶的獨白（reminiscing monologue）等手法。愛德華・艾爾比（Edward Albee, 1928－2016）的舞

---

28 二十世紀美國具代表性的猶太作家，知名作品包括改編成同名電影的《人性污點》（The Human Stain）。

29 「五千多筆」人生資訊是菲利普・羅斯自己在《紐約客》一篇文章裡的說詞。

30 美國知名作家、舞台劇作家暨電影製片，作品包括《大亨遊戲》（Glengarry Glen Ross）、《昨夜風流》（About Last Night）等。

台劇作《誰怕吳爾芙？》（*Who's Afraid of Virginia Woolf?*）和《三個高女人》（*Three Tall Women*）都有用上這些手法。

　　我支持菲利普‧羅斯的論點。儘管他那五千筆背景資訊中，最後只有幾筆會出現在小說裡，但那些訊息提供了基礎知識，讓創作者諸多極具創造力的選擇有機會像煙火般綻放。

　　你在彙整故事人物的過去時，請留意重複出現的模式，而不是著眼於特異之處。過剩的情感經驗會積累；重複的創傷會造成創傷後壓力症候群（PTSD）；日復一日的溺愛嬌寵會造就自我中心的人。反覆出現的情緒與感受留下的印記，會影響人的動機（追尋的目標／逃避的事物）、氣質（沉靜／緊張）、性情（樂觀／悲觀）、個性（迷人／惱人）等其他特徵。

　　潛意識的心智活動會形塑外在行為的特質，而外在行為的特質也會反映潛意識的心智活動。一旦這些模式扎根茁壯，便會產生一輩子的影響。故事人物長大成人、面對衝突時，很少沒帶著童年養成的特質。他當下對某人的反應，通常反而像對待某個來自其過去的人一樣。因此，作者針對人物生平進行的基礎工作，決定了他在往後人生裡的行事策略。

　　你在打造觸發事件發生之前的人物生平時，請聚焦青春期初期這段時光。就是在這時候，你的故事人物開始想像未來，開始多方嘗試、創造意義和目標。如果夠幸運，他會有個很正向的經歷——遇到深具啟發性的老師，或在某個瞬間有一番個人領悟——這段經歷促使他投入一輩子追尋某個目標。又或者，他初次對人生意義的理解可能極為負面。他可能同時受困惑、懷疑、恐懼、羞恥、悲傷、憤怒、沮喪當中的任何組合，或所有這些負面狀態所苦。總之，他變成了青少年。

　　接著，不知經過多少年，他身陷或大或小的身份認同危機，試圖搞清楚自己到底是誰、從哪裡來、要往哪裡去，以及到達目的地後要如何融入。在未來的某個時刻，不論好壞，一個行得通的身份認同終於確定下來。他成了自身過往的歷史學家，以及自身未來的預言家，準備好走進你的故事裡。

　　進行這項研究時，比起未來的空白，作者通常更重視過去的豐富。記憶帶有質地和張力、氣味和形體；想像則提供無數可能性，不需要去填補細節

與空白。而就故事人物的觀點來說，他只希望未來不會超出他過去已經歷過的模式。

靈感來自自我故事

最後一個由外而內創造人物的方法如下：讓你的故事人物坐在你面前，向他介紹你自己，接著請他訴說他自己的故事。當然，你的人物根本不存在，所以他講話時，只有你的想像力可以聽見。這實際上是你和你深具創造力的自我正在對話。

自我故事（self-story）傳達了人如何思考自己的人生、如何看待周遭現實。要引導故事人物講述自我故事，你可以詢問以下幾個層面的問題，請他講講自己人生的高點、低點、轉捩點、成功、失敗，以及其他備感壓力的時刻。儘管人物鮮少據實講述他的自我故事，卻能呈現他覺得自己是什麼樣的人。你要判斷他的版本是真是假，還是或真或假。

聽他訴說時，記住，所有關於自我的說詞，都是對自己有利的。人不可能不利己。舉例來說，所有以代名詞「我」開頭的句子，不管有多深刻或多瑣碎，多少都帶有欺騙或誇大。即便故事人物坦承做了糟糕的事，背後的潛台詞多少會帶點沾沾自喜：「我可是夠敏銳、誠實、思路清晰，才能發現我身上的這些缺點，而且勇於公開承認這些錯誤，對吧？」莎士比亞的哈姆雷特（Hamlet）在咒罵自己「啊我竟是這樣一個惡棍，蠢人！」時，他的潛台詞也帶有一絲自豪。

任何時候，自我描述的字面上意思並非實際想傳達的意涵，字面下永遠別有用心，因此必須由你來辨別真實和謊言、自我覺察與自我欺騙。請務必兩相比較故事人物說的內容，以及他在訴說時給你的感受。

他看上去的樣子，不會是他最真實的樣貌。大家都有和本性不一致的表面形象，這是我們為了讓日子好過、盡可能減少摩擦所演化出來的假面。要能看穿故事人物的假面，請質問他遇過最棘手的兩難是什麼、身處危機時做出什麼樣的決定、面對高風險的情境時採取什麼樣的行動。

舉例來說，故事人物的自我故事若聽起來因果關係合理、針對長久的目標懷抱前後一致的價值觀，意味著這個人物心理狀態井然有序。相反地，他的自我故事如果邏輯不通、追求多個互相矛盾的目標，代表這個人物的心理狀態很紊亂。[5]

　　故事人物的內在矛盾構成他的不同面向（dimension，參見第九章），因此，聆聽筆下人物的自我故事時，請留意他內心的對立面。人經常在追尋兩個無法並存的事物。例如，當他奮力在公司的升遷制度裡向上爬，卻也期待同事的讚賞與認同——聽起來就很可疑。當他訴說各式各樣的渴求時，這些渴求看上去很一致，還是互相矛盾？

　　請釐清他的各種「為什麼」。筆下人物的真實動機可能隱藏在他的潛意識裡，連他也不自知，但他會針對自己的渴望提供一套解釋，自圓其說。你得像個惱人的五歲小孩，不停追問為什麼。他為什麼做出這些事？怎麼解釋他的所作所為？怎麼描述他的渴望？他又是打算怎麼滿足這些渴望？他有制定一套人生計畫，還是每天隨興之所至？

　　最後，問問他的信念。信念為我們採取的所有行動創造脈絡。他是否相信上帝的存在？是否認為浪漫的愛情確實存在？在他心中，善良是什麼？邪惡是什麼？他信任什麼樣的組織、機構？私營企業？公部門？誰也不信任？他會為了什麼冒生命危險？會為了什麼出賣他的靈魂？什麼樣的信念將他的世界整合在一起，不至於分崩離析？

　　雖然信念影響行為，但信念也可能改變⋯⋯有時突然說變就變。舉例來說，狂熱份子的意識形態常常突然翻轉，加入原本敵對的陣營：共產主義者變成法西斯主義者，法西斯主義者搖身一變為共產主義者。對真正的信徒來說，相信的熱情比信念本身的意義來得更重要。[6]

　　請善加利用從這些層面獲得的洞見，讓它們啟發你建構故事人物的面向和內在複雜性。

05

人物發想：由內到外

要能想像自己身在一個與你迥異之人的意識中，需要兼具膽識的優
異才華。

——亨利·詹姆斯[1]

　　第二個主要的靈感來源，不是將作者置於作者宇宙的中心，而是將作者
置於故事人物宇宙的中心。大膽創新的作者會想像自己進入故事人物的內在
自我中，以他的眼睛觀看、以他的耳朵傾聽、感受他所感受的一切，藉此賦
予人物生命。作者設想故事人物遇到的衝突，即興發想他的抉擇、每分每秒
有所行動，就好像故事人物虛構的人生在自己身上搬演一樣。誠如亨利·詹
姆斯所言，這樣從一個人的意識切換到另一個人的意識，需要某種天份才做
得到。我稱這種技巧為「**進入人物**」的寫作方式（writing in-character）。

　　一旦作者進入故事人物的內在自我後，他的情緒會變成作者的情緒，作
者的脈搏與他的心跳同步，他的憤怒會在作者心中爆裂，作者也會歡慶他的
成功與勝利、深愛他所深愛的。當作者經歷了故事人物的經歷、感受到他的
感受，最出色的點子就會冒出來。也就是說，第一位搬演故事人物的演員就
是作者本人。

作者是個即興演出者。他先想像自己身處在筆下人物顯意識的中心。一旦進入故事人物的內心，作者的思想、情緒感受和能量精力都將成為驅動人物創作的燃料。他來回踱步、揮動雙臂、開口說話，搬演自己的作品：男人、女人、小孩、怪物。作者就像演員，活在筆下人物的感官裡，看到、聽到故事裡的事件，彷彿自己就是那個故事人物，他身上發生的事全都發生在自己身上。

作者如何進入故事人物裡？如何即興演出他創造的人物？如何運用自己的情緒感受賦予虛構人物生命？再一次，作者召喚史坦尼斯拉夫斯基的「魔力假使」。

為了要讓自己的故事人物活起來，作者可以這麼問：「假使我遇到這種狀況，我會怎麼做？」這麼想肯定可以激發創意，但此時作者並非故事人物。於是在同樣情境下，作者可能會說的話、會做的事，或許一點也不像那個人物的所作所為。

又或者，作者可以這麼問：「如果我的故事人物遇到這種狀況，他會怎麼做？」但這種想法多少有點將作者置於觀眾席，以旁觀者的身份想像人物在舞台上怎麼演出。如此一來，作者不是在感受故事人物所感受的一切，反而必須推測人物的心境；而推測得來的，十之八九都是陳腔濫調。

因此，要想順利進入故事人物內心，作者在運用「魔力假使」時應該這樣問：**「假使我是這個故事人物，遇到這種狀況時，我會怎麼做？」**換句話說，作者直接演出這個場景——不是以作者的身份，而是化身為故事人物。此時，你舉手投足展現的不是作者的感受，而是故事人物的。

這種「進入人物」的寫作方式不只是思考故事人物在想什麼而已。這意味著**要活在他的心智裡**，你的心智占據了他的心智，他的自我認知變成你的自我認知，兩人合而為一。精通這個由內而外的技巧後，讓書頁、舞台、銀幕裡的人物鮮活起來時，能帶有一股真實與細膩之感，這是其他方式無法達到的。

要挖出只能從虛構人物內在找到的靈感，需要堅定持久、不屈不撓，以及大膽無畏的想像力。要能如此，你必須先深刻理解自己的內心世界。越了

解自己的本性，越能感知筆下人物的複雜性。

　　而要了解你自己，你得先認識最深沉的內在自我，拿自身的夢想對照現實，拿自身的渴望對照道德，並以此為基礎，探索構成你多層次、多面向人格的不同自我，也就是社會層面、私人層面、私密層面[31]以及潛意識層面的自我。從認識自己身上獲得的真實，將成為每一位筆下人物身上的真實。

　　因此，在你嘗試「進入人物」的寫作技巧之前，我們先來探究人類內在多層次的複雜性。

內在的觀察者與被觀察者

人的大腦有一千億個神經元，彼此交織成一百兆個神經連結。隨著大腦與身體互相作用，隨著身體與外在環境、人際社會的互動，大腦這個複雜到令人難以想像的系統不斷在適應、改變。一天天過去，大腦產生新的想法、新的感受，並將這些新產物儲存在記憶中，供未來使用。

　　不知怎地（科學仍在努力研究到底怎麼回事），「意識」從這個大腦模式中顯現，不僅能感知周遭事物，也能感知自己：這個心智能跳脫自身，將自身看作一個客體。[2]

　　幾百年以來，內在自我的本質一直是個爭論不休的議題。內在自我是否真實存在？抑或只是幻想出來的產物？心智凝視自身時，看到的就是自身，還是無限反射的鏡像？

　　我們前面提過的佛陀認為自我是一種虛妄，因為各種心智活動都是反映外在事物的結果。我們稱作「自我」的東西，其實只是外在刺激的印記；這些痕跡就像演員上、下舞台那般，一個接一個、來來去去。因此，真實的自我並不存在，也就是「無我」（anatta／nonself）：沒有恆久不變的本質，有的只是類似某種心理特效的印痕。

　　蘇格拉底抱持相反的主張。他認為，人類不僅具備實實在在的內心世界，

---

31 私人層面（personal）指的是私底下，面對關係較親近者展現的自我；私密層面（private）則是一個人最私密、只有自己最清楚的自我。本章的後續內容會再多談。

而且其中存在著兩個自我：觀察者與被觀察者。**核心自我**（core self）是觀察者，身處意識的核心，觀看人生的變化，試著理解人生。核心自我會指派作為被觀察者的**施為者自我**（agent self）在現實世界採取行動。接著，核心自我感知到施為者自我的所作所為，並變成自己人生的觀眾。這就是自我覺察／自我意識（self-awareness）——在你內心劇場上演的戲碼，觀眾只有你自己，沒有別人。[3]

思考一下這個情境：當你做了某件蠢事，是不是常會這麼想：「你這個蠢蛋！」？當你冒出這個念頭，到底是誰在氣惱誰？或是，當你做對了某件事，通常會想：「我成功了！」這到底是誰在稱讚誰？自我批評、自我激勵到底如何運作？誰跟誰在對話？

在你閱讀這一頁時，一個潛藏在你內心、身為觀察者的意識正緊盯著你的一舉一動。你先有所感知（看著自己閱讀），接著有所作為（將書的內容記在紙頁上或記在腦袋裡）。內心這種「感知⇨行動⇨感知」的運作機制，將核心自我與施為者自我區分開來。[4]

不過，有些神經科學家至今仍支持佛教的論點。他們主張，因為大腦每個區域有各自的功能，沒有哪個區域負責產生自我意識，所以核心自我並不存在。[5]

其他神經科學家則同意蘇格拉底的論點：人有運動神經元負責人體活動，感覺神經元負責感官感受，還有數量最多的聯絡神經元負責繁重的思考工作。大腦帶著過往經驗的殘存和對未來事件的想像，統合了身體的神經系統、每分每秒全部的感官體驗，將幾十億個神經脈衝訊號導向意識的中心，也就是核心自我。因此，自我意識就是所有區域裡的神經元共同作用產生的副作用。這也說明了，為什麼大腦任何一個區域受損，都會削弱或抹煞人對自我的感知。運作良好的自我意識，不論是觀察或行動的自我，都來自健康的身軀與得到充分滋養的大腦。[6]

這種觀點並不新鮮。古埃及人將身為觀察者的自我視為守護靈並稱呼它「巴」（Ba），古希臘人稱之為「代蒙」（the Daemon）[7]，古羅馬人則稱作「格尼烏斯」（the Genius）[8]。不過，如果科學最終認定自我就像佛陀所說的只是

一種虛妄，我也沒問題。如此一來，虛妄、幻想就是我們的本質，是讓人之所以為人的根本。[9]

（你不妨試試：走到鏡子前，凝視自己的雙眼。某一瞬間，你會感覺到眼睛深處好像有某人與你對視。不過，一眨眼，你會明白，先前瞥見的是瞬間閃現的核心自我；在你的施為者自我反應之前，核心自我正在看著你。通常你要在毫無準備的情況下才會特別有這種感受，但還是值得一試。）

要深化我們對人性的理解，不僅要接受「自我」這個概念，也要明白我們具備多個自我：除了核心自我（觀察者）、施為者自我（被觀察者），還有施為者自我表現出來的外在形象，也就是社會層面、私人層面的自我，以及所有核心自我記得的許多「過去的自我」。此外，還有內在最深沉、隱藏的自我（潛意識的自我）。[10]

故事人物的四個自我

要想像每一層自我如何一起建構出完整的故事人物，請先從顯意識的中心開始。顯意識的中心是核心自我處理內在衝突、進行決策，接著指揮施為者自我行動的**私密領域**。

再來，這個中心之外圍繞著兩層自我：第一層屬於**私人領域**，施為者自我在此處理親密關係，因應不同親密關係表現出不同面貌。第二層屬於**社會領域**，施為者自我在此面對制度、機構、關係不深的他人，對外展現出公眾的自我。

最後，支撐這三層的最後一層屬於**潛意識領域**，隱藏的自我（hidden self）在此努力處理互相衝突的欲求。

針對每個故事，你的故事人物要展現多少層的自我，完全由你決定。讓我們現在逐一來認識每一層：

1 私密自我（The private selves）：不同的身份認同

威廉・詹姆斯替核心自我取了幾個名稱，像是「諸多自我的自我」（self of

selves)、「所有人自我」（owner-self）、「經營者自我」（proprietor-self）。他將核心自我比喻為堡壘裡的庇護所，是私人自我與社會自我的中心。[11]詹姆斯「思想流」（the stream of thought）的概念啟發維吉尼亞・吳爾芙（Virginia Woolf, 1882 – 1941）等作家創造了「意識流」（stream of consciousness）的文學手法。

針對私密領域，威廉・詹姆斯認為，核心自我一生中都維持一個身份，但同時也在觀察、理解過去眾多不同的自我。我們都知道，我們和過去的自己有所不同；但我們也覺得，我們是、也一直都會是我們的核心自我。我們的心智具備一個永久、不變、穩定的自我認同；但與此同時，心智所產生且不斷演變的意識會持續有所作為、有所反應，學習、忘記，成長、退化，保留對某些價值和渴望的看法，也改變對其他事物的心態，像是什麼事情值得做、什麼事情是在浪費時間等等。一天又一天，我們活在充滿矛盾的狀態裡：我們不斷改變，同時又維持不變。[12]

說句題外話，威廉・詹姆斯的弟弟就是作家亨利・詹姆斯。他們都在科學和文學領域深入研究思考的本質，其成果啟發弟弟去探索敘事觀點的創作技巧，這些技巧徹底改變了現代心理小說。十九世紀的美國有兩對家喻戶曉的詹姆斯兄弟：亨利和威廉（作家和心理學家），以及傑西（Jesse）和法蘭克（Frank）這對銀行強盜與犯下暴行的不法之徒兄弟檔。

核心自我困在我們的頭骨裡，可以說是孤單地活著。我們唯一能聽到的內在聲音，只有自己的內在聲音。由於我們的核心自我無法靠心電感應與其他人內心的私密領域連結，讓我們的意識多少成為在腦海中上演的電影。在腦海裡的某處，我們處在永恆孤立的狀態，成為唯一的觀眾，觀看一部多重感官、三百六十度環繞的電影，畫面交叉剪輯了我們雙眼所見、想像力所想的景象，配上聲音、氣味、觸感、味道、感受和情緒。[13]

陷入深沉冥想或沉思狀態的人，或許會嘗試在內心深處面對自己。他可能從原本的注意力焦點抽離，回頭檢視自己的意識，希望作為觀察者的核心自我，和被觀察的施為者自我能面對彼此。但不論怎麼嘗試，這兩者都不會、也無法面對彼此。因為意識開始關注新的事物時，核心自我同時會退後一步來觀察。這就是哈姆雷特的兩難。

哈姆雷特的內心就像兩片面對面的鏡子,整齣戲都在凝視自己。當他試圖了解自己,他便著迷於「自我意識的意識」。他想進入自我意識之中,從當中研究自己,但他失敗了。

最終,在第五幕的墓園場景後,「哈姆雷特發現,除了無盡膨脹的主體性(subjectivity),他的人生一直以來都是個沒有外在目標的追尋。」[14] 在他終於擺脫這樣的執迷之後,便找到內心的平靜。

就像哈姆雷特發現的,你無法於自身內在面對你自己。你知道你在那裡,但你無法將核心自我從內心分離出來,拿著它仔細端詳。當你試著面向核心自我,核心自我只會一再移動到你背後,阻擋了通往潛意識的去路。如果你真的能擠過核心自我前進,就會掉入漩渦一般不斷打轉的潛意識深淵之中。

當故事人物在第一人稱敘事的小說裡提到自己,或是在舞台上自言自語(soliloquy)[32],或是在銀幕上道出旁白,如果他是在批評自己,通常是以「你」來指稱,例如「你這個蠢蛋」;但如果這個人物在讚美自己,大多以「我」來稱呼,例如「我成功了」。莎士比亞寫自言自語的台詞時,會用「我」來稱呼,因為他的人物是對觀眾講話,不是對他自己。不過,有些演員演出自言自語的橋段時,會演得像核心自我與施為者自我正在進行角力對白(duelogue)一般,是分裂的人格之間的爭論。[15]

當你的心智決定採取行動,核心自我便會指派施為者自我行動,並看著所有事情發生。對於施為者自我在現實世界的表現,我們有許多詞彙來表示:身份、形象、面具、門面、姿態等等。這些同義詞都很貼切,但我偏好使用「**諸多自我**」(selves)[33]。

執行「進入人物」的寫作方式時,作者必須明白筆下人物所作所為的本質:它們都是人物核心自我的外在扮演。也就是說,身為演出該故事人物的首位演員,作者除了不斷觀察,他同時也成為(人物的)施為者自我在即興展演。

核心自我有可能經歷幾個重大的變化:

---

32 獨白(monologue)的一種,角色在舞台上獨自表達其內心思緒,具有解說功能。
33 selves 是 self(自我)的複數。

■延伸的自我（The extended self）

亨利‧詹姆斯和威廉‧詹姆斯從核心自我擴展出**延伸的自我**。這對兄弟認為，一個人的身份認同包括所有「屬於自己的」事物；他的電腦、蘋果手機、車子、衣服，分別是他的心智、雙手、雙腳、皮囊的延伸。此外，他的朋友與祖先，他的教育與職業，他對度假、音樂、電影的品味，以及他怎麼看待反映在健身房鏡子裡的自己也都如此，以各自的方式代表著一部份的自我。所有他認為屬於自己的事物，都構成他對自我的整體感受。

於是，他怎麼感受自己的所有物，與他怎麼感受自己，兩者非常相似。丟了一份工作、失去心愛的人或美貌不復存在，都是喪失了一部分的自己。如果朋友、愛人或家人做錯事，他感到羞愧；如果他們受到侮辱，他同樣感到憤怒。如果他們順遂發達，他也是；如果他們萎靡消沉，他也是。雖然很多人認為，將自己的身份認同掛鉤外在事物，甚至掛鉤其他人身上，是一種道德軟弱的表現，但這就是人會做的事。[16]

■受保護的自我（The protected self）

為了保持心智清醒正常，核心自我必須守住自身的祕密。就像文藝復興時期的法國哲學家蒙田（Michel de Montaigne, 1533 – 1592）所說的：「我們都應該在自己的店舖後方，準備一間專屬自己的小房間，在此毫無拘束，保有自己的僻靜處，保有自由，保有難得的孤獨。」[17] 所有作者，特別是小說作者，都在這個「小房間」裡尋找音量足以述說第一人稱長篇或短篇小說的聲音。這個受到保護、心智健全的自我擁有一套經久耐用的能力：意志力、理性思考力及道德覺察力。

■消失的自我（The vanished self）

不過，如果因為身體損傷、突然陷入貧困、藥物成癮、精神錯亂、年老失智、絕症纏身等不幸，使故事人物遭受極大的壓力，這些變故會攻擊核心自我，產生無法負荷的情緒，癱瘓思考能力，導致癲癇、幻覺、失憶、暈厥、解離性身分障礙或性格大變。簡單來說，故事人物的各個面向逐漸瓦解。他

的身份認同日益衰弱，他感到迷失、無所依靠，核心自我最終會消失殆盡。

　　來看看幾個例子：肯·凱西（Ken Kesey, 1935－2001）的小說《飛越杜鵑窩》（*One Flew over the Cuckoo's Nest*）是由精神病院患者、外號「酋長」的布隆登（Chief Bromden）在受幻覺所苦的同時，說出這則關於自己的故事。科幻電影《禁忌的星球》（*Forbidden Planet*）中，一名科學家的研究釋放了自己本我裡的怪物。電影《記憶拼圖》（*Memento*）的主角受前向失憶症（anterograde amnesia）[34] 與短期記憶喪失所苦。威爾·塞爾夫（Will Self, 1961－）的小說《電話》（*Phone*）裡，精神科醫師札克里·巴斯（Zachary Busner）罹患了阿茲海默症。馬奎斯的《百年孤寂》（*One Hundred Years of Solitude*）中，荷西·波恩地亞（José Buendía）因為喪失記憶，便將身邊的物品全都標記上名稱，例如椅子、時鐘、門等等。尤金·尤涅斯科（Eugène Ionesco, 1909－1994）的舞台劇作《國王死去》（*Exit the King*）裡，國王因為害怕即將到來的死亡，他的心智粉碎有如遭到迎面撞擊的汽車擋風玻璃。

　　一旦自我喪失導致故事人物對現實的感知產生劇烈改變，作者可要善用自己的才華，好好處理。這時你應該這樣運用「魔力假使」：「如果我是這個故事人物，遇上這些極端狀況，我會怎麼做？」要以扭曲的核心自我的觀點看事情，你必須想像被扭曲的現實是什麼模樣，並發想人物的因應策略，儘管這些內容可能讓人感到很不安。

　　故事人物對「我」的感知取決於記憶，而記憶又是出了名的具選擇性、不全面、護短、自我欺瞞，而且傾向合理化自己，因此核心自我和施為者自我之間的關係通常不可靠又不真實。某些故事人物的核心自我會游移、搖擺不定，隨著人生際遇不斷重塑、改造自身。為了表達這樣的支離破碎，喬伊斯·卡洛·奧茲（Joyce Carol Oates, 1938－）的小說《金髮女郎》（*Blonde*）便將瑪麗蓮·夢露（Marilyn Monroe）分割成好幾個自我。

2 私人自我（Personal selves）：不同的親密關係

　　與不同的人相處，我們會根據每段關係的特質，調整我們的行為舉止。

---

34 也稱順向性失憶症，指的是患病後無法創造新的記憶，但導致失憶之事件發生前的長期記憶仍在。

舉例來說，我們對待母親的方式肯定和對待手足的方式不同，對待現任和前任情人的方式不可能一樣，對待摯友和同事的方式也有差異。因應結識時間的長短、權力關係、最近發生的事和很多其他的變數，我們的施為者自我會展現不同的音調、姿態、表情與情緒能量。可能只是稍作調整，但永遠都有變化。

我們私下的人際關係是以親密程度來界定，並且分成三種：家人、朋友、戀人。就前兩者來說，藉由一起經歷過許多事，培養出親密感、歸屬感、忠誠和羈絆。這些專屬這類關係的經歷有些令人痛苦，有些令人快樂。戀人之間還加上浪漫儀式和性事。

我們會適時調整自身的行為舉止，但這麼做不表示我們就是虛偽、不真誠。常識告訴我們，不同的人際互動需要用上不同的自我。的確，如果故事人物和越多人來往互動，採用「進入人物」技巧的作者就得創造、演出越多這個人物的不同面目。

和核心自我相比，私人自我代表暫時的行為舉止，隨著施為者自我身處不同場景，能夠輕易切換。而故事人物最重要的私人自我——但願也是始終如一的私人自我——是被所愛之人愛著的那個自我。

3 社會自我（Social selves）：不同的權力關係

權力是形塑社會互動的主要因子，不論這權力關係是來自經濟、財務處境，或是因應不同場合而生，抑或來自組織、機構裡的階級，例如老闆 vs. 員工、警察 vs. 罪犯、服務生 vs. 顧客。

你筆下的主角從他很小的時候——在大賣場裡緊抓母親的手被拖著走時，或第一天上學和其他小孩相處時——就明白與人相處時需要有所偽裝，需要策略與手段避免摩擦，但又能同時達到自己的目的。所有的社會自我多少都不太真誠，但為了保護核心自我，有必要如此。

也就是說，不管你筆下人物對身邊的人到底有什麼看法與感受，他的施為者自我已發展出一套社會自我、公眾形象，展示給其他人看。他展現給上司的是一個面貌，給同事的是另外好幾種樣子；另外還有更多面貌針對不同

關係，例如店員／顧客、醫生／病患、律師／客戶；他也得呈現不同形象，以因應在教室、示威遊行、運動賽事等不同場合發生的大小事；出席派對、遊走在不同小圈子時，也得以不同面貌示人。根據熟悉程度和身份地位等因素，他的社會自我表現出不同的嗓音、姿態、態度、性格面向，因應不同場合與遭遇，進行快速切換。

舉例來說，他可能在這個人面前展現強勢的自我，但面對另一個人時是展現順從的自我。里娜・韋特繆勒（Lina Wertmüller, 1928 － 2021）的電影《浩劫妙冤家》（*Swept Away*）[35] 中，有錢的女主角蕾法拉（Raffaella，瑪莉安吉拉・梅拉圖〔Mariangela Melato〕飾）就展現出這樣的翻轉，是個討人喜歡的例子。

故事人物的諸多自我，包括私人自我與社會自我，作者最好把它們想成好幾組不同的表演，當中的每個角色都具備特定聲調、眼神、肢體語言和神經敏感度，端看互動對象的身份、彼此之間的權力關係或親密程度。

至於作者怎麼發展筆下人物的私人自我與社會自我，取決於作者對心理層面的因果有什麼看法。例如，作者覺得，筆下人物從童年到成年期習得的那些他在社會與私人關係中該扮演的角色，會否構成其核心自我的一部份？還是說，故事人物的核心自我決定了他在不同場合該扮演怎樣的角色？故事人物在孩童時期所扮演的角色，會否變為他成人時期的核心自我，而這個核心自我，接著會否讓他在未來扮演不同角色時，所作所為更加成熟？還是說，這個人物一直都像個孩子，永遠受衝動、魯莽的自我擺佈？

故事人物從雙親身上繼承來的身份——種族、信仰、文化——是他和社會其他人之間共同的基礎。不過，長久下來，那些使他與眾不同的事物會重新形塑、逐漸改變他的身份認同。所謂「使他與眾不同的事物」，指的是把人從原生家庭拋擲到世界中的離心力，迫使人另覓能棲身的次文化、可以結交的同路人。舉例來說，受到極端傳統宗教觀束縛的跨性別孩子，要如何在社會中找到出路？他可以怎麼改變自己的社會自我、私人自我，以融入他身處的環境？

---

35 這裡指一九七四年義大利的原版電影，二〇〇二年翻拍成美國版。

4 隱藏的自我（The hidden selves）：不同的欲求

有某個人住在我的腦子裡，但那個人不是我。

—— 平克·佛洛伊德（Pink Floyd）[36]，概念出自榮格

潛意識的自我身處在顯意識心智後方的寂靜空間裡。這個領域很複雜，結構也很精密。潛意識的自我雖然隱而未顯，核心自我無法察覺，但人的想法和感受會在這兩者之間往復流動，兩者之間會互相影響。潛意識不是負傷的身份能撤退的避難所或醫療站。潛意識以真實為支柱，從不說謊，從不假裝。潛意識反而只為一件極為重要的事服務：生存。[18]

儘管沉默無聲，潛意識「想」得比核心自我還要快。評估周遭環境、狀況時，潛意識每分鐘會接收到數百萬個感官刺激，接著透過瞬間的決策，依慣性執行無數個習以為常的任務，來強化心智運作的效能，讓核心自我有餘裕處理不熟悉的事物。

潛意識裡包含情緒和感受、內化的技能與反應、未察覺的想法感受、習慣、對某些事物的恐懼、夢境、記憶、內隱知識（implicit knowledge）[37]，以及瞬間迸發、極富創造力的洞見。與生俱來的欲求源自這個隱藏的自我：對食物、性、不計代價活下去的渴求，以及對知識、愛與和平的盼望。因為這些欲求會擾亂顯意識，它們往往隱而未顯。儘管如此，他們仍會影響並左右人的判斷、感受和行為舉止。[19]

因此，要問的問題變成：執行「進入人物」寫作技巧的作者，能進入故事人物的潛意識裡，從中即興創作嗎？我們從爬樹的猿人祖先身上繼承了潛意識。就像其他動物的心智，我們的潛意識既沒有語言，也沒有自我意識，這使得一般定義下的思考行為看上去不可能。但另一方面，我常會想像在我寵物的腦海中流淌著各式各樣的欲求和不尋常的念頭。所以，我認為這沒什

---

36 英國傳奇搖滾樂團，以前衛、迷幻、藝術搖滾聞名。引文為《腦損傷》（Brain Damage）歌詞。
37 不易以文字或影音等傳遞，較容易以情境來模擬、感受或體會的知識。

麼不行。如果這麼做有辦法讓你筆下的人物栩栩如生，不妨試試看。

運作中的四層自我：《廣告狂人》

撰寫長篇影集《廣告狂人》（Mad Men）時，劇集統籌馬修・韋納（Matthew Weiner，1965－）與合寫劇本的編劇團隊為每個人物發想了三個層面的衝突，這三層分別是工作、親密關係，以及不為人知的真面目。這三層分別對應到社會自我、私人自我與核心自我。我加上了第四層「潛意識」，好讓接下來的詮釋涵括每個人物隱藏的自我。人性是一片迷人、精彩的混沌中，未解的謎團。這四層自我的架構，有系統地呈現了故事人物是如何創造出來的，但這不是一套操作說明。不管採取什麼方式創造主要人物，由內而外或由外而內，最終都要能幫助你深刻理解故事人物的這四層自我。不妨好好研究以下人物，看他們的四層自我是如何設計的，對照你正在創作的人物。

◆**唐恩・傑普**（Don Draper，喬・漢姆〔Jon Hamm〕飾）

社會自我：能言善道的廣告公司創意總監，具備勾引客戶的才能。

私人自我：他的妻子和兩個小孩看上去就像早餐麥片廣告裡完美的一家人，但唐恩的出軌破壞並摧毀了這個假象。

核心自我：唐恩的真名為迪克・惠特曼（Dick Whitman）。韓戰期間，他從一名過世的軍官身上偷來傑普的身份。也因此，他深感內疚、良心不安，進而喪失愛人的能力……而他也明白這一點。

隱藏的自我：他內心潛伏著揮之不去的恐懼。雖然事業有成，但他深怕自己的人生沒有任何意義，最後什麼也沒有。

◆**貝蒂・傑普**（珍妮艾莉・瓊斯〔January Jones〕飾）

社會自我：大學畢業的前模特兒，把時間花在與自己的孩子鬥嘴、騎馬，以及一根菸接著一根菸。

私人自我：懷著自己不想生的第三胎，她覺得自己被困在名存實亡的婚姻裡。

核心自我：她運用自身的性魅力折磨鄰居的兒子，藉此報復出軌的丈夫；她也沉溺在與陌生男子的一夜情裡。

隱藏的自我：折磨人的自我懷疑告訴她，她很幸運長得美，否則她就會很普通。

◆**羅傑·史特林**（Roger Sterling，約翰·史萊特利〔John Slattery〕飾）

社會自我：廣告公司的合夥人和風雲人物，歷經兩次心臟病發作。

私人自我：他想和妻子離婚，但無法確定自己到底愛哪一個情婦。

核心自我：羅傑深深渴望性感的瓊，但不敢承認。

隱藏的自我：孤獨是他最大的恐懼。

◆**佩姬·歐森**（Peggy Olson，伊莉莎白·摩斯〔Elisabeth Moss〕飾）

社會自我：憑著智商和毅力，佩姬從廣告公司的祕書做起，一路晉身為文案寫手，贏來自己的辦公室和祕書。

私人自我：她是虔誠的天主教徒，追求事業的同時，也承受家人希望她走入婚姻的壓力。

核心自我：佩姬讓其他人以為她只是變胖，藉此隱瞞自己其實懷有身孕。

隱藏的自我：她是裡面最聰明的人，而且容易受到自己不願承認的奇怪性衝動誘惑。

◆**皮特·坎伯**（Pete Campbell，文森·卡賽瑟〔Vincent Kartheiser〕飾）

社會自我：身為年輕主管，在公司一路往上爬的同時，也精心策畫一場場權力遊戲。

私人自我：因為他的妻子極度渴望生小孩卻無法懷孕，皮特始終無法在婚姻裡找到平衡。

核心自我：在結婚的前一晚與佩姬·歐森上床，之後佩姬生下了他的孩子。皮特渴望著這個他永遠都不會知道的孩子。

隱藏的自我：他毫無才華可言，但他從未讓這件事阻擋他的去路。

◆瓊‧哈樂薇（Joan Holloway，克莉絲汀娜‧韓翠克絲〔Christina Hendricks〕飾）

社會自我：驚人的美貌讓他人察覺不到她對人的深刻洞察。

私人自我：她嫁給一個無能的醫生，在這段沒有愛的婚姻裡，瓊懷了別人的孩子，兩人最後離婚了。

核心自我：她騙自己相信婚姻讓女人的生命有意義，進而否定自己超凡的工作能力。

隱藏的自我：她是個獨行俠，只想為自己工作，不想為其他任何人工作。

◆薩爾‧羅曼諾（Sal Romano，布萊恩‧巴特〔Bryan Batt〕飾）

社會自我：廣告公司的藝術總監，替唐恩酷炫的廣告標語做設計。

私人自我：他結婚了，但沒有小孩。

核心自我：他極力在恐同的同事當中掩飾自己的同性戀傾向。

隱藏的自我：他對身為同志感到十分厭惡。

由外而內／由內而外

「進入人物」的寫作技巧連結了作者深具創造力的自我與故事人物的內在心理，但少有作者只採用這種由內而外的創作方式。多數作者會兩個方法都用，在兩者之間轉換觀點。他們先從故事人物的背景、身處的社會，以及年齡、智商和與生俱來的特質中，蒐集和人物身份相關的線索。接著，他們仔細端詳人物不同層面的行為舉止，抽絲剝繭，直探核心、本能的自我。「魔力假使」讓他們進入人物的內在，在此即興創作。但即便採用「進入人物」的寫作技巧，他們也時常在不同故事人物的觀點之間切換。

舉例來說：假設某個作者正在寫一場有故事人物 A 和 B 的戲。他會問自己：「如果這時我是人物 A，我會怎麼做？」藉此找到忠於該人物的選擇與行動。接著，他會切換觀點，這麼問：「如果在這個狀況下我是人物 B，我會怎麼回應人物 A 剛剛講出口的話和做出的事？」

作者每次從故事人物中抽離，便能反思自己稍早寫下的人物行動和反應，

以及這些作為對兩個人物造成的影響。作者的想法和感受在「由內而外」和「由外而內」之間切換，從主觀到客觀，再從客觀到主觀，不斷重複，直到這個故事場景臻於完善。

美國作家多克托羅（E. L. Doctorow, 1931 − 2015）將這個交替的技巧運用得非常精妙，取得最佳的成果。在他的歷史小說中，例如《散拍歲月》（*Ragtime*）和《水廠》（*The Waterworks*），他會先鑽研要寫的主題，直到自己成為這個主題的世界級專家；接著，進入故事人物的內在、搬演這些人物時，他也賦予人物獨特的樣貌。多克托羅筆下的虛構人物，看上去往往像是真實存在過的歷史名人，而他筆下的歷史人物，看起來就像經過他超凡的腦袋創造的人物。[20]

06

角色 vs. 人物

　　角色（role）不是人物（character）。角色只是承擔了故事的社會結構裡某個普遍、一般的身份（母親、老闆、藝術家、獨行俠），並執行這個身份的任務（哺育小孩、管理員工、畫畫、迴避人群）。就像空白畫布外的畫框，角色提供藝術家一個需要故事人物填滿的空間。

　　一個發展完成的故事人物進到故事裡時，他會先承擔某個基本角色，接著在角色身上灌注獨特的性格，以獨特的方式執行這個角色的任務，並與故事中每個人物發展出獨特的關係。設計故事的卡司時，每個人物的角色和關係會經過巧妙安排，如此一來就不會有人物肩負相同角色，或是以同樣的方式執行同樣的任務。

卡司的構成

完整的故事是由一組卡司構成，彼此組成複雜的人際網絡。要釐清這些網絡之間的關聯，不妨將全體人物想像成太陽系：以發光的恆星（太陽）為中心，四周環繞著行星、衛星、小行星，一共有三圈。這三圈由配角組成的同心圓，以不同距離圍繞著身為主角的太陽，不僅影響主角，彼此也互相影響，影響

程度或大或小。最具有影響力的人物靠主角最近，影響力較小的角色距離主角較遠。而星系的最外層，由只出場一次的小角色、沒有台詞的龍套和街上的群眾構成完整的社會。至於第三人稱敘述者，就像看不見的上帝，從遠方觀看這個宇宙。

要設計卡司，請先從最重要的角色著手，接著向外擴張到最外層。

主角（Protagonist）

要將一個故事人物推到讀者、觀眾眼前，告訴他們這位老兄超有趣、超迷人，值得占去他們一大段寶貴的時間，需要莫大的勇氣。因此，在你走到這一步之前，讓我們先檢視一下主角應具備的根本特質有哪些：

（1）意志力

人的心智最害怕死亡或滅絕，渴望安全感。於是，一旦故事的觸發事件讓生活失常，主角會本能反應得好像自己的存在受到威脅一般。接著，他會產生某個欲求目標（object of desire）──一個具體、牽涉到個人或社會層面的渴求，他覺得這個目標能恢復他的生活秩序。而在他追求這個目標的同時，會有重重的對立力量妨礙他。在最終的危機裡，他會面對故事中最強勁、最明確的阻力。真正的主角具備意志力，面對這項最終的困難、做出最終的決定、採取最終的行動，作為達成目的、恢復生活秩序的最後嘗試。他最後的行動可能會失敗，但耗盡所有意志力之前，結果都不會揭曉。

（2）多重條件

追尋目標的過程中，主角的心理、生理條件會合力將他推向自己的極限，甚至超過極限。而每個故事裡，主角具備的條件都不一樣。某個故事裡，他得夠年輕，在另一個故事中卻要夠老；他得夠有錢，或是夠窮；必須受過教育，或必須無知愚昧等等。這些特質、條件能讓讀者／觀眾相信，主角所做的決定、採取的行動符合他的本性，而且具有說服力。

他的行動所產生的影響也必須夠廣而且／或夠深，使故事得以發展出讀

者／觀眾無法想像其他可能的結局。我再強調一次，主角不一定能得到他想要的，但他所做的努力最終會徹底展現他的本性。

如果你打算將故事事件擴及故事的社會或物質環境中，主角通常都是菁英份子：醫生、律師、戰士、政治人物、科學家、偵探、主管、犯罪首腦、名人等等。菁英的社會地位較高，進而使他的作為在社會階層中影響範圍較廣，故事影響到的人就越多。

若故事事件深入人物內在不為人知的領域，主角可以是各行各業、各階層的人；只要他們夠複雜，內在深度值得探索，而且夠有韌性，經得起轉變。

此外，故事當然也能讓主角既深且廣。舉例來說，看看長篇影集《絕命毒師》和前傳影集《絕命律師》裡的吉米·麥吉爾。吉米的故事剛開始時，他是個充滿魅力、善於交際應酬的街頭騙子，夢想成為律師。不過，當他隱身在薩爾·古德曼這個面目之後，他漸漸將最真實的自我埋得越來越深。同時，他克難執業的律師工作也越做越大，直到他捲入十億美元的冰毒帝國。

（3）弱者狀態

請這麼做：將你的主角置於手掌上，掂掂他的心理、生理素質。接著，在另一隻手掌上，加總所有他在故事中會遇到的對立力量，包括發自內心的負面想法和感受，與朋友、家人、愛人之間的衝突，所有阻撓他的制度、機構與身在其中的人，以及各種現實生活裡與主角作對的因素，從惡劣的天氣、致命的疾病，到永遠不夠用的時間都算。

只要比較一下主角的實力和所有負面阻力，你應該會發現這些對立力量幾乎要擊垮他了，他顯然是個弱者。他有機會達成他的欲求目標，但只是有機會而已。

（4）讓人同理的特質

當讀者或觀眾進到某個故事的虛構世界裡時，很快便會察覺到這個故事的價值取向，區分各種正面與負面、好與壞、善良與邪惡、感興趣與不感興趣的東西，並尋找「善的中心」（Center of Good）──那是他們的同理心依附的

安全地帶。

定義：「善的中心」是正面的價值（例如正義、良善、愛等等），在故事深處閃閃發光，對比周圍暗黑、負面的價值（例如暴政、邪惡、仇恨等等）。這片正面的光輝會吸引同理心，因為我們在內心深處，會覺得自己整體來說站在良善或正確／正義的一方，所以自然會對察覺到的正面價值產生共鳴。除了少數例外，大部分的故事都將「善的中心」放在主角身上。

來看看兩個例子：

馬里奧‧普佐的《教父》三部曲打造了黑手黨家族的犯罪宇宙，這些黑幫家族周圍環繞著腐敗的警察、能利誘收買的法官。不過，柯里昂家有個正面的特質：忠誠。其他黑道家族成員都互相背叛、在彼此背後捅刀，讓他們成為「很壞的壞人」。至於教父的家族，他們互相扶持，團結一致，讓他們一家成為「很好的壞人」。一旦觀眾意識到柯里昂家族這個正面的核心特質，便本能地認同這些幫派份子。

小說《沉默的羔羊》（The Silence of the Lambs）裡，作者湯瑪士‧哈理斯（Thomas Harris, 1940 −）讓讀者關注兩個「善的中心」：聯邦調查局探員克蕾瑞思‧史達琳（Clarice Starling）的英勇馬上就能吸引讀者的認同，但隨著故事開展，第二份認同逐漸在漢尼拔‧萊克特醫生（Dr. Hannibal Lecter）身上形成。

一開始，哈理斯讓萊克特身在黑暗、不光彩的世界裡：聯邦調查局假裝以看得到海景的牢房作為交換條件，試圖欺騙萊克特協助辦案；看守他的獄卒是個沽名釣譽的虐待狂；萊克特殺害的警察全都是笨蛋。

接著，萊克特開始閃耀光彩：他智商超高、幽默感十足，而且身處地獄之中仍維持著溫文有禮的舉止。萊克特在負面環境裡彰顯出來的正面特質，讓讀者不在乎地聳聳肩表示：「他吃人，但是有比吃人更糟的事。我一時想不出來有哪些，但一定有。」讀者會認同萊克特，心想：「如果我是個心理病態、吃人的連續殺人犯，那我希望能像萊克特一樣。他超酷。」

（5）引人入勝的點

主角是故事裡最複雜，也因此最有趣的人物。當故事人物身上的兩項特

質互相衝突，讀者／觀眾自然會感到訝異，心想：「這傢伙到底是怎樣的人？」為了找出這個問題的答案，他們便會投入故事之中。

（6）份量與深度

主角不僅占據故事最重要的位置，也在故事大半的篇幅裡，占據讀者／觀眾的心神。因此，主角潛意識裡的動機與隱藏的欲求，最終會隨著他在壓力下所做的每個決定展露無遺。來到故事高潮時，這樣的揭露使他成為讀者／觀眾最了解的故事人物。

（7）改變的能力

隨著時間累積，人會增長知識見聞，發現新的信念，適應新的狀況，順應衰老的身軀；但人的內在本性幾乎早已固定下來，而且除了少數的例外，人的核心自我也幾乎不會改變。人或許會想要改變，尤其是想變得更好，但在這個想法裡，白日夢的比例多過成真的可能性。大部分的人一輩子活下來，最核心、本質的自我通常都維持原樣。因此，沒有轉變的故事人物看起來最接近真實人生、最寫實。

那些真的有所改變的故事人物，他們的轉變越大，就越偏離寫實、越趨向象徵。向上提升、越變越好的故事人物，是朝著理想的典範靠近；向下沉淪、越變越糟的故事人物，是往暗黑的原型靠近。而在故事的所有人物中，最有可能改變的就是主角。

主角或許會改頭換面，例如小說《聖誕頌歌》（*A Christmas Carol*）的史古基（Scrooge）或影集《絕命毒師》的傑西·平克曼；主角也可能學到教訓，例如小說《金翅雀》（*The Goldfinch*）的席爾鐸·戴克（Theo Decker）或影集《邋遢女郎》（*Fleabag*）的邋遢鬼（Fleabag）；主角或許會像影集《護士當家》（*Nurse Jackie*）的傑琪（Jackie Peyton）或電影《柯波帝：冷血告白》（*Capote*）的楚門·柯波帝（Truman Capote）一般墮落、退化；主角也可能信念幻滅，好比小說《回憶的餘燼》（*The Sense of an Ending*）的東尼·韋伯斯特（Tony Webster）與《屈辱》（*Disgrace*）的大衛·魯睿（David Lurie）；也有主角轉變成接近作者的人，例如小說《塊肉餘生記》

（*David Copperfield*）的大衛・考柏菲爾德（Davy Copperfield）和《青年藝術家的畫像》（*A Portrait of the Artist as a Young Man*）的斯蒂芬・迪達勒斯（Stephen Dedalus）。

（8）頓悟與洞見

一旦衝突造成故事人物的生活失衡，他會試著理解事情為什麼會發生、怎麼發生，以及人為什麼會做出這些事。最激烈的衝突會在主角的內在發酵，讓主角最有可能有所頓悟。

古希臘時代，頓悟（epiphany）一詞指的是神祇突然出現在虔誠信徒面前的時刻。至於現代的用法，這個詞用來表示靈光一閃、突然對現實有所體悟──直觀地意識到表象底下隱藏的力量或根本的起因。當主角經歷頓悟的瞬間，這份驚人的體悟會讓他快速脫離原本無知的狀態，從渾然不覺變得了然於心。因為這一瞬間的敏銳，他的生命就此改變，而頓悟衍生的後果，不是成就主角，就是摧毀主角。

悲劇的高潮通常發生在「自我認知」（self-recognition）閃現的時刻，也就是主角突然發現自己到底是誰、突然對自己有新的認識：

當索福克里斯筆下的伊底帕斯意識到自己是妻子的兒子、殺害父親的凶手，他便剜出自己的雙眼。莎士比亞的奧賽羅（Othello）發現自己被欺騙而殺了無辜的妻子時，便將刀子刺向自己的胸膛。契訶夫的劇作《海鷗》（*The Seagull*）裡，康斯坦丁（Konstantin）明白妮娜（Nina）永遠不可能愛他之後，結束了自己的生命。電影《星際大戰五部曲：帝國大反擊》（*The Empire Strikes Back*）中，路克・天行者（Luke Skywalker）發現黑武士達斯・維德（Darth Vader）是自己的父親時，也試圖自殺。

在某齣古典喜劇裡，謙遜的僕人得知自己有個失散的雙胞胎兄弟，對方身上有顆能辨別身份的痣。這對雙胞胎的母親是在暴風雨襲擊下的船上產下他們，兩人也因船難而分離。而且，兩人的母親其實是遠方某片領土的皇后，這身份讓他們得以繼承豐厚的財產。兩千四百年後，喜劇影集《人生如戲》（*Curb Your Enthusiasm*）某一集裡，賴瑞・大衛（Larry David）得知自己不是猶太人，而是從一個住在明尼蘇達州、非常基督教、非常北歐的家庭裡領養來的。造

訪原生家庭之後，賴瑞意識到，自己寧願當個猶太人。

除了對自我的新發現，頓悟通常會揭露令人不安的洞見。莎士比亞筆下的馬克白（Macbeth）在他最後的自言自語中，哀嘆人生只不過「是一個由白癡訴說的故事」，除此之外毫無意義。

四百年後，薩繆爾·貝克特（Samuel Beckett, 1906 – 1989）的《等待果陀》（*Waiting for Godot*）裡，波佐（Pozzo）悲嘆人生的短暫。他想像有個女人跨坐在一個坑上分娩，她的小孩只有在離開她的子宮、掉入坑裡這短暫片刻內活過。波佐這麼形容：「她們跨坐在墳墓上生產，只見光亮瞬間閃現，接著又是再一次的黑夜。」

影集《護士當家》裡，傑琪的頓悟讓她承認，自己之所以開始嗑藥，是因為她無法處理長女剛出生時無止盡的哭鬧，因此她會藥物成癮是自己的責任。但這個真相沒有救了她，因為她不具備戒除藥癮的意志力。

頓悟是種一番兩瞪眼的事，要嘛全贏，要嘛全輸，也因此創作時風險很大。這種瞬間的體悟或許能替故事創造出最精彩難忘的時刻……但也可能成為寫得太超過、讓人尷尬的橋段。

對舞台劇作和影視作品來說，故事人物頓悟之前、當下與之後都需要出色的安排，還要出色的演員好好詮釋。舉例來說，電影《北非諜影》（*Casablanca*）進行到第三幕的高潮，瑞克·布連（Rick Blaine）意味深長地說道：「看來命運已經插手了。」這時，觀眾得以玩味這番話的弦外之音。

然而，要創作小說裡的頓悟場景，風險更大。故事人物的靈光一閃，不僅考驗作者駕馭文字的才華，也考驗讀者的想像力和故事人物的可信度。這也是為什麼小說描寫到飽含意義、足以改變人生、突如其來的體悟時，經常變得華而不實。

主角的形式

大部分故事裡，主角只有一個人——一個男人、女人或小孩。不過，這個主要角色能以好幾種形式呈現：

雙主角（Co-protagonist）

除了創造一個多面向的主角，你也能聯手兩位特質迥異的故事人物組成雙主角的二重唱，藉此創造人物的複雜性：

小說方面，拉雅德·吉卜林（Rudyard Kipling, 1865 － 1936）的短篇小說〈要做國王的人〉（The Man Who Would Be King）便讓兩位主角丹尼爾·卓拉沃特（Daniel Dravot）和皮奇·卡納漢（Peachey Carnehan）成了層次豐富的搭擋。珍娜·伊凡諾維奇（Janet Evanovich, 1943 －）[38] 與李·戈德伯格（Lee Goldberg, 1962 －）[39] 合寫的福克斯與歐海爾（Fox and O'Hare）犯罪小說系列也採用雙主角。

影視方面，編劇威廉·戈德曼（William Goldman, 1931 － 2018）讓布屈·卡西迪（Butch Cassidy）和日舞小子（Sundance Kid）這對搭擋成為電影《虎豹小霸王》（*Butch Cassidy and the Sundance Kid*）的雙主角；凱莉·庫里（Callie Khouri, 1957 －）編劇的電影《末路狂花》（*Thelma & Louise*）中，露易絲（Louise）和泰瑪（Thelma）便是銀幕上的經典雙主角。長壽影集《法網遊龍》（*Law and Order*）中，製片兼主創的迪克·沃夫（Dick Wolf, 1946 －）也讓警察和檢察官一搭一唱。

劇作方面，湯姆·史塔佩的現代主義作品《君臣人子小命嗚呼》（*Rosencrantz and Guildenstern Are Dead*）、貝克特的《等待果陀》、尤涅斯科的《椅子》都採用雙主角，只不過不是為了增添人物的複雜性，而是為了相反的理由：強調一致性──每對搭擋裡的任一人物都毫無面向、不寫實且幾乎難以區別差異。

團體主角（Group Protagonist）

一群人物成為故事的主角，通常發生在兩種情況下：（1）儘管表面上有所差異，他們本質上具備相同的欲求；（2）這群人努力追求目標時，彼此休戚與共──發生在一個人身上的事會影響到他們整體，如果其中一人成功，他們共享成果、一起向前；如果其中一人失敗，所有人也一同退步。

舉幾個電影的例子：《七武士》（*Seven Samurai*）、《決死突擊隊》（*The Dirty Dozen*）、《惡棍特工》（*Inglorious Basterds*）。

---

38 美國作家，最知名的作品是以「賞金女獵人」史蒂芬妮·帕盧（Stephanie Plum）為主角的系列小說。
39 美國作家暨編劇，著有《神經妙探》（*Monk*）、《謀殺診斷書》（*Diagnosis Murder*）系列小說。

團體主角的規模能有多大？電影《波坦金戰艦》（*Battleship Potemkin*）中，導演愛森斯坦（Sergei Eisenstein, 1898 – 1948）讓上千位士兵和人民一同反抗暴政，而《十月：震撼世界的十天》（*In October: Ten Days That Shook the World*）裡，俄國整個工人階級成了愛森斯坦龐大的主角群。

多重主角（Multi-protagonist）

多線劇情（multiplot）的故事沒有中心劇情（central plot），而是圍繞一個主題，串起好幾個故事線。可能像電影《衝擊效應》（*Crash*）一樣交叉剪輯這幾段故事，或如電影《生命中最抓狂的小事》（*Wild Tales*）一般，一段故事說完接著另一段，每個故事都有各自的主角。

分裂的主角（Split Protagonists）

在史蒂文生（Robert Louis Stevenson, 1850 – 1894）的《化身博士》（*The Strange Case of Dr. Jekyll and Mr. Hyde and Chuck*）、恰克・帕拉尼克（Chuck Palahniuk, 1962 –）的《鬥陣俱樂部》（*Fight Club*）等小說中，主角具備兩個分裂的人格，彼此爭奪，試圖控制主角的道德自我。

影視作品方面，伍迪・艾倫的電影《罪與愆》（*Crimes and Misdemeanors*）交叉剪輯了兩段相互映照的故事，直到故事的主角在觀眾心中合併為一位意志薄弱、道德敗壞、自我欺騙的失敗者。查理・考夫曼（Charlie Kaufman, 1958 –）編劇的電影《蘭花賊》（*Adaptation*），以及每一部有狼人的電影差不多都運用同樣的手法。

消極的主角（Passive Protagonists）

如果作者將故事重心轉向內在，刻畫主角在道德、精神狀態或人性方面的心理衝突，那麼這位主角周遭的人或許會覺得他很消極。因為他未說出口的想法幾乎沒有轉化成行動，表面上他漫無目的地過日子，在人生路上展現一種頹廢、豁達的旅人形象，但其實他的內心存在著非常劇烈的無形掙扎；他奮力不再重蹈覆徹，或是努力讓塞滿太多選項而不知所措的腦袋冷靜下來，

或是被迫在兩個糟糕的選項中選出沒那麼糟的。

　　來看幾個例子：安娜‧伯恩斯（Anna Burn, 1962－）的小說《牛奶工》（*Milkman*）裡，無名的主角邊走邊讀小說，盡可能逃避人生、躲避恐怖跟蹤狂。電影《心的方向》（*About Schmidt*）中，主角史密德（Schmidt，傑克‧尼克遜飾）把退休時間用來寫信給一位非洲孤兒，信中充滿他對人生——過去、現在和未來——的懊悔與遺憾。

更換主角（Switching Protagonists）

　　如果某個故事人物誤導讀者／觀眾相信他就是故事的主角，但隨後就死亡、退場或變成反派，這個故事會因此產生劇烈的轉向。

　　電影《殺戮戰場》（*The Killing Fields*）的前半部分，主角是美國記者西德尼‧尚伯格（Sydney Schanberg）。不過，從他因高棉大屠殺而逃離柬埔寨起，故事的火炬就交棒給助手狄‧潘（Dith Pran）。他成了電影後續的主角，帶著故事迎向最後的高潮。

　　電影《驚魂記》（*Psycho*）演不到一半時，主角就被殺死了，令她的死亡更令人震驚，也讓凶手更加駭人。隨後，受害者的男友與姐姐接手，成為雙主角。

象徵性的主角（Metaphorical Protagonists）

　　人性的譬喻和象徵——卡通人物（例如兔寶寶邦尼〔*Bugs Bunny*〕）、動物（電影《我不笨，我有話要說》〔*Babe*〕）、無生命的物體（動畫《瓦力》〔*Wall-E*〕）——也能當主角，只要他們面對衝突時，可以為了追求自身欲求，依其自由意志做決定。

第一層故事人物

圍繞在主角身邊的第一層是主要的故事人物，他們協助或阻礙主角、集中或轉移主角的注意力、實際幫到主角，或只是自身作為和主角有關。實際幫到主角的「支持角色」（support role）會改變故事事件的走向，「出力角色」（service role）則不會。舉例來說，傳統的犯罪故事裡，發現被害者屍體的警察就是「出

力角色」，從線索推論出凶手身份的驗屍官則是「支持角色」，而逮捕、懲罰凶手的偵探就是主角。

不論是只有出力或實際幫上忙，如果多重特徵和面向使這個角色變得飽滿，那麼他在故事裡就會變得突出、重要。與此同時，他展現的獨特行為和他一心一意的意圖，也會使讀者和觀眾進一步想像他在故事事件外的人生是什麼樣子。換句話說，主要人物有潛力發展出屬於自己的故事。

這些角色有許多用途：

作為劇情副線的主角

若劇情副線（Subplot）會與中心劇情交會、影響其走向，那麼劇情副線的主角便是扮演支持角色的主要故事人物。若劇情副線與中心劇情沒有交會、不影響中心劇情的走向，那麼劇情副線的主角就是扮演出力角色的主要故事人物。

舉例來說，《教父》裡，麥可（Michael）繼承家族事業、成了教父是中心劇情。手下泰西歐（Tessio）背叛的劇情副線改變並推進了這個主要的劇情弧線（arc），所以泰西歐是支持角色；而作為劇情副線的愛情故事，只單純服務麥可這個人物，用來深化他的性格，所以麥可的愛人是出力角色。

作為焦點人物

卡司裡的焦點人物會勾起讀者／觀眾最大的興趣，因此幾乎都是由主角擔任這個角色。不過，有些故事比較特殊，會有人物替故事增添獨特的活力與刺激，進而成為注意力的焦點，並且使故事的中心偏離主角。

安東尼（Antonio）是莎士比亞作品《威尼斯商人》（*The Merchant of Venice*）裡的主角，夏洛克（Shylock）卻偷走了鎂光燈的焦點。克蕾瑞思・史達琳是《沉默的羔羊》的主角，漢尼拔・萊克特卻成為注意力中心。克莉絲汀（Christine）是卡斯頓・勒胡（Gaston Leroux, 1868－1927）的小說《歌劇魅影》的主角，但小說的焦點人物是魅影。

作為陪襯人物

十八世紀時，珠寶商發現，以薄薄一層反光金屬箔片（foil）當作鑽石的襯底，可以讓寶石更加耀眼。作者也運用同樣的原則，利用陪襯人物來強化主角。[1]

陪襯人物以好幾種方式烘托主角：

1. 他們彰顯主角

如果對照兩件相反的事物，我們對個別事物的認識會更清楚。一把黑色的椅子靠在白色的牆邊，椅子看起來更黑了。要突顯主角的形象，就安排主角站在和他相反的陪襯人物旁邊。

來看幾個例子：桑丘‧潘薩（Sancho Panza）、華生醫生（Dr. Watson）、阿諾‧羅斯汀（Arnold Rothstein）這三個身材圓潤的陪襯人物，各自詼諧地對比三位瘦骨嶙峋的主角：唐吉訶德、夏洛克‧福爾摩斯（Sherlock Holmes）、努基‧湯普森（Nucky Thompson）[40]。史巴克（Mr. Spock）和寇克艦長（Captain Kirk）[41]的雙人組合，呈現了正經八百的認真和愛好玩樂的大膽之間的對比。電影《北非諜影》裡，雷諾隊長（Captain Renault）的風流韻事對照瑞克的情傷，而維克多‧拉斯洛（Victor Lazlo）反納粹的英雄氣概對比瑞克的政治冷漠。《末路狂花》的泰瑪／露易絲、《虎豹小霸王》的布屈‧卡西迪／日舞小子等等，這樣的雙主角也互相襯托彼此。

2. 他們看得到主角看不到的事

隨著主角在行動骨幹[42]裡做出一個又一個衝動的判斷，為了達到欲求目標所做的掙扎與努力經常使他盲目。這時，冷靜沉穩的陪襯人物就成為理智的代言人。

舉例來說，長篇影集《黑錢勝地》（*Ozark*）中，馬帝‧拜德（Marty Byrde，傑

---

40 阿諾‧羅斯汀和努基‧湯普森是影集《海濱帝國》（*Boardwalk Empire*）裡的人物。
41 史巴克和寇克艦長是影集《星際爭霸戰》（*Star Trek*）的人物。
42 行動骨幹指的是主角為了達到欲求目標，一路努力下來的足跡、一連串的行為。

森・貝特曼〔Jason Bateman〕飾）與溫蒂・拜德（Wendy Byrde，蘿拉・琳妮〔Laura Linney〕飾）這對夫妻互相襯托對方。每當其中一人看不清兩人的目標而衝動行事，另一方便會安撫對方，並重新聚焦在兩人的行動骨幹上。

3. 他們與主角的道德品行唱反調

藉由展現出較好或較差的道德品行，陪襯人物能勾勒出主角的面貌。

例如，電影《殘酷大街》（*Mean Streets*）裡，惹事生非、行事乖張的強尼（Johnny Boy，勞勃・狄尼洛〔Robert De Niro〕飾）和信仰虔誠的查理（Charlie，哈維・凱托〔Harvey Keitel〕飾）是童年玩伴。影集《護士當家》中，沉著冷靜的醫生艾蓮娜・歐海爾（Dr. Eleanor O'Hara，伊芙・貝斯特〔Eve Best〕飾）平衡了狂放不羈的護士傑琪（艾迪・法珂〔Edie Falco〕飾）。電影《前進高棉》（*Platoon*）裡，善良的伊萊亞斯中士（Elias，威廉・達佛〔Willem Dafoe〕飾）與邪惡的巴恩斯中士（Barnes，湯姆・貝林傑〔Tom Berenger〕飾）彼此對立，雙方都試圖影響二等兵克里斯・泰勒（Chris Taylor，查理・辛〔Charlie Sheen〕飾）對戰爭的態度與看法。至於小說《雙城記》（*A Tale of Two Cities*），狄更斯（Charles Dickens）創造了兩位長相相似的人物，但賦予兩人迥異的性格，寫出高尚的查爾斯・達奈（Charles Darney）和墮落的雪尼・卡頓（Sydney Carton）。此外，將道德敗壞的陪襯人物，藏在品行端正者的潛意識裡，這個故事人物就成了《化身博士》的主角。

4. 他們引導我們認識主角

為了創造撐起故事的懸疑，作者可能會將主角包裹在謎團之中——沒有背景故事[43]，沒有朋友，沒有自白自述。這麼做能激起讀者／觀眾強烈的興趣，好奇主角未說出口的想法和渴望、真實的感受和計畫。作者先拋出關於主角內心世界的問題，接著扣著答案不說，以製造故事的張力。讀者／觀眾因為沒別的地方能找答案，只能從其他故事人物，尤其是陪襯人物身上找線索。

---

43 背景故事不是「生命故事」（life history），並非生命史或生平，而是過去發生且能用來推動故事的重大事件。通常隱含不為人知的內情，是將故事推向高潮的關鍵，常保留到重要時刻才揭露。

陪襯人物或許只了解主角一部份，或是因此徹底誤解主角。不管是哪個狀況，每次陪襯人物和主角互動時，讀者／觀眾便多認識主角一點，明白哪些事情可能為真、可能為假、還需要知道其他哪些事。

睿智的陪襯人物能帶我們看到主角隱而未顯的真實。比方說，如果主角極為神祕，如果他經歷過連最世故的讀者／觀眾也無從理解的經驗，如果主角是個聖人、天才，或是像小說《白鯨記》（*Moby Dick*）的亞哈船長（Captain Ahab）一樣瘋狂，那麼讀者／觀眾便需要以實瑪利（Ishmael）的引導，才能在翻湧的執念深淵裡找到出路；或是需要影集《黑道家族》（*The Sopranos*）裡的心理醫生梅菲（Dr. Melfi）幫忙，來理解黑道老大東尼·索波諾（Tony Soprano）內心躁動著的混亂。

5. 他們詮釋主角的頓悟

主角突然有所領悟時，他的反應可能外表上看不出來，悶不吭聲、祕而不宣，極為私密、內在。這份領悟造成的改變或許從來不會清楚地展露，但深刻理解主角的陪襯人物能解讀主角謎樣的行為、詮釋他閃現的洞見。這樣的陪襯人物之於主角，就如《絕命毒師》中傑西·平克曼之於主角沃特·懷特。

6. 他們詮釋主角的複雜性

除了解讀主角的頓悟，面向豐富的故事人物通常需要一位以上的陪襯人物來引導讀者／觀眾，如此一來才能完整明白主角心裡在打什麼主意。

來看看長篇影集《繼承之戰》。思路清晰的肯道·洛伊（Kendall Roy），加上三位各有盤算的手足康納（Connor）、希芙（Siobhan）、羅曼（Roman），還有卡洛琳娜（Karolina）、法蘭克（Frank）等公司員工。他們對冷酷無情的媒體大亨羅根·洛伊（Logan Roy）都有各自片面的了解。從這些陪襯人物身上，我們得以拼湊羅根·洛伊的面貌。

7. 他們提供主角立足於故事設定的基礎

複雜的主角通常讓我們覺得他是個極為特別的人——特別到他可能隱隱

象徵著某些原型人物，像是戰士、醫治者（healer）、騙子、女神、魔術師等等。主角的特質越具有象徵意涵，看在讀者／觀眾眼裡，越容易失去可信度。莎士比亞的悲劇、海明威的小說和 DC 宇宙的主角，都冒著這樣的風險，朝這個方向疾駛而去。

好在，符合現實、實實在在的陪襯人物是維繫主角的安全帶，例如哈姆雷特有好友何瑞修（Horatio），羅伯·喬登（Robert Jordan）有嚮導安瑟莫（Anselmo）[44]，超人克拉克·肯特（Clark Kent）有露意絲·蓮恩（Lois Lane）。因為陪襯人物看上去代表了他們所處的社會，他們提供主角現實基礎，同時又讓主角顯得獨特。

事實上，故事的卡司可以視為為數眾多的陪襯人物，讓主角具備可信度與份量（更多相關內容請參考第十七章。）

觀點人物（The POV Character）

故事的敘事觀點一般由主角呈現，但並非總是如此。柯南·道爾（Arthur Conan Doyle, 1859－1930）的福爾摩斯系列故事裡，華生醫生是觀點人物，以第一人稱敘述故事，但福爾摩斯既是主角又是焦點人物。尼克·卡若威（Nick Carraway）和傑·蓋茲比（Jay Gatsby）在費茲傑羅的《大亨小傳》裡，也是這樣的關係。

主要的支持角色

從主角的觀點來看，主要的支持角色不是協助他，就是阻礙他。這些角色中，有些對故事事件造成正面影響，有些則造成負面影響。他們可能助主角一臂之力，也可能從中作梗，使主角更接近或更遠離欲求目標。其中最重要的，便是直接妨礙、阻止主角重拾生活秩序的反派人物。

從偉大冒險（High Adventure）、犯罪、恐怖等動作類型的故事中，我們稱這類人物為惡徒或反派。這些反派從全然邪惡的怪物到複雜的反英雄都有。在

---

44 海明威小說《戰地鐘聲》（For Whom the Bell Tolls）的人物。

人物驅動的六個類型（請見第十四章）中，主角往往會發現最大的敵人是自己。

主要的出力角色

主要的出力角色在讀者／觀眾的視角之外，似乎正過著自己的人生。他不改變故事事件的走向、故事事件也不會改變他。這類角色的性格固定不變，並帶有某種自主的色彩，所以不論故事的結果如何，他就是他自己，沒有其他可能。他暫時現身在故事裡時，不論他的功能為何似乎都會起作用。

來看個例子：狄更斯的小說《荒涼山莊》（Bleak House）裡，上了年紀的福萊小姐（Miss Flite）親切和藹、有點妄想症，耽溺於訴訟中。她的家人因為一起纏訟多年的官司飽受身心折磨、相繼去世，留她隻身一人面對這起懸而未決的訴訟。她開始每天都去法院報到，旁聽各式各樣的審判，有些令人覺得荒唐、有些讓人感到悲痛。她說的話經常讓人覺得她瘋了，但這些內容其實別有深意，充滿象徵意涵。她豢養了一大群籠中鳥，打算在「審判日」那天放牠們自由。

一個故事人物可以只扮演以上任何一個角色，或具備所有這些主要功能。然而，如果這樣的人物太有趣，和他的角色功能不成比例，便會喧賓奪主，接管並搞垮這個故事。舉例來說，電影《燃燒鬥魂》（The Fighter）裡由馬克・華伯格（Mark Wahlberg）飾演的主角米奇・華德（Micky Ward）和由克里斯汀・貝爾（Christian Bale）飾演的配角迪奇・艾克倫德（Dicky Eklund）相比，就顯得有些乏味。迪奇幾乎搶走整部電影的看頭。

第二層故事人物

透過將某個故事人物限縮到只具備一種面向（dimension）[45]（例如，悲傷難過／興高采烈）或只具備一種特徵（總是興高采烈），並縮減他出現的時間，你便能把完整的人壓縮在一個身處第二層的角色裡。

---

45 面向指的是人物身上的矛盾之處，例如深層性格裡的矛盾、外在形象和深層性格的矛盾。後續章節會有更深入介紹。

話雖如此，不同程度、層面的衝突都在所有人身上上演。因此，任何一位故事人物都不該只發想出一個面向，連最不重要的小配角都是如此。你打算強調的層面，需要配合你的創作意圖。舉例來說，為了故事需要，你賦予一位咖啡廳備餐員工愛聊八卦的形象。而當你認真思考這個人物內在的、私密的、私人的自我，或許能豐富他的玩笑話，替他的言談注入風趣幽默的風格。

第二層支持角色

　　中間這層扮演支持功能的人物一樣會幫助或阻礙故事的進展，但他們沒什麼個人魅力，不會在離開他們現身的場景後，繼續引起我們的興趣。哈姆雷特沒出場時，誰會在意他的叔父克勞狄斯（Claudius）、大臣的兒子萊阿提斯（Laertes）在做什麼？拿小說《第22條軍規》（Catch-22）來說，主角約翰·尤薩琳（John Yossarian）沒現身時，誰會在乎伙食軍官邁洛·明德賓德（Milo Minderbinder）一天是怎麼過的？又或者，電影《唐人街》裡冒名頂替女主角的艾達·賽申思（Ida Sessions），當她沒和男主角吉德通電話時，誰會在乎她到底在想什麼？

第二層出力角色

　　第二層出力角色最主要的特點就是他們的行為很好預測。蘊含普世本質的原型人物（Archetype，例如大地之母）、具備某個特徵的典型人物（type，例如笨手笨腳的人），或從事特定工作的套式人物（stock，例如健身房教練）都提供故事劇情、背景等設定的基礎[46]。

　　他們外顯的單一特徵在不同場景中可能稍有變化。舉例來說，一個大嗓門的人在講電話或在餐廳用餐時，大聲講話的方式稍有差異，但他的音量永遠都很大。如果這個特徵改變了，他要嘛不再是同一個故事人物，要嘛就是增加了一個人物面向。

---

46 這幾種人物類別在第十二章有更詳細的說明。

第三層故事人物

這一層的人物離主角最遠，通常在故事裡只出現一次，而且幾乎都扮演出力角色。少數情況下，這類小角色能有比較顯眼、突出的表現（恐怖片裡驚恐的神色）。但一般來說，他們都不具備人物面向，也無名無姓（例如公車司機）。就像背景裡電視畫面上出現的新聞播報員，這些小角色能發揮解說的功能；但他們也和戰場上的屍體一樣，是服務劇情的道具。

這一層包括背景的人群、故事設定所安排的社會組成，例如體育場裡尖叫的觀眾，功能是向我們說明主要人物得穿過的人群有多密集。

敘事者

敘事者向讀者和觀眾解說故事發生的環境與社會背景、人物的過去，以及從人物身上觀察到的行為裡展現出什麼特徵和特質。根據人稱、故事媒介、可靠度的不同，敘事者有不同的變化。

首先，敘事者可能有三種人稱：

1. 第一人稱敘事者指的是故事人物從書頁、舞台上，或以旁白的方式，直接向偷聽的讀者／觀眾訴說。
2. 第二人稱敘事者講起話來，就好像他自己是實際經歷故事事件的讀者／觀眾。作者會用代名詞「你」來敘述，例如「你這個笨蛋，看看你做了什麼好事」，而不使用「我」或「她／他／他們」。「你」的稱呼將讀者變成主角，成為在故事裡沉思、掙扎的人。
3. 第三人稱敘事者不是故事裡的人物，而是作者用來解說與呈現資訊、覺察或理解的聲音。這個敘事者置身於故事事件之外，因此讀者／觀眾對他的福祉或未來都不感興趣。

這三種敘事者都可能出現在小說、舞台劇作、影視作品三種媒介中。他們不一定知道所有相關的事實，就算知道也不一定坦誠相告，所以從讀者／觀眾的觀點來看，他們不一定百分百可靠。但不管哪個情況，敘事者的可靠

度都得符合作者的意圖。

可靠的敘事者

舞台上：田納西・威廉斯的《玻璃動物園》（*The Glass Menagerie*）裡，第一人稱敘事者湯姆・溫菲爾（Tom Wingfield）告訴我們的是事實，儘管他的情緒記憶（emotional memory）[47] 常攪亂他對事件經過的記憶。第二人稱敘事會把觀眾請上舞台並即興參與演出。至於第三人稱敘事者，桑頓・懷爾德（Thornton Wilder, 1897 - 1975）[48] 的舞台劇作《我們的小鎮》（*Our Town*）裡的舞臺監督（Stage Manager），或艾爾文・皮斯卡托（Erwin Piscator, 1893 - 1966）[49] 自小說改編成舞台劇的《戰爭與和平》裡的敘事者，都很睿智又值得信任。

書頁間：第一人稱小說通常由安定寡言、富同理心的故事人物擔任敘事者，描述他對富有冒險精神、表裡不一的故事人物的觀察。例如《大亨小傳》、《慾望莊園》（*Brideshead Revisited*）、《國王的人馬》（*All the King's Men*），以及其他的類似作品。一般的長篇小說要以第二人稱敘事來進行很難成功，因此很少見。傑伊・麥金納尼（Jay McInerney, 1955 - ）的《如此燦爛，這個城市》（*Bright Lights, Big City*）是很有名的例外。值得信賴、全知的第三人稱敘事者在小說發明前，早已行之有年。強納森・法蘭岑（Jonathan Franzen, 1959 - ）的《修正》（*The Corrections*）是二十一世紀的好例子。

銀幕上：電影《安妮霍爾》（*Annie Hall*）和《記憶拼圖》的第一人稱敘事者，如實敘述他們所理解的真相。《湖中的女人》（*The Lady in the Lake*）則是第二人稱敘事的實驗作品，鏡頭成為主角（也因此成為觀眾的雙眼），整部片都以此主觀鏡頭運鏡[50]。《你他媽的也是》（*Y Tu Mama Tambien*）的第三人稱敘事者則世故老練且十分可靠。

---

47 針對啟發情緒反應的經驗形成的記憶。

48 作家暨舞台劇作家，是跨小說與劇本兩種文類的普立茲獎得主。

49 德國劇場導演，與布萊希特（Bertolt Brecht, 1898 - 1956）同為「史詩劇場」（epic theatre）的代表人物，強調戲劇的社會、政治內涵重於煽動情感或形式美感。

50 這部片中，攝影機的視角成為辦案偵探的視角，偵探沒有露臉（只有偶爾出現在鏡子裡），觀眾化身成為偵探，從他的視角「經歷」故事。

不可靠的敘事者

如果某個故事人物對另一個人說謊，而且我們看出他在欺騙，這份洞察力可以深化我們投入故事的體驗。然而，如果敘事者刻意欺騙我們，就像電影《刺激驚爆點》（*The Usual Suspects*）裡綽號「多嘴」的羅傑·金特（Roger "Verbal" Kint，凱文·史貝西〔Kevin Spacey〕飾）一樣，這種不可靠的解說到底有什麼用意？為什麼作者要刻意誤導我們？有兩個原因：強化說服力和提高好奇心。

強化說服力

缺乏面向且純粹象徵智慧、純真、良善、邪惡等概念的角色，只有在奇幻故事、寓言故事裡才能找到安身之所。毫無瑕疵的故事人物看起來不真實。真實的人因為不完美而傷痕累累，對自身所處的世界懷抱錯誤的認知，而且會欺騙自己。他們會這樣至少有兩個原因：第一，人類的天性傾向會扭曲、誤解事實，合理化失敗、找藉口開脫，並以謊言和假動作占便宜。第二，如果是心智不正常的人，記憶會和現實脫節。不過，連最理性的心智所儲存的記憶都很不可靠，這也是大家都知道的事。因此，寫實的故事裡，不完美的敘事者反映了人性的真實，說服力比較高。

但除了他們的缺陷，第一人稱敘事者之所以不可靠，最重要的原因在於，敘事者遲早會提到自己。到了這個時候，就不容易反映真實了。正如之前提過的，任何以代名詞「我」開頭的台詞，不管後面接什麼，都包含某種程度的欺騙。人要毫無掩飾地坦承關於自己的事，幾乎不可能做到，而自我保護機制也讓這個事實不太難承受。於是，所有和自己有關的陳述都是利己的說詞。但很諷刺地，它們也同時加強了讀者／觀眾對這位故事人物的信任。

提高好奇心

第一人稱敘事者說謊時，代表有個故事人物說謊了。舉例來說，伊恩·班克斯（Iain Banks, 1954－2013）的小說《捕蜂器》（*The Wasp Factory*）裡，敘事者法蘭克（Frank）起初都告訴我們，他剛出生時被一隻凶猛的狗攻擊，男性生殖器官遭到切除。等故事發展到高潮時，法蘭克才揭露，被狗攻擊的事和實驗用

的荷爾蒙一直都是父親的謊言，畢竟他當時太過年幼，什麼也記不得。現在，正值青春期的他最後坦白，自己從來都是個女孩子。這時，讀者一路抱持的好奇心，從驚訝直接躍升為震驚。

第三人稱敘事者說謊時，便是作者說謊了。不可靠的第三人敘事者看起來很自打嘴巴，畢竟作者要安排一個第三人稱的聲音，就是為了讓讀者相信他虛構的事實。因此，一旦第三人稱敘事者扭曲他敘述的內容，讀者／觀眾不是氣憤地將故事扔到一旁，就是對故事更感興趣。有些作者甚至在第一頁就直接告訴我們，作者自身沒有比故事人物更值得信任。舉例來說，小說《第五號屠宰場》（*Slaughterhouse-Five*）裡，作者馮內果（Kurt Vonnegut, 1992－2007）樂於讓讀者注意到他的不可靠，進而使我們好奇什麼是真的、什麼是假的，甚至這些分別是否重要。對於配合作者繼續看下去的讀者／觀眾來說，對可信度的好奇心能大大增加故事的張力。

錯誤詮釋、帶有偏見的看法很容易以影像和文字傳達。只需讓觀點稍微轉個彎，影像和文字就變得不可靠。也因此，最主觀的故事媒介是影視作品和小說。

● 銀幕上：影視作品

不可靠的第一人稱敘事者：因為出錯的記憶（例如影集《追愛總動員》〔*How I Met Your Mother*〕）、不正確的認識（例如電影《阿甘正傳》〔*Forrest Gump*〕），或全然徹底的欺騙（例如電影《刺激驚爆點》），主角可能變得不可靠。長篇影集《婚外情事》（*The Affair*）裡，雙主角從各自的觀點來看相同的事件。電影《羅生門》中，四個故事人物以四種截然不同的方式回想同一樁大事件。電影《說謊的男人》（*The Man Who Lies*）裡，同一位故事人物因應說話的對象是誰，以及想從這些人身上獲得什麼，而以不同方式講述自己在戰爭期間的遭遇，一共講了七個版本。

不可靠的第二人稱敘事者：這種敘事方式還沒有作品嘗試過，但在虛擬實境越發成熟的未來有可能實現。

不可靠的第三人稱敘事者：影視作品的編劇／導演／剪接師能以多種方

式扭曲故事裡的往事，像是假的倒敘（例如電影《卡里加利博士的小屋》〔*The Cabinet of Dr. Caligari*〕）、假的現實（例如電影《美麗境界》〔*A Beautiful Mind*〕）或竄改的歷史（例如電影《惡棍特工》）。

● 書頁間：小說

不可靠的第一人稱敘事者：作者常以敘事者的不可靠，表現不穩定的心智狀態。例如愛倫・坡（Edgar Allan Poe, 1809 － 1849）短篇小說〈告密的心〉（*The Tell-Tale Heart*）裡那位無名的敘事者，以及肯・凱西《飛越杜鵑窩》中的酋長布隆登。主角因為無知或不成熟，也會成為不可靠的第一人稱敘事者，就像《麥田捕手》裡的霍爾頓（Holden Caulfield）。如果敘事者刻意欺騙讀者，這種不可靠就是他獨特的行事風格，就像阿嘉莎・克莉絲蒂在《羅傑・艾克洛命案》（*The Murder of Roger Ackroyd*）中所展現的。卡洛琳・凱普尼斯（Caroline Kepnes）的《安眠書店》（*You*），第一人稱敘事者喬伊（Joe）講述他和畢生的摯愛桂妮薇爾（Guinevere）的戀情……直到他殺了她。伊恩・皮爾斯（Iain Pears，1955 －）的《指標的實例》（*An Instance of the Fingerpost*）裡，四位故事人物（其中一位精神錯亂）以各自帶有偏見的觀點，講述相同的故事，講到讀者都搞不清楚到底發生了什麼事。

不可靠的第二人稱敘事者：史都華・歐南（Stewart O'Nan, 1961 －）的《為垂死者祈禱》（*A Prayer for the Dying*）中，「身為主角的你」漸漸發瘋。

不可靠的第三人稱敘事者：童妮・摩里森的《家》（*Home*）中，故事分別由主角以第一人稱，以及作者以看似全知的第三人稱，交替講述而成。不過，這兩者的說詞常常互相矛盾，因為主角的記憶早已受到戰爭和種族暴力的荼毒，事實真相已棄他不顧。第三人稱敘事者也知道自己與事實的距離，因為他明白沒人能確切知道任何事。

● 舞台上：舞台劇作

劇場是最客觀的故事媒介。兩千五百年來，觀眾已將舞台視為展示台，上頭展示了看不到我們這些觀眾的故事人物，於是我們能看到他們的真面目。

這種極為可靠的第三人稱敘事形式，需要極具創意的劇本和演出，才能讓劇院觀眾接受不可靠的第一、第二、第三人稱敘事者，透過自己的感官理解故事。

不可靠的第一人稱敘事者：《盧納莎之舞》（*Dancing at Lughnasa*）中，舞台上敘事者的童年記憶與他五位姐姐的人生經歷有所抵觸；這讓我們明白，有多少個心靈要記得一件往事，就有多少個版本的曾經。

不可靠的第二人稱敘事者：弗洛里安・澤勒（Florian Zeller, 1979 －）的《父親》（*The Father*）[51] 裡，舞台本身成為失智症老人心智的一部份。觀眾就好像生活在主角的腦袋裡，感受到他試圖掌握現實的絕望掙扎。前一個場景中作為他女兒的人物，在下個場景再度現身時，換成由另一位演員演出；這樣的安排對主角和我們來說，意味著女兒突然變成了陌生人。我們也漸漸明白，看起來接續發生的兩件事，其實相隔十年之久。當主角越來越迷惑，我們也越來越糊塗；直到最後，內心的混亂直接讓他經歷了心智瓦解時會出現的崩潰狀態。

不可靠的第三人稱敘事者：馬克・海登（Mark Haddon, 1962 －）的小說《深夜小狗神祕習題》（*The Curious Incident of the Dog in the Night-Time*）裡，克里斯多弗（Christopher）是患有自閉症的第一人稱敘事者，他告訴我們一個特別奇怪的故事。為了將他心智的失真變形轉化為戲劇表演，倫敦場的演出利用了煙霧、鏡子、震耳欲聾的聲響，來表達自閉症敘事者不可靠的駭人特質。

---

51 《父親》原為法文舞台劇，後由導演親自改編成英文版同名電影，安東尼・霍普金斯（Anthony Hopkins）主演。

07
人物的外在

　　人類身為社會性動物，需要好好管理給他人看的外在形象。他們扮演多種不同的角色，也費心經營。就演化目的來說，這樣的扮演是為了能和異性相處融洽、領先其他追求者，最後順利滾床單。因為他們的存亡仰賴優異的表現，我們聰明的祖先逐漸發展出諸多模仿與表達的精湛技能。簡單來說，人類現在是、也一直都是演員。

　　這不表示我們就不真誠。而且大家都明白，心照不宣。隨著情況不同，我們在不同自我之間巧妙轉換，轉換的依據在於當下的互動關係，例如是神父對告解者、老闆對員工、妻子對丈夫，還是陌生人對陌生人。人可以一下子表現得像個孩子，一下子像個戀人，一下子像個紐約客，或同時集三者於一身。

　　在你畫好卡司的星系軌道後，接著就要賦予每個人物生命。這一章裡，我們要探討構成社會自我與私人自我的綜合元素，這些複合元素創造了讀者／觀眾對人物的第一印象與後續觀感。這一系列對外展現的行為舉止、習性和人格特質，就是所謂的**人物塑造**。

人物塑造

要讓你的創作更有條理，不妨將複雜的故事人物分成兩方面來設計：人物塑造與人物本色。

人物本色：指的是內在自我──核心自我、施為者自我、潛意識自我，隱藏在人的心智當中，從外表看不出來。我們下一章會討論。

人物塑造：代表社會自我、私人自我的綜合體──所有可觀察到、可推論的特徵加總後的整體。要挖掘這些自我所展現的諸多特徵，是件困難費力、需要想像力的大工程。所以，不妨試著整天尾隨在你的故事人物身邊，一天二十四小時、一週七天不間斷。如此一來，你漸漸會明白他外顯的特徵，例如名字、年紀、性別，住在哪裡、家裡的配置與擺設，以及職業、職業提供他什麼樣的生活。你會明白他肢體語言的規則，包括他的姿勢、表情、聲調、精神與情緒狀態。

藉由仔細傾聽他說的內容、觀察他待人處事的方法，你也可以察覺到他沒有直接展露的特質，例如他的才華和智力、信仰和態度、心境和盼望──他展現出的所有樣貌，外界看待他的所有方式。

人物塑造的三個功用

人物塑造從三個層面發揮作用，支撐你的故事：可信度、原創性、趣味性。

可信度

作者最害怕的是什麼？是讀者或觀眾發現他的作品很無聊嗎？不喜歡他創造的人物嗎？不同意他的想法嗎？這些都有可能，但在我看來，「不相信」是他們最大的恐懼。

只要讀者或觀眾不相信故事人物採取的行動，不喜歡這個故事，心中冒出類似「我不相信那樣的女人會做那種事」的想法，他們就會把書丟到一旁、拿起遙控器轉台，或是走向劇場的出口。

可信度的累積從人物塑造開始。如果讀者和觀眾感覺到與故事人物的精神、情緒特質、外表特徵、言行、感受有一絲真誠可靠的連結時，便會投入到故事裡。真誠可信的人物塑造會讓讀者和觀眾全然臣服於故事之下；就連最奇幻的人物，都會給人實際存在的感覺——哈利波特和路克‧天行者就是兩個知名的例子。

原創性

我們找故事來看，不是為了獲得已知的內容。而是懷抱期待：「請讓我對人生的認識有新的斬獲，請讓故事人物新穎獨特、前所未見。」

要具備原創性，從具體明確開始。人物塑造越籠統不明確，故事人物就越假、越好預測，而且越沒有改變的空間；而當人物塑造越明確具體，故事人物就越獨創、越令人驚喜，而且越容易做出改變。

假設來說，你覺得你的故事人物對時尚流行很感興趣。如果你接著更深入了解這個特質，徹底研究時尚產業的現況，直接觀察街上的流行樣式，花大把時間逛最潮的店，在筆記本上寫滿各種細節，用相機拍滿各種照片，那麼你最後的人物塑造便會獨一無二，擁有前所未見的面貌，一個可信度十足的原創人物。

趣味性

獨特的人物塑造能抓住我們的好奇心，讓我們想了解戴著外在特徵這副面具的人物他真實、內在的面貌。

假設作者呈現在我們面前的，是一個醉醺醺、有暴力傾向、憤怒、失業的丈夫，只穿著內衣坐在昏暗的客廳裡汗流浹背，一邊大口喝著啤酒、用油膩的手指搔著鬍子，一邊看美式足球比賽重播。這樣的景象會讓你好奇他到底是誰嗎？不大可能。陳腔濫調會摧毀趣味性。

老套的人物塑造不需要問「這是個什麼樣的人？」這種問題，因為他看上去的樣子就是他全部的面目。就像一塊水泥磚，這個人物裡外沒有分別。想創造出值得稱道的人物，想激發讀者／觀眾好奇心、對得起他們感興趣，

請打造精彩的世界，並打造生活在其中、同樣精彩的原創人物。

故事設定：打造故事的宇宙

人物塑造從基因開始，例如性別、髮色等特徵，不過，一旦故事人物誕生了，環境和社會背景的一系列因素便會改變、形塑人物的外在自我。故事的時間和空間建構了這些因子，並大大影響人物的外表和行為。

時間設定有兩個面向：故事發生的時代，以及持續的時間長度。作者能將故事安排在當代、過去某個時代、假想的未來，或不受時間影響、無從得知時代的奇想中。在每個時代裡，作者也會設定故事發生的時間跨度，也就是相對於故事人物的生命來說，故事持續了多久。故事講述的時間可能和人物經歷的時間一樣，《與安德烈晚餐》（*My Dinner with Andre*）這部兩小時的電影就呈現了一頓兩小時的晚餐。也或者，故事裡的時間跨度能持續好幾天、好幾個月、好幾年，甚至一輩子，例如泰倫斯‧溫特（Terence Winter, 1960－）的長篇影集《海濱帝國》、強納森‧法蘭岑的小說《修正》。

故事的空間設定也分兩個面向：實際地點，以及衝突的屬性。故事可以發生在任何地方——山頂、農場、太空站，或某個城裡的某條街，那條街上的某棟建築，那棟建築裡的某個房間。設定好後，這個地點便收容了所有故事人物。接著，作者要決定人物發生衝突的屬性，也就是衝突發生在哪個層面：自然面（對抗大自然）、社會面（與法律作對）、私人面（與姻親起衝突）、內在面（不同自我的矛盾）或任何組合。

慣性的、儀式化的行為模式，通常從出生開始形塑，在嬰兒期逐漸發展。日常的生活需求引發各種活動，例如進食、玩樂、問候和道別。這些習慣可能看似單調乏味，卻是人物塑造的一部份。[1]

道德想像力

道德想像力強的作者，會在故事設定的每個層面裡看到意義。沒有任何物件

或任何人是中性、毫無價值取向的——警察、道具或雨滴都有涵意。這樣的作者會在故事裡安排一系列價值取向，好讓故事裡所有事物帶有正面或負面的價值，或是具諷刺意味地混合兩者。沒有任何元素不帶任何價值取向。所有中性元素都被排除在銀幕、舞台、書頁之外。

就像作者是搬演故事人物的首位演員，作者也是故事的首位美術指導，致力讓場景裡的每個要素揭露、反映、襯比或改變至少一位故事人物，甚至是故事裡所有人。一台汽車登場時，沒有道德想像力的作者只將它視為交通工具，但是對「美術指導」來說，這輛車有其價值取向。當一輛亮粉色的瑪莎拉蒂停在歌劇院前，作者不只打造車主超有錢的形象，也塑造了那個接過車主鑰匙時露出挖苦冷笑的代客泊車員。

道德想像力也將諸多價值依重要性排序。生／死議題或許隱隱籠罩了所有故事，但心理驚悚作品可能將生／死當作核心價值，而浪漫喜劇將生／死當作無關緊要的點綴。戰爭故事的核心價值為勝／敗，但每個行動都攸關生／死。沒有道德想像力，故事設定就只是擺設，和傢俱沒有兩樣。[2]

文化限制

時間、地點、民族，不僅限制故事人物能做什麼，也明確規範人物一定不能做什麼。人物登場時，各種束縛都限制了他和其他人事物的關係：如何安全地通過昏暗的小巷、如何回應他人的碰觸、在法庭上要說什麼。原則上，圍繞人物生活的關係越正向，他的舉止就越拘束、越文明。反過來說也成立：如果故事人物一無所有、沒什麼好失去的，他便能做出任何事。

環境背景的設定

就像生命裡所有事物一樣，外在世界裡所有物質與時間層面的影響因子——致命的疾病、發不動的車子、不夠用的時間、太遙遠的距離——都是雙面刃，有優點也有壞處：陽光能把你的皮膚曬成古銅色，也能把你曬傷；農場和城

市提供食物和住所，卻會以肥料污染河川、排放有毒污染物到空氣裡。

環境形塑生活在其中的人。斯堪地那維亞半島和地中海地區會滋養出性情截然不同的人。為什麼？因為氣候差異。物件對潛意識的影響也可以不同於顯意識，例如：把公事包放在教堂長椅上給人你很爭強好勝的感覺、日本設置發出藍光的路燈來降低自殺率，或是清潔劑的氣味會讓煤礦工人想動手打掃。[3]

打造故事的環境背景時，不妨從兩方面來問：（1）我故事裡的時間、空間和物件如何影響筆下人物的性格？（2）這個環境設定的阻力如何與筆下人物的欲求作對？

社會背景的設定

故事人物不斷在和他身處的社會互動。社會背景提供多元的群體與組成——不同國籍、信仰、街坊樣貌、學校、職業——其中自有他嚮往、認同或反叛、對抗的層面。不管他的什麼態度為何，這些層面支撐了他的身份認同。

舉例來說，科學家和藝術家這兩種文化養成激發出迥異的性格。同樣的道理，在美國南方小鎮和北方大城市生活的居民個性也大不相同，幼稚園老師和色情片影星亦然。而在任何一個社群的共通特徵下，也存在著各式各樣的性格。

龐大的社會體系最驚人的特色，就是它會從體系成員身上強取代價。成功爬上企業金字塔頂端的經理，可能變成超級高效的員工，卻成為極有缺陷的人類。而且，毫無疑問地，體制剝奪人性都需要幫凶。很多人暗自敞開雙臂，樂於失去自己的靈魂，舒服地活在自我欺瞞的硬殼裡。要敲破硬殼，需要直接了當、強而有力的真誠，但這些人老早就拋棄這項特質。[4]

《高中》（*High School*）、《新兵訓練》（*Basic Training*）、《醫院》（*Hospital*）、《芭蕾》（Ballet）這幾部由費德瑞克・懷斯曼（Frederick Wiseman, 1930 −）執導的

情節驅動紀錄片 [52] 讓我們看得很清楚，在機構、體制裡工作的人，會不自覺地互相剝奪彼此的人性，但有時少數幸運的人能重拾人性。

　　進行故事設定時，請深入思考整體文化對人物的影響，再來設計卡司成員之間的具體互動（參見第十五章）。然後，主要的複雜人物互動時，請賦予他們細緻但獨特的外在形象，讓人物更完善入微。

親密關係的設定

　　家人、朋友、戀人之間避免不了的親密，會引發獨一無二的衝突：一直到互相背叛之前，朋友們歡心接納彼此；一直到失去耐心之前，母愛像艷陽般照耀；談戀愛時，迸發樂觀情緒或陷入悲觀心境的速度之快，沒有其他關係比得上。基於家人都無法理解的種種原因，有可能某個手足加入邪教組織，另一個卻成了雜誌《美國無神論者》（*American Atheist*）的編輯，讓他們之間的口角永無止境。

　　設定你的故事時，請深入思考筆下人物之間的親密關係。這層關係裡的衝突提供最好的機會讓你展現原創性，展現人物塑造的細膩之處。

故事設定 VS. 人物塑造

人物和環境背景、社會因子、親密關係產生的碰撞與衝突，可以逐一鑿出人物外在樣貌的特徵，也就是人物塑造。要追索這些設定對卡司的影響有哪些，不妨考慮以下八種可能的關係：

　　1. 人物被故事設定裡的諸多事物所圍繞，例如住家、汽車、工作、撲克俱樂部，他的所有物變成核心自我的延伸。亨利・詹姆斯的小說《一位女士的畫像》（*The Portrait of a Lady*）裡，梅爾夫人（Madame Merle）向崇拜她的年輕女主

---

[52] 這幾部片是費德瑞克・懷斯曼以「體制、機構」為主題的紀錄片。

角伊莎貝爾・亞契（Isabel Archer）解釋什麼是延伸的自我：

> 「當妳活到我這個歲數，會發現每個人都有自己的外殼，而妳得把
> 這個外殼算成那個人的一部份。這外殼，我指的是將我們團團包覆
> 的所有事物和境況。不論男人或女人，都不能獨立、自外於這一切；
> 我們每個人都是由一整串反映某種生活方式的事物所構成。什麼應
> 該看作我們的『自我』？從哪裡開始？到哪裡結束？自我像流水般
> 漫溢到我們的所有物裡——然後又倒流回來。我知道，我很大一部
> 份的自我表現在我選擇穿著的衣物上。對於物，我可是充滿尊敬之
> 情！一個人的自我——對其他人來說——就是那個人展現自我的方
> 式；他的家、傢俱、衣著、讀的書、結伴的對象——這些都透露著
> 訊息，飽含意義。

　　這個原則影響了諸多作品，包括麥可・翁達傑（Michael Ondaatje, 1943 − ）的
小說《英倫情人》（*The English Patient*）和強納森・法蘭岑的小說《修正》。

　　2. 故事設定創造跟人物欲求作對的對立力量。
　　來看幾個電影的例子：《海上求生記》（*All Is Lost*）裡，隻身駕遊艇出海的
老人在印度洋上落難；《意外》中的正義不彰，導致背負女兒被殺之慟的母
親也打算動手殺人；《閨蜜假期》（*Girls Trip*）裡，朋友、戀人、前任情人全攪
和在一起，打亂了好姐妹計畫好的周末假期。
　　當人物的預期與實際狀況有落差、出現意料之外的反應，這些生活表層
的不一致會進一步撼動內心，擾亂潛意識。接著，就像火山爆發一樣，難以
啟齒的欲求從心底迸發，化為往往多餘且通常令人後悔的臨場舉動。這種由
故事設定影響人物深沉自我的過程，賦予人物深度；從自我深處反彈出來、
影響故事設定的能量，則是賦予故事力量。
　　3. 故事設定和卡司構成一個關於現實的華麗隱喻。就像一塊塊拼圖，故
事設定和卡司互相嵌合；兩者就像是鏡子的對照，互相定義彼此。人物賦予

故事設定意義，故事設定回過頭來呼應人物。兩者一起反映人生。

路易斯・卡洛爾（Lewis Carroll, 1832 － 1898）的小說《愛麗絲夢遊仙境》（*Alice's Adventures in Wonderland*）裡的奇幻國度是由魔法支配，不遵循物理學的自然定律；這裡發生的事件服膺瘋狂而非理智。結果，包括主角愛麗絲，所有人物都因為經歷荒唐的大改變而呼應了故事設定——人物與設定合力創造出多面向的隱喻，反映現實世界、真實人類與人的荒謬。

這種人物與設定相互映照的模式，在《繼承之戰》和《寄生上流》（*Parasite*）等作品中都能清楚看到。這些故事融合了家庭戲劇（Domestic Drama）與驚悚片（Thriller）類型，讓故事人物、他們的家人和他們的社會環境互相感染，故事則反過來映照現實世界的政治；在那個世界裡，腐敗與墮落是讓社會定型不崩塌的黏著劑。[5]

4. 故事設定充斥在人物的心智裡，物件、人、回憶在人物的腦海中奔流：童妮・摩里森的小說《寵兒》、大衛・閔茲（David Means, 1961 －）的短篇故事〈敲擊聲〉（The Knocking）就屬於此類。

5. 故事設定退居背景，人物占據最醒目的位置。賴瑞・大衛的影集《人生如戲》、馬修・韋納的影集《廣告狂人》中，住家、辦公室和餐廳就像故事人物肖像畫的畫框一樣。

6. 故事設定對人物來說太無關緊要、太疏離，導致人物好像困在一座島上，湯姆・史塔佩的《君臣人子小命嗚呼》、薩繆爾・貝克特的《等待果陀》就屬於此類。

7. 故事設定裡的物件彷彿具有自我意志。短篇小說如愛倫・坡的〈亞瑟家之傾倒〉、布萊恩・艾文森（Brian Evenson, 1966 －）的〈群馬的崩潰〉（A Collapse of Horses）就有這樣的安排。

8. 故事設定裡的物件變成人物。路易斯・卡洛爾的小說《愛麗絲鏡中奇遇》（*Alice Through the Looking Glass*）裡，國王、皇后、騎士這三枚西洋棋棋子，和蛋頭先生這顆擬人化的蛋，都成了故事人物。漫威的超級英雄電影《星際異攻隊》（*Guardians of the Galaxy*）裡，則有樹人格魯特（Groot）、基因改造的浣熊火箭（Rocket）。[6]

人物塑造的變動

故事人物面對環境背景、社會背景、親密關係的設定時，會展現不同的外在自我。不過，這些遭遇不會是靜止的，所有遭遇都能以戲劇化且令人信服的方式，讓人物塑造有所改變。我能想到四種常見的方式：

1. **反叛**：故事人物改變身處的環境，希望改變自身性格、朝他追求的方向發展，比如鄉村藝術家動身前往大城市，學者離開校園，入伍從軍。

2. **旅行**：在國外的遊歷、冒險，會刺激出多元混合、有國際視野的身份認同。青年文化（Youth Culture）53 便是一例。在美國發明、亞洲製造的牛仔褲和網球鞋，成為全球七大洲年輕人的制服，隨處可見。

3. **時間旅行**：人物躲入時間的空檔，比如讓懷舊之人活在過去，疲於奔命、汲汲營營者活在未來，享樂主義者活在一個違反常理的現在。[7]

4. **網際網路**：暢遊在無邊無際的數位世界裡，可以劇烈改變人的身份認同。網路文化具備即時、匿名、淺薄的特性，但也很真實，因為在那裡，真實的事會發生在真實的人身上，不論是使他們變好或變壞。

外顯特徵

大概勾勒人物的輪廓之後，你得加強人物的外顯特徵，那些能表達人物個體性的特質。沒有人純粹是「生來就如此」。所有複雜的人物塑造都同時展現與生俱來的遺傳特徵，以及後天獲得的特質。遺傳特徵（例如音色）通常會維持不變，而後天獲得的特質（例如使用的詞彙）則持續演變。

要創造任何一個特徵，都需要上百個遺傳因子交互作用而成；同時，這些遺傳因子也會吸收無數外力帶來的衝擊。當你從這兩方面運用想像力發想，

---

53 年輕一代的獨特文化。尋求自我肯定的青少年，無法按照上一代的價值觀和行為典範來界定生命的意義。在具普遍性的無奈與不滿下，青年人採取共同的行動，對抗既存的成人文化，形成具自由理想色彩的獨特文化，例如一九六○、七○年代美國的青年反戰運動、反種族歧視運動、頹廢的嬉皮文化、搖滾樂風潮等。

諸多特徵便會聯合起來，成為獨特又迷人的人物塑造。[8]

　　每一項可以被觀察到的特徵，都處在正負兩極端構成的光譜上。首先是在公眾場合展現的特徵，例如世故老練／單純天真、善於交際／社交恐懼、魅力十足／乏味透頂——這些特徵確立了故事人物和陌生人、泛泛之交的關係。再來是親密關係裡表現的舉止，例如慷慨／自私、給予鼓勵支持／愛挑剔找碴、留心掛念／漠然冷淡——這些特徵確立了故事人物和家人、戀人、朋友的關係。

　　這些特徵需要有多少才恰當？在視覺藝術領域，如果空白畫布是 1、完全填滿的畫布是 2，那麼眼睛最能享受的稠密度便是 1.3，也就是三成滿。我認為故事人物也適用這個原則。請在主角身上留下七成的未知和神祕。

　　根據你表現出來的三成，讀者／觀眾會以想像力填滿剩下的七成。如果作者打算強調人物身上可能展現出來的所有特質，這個故事就會沒完沒了，人物變得難以理解，讀者／觀眾也無法招架。另一方面，如果只塑造一個特徵，例如有外國口音，就把他寫成了小角色。

　　針對任何一個特定的人物，只有作者才知道該有多少特徵才適合。要明白一項特徵是否必要，就看移除了這項特徵後會造成多大影響。如果你想增加或減少某個特徵，不妨這麼問自己：「如果真的有影響，那會是什麼樣的損失或收穫？」

　　接下來，簡單列出幾個可以展現這些人物特徵的情節方向，再根據你的故事需求從當中自行增刪。

名字與綽號

名字在虛構故事中，和它所指涉的角色一樣，比在現實生活裡，傳達了更多意涵。舉例來說，「約翰」、「瑪麗」這兩個普通的名字，賦予故事人物一種平凡普通的特質，那是實際叫做「約翰」或「瑪麗」的人不會有的。

　　不過，請謹慎使用這一招。除非你想引人發笑，否則最好避免直白露骨、有象徵意涵的名字，比如稱呼某個公司主管為「大人物先生」（Mr. Biggman）。

話雖如此，舞台劇作《推銷員之死》（*Death of a Salesman*）中，作者亞瑟・米勒稱他的推銷員主角威利・羅門（Willy Loman），不知為何大家都不覺得奇怪 [54]。

奇幻或恐怖等寄託寓意的故事類型，會明目張膽地創造具有象徵意涵的故事設定，並且為人物取有象徵意涵的名字來增添趣味。

舉例來說，C.S. 路易斯（C. S. Lewis, 1898－1963）的宗教寓言小說《獅子・女巫・魔衣櫥》（*The Lion, the Witch, and the Wardrobe*）中，新王國的創建者取名為彼得（Peter），呼應創建羅馬教會的聖彼得（St. Peter）。另外，名叫賈迪絲（Jadis）的女巫背叛了故事裡象徵基督的人物，她的名字便出自猶大（Judas）。獨裁的管家麥瑞蒂太太（Mrs. Macready）的名字則是英文命令句「Get ready!」（快準備好！）的諧音。

體態與衣著

請脫光你筆下人物的衣服，逐一檢視以下項目：他的年紀和外表、身高和體重、肌肉和脂肪、頭髮和體毛、膚色和皮膚紋理、儀態和走路姿勢。此外，請運用想像力，帶他去購物，看看他喜歡穿什麼。接著檢查他的衣櫃，了解他實際擁有哪些衣服。

性別與性生活

什麼可以讓你的故事人物情慾高漲、無力抗拒？他的性別為何？他怎麼看待自己的性別與性向、做過哪些事？

---

54 Loman 可解讀成 low man，代表地位卑微、無足輕重的人。不過，亞瑟・米勒表示，最初命名時並未打算賦予社經地位的含義，而是取材自電影《馬布斯博士的遺囑》（*The Testament of Dr. Mabuse*，1933）裡的人名 Lohmann，那是劇中人物打電話求助時呼喊的名字。該求救者沒有獲救，發了瘋被送進精神病院後，時常拿著不存在的電話，大喊這個名字。作者表示，這個名字對他而言代表永遠不會到來的救援。

嗓音與談吐

現在，請閉上眼睛，側耳傾聽。就像音樂一般，故事人物的嗓音會觸動讀者與觀眾潛意識的感受。請讓每位人物具備自己的說話風格，有特別的用字、句型、聲調、發音和意象。[9]它們構成的整體效果便是形式與內容的合奏——不光是他會說出什麼，還包括他怎麼說。

表情和示意動作

觀眾解讀人物臉上閃現的表情只需要 0.04 秒。因此，請先仔細端詳你筆下人物的眼神，接著，拉遠一點觀察他的習慣動作和癖性、做事的幹勁與活力。

　　示意動作自成一種溝通語言，有三種變化：（1）用來豐富語言表達的姿勢，像是揮手、歪頭、聳肩；（2）具備象徵意涵的手勢，例如，比中指；（3）模仿某些行為的手勢，例如拇指按壓的動作表示「傳訊息給我」。

職業與休閒

一般人通常都以謀生的職業定義自己的身份，有些人則從休閒娛樂的活動賦予自己第二個身份，例如高爾夫球手、獵人、健身人士等等。請決定你筆下的人物在這兩方面的身份，接著思考這兩者對於他是怎樣的人有多重要。

住家與交通工具

法國小說家巴爾札克（Honore de Balzac, 1799 – 1850）曾說：「給我看一個人擁有什麼東西，我便能告訴你他是怎麼樣的一個人。」

　　延伸的自我包括一個人擁有的所有事物。而對大多數故事人物來說，他們的住家和汽車是兩大延伸的自我。請想像這兩者，並仔細探索當中蘊藏的含義。

知識程度

我的故事人物知道些什麼？不知道些什麼？他所受的正規教育到什麼程度、品質如何，是回答這個問題的基礎。但除此之外，他遭遇的種種人生課題，不論結果如何，也都很重要。

宗教與信念

從認為上帝是否存在，到覺得人是否值得信任等等，故事人物的核心信仰會在他面對衝突時左右他的選擇。因此，請展開一場關於價值觀的對話。問問你的故事人物：人性本善還是本惡？傾聽他的答案，讓他滔滔不絕地說。

對話

如果你花夠長的時間和筆下的人物對話，便會出現一定的談話模式——金錢、政治、死亡、他的伴侶、他的小孩、他的健康狀況、最新的科技或遠古歷史。他說的，便是他關心的事。

禮儀風度

愛爾蘭哲學家艾德蒙・柏克（Edmund Burke, 1729 – 1797）深信，禮儀與風度孕育了其他所有美德，而且最終比法律來得更重要。以二十一世紀的話來說，柏克明白，人與人互相尊重的品質高低，可以為文明社會裡每段人際關係定調。請仔細思考，你的故事人物如何待人？[10]

內隱特質

所有故事人物起初都是一團謎，而他們的外顯特徵提示了其內在的可能性。

隨著故事場景的開展，讀者／觀眾會將人物的外在特徵，當作了解他們內在特質的線索。

　　所以，作者也必須徹底挖掘、探索人物的內在特質才行。以下幾個角度提供你思考故事人物的性格、智力、態度、情緒等內隱特質。

性格的多樣性

性格似乎有無限多種，列都列不完。西元前三一九年，亞里斯多德的學生泰奧弗拉斯托斯（Theophrastus）試圖整理所有他想像得到、行為惡劣的性格類型，從「阿諛奉承者」到「造謠毀謗者」，但他只列出了三十種。[11] 幾百年來，馬克・吐溫（Mark Twain, 1835 – 1910）等深具洞察力的幽默作家，都談到現代版的討厭鬼有哪些，有些作家也論及不同種類的高尚之人，但依舊沒人看得到清單的盡頭。

　　為了理清這團混亂，心理學家將性格的宇宙收束在五大星系裡，如下方所列。每一類都是由正、負兩極端構成的光譜。你創造的任何一個人物所具備的性格，應該都能在這些光譜裡找到位置。

1. 開放／封閉

　　性格開放反映了獨立自主、具備好奇心、熱愛藝術與所有新事物等特質。性格極為開放的人懂得享受特別刺激的經歷，例如高空跳傘與賭博，但可能看上去難以捉摸或漫無目標。相反地，性格封閉代表務實、堅持不懈，有時意味著固執己見的一心一意。

2. 嚴謹認真／任性善變

　　嚴謹認真的性格具有榮譽感、自制力，有計畫性而非衝動行事。極端的嚴謹認真通常被視為頑固倔強、執著癡迷。任性善變的性格可以率直隨興，但也可能看起來不可靠、草率馬虎。

3. 外向／內向

　　性格外向者較健談、果敢、善於社交，通常容易變得過度求關注和霸道專橫。內向者可以很害羞、善於內省，但也常被視為冷漠疏離、只在意自身想法與感受。

4. 隨和／好辯

　　性格隨和較能展現惻隱之心和慷慨之情。太隨和經常被視為天真或愚蠢。性格好辯會讓人顯得充滿敵意、具競爭意識、多疑和不值得信任。

5. 理智／神經質

　　理智的性格多半表現出冷靜、穩定的特質，發揮到極端時，可能變得無情冷漠。另一方面，神經質的性格會時常感受到負面情緒，例如憤怒和焦慮、悲傷與恐懼等，情緒起伏快速且劇烈。高度神經敏感的人生性脆弱、沒有安全感，極度渴望穩定。[12]

　　這五個光譜彼此融合，創造出無限可能。不過，且不論這些分類，我認為性格會如此多樣的原因非常簡單：因為巧合。每個人都是宿命與機運的綜合體。人類的基因體與無數環境因子每天無止盡地交互作用，兩者間的碰撞是如此隨機、難以預測，如此靠運氣，因而產生無限多種不同性格的自我。

　　此外，因為不同人際關係具備不同本質，例如老闆／員工、父母／小孩、戀人／朋友，人的性格也會隨之調整、改變。這樣的改變不僅反映在說話的方式，也反映在手勢、表情、姿態、措辭、氣質等方面。也就是說，性格勾勒出一個人的大概輪廓，但身處在不同的公眾、私人關係時，他的表現也隨之變化。

智力的多樣性

為了讓筆下人物做出你想要他做的事，你有給他相稱的心智嗎？如果你希望

他做蠢事，那麼他各方面都蠢得讓人信服嗎？對白夠蠢？髮型夠蠢？還是說，你的設計完全相反：他很聰明，行事也很機靈？最重要的是，他的表現令人信服嗎？

　　你不僅要仔細思考筆下人物的智商，也要好好想想他的情商，以及創造性智力（creative intelligence）、求知欲、文化智力（cultural intelligence）。智商衡量人的分析能力、空間推理能力與解決問題的能力。情商衡量人的情緒智力（emotional intelligence），也就是細緻體察自身與他人情緒、感受變化的能力。創造性智力衡量人的想像力，求知欲代表探索知識的熱情，而文化智力意味著適應不同文化環境的能力。

　　請先思考故事人物具備的智力組合。他習慣的思維模式為何？舉例來說，每個人都會發展出應對人際關係的策略。如果他的方法在過去都行得通，當情勢突然需要不同做法，他可能不容易做出調整。請好好想想，你筆下人物的心智有多靈活、能多變通呢？

態度、信念、價值

你的故事人物抱持什麼樣的態度？他喜歡、厭惡的事物有哪些？深愛或深惡痛絕的是什麼？擔心害怕些什麼？他很樂觀嗎？還是很悲觀？

　　要想得到這些答案，請好好詢問你的故事人物。他對自己的看法形塑了他的信念，因此，一開始請拋出這個關鍵的心理學問題：「你是誰？」他的答案描述了內在特質，還是講出他的職業？他有多少的自我是靠自己努力摸索出來的，又有多少的自我是建立在他的事業之上？

　　你不妨問一些大問題，例如：「你未來希望成就些什麼？你一定要為自己做哪些事？一定要替他人做些什麼？你絕對不會對自己做出什麼樣的事？絕對不會對他人做出什麼事？你怎麼看待人性？性本善？性本惡？還是兩者都有一點？」

情緒、心境、性情

情緒（emotion）是變化帶來的副作用。故事人物的生命中，如果重要的價值取向有所改變，從正面（例如富裕）變成負面（例如貧窮），人物便受到負面情緒所苦。如果價值取向從負面（例如痛苦）變成正面（例如享受），人物的心情就會變好。[13] 不過，這些經歷牽涉到故事人物的認知，也就是對他來說，生命中什麼事物有意義、哪些是正面的、哪些是負面的。如果你安排筆下人物談戀愛，接著讓他的愛人突然離他而去，那麼愛／恨、快樂／悲傷、陪伴／孤獨這些關鍵價值的變化，會如何改變他的心情？

答案可能出乎你的預料。

心境（mood）是一種人物的性格特質，會對不同的活動體驗做出相同的反應。舉例來說，嚴肅的人往往覺得那些玩樂性質的嗜好——例如土風舞、無人機——無聊又吵人。

孩子有性情（temperament），成人則具備性格（personality）。性情是大腦化學反應的副產品，性格則是社會化過程的副產物。小孩與外在世界互動時，經歷兒童、青少年到成年期，他的性情也有所演變。但不管他變得多成熟，童年展現的性情都如影隨形。

你的人物大體來說擁有什麼樣的性情？樂觀開朗，還是暴躁愛抱怨？專心一意，還是心思散漫？喜歡獨來獨往，還是熱愛冒險刺激？他的小學老師能回答你。

性情光譜中，有一種光譜是由權威與反權威組成。你的故事人物會力挺自己人，還是會聲援異己？性情專斷的人多半支持軍國主義、宗教的基本教義派；反權威者則拒斥這兩者。性喜服從權威的人多以懷疑的眼光審視藝術家；至於藝術家，尤其是從事喜劇、搞笑的藝術家，多半奚落權威。

在光譜上偏向權威這一邊的人重視家庭團結，強調自律，即便是自己不太喜歡的工作也準時上工，不帶情緒地認真投入八個小時；光譜上靠近反權威這一邊的人則常常換工作，而且拖著小孩一起歷經這些變動，永遠在追尋自我實現。

鏡子、世界、作者

故事人物當下在化妝鏡裡看見的自己，絕大部份是由他的過去所造成的。然而，記憶往往是他對事件的解讀，而非實際發生的經過。一件事發生在人物身上的瞬間，他的心智便開始重塑事件的細節，刪除大部分的經過、重組當中的順序，而且經常編造從沒發生過的橋段。根據這個重建、再造的記憶，他詮釋了這個事件的意義，解釋它如何影響了自己現在是怎樣的人。

目睹事情經過的其他人，會有另一個很不一樣的詮釋。身為作者的你知道事實、具備第三個觀點，而讀者／觀眾會再加上第四個觀點。

你在創作時，不妨在所有觀點之間切換，直到每一個特徵——不管外顯或內隱——都達到「人物塑造」這個目的。

人物塑造的表達方式

人物塑造大致可以透過三種方式來表達：（1）正面陳述人物形象「是」什麼樣子；（2）反面描述「不是」什麼樣子；（3）形容他「像」什麼樣子。這三種類別至少提供作者九種不同的表達技巧：

1. **明喻**（simile）：將人物塑造拿來和其他人事物類比。舉例來說，作家詹姆斯‧瑟伯（James Thurber, 1894 − 1961）形容他在《紐約客》的老闆「看起來像不老實的林肯」。

2. **隱喻**（metaphor）：將人物塑造直接連結其他人事物。就像前述的例子，你可以從歷史、神話、文學作品或流行文化中找故事人物來連結，例如「他是有自制力的東尼‧索波諾」。

3. **比附**（correlation）：用他的習慣或所有物的延伸當作人物塑造，例如「他在同一個地方發現他的髮色和他的膽量……在酒瓶裡。」

4. **比較**（contrast）：大概的差異比較，例如「他不像典型的大學畢業生」。

5. **對立**（opposition）：強烈突顯矛盾之處，例如「他是個反智的博士生」。

6. **平鋪直述**（telling）：讀者有時候需要直白的語言來想像人物的外在形象，例如「他將近一百八十八公分高」，但在舞台上或銀幕裡，觀眾會直接看到演員，因此能直接判斷他的身高。

7. **直接演出**（showing）：呈現眼睛看得到的行為，例如「身高一八八的他得蜷起身子才進得了我的車子」，或是描述耳朵聽得到的狀態變化，像是「他上車時，我聽到頭撞到車門的聲音，然後是『該死的！』」。這兩者都能觸發我們對人物塑造的想像。

8. **自我評估**（self-assessment）：因為人人都有自欺的才能，故事人物不一定會如實描述自己，但他說了什麼、對誰說，都是人物塑造的線索，例如他可能會說「我是善於社交的人」。

9. **他者評估**（other-assessment）：一個人對另一個人的描述不一定真實可靠，畢竟大家各有自己的看法主張，但說了什麼、由誰說，都是人物塑造的線索，例如「他說自己是善於社交的人，但……」。

短篇小說〈法蘭西斯‧麥坎伯短暫又幸福的一生〉（The Short Happy Life of Francis Macomber）裡，海明威介紹瑪格‧麥坎伯（Margot Macomber）的方式，是先列出她的外在特徵，接著以她過去做的一個選擇，總結她的人物本色：

> 她長相十分標緻，身材也維持得宜。她的美貌與社會地位讓她在五年前代言了她從未體驗過的美容產品，不過是提供幾張照片，就為她賺進五千美元。[55]

「她的美貌」與「不過是提供幾張照片」這種形容讓人瞥見的人物形象，是你翻閱時尚雜誌時可能會看到的臉蛋（外顯特徵），而「身材維持得宜」、「社會地位」這些措辭，表示了她擁有較好的社經條件（內隱特質）。她拿錢代言自己沒用過的產品，則顯示她的道德觀相當具有彈性（人物本色），

---

55 譯文出自逗點文創結社出版的《一個乾淨明亮的地方：海明威短篇傑作選》，陳夏民譯。

並且暗示了接下來即將發生幾起不光彩、不幸的事件。

好，但他究竟是怎樣的人？

俗話說：「任何事都沒有表面看起來那樣簡單。」這句話用在人物創造上，實在一語中的。外顯特徵和內隱特質構成了表面，在這些表面之下藏有真實。因此，人物塑造只表達了故事人物看上去的樣子，但其實沒有真正呈現她到底是什麼樣的人。

當讀者或觀眾覺得，某個故事人物的人物塑造極具說服力、吸引力，他們會產生類似這樣的想法：「很有趣，但他到底是什麼樣的人？正直還是不老實？親切慈愛，還是無情殘忍？強悍或懦弱？慷慨還是自私？善良或邪惡？他的本質是什麼？他的本性為何？我們下一章會討論人物的內在，那些看不到、深藏內心的人物本色。

08
人物的內在

　　人物塑造包括了故事人物的公眾與私人形象,也就是他外表看起來是什麼樣的人。而人物私密、隱藏的自我,則呈現他的人物本色,也就是他內在實際上是什麼樣的人。和故事人物初次見面時,我們除了本能地端詳人物塑造這層表象,也會深入表象之下,凝視人物的內在,試圖回答一個問題:「他到底是什麼樣的人?」這是我們新認識一個人時,都會問的問題。而當故事人物面對衝突、採取行動,答案便會揭曉。

　　人物在輕鬆愜意的狀態下,他的行為不太能反映真實的自我,因為這些作為要付出的代價很小;然而,在最絕望晦暗的時刻,當他面對強權與阻力、當風險極高時,他的所作所為便表露最真實的自我。他是誰?誠實或虛偽?有愛心還是很殘忍?大方或自私?強悍還是纖弱?衝動或沉著?善良還是邪惡?會出手相救,還是妨礙阻撓?會給人慰藉,還是粗暴待人?犧牲自己的性命,還是犧牲他人的性命?他的本性為何?

　　當然,故事人物不會問這些關於自己的問題。他或許會猜測其他人怎麼看他,或許會好奇自己的潛意識裡有什麼,但只有作者知道全部的答案。作者創造了他。作者熟知這個人物的公眾與私人形象,也深知這個人物為了逃避身上那些他不敢面對的特質,會用上哪些自我欺瞞的手法。

要回答「他是怎樣的人？」這個問題，作者得融合筆下人物顯意識的內心世界，以及不為人知的潛意識驅力。經過你反覆琢磨與即興發揮，這兩個自我最後會合而為一，成為無法簡化的人物本色。

接著，讓我們來檢視驅動這些複雜人物的不同動機：

動機：促使人物採取行動

「為什麼人會做出這些事？」──每個心理學家想破頭的問題

「動機」是作者最棘手的詞彙，也是心理學家的難題。研究員詢問受試者為什麼做了某些事時，得到的答覆是合理化的解釋，而不是受試者真正理解後的體會。人物行為背後的種種原因比各種辯解的理由更為深刻，所以，讓我們先來追溯這些原因的來頭。

這些驅使人行動的力量是來自過去的推力，還是出於未來的拉力？[1]在我看來，動機和欲求形成兩股截然不同的力量。動機立足於人物的過去，從後面推著人物行動；而欲求扎根於未來，拉著人物走向尚未出現、發生的事物。[2]

針對來自過去的推力，科學理論分成兩派：深植於基因的驅力 vs. 社會外力造成的壓力。

內在動機

每個人與生俱來一系列的渴望，例如想活下去、想得到關愛、追求意義等等。這些渴望深埋在潛意識，沒有明確展現出來。就像風鼓起船帆一般，這些渴望從後面推著人往前。因此，所謂動機，就是沒被滿足的渴望。

如果沒什麼食物，人的確可以只靠麵包過活。但一旦有了充足的食物，人內在更高層次的動機便會顯現；當這些動機獲得滿足，更新、更高層次的驅力接著產生，如此永無止境渴望更高層次的東西。人是永不滿足的動物。

以下列出一些深植於人性的內在動機，依序從最原始的動機，討論到較高層次的驅力。請仔細檢視這份清單，看看這些內在動機在什麼時候、以什麼方式驅動你的故事人物。

1. 追求不朽

文化人類學家歐內斯特‧貝克爾（Ernest Becker, 1924－1974）認為，死亡是最強大的驅動力。[3]知道我們終將一死，讓我們想在死後留下某些重要的東西，用來象徵我們曾經活過，例如墓碑。確實，對死亡的害怕刺激人類打造紀念人類存在的事物：城市與摩天大樓、宗教與聖殿、大學與圖書館，以及最不朽的，藝術品。我們冰河時期的祖先流傳下來最古老的東西，是他們在洞穴牆壁上留下的圖畫。自從十萬年前第一個埋葬死者的儀式出現後，人類創造的任何事物都只是貝克爾所謂「不朽計畫」（immortality project）的一部份。

2. 渴望活下去

必須生存下去的本能，使所有生物趨近他們自認為對生存有益的事物。這就是為什麼捕鼠器會有用。不過，人怎麼理解、感受「什麼事物有益」，取決於複雜的主觀認知。如果某人認為，有個行為攸關生死但也很敗德，那麼經過幾番猶豫後，他最終還是會為了生存，採取這個行動。道德／不道德、善／惡、對／錯、生存／滅亡是四組迥異的價值。前三組關乎理想，最後一組反映現實。對人來說，任何能保存自身基因的行為——不管是確保基因留存在他自己、家人或所屬族群的身上——都是有益的。這就是為什麼會有戰爭。

3. 渴望平衡

人的腦袋裡有個小天秤，掂量價值的正、負極，尋求平衡的狀態。極度失衡會危及存亡、影響心智健全，因此人的心智自然渴望有主宰生命秩序的力量存在。舉例來說，如果有一樁犯罪行為讓正義／不義這組價值向負極傾斜，那就需要作為正極的復仇行動來恢復平衡的狀態。影集《黑手遮天》（*Ray Donovan*）裡，當三兄弟殺了猥褻他們的神職人員，大家都鬆了一口氣。正義獲

得伸張，他們的人生終於恢復平衡。

4. 追求快樂

即便當下的快樂會造成未來的痛苦，對快樂的渴望也會強大到令人無法克制。擺脫不了痛苦回憶的受虐者，將夢魘深埋在鴉片引發的失憶狀態裡，儘管他很清楚快樂不會長久，而更大的痛苦即將到來。

5. 渴望滿足性慾

二十世紀之交，許多心理學家以單一起因作為人類行為的根據。最有名的例子就是佛洛伊德，他認為性本能是所有人生目標的驅動力。

6. 追求權力

最先提出「自卑情結」（inferiority complex）概念的心理學家阿德勒（Alfred Adler, 1870 – 1937）表示，對權力的渴求是人類行為最主要的驅動力。不管處在社會階級中的哪個位置，大家都不斷觀察社會地位比自己低、比自己高的其他人，試圖掂量出相對的權力關係。

7. 追求共鳴

人因為渴望歸屬感而創造族群、團體，伴隨歸屬感而來的是共鳴。如果團體中的成員感到痛苦，其他成員也同樣感到痛苦，而且不知為何，這樣的共鳴讓人不那麼痛苦了。[4]

8. 渴望更多

人永遠不滿足。貪得無厭有三階段：

　　A. 貪心：渴望更多。人總是不知足，永遠不滿意。如果過分貪心，人的內心會持續感到空虛。澳洲作家莫里斯・魏斯特（Morris West, 1916 – 1999）的小說《玻璃世界》（*The World Is Made of Glass*）中，安東尼亞・沃爾芙（Antonia Wolff）對卡爾・榮格抱怨：「我為了越來越大的不滿足，付出越來越多。」

B. **眼紅**：因為某人擁有你沒有的事物而產生的痛苦感受。當欲求的事物看似永遠遙不可及，對這個事物的渴望，會從想要獲得翻轉成想要摧毀。如果摧毀不成，人便會陷入自憐的狀態裡。

莎士比亞的悲劇《奧賽羅》中，伊阿古（Iago）眼紅奧賽羅的傑出才能和威望，因此毀了他；赫曼·梅爾維爾（Herman Melville, 1819－1891）的小說《水手比利·巴德》（Billy Budd）中，克拉賈特（Claggart）眼紅比利的美貌和善良，因此摧毀他。

C. **嫉妒**：對手出現時，眼紅就會惡化成嫉妒。當自身所愛之人更偏愛對手，嫉妒的情緒就會達到巔峰。

電影《阿瑪迪斯》（Amadeus）中，薩里耶利（Salieri）眼紅莫札特的才華。他向上帝乞求，問道：「為什麼是莫札特？為什麼不是我？」一怒之下，他扯下掛在牆上的耶穌受難十字架，丟進壁爐裡燒毀。冒著下地獄的風險、貪求尊敬與仰慕、因嫉妒而心煩意亂，而且急切渴望獲得維也納音樂資助人的寵愛，薩里耶利摧毀了他年輕的競爭對手莫札特。

9. 追求趣味

「想做」和「必須做」兩者可是天差地遠。這也是為什麼千篇一律的工作是個爛缺，不管薪水有多高。唯一的解方是好奇心。人的心智比較喜歡為了事情本身的樂趣而做那件事，喜歡從事需要技藝、有難度的事，喜歡把工作做好，喜歡需要解方的難題，因為他們可以「去解決」。這就是為什麼比起創作的成品，充滿創造力的過程更讓人滿足。手段本身就是目的。

10. 追求意義

維克多·法蘭可（Viktor Frankl, 1905－1997）[56] 相信，沒有意義的人生是頭暈目眩的人生，茫然地失去控制。[5] 不管是金錢、名聲、高層主管職位，當一般人得到他們覺得自己想要的事物後，通常會變沮喪消沉。因為實現願望的同時，

---

56 也譯作維克多·弗蘭可。心理醫師、精神官能學暨精神分析學教授，創立「意義治療法」及「存在分析法」，對心理學界影響深遠。

也結束了賦予人生意義的努力與掙扎。找尋新的、更深刻的目標是最理所當然的解決辦法,但對很多人而言,他們一生只會知道一個人生目標。

11. 追求自我實現

有自覺的心靈會察覺自身尚未開發的人性,也就是精神與情感方面的潛能。有想法的人渴望探索這些面向的深度,發揮自身的潛力。

12. 追求超越

榮格認為,人的終極動機在於不自覺渴望浮士德式(Faustian)的登峰造極,也就是渴望超出人類心智理解範圍、神聖完美的無所不知,意即形而上的完美。

這些內在驅力彼此搭配、組合,通常以讓人猝不及防、難以招架的方式,推著我們迎向未來。我們就和史前人類沒兩樣,依舊不自覺地對朋友和善,對敵人粗暴;進步讓醫院取代了巫師,讓核子導彈取代了弓箭。不論救人或殺人,科學突破都讓我們更有效率,但人的內在動機永遠不變。[6]

外在動機

現在,讓我們從相反的角度來檢視。

作者會研究故事設定的社會制度層面,例如經濟面、政治面、宗教面,以衡量這些面向對所有人物的影響。雖然文化體系確實會影響社會走向(看看社群媒體的巨大影響力),但如果作者賦予特定人物一個集體、普遍的動機,那他可能會錯將「條件」當成「起因」。舉例來說,貧窮和富裕是條件,不是起因。貧窮造成的身心痛苦,可能使人變成減輕他人痛苦的精神領袖,也可能使人變成增加他人痛苦的殘暴罪犯。又或者,他可能只是繼續咬牙苦撐。貧窮或富裕都不會直接使人犯罪。重罪犯在這兩個極端狀況下誕生的比例差不多。

因此,要有個外在社會因子(例如電視廣告)驅使故事人物有所作為,這

個因子首先必須讓人物感受到（他看到廣告），接著觸動到他潛意識的動機（產生某種渴望），最後使他決定有所行動（購買某物）。許多社會因素確實會影響故事裡的所有人物，但這些因素必須先穿透每個人獨特的人格特質，也沒人知道它會產生什麼樣的結果。

故事人物受過良好的教育，不代表他很世故老練；沒讀什麼書，也不代表他一定很粗俗；身為僕人，不意味他就沒骨氣、只會卑躬屈膝。同樣令人痛苦的事件，可能徹底摧毀這個人，卻啟發另一個人，而第三個人可能睡一覺起來就沒事了。[7] 當特定的人物在特定場景裡有所行動，環境裡的文化對他的影響會是獨一無二且無法預料的。

欲求目標

一個典型的故事通常是這樣開場：主角的生活大致平穩，人生的起伏變化都差不多。接著某件事發生了：因為巧合或某人的決定而引起觸發事件，使主角的生活徹底失衡。

觸發事件或許把主角的人生突然推向好的方向（羅密歐愛上茱麗葉），或不幸地推向不好的方向（哈姆雷特發現父親是被人謀殺的）。不管哪一種，人生失衡時，渴望穩定生活的潛意識欲求便會攪動顯意識。這股追求平衡的驅力成為故事人物的終極目標（super-objective）。

發覺人生失控後，主角會開始想像它的解方：一種生活上的改變。它可以是一種情況（忠貞不渝的愛），或一個具體結果（壞人死掉）。這個會帶來正面改變的解方，就稱為欲求目標（the object of desire）。主角認為，如果達到這個欲求目標，人生便會恢復正常。現在，他知道自己想要什麼了，因此能有所行動。「想重拾人生秩序」這個終極目標，以及對欲求目標的追尋，帶著他迎向故事最終的危機與高潮。

每個故事裡，主角的終極目標會驅使主角採取行動，以達成某個獨特的欲求目標。例如，動作類型的故事裡，欲求目標通常是能拿在手上的實體物件。對電影《大白鯊》（Jaws）來說，欲求目標就是鯊魚屍體。至於教育類的

故事，欲求目標通常是某個讓人念茲在茲的概念。勞夫・艾利森（Ralph Ellison, 1914－1994）的《隱形人》（*Invisible Man*）[57] 中，主角追尋的是身份認同，尋找「我是誰？」這個問題的答案。

因此，某個動機（例如對權力的貪戀）潛伏漫遊在潛意識裡，直到受觸發事件的刺激而鎖定在某個欲求上。觸發事件引發人物對平穩未來的需求，刺激故事人物將動機化為行動；觸發事件也催生欲求目標，拉著主角踏上故事的旅途。

來看看幾個例子：

悲劇故事方面，在《羅密歐與茱麗葉》裡，羅密歐被激起的性慾（前面提到的動機 5）鎖定在刺激的來源（優雅的茱麗葉），並引發行動（爬上陽台），為了追求主角的欲求目標（娶茱麗葉為妻）。

動作劇情方面，影集《維京傳奇》（*Vikings*）中，年輕的戰士初嚐勝利的滋味後，這起觸發事件使動機 7 與動機 8 結合在一起，激起他想要統治的欲望。王位是他的欲求目標，帶他迎向未來。

至於墮落的故事，例如約翰・甘迺迪・涂爾（John Kennedy Toole, 1937－1969）的小說《笨蛋聯盟》（*A Confederacy of Dunces*）、鈞特・葛拉斯（Gunter Grass, 1927－2015）的小說《錫鼓》（*The Tin Drum*）、徐四金（Patrick Suskind, 1949－）的小說《香水》、馬丁・麥多納的舞台劇作《麗南鎮的美人》（*The Beauty Queen of Leenane*），主角的心理創傷驚動了蟄伏於潛意識的動機 1、2、3。他們各自的欲求目標引發了怪誕、不合常理，甚至凶殘的行為，直到他們最後以自殺、精神錯亂或兩者作結。

展現人物本色：讓他抉擇

作者要如何表現故事人物的內在本質？**不是靠人物塑造**。事實上，人物的外在舉止越迷人，讀者／觀眾越想認識他異於外表的內在真實：傑克看起來很強悍，但他的弱點在哪裡？

---

57 這不是 H. G. 威爾斯（H. G. Wells, 1866－1946）於一八九七年發表的科幻小說《隱形人》（*The Invisible Man*）。

不是靠其他人怎麼說他。故事人物對另一位人物的看法不一定正確；不過，有什麼樣的看法、由誰說出這樣的看法，可以作為之後揭露真相的鋪墊。

不是靠人物怎麼說自己。故事人物自我告解或誇耀時，觀眾和讀者都會抱持高度的懷疑傾聽。他們知道，人都有自知之明，但也很會自欺。

讀者和觀眾反而期待看到事件發生。事件能向人物施壓，並以他們唯一信任的方式揭露人物本色：透過抉擇來揭露。

一個人一生所做的抉擇，定義了他是什麼樣的人。

從阿米巴原蟲到人猿，地球上所有的生物都遵循大自然的第一定律：活命優先。大自然迫使所有生物採取自認為對自己有利的行動，藉此盡可能延續自身的基因。對瞪羚來說的可怕死亡，對獅子來說是一頓午餐。

大自然看重生大於死，讓人傾向抉擇正面的選項（任何有利於生存的），遠離負面的（任何和死亡相關的選項）。正如同蘇格拉底所言，沒有人樂意做自己覺得不對的事；每個人反而都會做自認為對的事。也就是說，主觀說了算。如果生死交關，人的心智就會將敗德重新定義為美德。[8]

如果讀者／觀眾明白故事人物的觀點，看著他面對一個簡單的正／負抉擇（快樂／痛苦、對／錯），那麼他們早就知道故事人物會如何選擇（可能比故事人物自己還要早知道）。故事人物會拒絕負面的選項，並選擇他認為是正面的選項。核心自我永遠會這麼做。這是自然界的第一定律。因此，讓他在一件有清楚正、負選項的事情上（貧窮 vs. 富有、愚昧 vs. 睿智、醜 vs. 美）做抉擇，根本就不痛不癢。

展現人物本色：面臨兩難

唯一扣人心弦、揭露人物本色的抉擇，是要在價值差不多的兩件事情之間做選擇。這樣的左右為難有兩種：正面和負面的。

正面的兩難讓故事人物遇上兩個他都渴望得到，但不相容的可能性。他兩者都想要，但情勢所逼，只能擇一。例如浪漫喜劇裡的典型兩難：一名女子夾在兩位男性中間，猶豫該選誰。一方深情款款、忠誠專情、大方慷慨但

無聊乏味；另一方熱情如火、才氣縱橫、迷人風趣，但一定會讓她傷心欲絕。

負面的兩難則讓故事人物遇上兩個都令人討厭的可能性。他兩者都不想要，但情勢所逼，只能兩害相權取其一。例如婚姻劇情的典型兩難：一名女子如果不和家人中意的對象結婚，就得和家人斷絕關係；但如果她嫁給家人安排的對象，她將一輩子承受無聊的折磨。

面對簡單明瞭的選項，選擇起來毫不費力也沒有風險，但進退兩難的困境會置故事人物於壓力和風險之下。簡單明瞭的選項無法透露或只能揭露一點讀者／觀眾原本不知道的訊息；而要在兩難的情況下做決定，故事人物得想像不同抉擇會導致什麼樣的發展。當他掙扎、猶豫該怎麼做，不同可能性之間的拉扯會驅動讀者／觀眾的好奇心迎向故事的高潮：他最後到底會怎麼做？

不管怎麼選，他在壓力下的作為，會揭露他的人物本色。

來看看三個例子：柯恩兄弟改編自戈馬克·麥卡錫（Cormac McCarthy, 1933 －）小說的電影《險路勿近》（*No Country for Old Men*）裡，羅倫·摩斯（Llewelyn Moss）為了兩百四十萬美元的販毒贓款賭上生命，最後他選擇了錢，賠上他自己與妻子的性命。琳恩·諾蒂琪（Lynn Nottage, 1964 －）的舞台劇作《汗水》（*Sweat*）中，辛西雅（Cynthia）得在基層管理職的新工作，以及和她勞動階層的好友一起罷工之間選邊站，而她選了工作，犧牲友誼。至於安德魯·西恩·格利爾（Andrew Sean Greer, 1970 －）的小說《分手去旅行》（*Less*），主角亞瑟·勒思（Arthur Less）面對以下的兩難：全心投入創作，為此承擔令人痛苦的各種犧牲；或是不那麼投入，享受較輕鬆的人生帶來的快樂。他選擇後者。

展現人物本色：面對阻力

故事人物在高風險的困境中有所行動時，不可避免會激發對立的力量。為了克服這些阻礙，他得不斷應變。他所做的決定，有時是出於本能，有時很刻意，但都是在承受壓力的情況下抉擇：他有可能必須失去，才能有所斬獲。這樣充滿風險的壓力越大，他的抉擇就越忠實、越深刻反映他內在真正的樣貌。

隨著後續更多事件發生、衝擊故事人物的生命，他的本性會選擇順從或反抗、接受或拒絕之前抱持的信念或價值。任何深刻的經歷都不可能讓人保持客觀，所有抉擇、行動都必然牽涉到個人感受與想法。於是，透過抉擇和行動，故事人物不是向上提升，便是向下沉淪；不是成長，就是退化。

因此，壓力的大小能衡量人物本色的深度和品質。比方說，我們能怎麼確信某個故事人物誠不誠實？沒有任何風險、沒什麼壓力的情況下，要說實話十分容易。但是當狀況危及所有事情，甚至包括性命，當後果逼近耐受力的極限，選擇說實話與否便得承受極大的壓力。不管他選擇怎麼做，他的決定深刻反映了他的核心自我。

一旦人物選定了一種行動策略，他便將付諸行動的工作交給施為者自我，讓後者接手扮演私人或社會自我中的其中一個面貌。核心自我沒在指揮外在自我怎麼演的時候，會像紀錄片工作人員一樣，在一旁觀看、傾聽、記錄所有外在自我的有趣行為。結束後，核心自我通常都會希望他能做得更好一點。

創造複雜的故事人物時，請以包含極端正面（例如愛、英勇、希望）到極端負面（像是恨、懦弱、絕望）的光譜，來想像人物身上具備的價值。舉例來說，當他有生命危險時，他在英勇／懦弱的光譜上站在哪個位置？有深度、複雜的人物多少會兩種都感受到。假設他的人生失去了意義，他會怎麼看待自己的未來，以希望／絕望的光譜來呈現的話，會是什麼樣子？如果他展開一段親密關係，他有能力去愛嗎？你會在愛／恨的光譜上，把他安排在哪個位置？

來看看誠實／虛假的價值光譜。故事人物可能看起來很誠實，其他人可能也這麼說，他自己或許也會這麼堅持，但讀者／觀眾要怎麼確定他是個老實人、騙子，還是道德標準充滿彈性？如果他在沒什麼好損失的情況下決定說實話，他的誠實無關痛癢，因為沒有風險。然而，假設他在承受巨大威脅下決定說實話，而且說謊反而能救他一命時，他的誠實就極為深刻了。另一方面，如果他是個神職人員，而他在受威脅的情況下拒絕否定他的信仰，那麼他的誠實可能就沒那麼令人欽佩，畢竟他之前的宗教宣誓多少約束了他的決定。他選擇的自由度沒那麼大。

做決定與故事人物自我之間的交互作用，提供了作者三大創作原則：

1. 故事人物在身陷危險、承受壓力的情況下要達成他的欲求時，他決定怎麼做會展現他的人物本色。
2. 風險和壓力越大，他的決定越真實深刻。
3. 選擇的自由度越大，他的決定甚至更忠實、更深刻地反應人物的真實自我。

來看一下四位悲劇人物：奧賽羅、李爾王、馬克白與哈姆雷特。他們都是精彩的故事人物，但哈姆雷特是最複雜的。為什麼？關鍵在於抉擇。嫉妒使奧賽羅盲目，李爾王的女兒替他做了決定，而女巫的預言帶領馬克白走上他的命運之路。哈姆雷特做決定的自由度更大，要決定的事情也更多。他要不要自殺？要不要報仇？要不要愛上歐菲莉亞（Ophelia）？要不要殺了波洛紐斯（Polonius）？人生沒有意義，還是有意義？要保持理智，還是徹底失控？會有這麼多可能，全因為他充分具有選擇自由，沒有任何限制。

因此，抉擇與人物性格之間，有著這樣的關係：如果故事人物只針對單一價值、做一些零風險的決定，那麼他的性格便處在很膚淺、只有單一面向的狀態。不過，若這個人物必須冒險針對多種價值做很多決定，他就變得複雜，進而吸引讀者／觀眾了解他的內在。

舉例來說，《繼承之戰》最初幾集裡，羅根・洛伊（布萊恩・考克斯〔Brian Cox〕飾）控制了古柯鹼成癮的兒子肯道（傑瑞米・史壯〔Jeremy Strong〕飾），幾乎不給他任何做決定的機會。肯道的反應讓他看起來懦弱、膚淺、無足輕重。然而，當他掙脫父親的控制、自己做出有風險的決定時，他便有了重要性與複雜度，進而贏得我們對他的同理與共鳴。

人物本色與情緒

故事人物有所行動，他所處的世界與之對抗，在這個場景裡岌岌可危的價值取向就會產生變化。若價值取向由負面變成正面，故事人物感受到的情緒大

體來說也會很正向。反之亦然：假設價值取向由正轉負，他的情緒大致會很負面。正如第七章裡所說的，情緒是事物變化的副作用。

好消息或壞消息這樣的刺激源，會使腺體分泌化學物質進入血液，產生特定情緒。美麗的景象讓大腦充滿多巴胺和血清素，觸發愉悅的情緒；醜陋的畫面使腺體分泌影響杏仁核和腦島皮質的化學物質，讓人感覺一陣噁心。不過，大腦的邊緣系統接著會產生其他化學物質，安撫、消除這些情緒，讓身心回到平靜的狀態。這些愉悅、痛苦的情緒會先達到最高點，接著逐漸消退。

愉悅和痛苦也有多種調性和特質，儘管科學研究並未界定出有多少種。傳統心理學只區分了六種：喜悅、恐懼、憤怒、悲傷、厭惡和驚訝（請留意，只有喜悅是唯一明確的正面情緒）。為了將這些狀態化成作者的利器，我擴寫了這份列表，將相對的狀態搭配成一組，區分出十二種情緒：愛／恨、親善／憤怒、喜悅／悲痛、驚喜／驚愕、滿意／厭惡、勇敢／害怕。

情緒（emotion）和感受（feeling）經常互為同義詞，但我認為兩者在性質和影響程度極為不同。情緒來得很突然，力道強勁難以忽視，並隨著時間逐漸消退。感受則是慢慢襲來，悄悄襯在當下的經歷背後，並持續很長一段時間。喜悅是情緒，但幸福是感受；悲痛是情緒，但哀傷是感受。

你知道這當中的差別。例如，某天早上起床後，你覺得心情特好，整天都帶著微笑。你並沒有什麼特別的理由，只是剛好處在情緒蹺蹺板上樂觀的那一邊。或者，你一整天覺得烏雲罩頂，同樣毫無來由，只是身在憤世嫉俗的谷底。

至於感受——成功的自滿 vs. 失敗的羞愧，對光明未來懷抱希望 vs. 認為災難將至的不祥預感，輕鬆的心態 vs. 乖戾的心境，對所愛之人的信任 vs. 感情不忠的懷疑——通常在最初的刺激源被遺忘之後，還會長久影響故事人物的性格，一輩子影響他的人物塑造。

從一個轉折點到另一個轉折點，價值取向的改變使故事人物體驗了上述十二種情緒。舉例來說，浪漫喜劇裡，墜入情網能使悲痛的故事人物充滿喜悅之情，而失去摯愛能使快樂的人物感到悲痛。

然而，在寫一場戲時，掌握人物背後的情緒只是起點。如果故事人物感受到的情緒，是以情緒最純粹的狀態展現，這樣的處理方式其實很粗糙。人生中，這十二種主要情緒在特性與強度的差異上有無窮的變化。因此，一場戲裡，是什麼在決定人物表現某種情緒應該是怎樣的程度呢？由人物塑造決定。獨特的人格特質散發出來的心境、感受、基調、質地，會將最根本的情緒形塑成極具原創性的表現。歡喜之情表現在這個故事人物身上，可能是動感十足的歌曲和舞步，但展現在另一個人身上是露出放心滿足的微笑。

人物本色與反應

在現實條件的限制下，人能做的基本行為並不多。一個人可以選擇要充實自我或保持無知愚昧，能決定結婚或保持單身，要勤奮工作或懶散度日，吃得健康或狼吞虎嚥，面對或逃避人生，等等，但這些基本行為相當有限。另一方面，人在每個瞬間的反應似乎有無限可能。

舉例來說，當故事人物想充實自己，他便和所有學校裡的所有學生一樣，在摸索學習的過程中會有非常多且非常不同的反應，在談戀愛、工作、健康和生命中其他重要面向上也是如此。當負面力量阻擋故事人物的去路，他的抉擇展現了他真正的自我，而他的反應讓他獨一無二。

電影《北非諜影》裡，瑞克‧布連（亨弗萊‧鮑嘉〔Humphrey Bogart〕飾）問維克多‧拉斯洛（保羅‧亨雷〔Paul Henreid〕飾），為什麼他甘願不斷冒著生命危險進行反法西斯的活動：

> 拉斯洛：我們大可以問人為何要呼吸。只要停止呼吸就會死。我們
> 停止對抗敵人，世界就會滅亡。
> 瑞克：那又怎樣？那反而是種解脫。

拉斯洛簡練的宣言是任何理想主義者可能給出的答案，瑞克的反應卻是這個人物獨有的。他認為，文明的滅亡反而是種解脫。瑞克諸多與眾不同的

選擇，使他有別於之前與之後任何版本的美國反英雄人物。

　　請讓這個原則指引你創作故事人物：人物在壓力下選擇怎麼做，會展露人物本色；有豐富細節、前所未見的反應，則使人物塑造與眾不同又吸引人。

人物本色與自由意志

作者的想像力是故事人物每個選擇、每個行動的唯一來源，人物的選擇其實就是作者的選擇。但從觀眾與讀者的觀點來看，不是這麼一回事。虛構的世界裡，獨立的故事人物過著獨立的人生，實踐自身的自由意志。那麼，在現實與虛構這兩個領域裡，人的選擇有多自由？

　　電影《駭客任務》（The Matrix）就是在探究這個問題。片中，基努‧李維（Keanu Reeves）飾演的主角尼歐，發現自己經歷的現實其實都是名為「母體」（the Matrix）的幻覺。這個虛擬世界是一個全能的人工智慧打造出來的，為了讓被奴役的人類誤以為自己是自由的。欺騙人類的同時，這個人工智慧利用人類作為生物電池來運轉它的機器。而為了贏得意志力以打敗人工智慧派來的特工、擺脫母體的束縛，尼歐奮力戰鬥。

　　自由意志／宿命論之間的爭論老早以前就開始了，但由於近年來神經科學與量子理論的興起，這個老話題有了新張力。一方認為，自由意志是假象，所有選擇都是由人無法掌控的外在力量造成的；[9]另一方主張，意志的運作不由外在或內在的任何原因引起。[10]這個爭論持續影響了寫實或幻設故事（speculative fiction）的作者。你支持的那一方會形塑你所創作的故事，以及故事裡的所有人物。

自由意志的否定方

否定自由意志的人主張，意志若要是自由的，選擇必須是無緣無由的。無來由的決定和過去任何事情都沒有關聯，因此是徹底自發的。但就我們所知，在現實世界裡，不管人或宇宙的所有行為都有來歷、起因。就連宇宙大霹靂都有成因（雖然至今仍是個謎）。反自由意志者認為，因為「沒有原因的原因」

不合邏輯，所以人的選擇不可能自由。

自由意志的肯定方

影集《非常大酒店》（*Fawlty Towers*）裡，貝西（Basil）的車壞了。貝西惡狠狠地威脅這輛車之後，數到三，給他的車最後一次機會，接著大吼：

貝西：我警告過你了！我跟你講好幾次了！很好！我要好好揍你一頓！

他扯下附近的樹枝，狂揮打他的車。貝西覺得是這輛車的錯，我們覺得是貝西的錯。

然而，假設貝西和這輛車一樣別無選擇，假設錯是錯在他大腦的化學反應中有個導致思覺失調的瑕疵呢？又或者，錯是錯在他教養上的缺陷？若是如此，我們要怪他的父母嗎？但如果他父母也沒有自由意志，我們怎麼能怪他們？

我們不會怪罪他的父母。要這樣追究下去沒完沒了。所以，我們選擇相信貝西是出於自由意志虐待他的車。

認為我們沒有自由意志，跟認為我們無從選擇，是兩回事。[11] 不管我們的基因或過往經歷如何聯手影響我們的心智，我們的選擇看起來都很真實。我們感覺得到，根據可能發生的結果——也就是我們行動時覺得可能會發生的事——我們身體裡的神經突起會選擇相應的作為。我們將生活經驗的總和融入當下的情境，設想可能的結果，接著做出選擇。不相信我們有選擇，我們就不可能對自己所做的任何事負責。法律會消失，人的束縛蕩然無存，系列電影《國定殺戮日》（*The Purge*）的情節將會變成每天的現實。

如果我們沒有自由意志，我們怎能透過改變、刪減、添加、融合或再製的過程，打造新的自我？如果人的意志並不自由，怎麼有可能創造和改變？如果所有選擇都由過去決定，那麼新事物是怎麼出現的？如果自由意志不存在，那些不必要的事物就不會存在，但人類不出於特別的理由而做出的事物，

歷史上隨處可見。就像小孩利用家裡找得到的東西湊合成一個遊戲，藝術家從已經存在的事物中，創造出前所未見的新事物。孩提時代的玩耍彰顯了自由意志的本質，成熟的藝術則是自由意志最徹底的表現。[12]

誠如前面提過的，你寫出來的故事是既支持又反對自由意志。當故事剛開始，我們正要探索故事未知的發展，一切幾乎都有可能。但等故事來到高潮，這時我們已深刻理解主角的心理、掌握環繞在主角身邊所有社會、個人、物理層面的因素，我們便明白：主角的抉擇，是他唯一能做且會做的選擇；他得到的反應，是他身處的世界唯一能給且會給他的反應。他走上的人生道路，是他唯一能走的路。從觸發事件望向故事高潮，人物的選擇看似無拘無束、無法預測；但從故事高潮回望觸發事件，人物的選擇顯得不得不然、命中注定。從一個方向來說他具備自由意志，但從反方向來看別無選擇。

覺得人具備自由意志也可能是我們的一廂情願，因為我們尚未理解其成因。但若真是如此，那麼這就是我們的錯覺，而我們也別無選擇，只能接受。你的故事人物進行抉擇時，會面臨四種可能的選擇途徑。其中兩種超出他的掌控範圍，另外兩種則能行使自由意志：

1. 情勢以某個方式推著故事人物走，替人物做了決定，不論好壞、不管他喜不喜歡。
2. 潛意識自我做出了核心自我永遠無法理解或合理化的決定。
3. 故事人物迅速決定要怎麼做。不同選項在腦海中冒出來時，其中一個選項馬上勝出。他憑直覺做出決定。
4. 故事人物慢慢思考他的選項，列出利弊優缺，推演一連串可能的結果，審慎權衡每個選項的影響，最後終於做出決定。這種理性模式通常出現在故事人物犯下致命錯誤之前。

不管如何，最終，就是作者你的選擇了。

09
人物的面向

相反相成的整體

先複習一下前面的內容：故事人物的「人物塑造」掩藏了他的「人物本色」，兩者飄浮在潛意識這片含納了欲求與驅力、習慣與性情的汪洋上方。這三方面——外在面、內在面、隱藏面——聯手成就了故事人物。然而，是什麼讓這三者不至於分崩離析？什麼力量維繫了外在形象、內在自我、潛意識驅力，將三者整合成一位故事人物？

答案是，矛盾的力量。

西元前五世紀，古希臘哲學家赫拉克利特（Heraclitus）主張，現實倚靠一個充滿矛盾的系統保持完整：「冰冷的事物會變得溫熱，炙熱的事物會冷卻；潮溼的事物逐漸乾燥，乾燥的事物變潮溼。」冷／熱創造了溫度，乾／溼成就了溼度，生／死塑造了生命。所有事物因此得以運轉，創造一個**相反相成的整體**（a unity of opposites）[58]。

---

58 哲學著述多將赫拉克利特這個概念譯作「對立（面的）統一（說）」、「對立的一體」，或援引中文成語「相反相成」來形容。「相反相成」一詞出自漢書藝文志：「仁之與義，敬之與和，相反而皆相成也。」

這個原則也適用人類。人出生的瞬間，便開始邁向死亡。活著的每一刻，他既發展完成又同時仍在演變；醒著但在做夢，做夢但又醒著。不管幾歲，他既年輕又年長──比任何較他年長的人都年輕，比任何較他年輕的人都年長。不管他的性向為何，他既是女性也是男性。

每個精心設計的人物都充滿矛盾。因此，「相反相成」是創造人物複雜度的根本原則。有複雜人物存在的故事，會以美學上極為純粹的形式，保存了美與醜、專制與自由、善與惡、真實與謊言等最根本的矛盾。

人物面向

人類本性中的情感機制早在生存不易的幾十萬年前便已成形，不是蘇格拉底、佛陀或耶穌能輕易改變的。在同一個社會、同一個人身上，誠實、慷慨和英勇等美德，會不斷擺盪回背信、自私和懦弱。因此，矛盾主宰著人：大家同時愛著並恨著自己的家人；節省時間又浪費時間；追尋真相卻又否定最明顯的事實；重視大自然卻又污染大自然；渴望和平卻又急著引戰。複雜的故事人物會先展現一個具體的自我，接著變成這個自我的對立面，之後再變回去。

這樣來回擺盪的動態有其規律，端視這個人物和其他人物的關係，以及和自己的關係──這些關係有些是正面的，有些是負面的。舉例來說，某個BDSM 收費調教師[59] 的客戶是個位居要職、壓力爆表的主管，他鄙視他的下屬、崇拜他的上司。為了平衡權力帶來的快感與羞辱帶來的痛苦，他臣服於皮鞭的抽打下。心理學家創造了「施虐受虐者」（sadomasochist）這個以矛盾修辭法構成的字，來形容具備這種矛盾特質的人。

當故事人物內在、外在的特質被統合成單一功能、用途與職責時，就變成套式人物（stock）：護士、警察、教師、超人、壞人、跟班等等。然而，一旦以矛盾為基礎來形塑角色，這些矛盾便能成就出更完整、更複雜、更迷人的故事人物。這些矛盾的對立面，形成人物的不同面向（dimension）。

---

59 收費提供性施虐服務的人。

多面向的故事人物會勾起我們的好奇心，讓我們想知道彼此矛盾的兩面如何同時存在於一個人身上。這樣矛盾並存的狀態也讓人物變得難以預測且更加有趣。誰知道下一刻會出現的是哪一面？

六個面向中的複雜性

人物面向存在於故事人物外在的人物塑造、內在自我、隱藏自我之中，而且這三層通常也互相矛盾。因此，複雜的故事人物可能具備六種迥異的面向。

1. 人物塑造之間的矛盾

想像一下，有個女子每天早上花一小時化妝，卻懶得刷牙。假設她會虐待自己的伴侶，但悉心呵護自己的小孩；她會巴結討好上司，但對下屬專橫跋扈。這三個面向將人物塑造的不同特性——生理自我、私人自我、社會自我的特性——鎔鑄成引人好奇的行為舉止，讓讀者／觀眾明白對她來說什麼事重要、什麼事不重要。

在人物塑造的層次，故事人物通常都會意識到自己的特徵，但很少覺得這些特徵互相矛盾。他們反而會合理化這些特質，認為是必要、無法避免的。故事裡其他人物也都看得到這些行為舉止，也對這些行為有自己的看法。

2. 人物塑造與人物本色之間的矛盾

且說有位年長女性正在輪椅上打盹。醒來後，她緊盯著養老院裡的男性瞧，眼神閃閃發光，因為她內心始終懷抱著對浪漫愛情的憧憬。

3. 人物塑造和潛意識欲求之間的矛盾

想像一下，有個好動亢奮的女性永遠停不下來，但她隱藏的自我總是極為冷靜。這個氣定神閒的自我只有在她身陷危險時才會展露。面對威脅時，她變得鎮定、強悍且專注。

要挖掘故事人物的潛意識，關鍵還是在於矛盾。如果故事人物說一套做

一套，可能的原因是什麼？可能性一，他在說謊；他知道自己真正的欲求，但表面裝成另一個樣子。可能性二，他很誠實；他確實認同自己說的那一套，真心想要他想要的，但試圖滿足這個欲求時，有東西削弱了他的努力。他不知道原因，但偶爾就是會如此。在他的潛意識中，有股矛盾的力量。

4. 顯意識欲求之間的矛盾

外遇者的兩難：對伴侶的忠誠 vs. 對外遇對象的癡迷。

在人物本色的層次，一個有自覺的人分析自身內在的矛盾，因此感到憂心，掙扎著想做出決定。如果他向別人傾訴自己的兩難，這個矛盾就變成人物塑造的層次。如果他沒讓別人知道，讀者／觀眾就只能隱約察覺。不過，一旦他決定採取某個行動，讀者／觀眾就能清楚明白他的心思，感受到他這個內在面向。

劇作家要將兩個自覺欲求之間的矛盾象徵化時，經常將人的心智一分為二，並將內在矛盾化作兩個互相爭執的人物。例如薩繆爾·貝克特的劇作《等待果陀》、尚·惹內（Jean Genet, 1910－1986）的劇作《女僕》（*The Maids*）、蘇珊羅莉·帕克斯（Suzan-Lori Parks, 1963－）的劇作《勝者／敗者》（*Topdog/Underdog*）。

5. 顯意識欲求和潛意識欲求之間的矛盾

戀人的兩難：對未婚妻炙熱的愛 vs. 對承諾的恐懼。

要處理這種人物面向，小說家會將顯意識／潛意識的矛盾化作兩個故事人物，而且彼此的欲求、驅力（一個往善，一個往惡）互相矛盾、相互映照。史蒂文生的小說《化身博士》，以及杜思妥也夫斯基（Fyodor Dostoevsky, 1821－1881）的《雙重人》（*The Double*）、喬賽·薩拉馬戈（Jose Saramago, 1922－2010）的《雙生》（*The Double*）[60] 皆是如此。

影集《絕命毒師》裡，劇集統籌吉利根賦予主角沃特·懷特一個不為人知的第二個自我，名叫海森堡（Heisenberg）。這個分身在第五季第十四集裡生

---

60 這兩本小說的英譯書名都是《The double》，近年也都改編為電影。改編自喬賽·薩拉馬戈的電影中譯為《雙面危敵》（*Enemy*），改編杜思妥也夫斯基的中譯為《盜貼人生》（*The Double*）。

動地浮上檯面。當時，懷特的妹夫漢克（Hank）落到擁護新納粹主義的黑道大哥傑克（Jack）手中，任他宰割。他舉槍要殺漢克時，懷特替漢克求情。求情時的他是懷特，能夠關愛他人的人。

但在傑克殺了漢克後，懷特馬上背叛了傑西——他最真摯的朋友兼夥伴。這時就是海森堡掌權。他代表懷特野蠻的潛意識。

6. 潛意識動機之間的矛盾

家人的兩難：為了所愛之人犧牲自己的欲求 vs. 為了成就自己的抱負犧牲他人。

潛意識的矛盾存在於意識之下，不曾想過，未曾表達。同樣地，讀者／觀眾只能透過故事人物在壓力之下的選擇，察覺他內心的矛盾。

舉例來說，小孩對父母的態度，通常有著不自覺的矛盾：害怕與敬畏、愛與恨。《哈姆雷特》裡，莎士比亞將兒子的矛盾感受投射到兩個人物身上：高尚的父親 vs. 歹毒的叔叔。音樂劇和動畫的《獅子王》（The Lion King，有快樂結局的《哈姆雷特》）也重現了這份雙重性。《灰姑娘》的神仙教母和邪惡繼母，對女兒來說也是同樣情況。

電影《假面》（Persona）裡，柏格曼藉由將護士和病人融合成一位女性，表達分裂的靈魂。他反覆將兩者一分為二，又將兩者合而為一……

電影《黑天鵝》（Black Swan）中，正在排練柴可夫斯基《天鵝湖》的芭蕾舞者妮娜·賽耶斯（Nina Sayers，娜塔莉·波曼〔Natalie Portman〕飾），因為分裂的自我之間的衝突而痛苦不堪。這齣芭蕾舞劇要由一人分飾兩角，演出白天鵝與黑天鵝這兩位相反的主角。藉此設定，這部電影進一步加強妮娜雙重自我之間的戲劇張力。

白天鵝一角需要的是平衡、優雅、冷靜無慾，而且特別需要精準技巧，這些都是妮娜渴望的均衡完美。表現黑天鵝則需要相反的才華：創造力、自發性、情慾解放——妮娜也具備這些強勁、野性的能量，只是極力壓抑這一面。拘謹的白天鵝與妖嬈但被壓抑的黑天鵝之間的戰爭，漸漸以妮娜產生幻覺而浮上檯面。電影來到最高潮時，妮娜的兩個自我終於聯手展現無與倫比的演出，但兩者也將彼此消耗殆盡，妮娜在死前悄聲說：「真是完美啊。」

在現實生活中體現「相反相成」的人，就屬身兼小說家、舞台劇作家、編劇身份的格雷安·葛林（Graham Greene, 1904 – 1991）了。葛林這個人自命不凡卻又妄自菲薄，極為自制卻又有自我毀滅的傾向，極端浪漫卻又極端憤世嫉俗。他身為虔誠的天主教徒卻又終生偷情不斷，是多次提名諾貝爾獎的小說家，但也寫消遣娛樂的通俗作品。他既是恪守教規的神學研究者，也是道德相對主義者；他表面上支持共產主義，私下卻擁護君主制；他是反帝國主義的社會鬥士，同時也是後殖民的既得利益者；他有教養過頭，但也吸毒成癮。

葛林是個異於常人、不同凡響的藝術家，他的人性卻和常人沒有兩樣。[1]

故事人物要能自成一體，具備的諸多面向必須有一致性。如果有個男子某次救了困在樹上的小貓，這不能算是他的人物面向。那只是一次沒來由的良善，只能從讀者／觀眾身上賺來廉價的認同。如果有名女子在故事中不斷拯救貓咪，接著突然狠狠踹了一隻狗，這也不算一個人物面向，只是一時的氣惱。

人物面向也必須有變化。某個故事人物很愛貓但厭惡狗，因此拯救小貓但棄養小狗，這就彰顯了他內心的衝突。讀者／觀眾因此覺得有趣，想知道他身上這份矛盾的根源，只要這個模式沒變得重複單調。人物面向需要某種不可預測的特質，需要某種變化發展，不能是在同一個後院拯救同一隻貓、拋棄同一隻狗。

此外，要保持人物面向的張力，這個面向展現的矛盾要看起來毫無解決的可能，例如：無神論者主張事事無常，但不自覺渴望永恆；神經科學家根據自己的自由意志斷定沒有自由意志這種東西；身為拉斯維加斯博弈產業的賠率制定者，卻為無法預料的結果而竊喜。

關鍵的人物面向

主角可能具備超過三個面向，第一層配角一般只具備一、兩個面向。但不管一個角色有多少面向，每個面向占的份量不會一樣。通常有一個面向會占據最主要的位置，確立故事人物最根本的精神，其他面向則使這樣的人物刻畫

更趨完善。

我形容格雷安・葛林的九個面向中，哪一個最關鍵——意思是，如果拿掉這個面向，他就不是他了？我覺得是小說藝術家／庸俗作品寫手這個面向。其他八個面向也能出現在其他人身上，但這場關於創作的戰役專屬於葛林一人。這個面向定義了他。

為了讓這個概念更清楚，容我再說一次：一個人物面向指的是故事人物不同層面間或同一層面上的特質，存在一個始終如一的矛盾。在一位複雜的多面向人物身上，其中一個面向會特別突出，定義他獨特的身份。

●個案研究：奧德修斯

根據近年來一份〈一百個形塑世界的故事〉（The 100 Stories that Shaped the World）調查顯示，世界各地的專家將荷馬三千年前的史詩《奧德賽》排在第一位，荷馬的《伊里亞德》也擠進前十名。[2]

這兩部史詩刻畫了身為人類的人物奮力對抗愛記恨、性慾旺盛的神祇與凶惡駭人的怪物，這些場景就像怪誕奇異的夢境；然而，儘管有這些離奇的欲望和血腥暴力，《伊里亞德》和《奧德賽》的故事其實是歐洲文化的基礎，其中的關鍵人物——身為伊薩卡（Ithaca）國王的奧德修斯，是歷史上第一位多面向的故事人物。

《伊里亞德》裡，這位飽經風霜的英雄打了十年的仗，攻打特洛伊城；《奧德賽》中，他得再顛沛十年，設法航行回家。過程中，奧德修斯與敵方戰士、憤怒貪婪的眾神、凶殘嗜血的怪獸交手，並靠著英勇、運氣和機智的臨場反應，最終得以勝出。

《伊里亞德》先賦予奧德修斯兩個面向：務實派／夢想家、順從／反抗。而在《奧德賽》的開頭形容他是個「複雜的人」之後，他多了六個面向：誠實／狡詐、足智多謀／愚昧魯莽、保護他人／危及他人、品德高尚／偷拐搶騙、沉著冷靜／狂暴激動、忠貞／不忠。[3]

務實派／夢想家

奧德修斯在戰場上是個實用主義者。戰爭開打時，理想主義者崇尚的榮譽法則就該放一邊。舉例來說，古希臘的英雄傳統認為下毒是卑鄙、陰險的手段，真正的鬥士不會使用。

即便如此，奧德修斯仍將他的箭頭塗上一層砒霜。

當被俘虜的特洛伊間諜向他求情，他也讓間諜誤以為只要吐露軍事機密，便能逃過一死。但間諜一透露機密，馬上就被砍頭了。接著，奧德修斯與戰友利用間諜的情報，趁敵人熟睡時進攻。

戰爭打到第十年，特洛伊人把希臘軍隊逼到海邊。被敵人無情殘殺，希臘步兵群起反抗無能的領袖。面對手下的叛亂與看似必然的戰敗，識時務者應該會撤退，啟程返鄉，奧德修斯卻認為應該為了得勝而繼續奮戰。他運用充滿說服力的嗓音，以一則預言平定叛亂，將叛變者變成慷慨激昂的戰士，送回戰場上廝殺。

順從／反抗

奧德修斯克盡職守，服從指揮官阿格曼儂（Agamemnon），但當他認為阿格曼儂的戰術大有問題，便毅然決然反抗這位領袖，說道：「你說的話就像風，沒有任何意義。」

誠實／狡詐

身為阿格曼儂的參謀，奧德修斯總是實話實說，充滿洞見與智慧。軍隊裡沒人會懷疑他說的話。然而，等到他揚帆啟程、踏上歸途，他從地中海的這一頭，說謊說到另一頭。

奧德修斯說故事的才華一再讓他脫離險境。他假裝成老人、乞丐，或謊稱自己來自以騙子聞名的克里特島（Crete），花招百出，行騙不斷。他甚至試圖誆騙自己的守護神雅典娜（Athena），但被識破了。女神訓斥道：「你這乖張可惡的傢伙，看看你那虛偽狡詐的花言巧語！」

足智多謀／愚昧魯莽

眼看與特洛伊的戰爭即將戰敗，奧德修斯想出了歷史上最出色的戰術：木馬屠城，為希臘人贏得勝利。然而，返鄉的旅程中，他因為貪婪，潛入會吃人的獨眼巨人波利菲莫斯（Polyphemus）的洞穴行竊。獨眼巨人在洞穴裡逮住奧德修斯，吃掉他大半的船員。

那天晚上，奧德修斯將波利菲莫斯灌醉，用木樁刺瞎了他唯一的眼睛。安全返回船上後，奧德修斯卻一時興起，展現他的傲慢自大。他嘲笑瞎了眼的波利菲莫斯，此舉不僅激怒了獨眼巨人，也激怒了巨人的父親：海神波賽頓（Poseidon）。

憤怒的海神以強烈的暴風雨，重創奧德修斯的艦隊，並將他們吹離了返鄉的航道。

保護他人／危及他人

特洛伊戰爭自始自終，奧德修斯都很保護他的戰士，確保他們獲得充足的食物及醫療照顧。返鄉途中，他的手下發現有個部落嗜吃某種蓮花，它具有麻醉的功效，能消除痛苦的回憶。這些受戰爭摧殘、飽受創傷後壓力症候群所苦的戰士，無不希望能忘卻戰爭的痛苦，爭先恐後搶食蓮花。為了拯救他的手下，奧德修斯把他們拖回船艦上。

不久後，奧德修斯的艦隊航行到陌生海岸，他同樣察覺到危險，這次卻讓手下將他們的船停在毫無遮蔽之處，自己的船則停在岩石後方。突然間，吃人的巨人族攻擊他的手下，使他們的船翻覆，像捕魚一般，拿矛刺殺他們、把他們吃掉。只有奧德修斯和他那艘船的船員逃過一劫。

品德高尚／偷拐搶騙

戰爭期間，奧德修斯英勇作戰，公正無私地分配戰利品，並敬重戰友和手下。然而在返鄉途中，他儼然成了海盜，打劫平靜的小鎮，殺害抵抗者，搶女人當奴隸。

沉著冷靜／狂暴激動

不管在戰場或海上，不管面對的是敵軍還是怪物，奧德修斯總是保持冷靜，做出思路清晰、周全的決定來解決問題。

與此同時，在伊薩卡島上，一群稱作追求者（Suitor）的年輕男子侵占了他的宮殿，縱情享受他的財富。十年來，這些追求者不斷誘惑奧德修斯的妻子潘妮洛普（Penelope）。

返鄉後，奧德修斯見狀，極為憤怒，立刻展開報復行動。他將一百零八位的追求者，連同所有服侍的僕人、陪睡的女奴隸，全都殺光了。

奧德修斯的八個面向

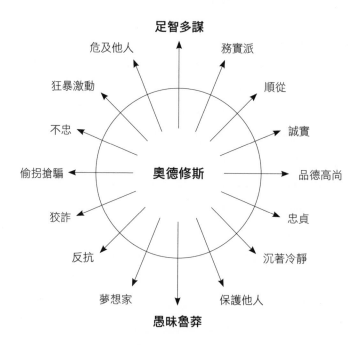

忠貞／不忠

離家期間，奧德修斯外遇不斷，和好幾位仙女同床共枕，例如瑟西（Circe）。
然而，當女神卡呂普索（Calypso）想讓奧德修斯長生不死、獲得永恆的快樂，
好把他留在身邊，奧德修斯卻心繫深愛的潘妮洛普，一心只想回家。

　　奧德修斯不同面向裡的黑暗面，使他成為歷久不衰故事人物。任何俗爛
的英雄人物都能展現出正面的價值，例如英勇、機智、壓力下保持冷靜。然
而，是奧德修斯的衝動、冷酷、狂暴、偷拐搶騙、自私自利和狡詐的特質拓
展了他的性格，賦予他多面向的特質、無法預測的特性，也賦予他性格深度，
使得他出人意表的選擇具備令人滿意的可信度。

　　他的八個矛盾裡，作為關鍵面向的是過人的聰明才智（足智多謀）vs. 難
以預料的衝動（愚蠢魯莽）。畢竟，是奧德修斯想出木馬屠城的計謀，結束
了十年的戰爭；但也是奧德修斯魯莽擅闖波利菲莫斯的洞穴。所有一時興起
展開的冒險，都一再讓他陷入生命危險之中，但他引人入勝的說故事功力也
一再讓他險象環生。他既聰明又愚蠢。荷馬之後的三千年來，幾乎沒有任何
故事人物比得上他。

　　奧德修斯永遠充滿現代精神：矛盾困惑又一意孤行，歷經九死一生卻又
擁抱生命。他替接下來不同時代裡複雜的故事人物奠定了基礎，這些人物在
心理與道德層面都極為複雜，例如古英語史詩中的英雄貝武夫（Beowulf）、
莎士比亞的馬克白、斯湯達爾（Stendhal, 1783 － 1842）的朱利安‧索海爾（Julien
Sorel）、費茲傑羅的蓋茲比、瑞蒙‧錢德勒（Raymond Chandler, 1888 － 1959）的菲
力普‧馬羅（Philip Marlowe）、納博科夫（Vladimir Nabokov，1899 － 1977）的韓伯特‧
韓伯特（Humbert Humbert）、馬里奧‧普佐的麥可‧柯里昂、菲利普‧羅斯的亞
歷山大‧波特諾伊（Alexander Portnoy）、希拉蕊‧曼特爾（Hilary Mantel, 1952 －）筆
下的湯瑪斯‧克倫威爾（Thomas Cromwell）[61]。

---

61 本段故事人物依序出自以下作品：古英語史詩《貝武夫》、莎劇《馬克白》、法國寫實主義小說《紅
　　與黑》（Le Rouge et le Noir）、小說《大亨小傳》、錢德勒犯罪推理系列、小說《蘿莉塔》（Lolita）、《教
　　父》、《波特諾伊的怨訴》（Portnoy's Complaint）、《狼廳三部曲》（Wolf Hall Trilogy）。

●個案研究：東尼・索波諾

一個故事人物的面向究竟能有多豐富？來看看大衛・雀斯（David Chase, 1945 –）創造的人物：紐澤西州的黑手黨老大東尼・索波諾。影集《黑道家族》（*The Sopranos*）一共八十六集，東尼是唯一每集都出現的人物。

東尼・索波諾的十二個面向

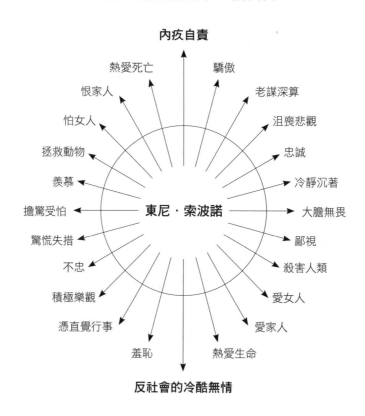

東尼・索波諾的人生牽扯到緊密連結的龐大人際關係，以充滿戲劇張力的八十六個小時呈現給觀眾，充滿了諸多內情有待揭露的背景故事，而且能

回溯到東尼幾十年前的嬰兒期。要以這麼長的時間、如此豐富的內容刻畫一名男子的人生，需要創造出一位極複雜的故事人物——綜觀在所有故事媒介中出現過的人物，東尼‧索波諾的複雜度都稱得上數一數二。

讓我們從順時針方向逐一檢視每個面向。

1. **內疚自責／反社會的冷酷無情。** 社會病態者（sociopath）沒有良知、具反社會傾向、自我中心，無法感覺到羞恥或悔恨。東尼有時候很明顯就是個社會病態。

但其他時候，他和馬克白一樣深感內疚。懊悔自責的心境持續糾纏、折磨著他，讓他恐慌症發作。

這種與馬克白相似、外表殘忍暴虐卻內在良心不安的核心矛盾，讓東尼‧索波諾成為所有為小說、舞台、銀幕而生的故事人物裡，最精彩的人物之一。

該動手殺人時，東尼毫不遲疑。沒有任何事物能壓制他盛怒之下的衝動。幾年下來，他犯下的謀殺案，光是出現在銀幕上的就有八起。誰又能算清楚，他下令幹掉的人，或是銀幕上沒演出來、他親自動手的人又有多少？他毫無疑問具有反社會人格，但真正的社會病態者絕不可能加入任何集體組織，連加入黑幫都不會。

像《險路勿近》裡哈維爾‧巴登（Javier Bardem）飾演的安東‧奇哥（Anton Chigurh）和伍迪‧哈里遜（Woody Harrelson）飾演的卡森‧威爾斯（Carson Wells）這樣的職業殺手，他們很樂意受僱於黑手黨，接案殺人，但很少成為黑手黨的一份子。黑手黨是我們法治社會裡的非法組織，但它也要求成員具備一般社會裡公民應有的特質：忠心、誠實、勤奮、穩定的家庭生活、神智清醒、遵守組織的規範、良好的禮儀規矩，以及最重要的，服從那些權力位階比你高的人。

如果你屬於組織的一份子，違背組織的信條會讓你產生罪惡感，因為你會以名叫「良心」的惱人自我厭惡感來指責、貶低自己。

更確切地講，要有良心才會內疚。東尼肯定有這種東西。他的良知超時工作，讓他的夢境充滿駭人的景象，進而使他向精神科醫生尋求協助。「反

社會的冷酷無情」對比「內疚的自我懲罰」這個深刻的矛盾，是東尼內在本質的主軸，就像車輪中心的轉軸。東尼的其他面向，則是從轉軸輻射出去的輻條。

2. **驕傲／羞恥**。東尼為兒子親善溫和的特質感到驕傲，但也對兒子的意志薄弱、自毀傾向覺得羞恥。

3. **老謀深算／憑直覺行事**。東尼花了好幾個月時間扮演福爾摩斯，蒐集證據，要揪出出賣他的 FBI 線人。之後他因為食物中毒，神智不清地做了個怪夢。夢裡有隻魚，用好友兼家族打手「大婊子」索爾・邦平西諾（Sal "Big Pussy" Bonpensiero）的聲音跟東尼說話。這隻魚跟他說，他對「大婊子」的懷疑是正確的：「大婊子」就是 FBI 線人。東尼便根據這個夢，殺了他的好友。

4. **沮喪悲觀／積極樂觀**。絕望與希望的衝突總是在東尼的內心上演。

5. **忠誠／不忠**。他非常愛他太太，但外遇不斷，一再背叛她。

6. **冷靜沉著／驚慌失措**。東尼邏輯清晰但情緒化；他在壓力下依然鎮定，但同時飽受恐慌症所苦。

7. **大膽無畏／擔驚受怕**。被歹徒、幫派威脅時，東尼毫不怯懦，卻被可能發生的恐怖攻擊嚇個半死。

8. **鄙視／羨慕**。東尼輕視但又羨慕一般人的生活。

9. **殺害人類／拯救動物**。他痛恨人，也殺人；但他熱愛動物，也保護動物。

10. **愛女人／恨女人**。東尼極度渴望與女性發生性行為，但同時也備受閹割的惡夢所苦。

11. **愛家人／恨家人**。東尼愛他的母親，也恨她；東尼愛他的伯父朱尼爾（Junior），也恨他；尤有甚者，他愛自己，也恨自己。

12. **熱愛生命／熱愛死亡**。他享受人生的美好，但每謀殺一個人，就越覺得死亡令他興奮。

和哈姆雷特相比，東尼・索波諾的面向更豐富。莎士比亞在哈姆雷特身邊只安排了十個人物，整齣劇的長度也只有四小時。大衛・雀斯則讓東尼置身數十位人物的網絡裡，並藉由八十六個小時的影集長度，從社會、個人、

私密、顯意識、潛意識這些層次，刻畫東尼的選擇、行動與反應。

　　就人物複雜度來說，東尼是當代故事人物的典範，因為在他的人物塑造、內在自我、隱藏自我這些層次當中與層次之間，都存在諸多矛盾。

　　然而，不像哈姆雷特，東尼不管怎麼努力都無法改變。這部影集的敘事動力（narrative drive）提出一個關鍵問題：東尼在道德層面上會變成一個更好的人嗎？答案是否定的。這個世界上所有的東尼都無法，也不會改變他們的核心自我。

10
人物的複雜度

透過阻力展現複雜度

斯多噶學派（Stoicism）起源於西元前三百年。這一派哲學家認為，人的一生都由眾神預先決定好了。奧林帕斯諸神知道所有人類未來會發生什麼事，但事件發生前都不透露。他們稱這股力量為命運，而這樣的看法持續到今天。舉例來說，一起悲慘的意外奪走小孩的性命時，他父母通常會對著新聞鏡頭表示，他們順從「上帝的意志」。

伊比鳩魯學派（Epicureanism）的哲學家則抱持相反的觀點。他們認為，我們誤以為是外在力量的東西，其實是隱藏於我們內在的自由意志運作的結果。人無法控制的隨機事件可能擾亂我們，但我們在意志力驅動下做出的反應決定了人生的走向。我們在壓力之下所做的選擇，形塑了我們的未來。誠如赫拉克利特所言：「性格決定命運。」

伊比鳩魯學派的主張似乎比較有可能。可以這麼說，確實有一股無形的力量決定人的一生，但這股力量來自人的內在。就像榮格主張的，一個人的顯意識好似在火山邊緣生活，除非他意識到自己潛意識的衝動，否則人生永遠看似無法掌控，意料之外的事永遠像命定一般發生在他身上。

想像一下兩艘船在猛烈的暴風雨中航行：一艘險象環生，另一艘滅頂沉沒。同樣的大浪重擊兩艘船，差別不在於運氣，而是誰掌舵。就如莎士比亞的悲劇《凱撒大帝》（*The Tragedy of Julius Caesar*）裡卡西烏斯（Cassius）所言：「親愛的布魯特斯（Brutus），錯不在我們的宿命，而是在我們自己。我們屈於人下。」

在年輕的故事人物即將成年的階段，諸多外力一同襲來，影響他的價值觀：什麼事物值得追尋？什麼事物不值得追求？如果他的潛意識強化了他對某些想法的倚重，它們就成為信念。這些堅定的信念深植於他的人物本色中，帶著他經歷以下模式：

1. 根據他的信念，他的核心自我決定他會怎麼選擇、怎麼行動；他的選擇也反過來展現他的人物本色。
2. 他在壓力下的抉擇形塑了他的未來，不僅揭示他是什麼樣的人，也透露他是如何變成這樣的人。
3. 他生命中有越多不同的對立力量，他的選擇也越多樣。
4. 他的選擇越多樣，他的性格就越複雜，反應和行動也因此具備更多面向、更難以預料、更出人意表，最終也更能揭露他的真性。
5. 因此，故事裡與他發生衝突的對立力量有多複雜，他的性格就有多複雜。

衝突有不同層面和特質，包括自然面（從宇宙巨大的力量到小病痛等自然的力量）、社會面（對員工、公民的嚴苛要求）、私人面（親密關係裡的嚴苛要求）、內在面（內心彼此衝突的欲求）。

我們從最外層開始檢視，看看不同層面的阻力如何增加複雜人物的面向。

實體面的衝突

故事最外層的衝突，涵蓋了構成外在世界的四大環境要素：

1. 自然環境與其具備的力量。從人的觀點來看，大自然就像龍捲風一樣

任意，和狼群一樣凶殘，也像生命演化一樣中立、漠然。

2. 人造環境與其控制的體系。文明的建構帶有道德與實用目的，因此，對於人的各種創造所帶來的美，以及污染、全球暖化、戰爭或其他人禍帶來的惡果，我們都責無旁貸。

3. 我們的身體與各種病痛。大腦住在一隻容易出問題的野獸體內。身體讓心智遇上各種麻煩，從生病、衰老，到整壞的鼻子。這些衝突一部份隨機發生，一部份可以預期，一部份無關緊要，一部份是自找的。

4. 和時間有關的條件與狀況（時機、順序等），及其短促的特性。時間收納了所有存在的事物，但久而久之，時間也將抹除一切。

現在，讓我們只根據實體面的衝突，試著勾勒一個故事人物的外在特徵（人物塑造）：一名喜歡冒險的年輕男子，要在高度嚇人的跳台上，從事跳台滑雪運動。如果他買了自己根本付不起的新潮裝備，這意味他很享受成為滑雪山莊裡的注目焦點，樂於引來他人的艷羨。如果他在天亮前好幾小時就抵達練習的場地，而且在教練到達之前頻頻緊張地看錶，這表示他受時間焦慮（time anxiety）所苦。如果他不斷打電話給媽媽尋求建議，這顯示他是個媽寶，一點也不成熟。把這些特徵加在一起，他就變成一個擅長運動、超沒耐性、自溺、不成熟、追尋冒險刺激的人。

此時此刻，這個多重切面的人物塑造只夠讓他成為配角。要將他變成複雜的主角，我們得將他的特徵轉化為面向。

前面說過，當有兩個特徵持續互相矛盾，兩者間的張力便形成一個人物面向。因此，我們應該逐一檢視他的特徵，想像它們的對立面是什麼，看看會有什麼發展。

如果他的虛榮是為了掩飾自我懷疑，如果他用藥物來強化他的運動技能，如果驅動他不顧性命做出高難度動作的腎上腺素狂飆，是為了掩飾媽寶對過世父親的嚮往，如果他每一次起跳都是一次自殺，如果他的焦慮只有當他躍升到半空中時才得以平靜下來……那麼，他可能值得一個屬於他的故事。

社會面的衝突

現在，讓我們來檢視社會結構，以及故事人物在這個層面會有的掙扎。

龐大的制度隨著時間固化成階級，規模大到讓身處其中的人幾乎感覺不到個人的責任。這些階級制度決定了人該扮演哪些角色，接著將人安排在一個金字塔狀的系統裡。底層的人沒有權力，頂層的人擁有超大權力，中間的人在這條指揮鏈上推擠、上下移動，試圖爭奪權力。這樣龐大的體制固然令人倍感壓力，但如果當中的人不接受體制分派的角色，體制也無法存在。確實，制度和系統養育我們、教育我們、支持我們，並形塑我們扮演的角色。

如同紀錄片導演費德瑞克・懷斯曼在他四十多部探討體制與機構的電影中揭露的，那些來到組織頂端的人，通常做事很有效率，但也麻木不仁。也就是說，從政府、企業、軍隊，到醫院、修道院和家庭，體制與機構在某種程度上窄化了其成員，使他們變得離理想的人類更遠。文明最大的諷刺在於，儘管社會制度讓我們免於某一種痛苦（被餓死），卻也加諸另一種痛苦（不情願的順從）。[1]但人類別無選擇。我們需要體制與機構於外在層面讓我們更進步，但我們必須於內在層面付出代價。

主宰體制與機構的意識形態立於一道光譜上，從「我是我兄弟的守護者」（I am my brother's keeper）[62]這一端，到另一端「人不為己，天誅地滅」。在「人不為己，天誅地滅」這端，是掠奪成性的資本主義。這個體系徹底利用我們天生對於財富、權力與強調自身價值的渴望。社會病態者在這裡活得特別好。如果我們把所有人視為一個整體，社會病態者約占百分之一，但是在華爾街占了百分之十。[2]至於「我是我兄弟的守護者」這端，則有著絕對專制的政府和獨裁者，宣稱為民著想，但其實不給他們任何選擇。社會病態者在這個環境下也很自在。

這兩個極端之間，可以看到菁英才德制（meritocracy）[63]，鼓勵人靠著辛勤

---

62 出自《聖經》，該隱因嫉妒而殺死弟弟亞伯，隨後神問該隱亞伯在哪，該隱說：「我豈是看守我兄弟的麼？」（Am I my brother's keeper?）
63 也譯作菁英體制、功績制度，為一種依照才能來決定人有多少權力與財富的機制。

工作、才智和成就在權力的梯子往上爬。然而，一旦掌權後，這些精英就把梯子收起來，不讓其他人同樣享有向上爬的機會，將菁英才德制變成寡頭統治。舉美國為例，富有的清教徒白人男性草擬美國憲法，創建產業，設立大學——但同時，他們將自己的權力建築在奴隸制度、種族隔離制度、反天主教、反閃主義、反西班牙裔、反女性主義之上。[3]

因為體制與機構會抹煞人的個體性，進而導致一群人做出一般不會做的事。正常人會嘲弄一個陌生人，刺激對方自殺嗎？正常人不會這麼做。但一份調查在公共場合自殺的研究顯示，一旦圍觀者聚集，他們往往會變成暴民，變成一個短暫匯聚成形的組織，一起激怒站在窗邊的人，叫他往下跳。每年在宗教儀式活動或運動賽事期間，當情緒激昂、志趣相投的人群驚慌失措地暴走，也經常會把人踩死。[4]

要適應體制與組織，故事人物從孩提時代起就戴上不同社會自我的面具，進行社會互動。每個社會自我都有一套特徵，用來面對不同的體制與機構。他和教授講話的方式，和他對拉比（rabbi）[64]、車輛管理局（DMV）職員、老闆、一樣信仰「匿名Q」（QAnon）右翼陰謀論的夥伴，或對他在國民警衛隊裡的指揮官講話的方式都不一樣。

根據他在這些體制與組織內處理壓力、衝突時扮演的角色，我們接著來賦予這個故事人物六個特徵：（1）和他的教授會面時很謙遜；（2）向拉比悔過時感到羞愧；（3）在車輛管理局接受駕照換發考試時很卑躬屈膝；（4）幫老闆解決問題時很大方；（5）在網路上討論政治陰謀論時充滿懷疑精神；（6）被指揮官大罵時感到害怕。

這些外在特徵，綜合出一位和善、害羞、容易膽怯的男子——很需要找他在網路聊天室結交的朋友取暖。這樣單調的人物塑造或許能創造一個配角，身處故事事件的邊緣。但同樣的，如果要讓他站到舞台中央，就需要矛盾將他的特徵轉化成面向。

假設他那些講給教授聽的謙虛說詞，後來成了他讓同學聽到很煩的反覆

---

64 猶太律法教師。

炫耀；假設他在拉比面前展現的羞愧，變相地讓他更執迷於一種祕密的、不正常的性生活；假設他前一刻在車輛管理局卑躬屈膝，下一刻就像瘋子似地開車揚長而去；假設他對老闆慷慨大方，但對同事吝嗇小氣；假設他充滿陰謀論的憤世嫉俗，來自他輕易就相信掌權者其實都知道自己在做什麼；假設他對軍隊長官的恐懼，激發他在戰場上殺紅眼的怒火。如果我們用這些面向打造關於他的故事，這樣的他或許有辦法扛起一個能帶向驚人高潮的故事。

私人面的衝突

公開的社會關係重視結果，私人關係則看重意圖。如果擁有社會權力的人選擇某個行動方案來處理某個情況，那麼他做事的結果比做事的誠意重要。如果某人在私人關係裡有所作為，則誠意比結果重要。我們會譴責一個投資人在金融財務上犯的錯，不管他個人的意圖為何；但我們會原諒戀人的辱罵，期待他不是故意的。

　　人因社會異化而苦，在親近的陪伴中茁壯。社會關係和私人關係之間的差別在於親密度。連結家人、朋友、戀人的是他們之間共享的感受和想法，一般來說不會在公眾場合中展現。親密感的化學反應會讓兩人超越彼此的社會角色（例如同事關係），發展成友誼。當然，親密關係要嘛令人開心，要嘛令人痛苦，取決於當事人的性格。

　　從兒童期進入成人期的過程中，核心自我會隨著親密關係中的不同經歷發展出身份認同。這段經歷的光譜，是從受到認可、情感豐沛、充滿各種情愛的這一端，到侮辱冒犯、冷酷無情、極刻薄傷人的另一端。就像我們常看到的，兩個人很有可能一輩子有著私人關係——例如父子關係——卻一點都不親密，只有權力關係的變動而已；從未成為朋友的商業夥伴，從未成為戀人的點頭之交也是如此。

　　人的感受在私人層次最為深刻。這就是為什麼比起社會面的衝突，私人

面的災禍更具衝擊力，比較一下《馬克白》與《科利奧蘭納斯》（*Coriolanus*）[65]、《奧賽羅》與《冬天的故事》、《李爾王》與《凱撒大帝》（*Julius Caesar*）就知道了。

　　與密友、親戚或戀人等不同的人相處，故事人物會相應演變出某個版本的自我，一個無法單靠他一人表現的自我。如果這段親密關係結束，他不僅失去所愛的人，也失去了因對方而生成的那個自我。除了我在實體面、社會面衝突裡提到的那些讓故事人物更豐厚的方法，接下來我要用三個例子來說明如何透過一個人物塑造的特徵與一個親密關係的行為模式之間的衝突，來增加人物的複雜性。

大方／自私

且說有個靠小費餬口的服務生，遇到家人生日和過年過節，他都會貼心地寄給他們手寫卡片；他經常烤許多餅乾，以便和鄰居、朋友分享；他在一段又一段令人心碎的愛情裡載浮載沉，尋找夢中情人。對所有認識他的人來說，他是個理想主義者、關愛他人的聖人。然後，他中了樂透。

　　聖人會將樂透贏來的錢捐出來做公益，但他一毛錢也沒分給任何人。他把錢全都存起來，搬到氣候溫暖的地方，過著皇室般的生活。以前那個烤餅乾、寄卡片、到處和人上床的他，渴望有人愛他。現在他變有錢了，這個前服務生終於一償宿願：等著大家來巴結他。

支持／傷害

想像一下，有個丈夫為妻子打點好一切：採買、下廚，洗衣服、折衣服，替她錄下最喜歡的電視節目。他耐心傾聽太太的抱怨，從不回嘴也不吐苦水。

---

65 莎士比亞晚年的悲劇作品，也譯作《考利歐雷諾斯》（梁實秋譯）、《英雄叛國記》（朱生豪譯）。描寫科利奧蘭納斯怎麼從民族英雄成為被放逐的罪人，繼而憤恨投靠敵軍，率領軍隊攻打羅馬城。

這位先生的人物塑造讓太太相信，丈夫深愛著自己，而她自然也深愛著他。

　　然而，兩人參加聚會時，只要幾杯酒下肚，先生便開始大聊太太逗趣的小故事，間接展現出對她的輕蔑。而且在每次奸巧的羞辱最後，先生都會興高采烈地說：「是不是這樣啊，寶貝？」所有聽他說話的人都知道，他覺得他太太是個白痴，但她只是點頭、微笑。先生不斷傷害他的太太，並且在每次的攻擊最後加上「寶貝」一詞，逼著她只能展現她的愛作為回應。

罪過／原諒

假設有個勤奮工作的事業狂，將自己的挫折都發洩在孩子身上，不斷虐待他們。某天，他向孩子坦承，自己被診斷出很容易因為壓力導致心臟病發作。儘管如此，他繼續沒日沒夜的工作，讓他的孩子只能原諒他的惡行、敬佩他的勇氣。比較好的狀況是，他沒向任何人透露自己很有可能心肌梗塞，最終在工作時倒地不起，結果他的孩子不得不愛堅忍犧牲的他。不管哪一種情況，他所受的苦合理化了他的殘忍，他的小孩也原諒他過去的暴行。[5]

　　在你費盡心思創造故事人物時，腦海中冒出任何正／負面形容詞，都能激發出一個人物面向，例如，強硬／柔弱、和善／凶惡、冷靜／激動。

內在面向

> 「人心自成其境，能將天堂變為地獄，亦能將地獄變為天堂。」
> ——約翰・彌爾頓（John Milton, 1608 － 1674），《失樂園》（*Paradise Lost*）

　　所有外在面向——實體面、社會面、私人面——的根源都來自人心。因此，複雜的故事人物往往會將故事走向帶往內心層面，直到他們的內在衝突變得比外在掙扎來得更重要、更吸引人，即使人物的內在衝突最終爆發開來、以暴力行為展現，也是如此。杜斯妥也夫斯基的小說《罪與罰》裡的拉斯柯

尼科夫（Raskolnikov）、愛麗絲‧柏區（Alice Birch, 1986－）編劇的電影《惡女馬克白》（*Lady Macbeth*）裡的凱瑟琳（Katherine，佛蘿倫絲‧普伊〔Florence Pugh〕飾）便是二例。

作者要為複雜的人物搭配合適的事件，或為事件搭配合適的複雜人物時，最重要的轉折點往往發生在表面之下。他仔細檢視人物的言詞、姿態、眼神背後翻攪的心理，試圖搞清楚外在事件對內在產生的影響。

作者可能會發現，故事的外在事件導致人物內在有所反應，進而使人物的性格有所改變：變得更強悍或更軟弱，更幼稚或更成熟，更滿足或更空虛。對於為何、如何產生這樣內在演變覺得好奇、感興趣，會帶領作者的想像力進入人物的核心自我，並從這個主觀的觀點發想出新的事件，它們將會強化、表現出人物正在演變的性格。事件設計中的改變，會使作者進一步探索人物的內在性格；而改變人物的內在性格，會使作者重新發想故事事件……這個過程會反覆持續下去。

莎士比亞筆下的哈姆雷特、維吉尼亞‧吳爾芙筆下的克萊麗莎‧戴洛維（Clarissa Dalloway）[66] 等人物的心靈，都飽受我們今天所說的認知失調（cognitive dissonance）所苦。他們在迥異的想法與行動之間掙扎擺盪。他們的腦海裡，回憶、渴望、日日夜夜的幻想混雜在一起翻騰著，游移於行動或不行動的自覺與半自覺焦慮；他們的心思從虛幻中揀選現實，從虛假中整理真實。他們如此掙扎擺盪，直到最後的抉擇以一個行動彰顯。

能構成人物面向的矛盾特質，多半來自負面的人性，也就是大家試圖隱藏但作者極力挖掘的陰暗面。這些構成人物複雜度的原始人性，來自兩個內在層面：在顯意識層面競爭的矛盾，以及在潛意識層面鬥爭的衝突。

顯意識衝突

根據人物自我覺察的深度，複雜的人物會思索，或某個程度感覺到他內在的不協調，以及這些不協調造成的混亂。在內心的私密領域裡，他知道自己有

---

66 小說《戴洛維夫人》（*Mrs Dalloway*）的主角。

時候明白事情的真相，有時候看不清最顯而易見的事實；他知道自己有時候很體貼，有時候很殘忍。大部分的情況下，他會試著弭平或至少控制住這些矛盾。

有些顯意識衝突和想法有關，像是聰明／愚蠢、好奇／不感興趣，或充滿想像力／缺乏想像力等彼此對立的特質。其他矛盾則和感覺有關，例如衝動／深思、憤怒／冷靜、英勇／膽怯等賦予角色情緒複雜度的特質。

許多社會機構的創建就是特別來處理這些內在衝突，例如戒酒無名會（Alcoholics Anonymous）處理酒精成癮者渴望／棄絕的心理。佛教會平息慢性焦慮者對過去／未來的煩躁不安，教徒稱這樣的躁動騷亂為「猿心」：躁動的影像和言詞在念頭與念頭之間擺盪、發出刺耳聲響，往你內心的牆面拋擲念頭的排泄物。

針對私密領域（顯意識）的內在矛盾，讓我們簡單看看幾個例子。同樣是以人物塑造的特徵切入，並藉由創造一個與之矛盾的特質，將這個特徵變成一個人物面向。

少 vs. 多

想像一下，有個故事人物毫無所求，過著安靜簡單的生活。因為無欲無求，他缺乏一個主角會有的具體欲求。假設某個遭遇刺激他想往外拓展、過上熱鬧的生活，那麼他可能會產生這樣的內在矛盾：想出名 vs. 保持低調，以及想表現自己的衝動 vs. 對展現自己感到害怕。具備這些面向後，他便能擁有自己的故事了，就像安德魯·西恩·格利爾的小說《分手去旅行》裡的亞瑟·勒思。

這種少與多的衝突、內在世界與外在世界的矛盾，構成了哈姆雷特的基礎。他是莎士比亞筆下最複雜的人物。

哈姆雷特向外看、試圖改善外在世界時，外在世界的腐敗讓他作嘔。當他向內凝視、想改善內心世界，內心世界的麻木也讓他反胃。他性格內向孤僻，但舉止誇張衝動；他內心十分悲痛，卻仍洋溢機智幽默；他對內在自我極度自覺，卻視而不見自己對他人的影響；他是沒有謀略的知識份子；他有

不安定的自我，追尋一份身份認同。由於內在和外在世界都看似毫無意義，讓他幾乎快發瘋了。

相信 vs. 懷疑

信念會將錯誤的概念當作真理。「人身上的善多於惡」、「憲法是政治制度的完美體現」、「上帝統治宇宙」、「我的民族比你的民族優異」等常見概念凝聚了一個社會。當現實終於戳破錯誤的概念，大眾的信仰凋零，團結的社會分裂，大家爭相造反。然而，革命之後，社會會根據一個比較可靠的錯誤概念重新團結，以新的謬論建構體制，取代舊的信仰。

小說家康拉德明白這樣的循環，進而將他的故事人物分成兩類：傻瓜（Idiot）與囚犯（Convict）[67]。傻瓜相信那些錯誤的概念，也受那些想法奴役。康拉德式的傻瓜往往成為大英雄和大反派、超級愛國者和超級大壞人。

囚犯則看清那些錯誤概念的本質：那些都是安慰人的謊言，讓我們不用面對冷漠、充滿敵意、混亂的世界。對康拉德式的囚犯來說，行動看起來毫無意義。他們通常成為引人深思的電影、劇作、小說裡消極被動的人物。

對於這種人物，創作者的難題是：某個信念可以啟發值得做的事，故事可以讓信念變成行動——問題是，沒有信念的人物只能像個雕像一樣靜止不動。

假設有個習慣懷疑的人，他認為信念是為笨蛋而存在的。他不相信任何人、任何事。他從來不行動，只會譏笑、鄙視。言詞充滿尖刻的幽默是他唯一的特徵。這個康拉德式的囚犯，或許能成為逗趣的跟班或短篇故事的主角，但不具備撐起長篇故事的份量。故事的行動骨幹需要強大信念讓行動活起來。

因此，要讓一個懷疑論者足以成為故事的主角，請賦予他一個信念；要增加人物的複雜度，請讓信念產生矛盾。舉例來說，你可以測試一下他對超自然事物的看法。他相信上帝的存在嗎？身為憤世嫉俗的人，他可能是個不

---

67 稱其為「囚犯」，在於這一類人受困於自身擁有的智慧、洞見與自覺，注定要承受孤獨與疏離。

可知論者（agnostic），認為針對上帝是否存在的問題，唯一合乎邏輯的立場是同時質疑有神論和無神論。他對此深信不疑，直到他愛上了一名信徒，開始質疑自己的質疑。他最後到底會相信什麼、不相信什麼？總之，他現在是個具有故事潛力的有趣人物了。

這些例子都只探索一個主要面向，但諸多內在矛盾能輕易並存於一個故事人物身上，就像奧德修斯和東尼・索波諾那樣。的確，有志於上百小時長篇影集的當代創作者，需要寫出彷彿具備無盡面向的故事人物。如此一來，即使在影集問世五年後，這些作品依然能以迄今仍未展露的能量驚豔觀眾。

如果要列出顯意識裡互相衝突的矛盾，似乎列也列不完。只要舉出一個形容詞，接著思考這個詞的反面，就是一個人物面向的起點：獨立／依賴、神經質／情緒穩定、外向／內向、討人喜歡／討人厭、經驗開放性（open-to-experience）／經驗封閉性（closed-to-experience）、一絲不苟／粗枝大葉……你可以不斷發想下去。能侷限你的，只有你的想像力。[6]

顯意識與潛意識之間的衝突

說到內心最深處的自我，我偏好使用「潛意識」（subconscious）這個詞，而非「無意識」（unconscious）。我認為，無意識裡的「無」（un-）意指毫無生氣、一動不動、陷入昏迷般的狀態，像石頭一樣不用動腦筋。然而，人心最深處的領域是個充滿朝氣、持續運作、有認知活動的潛意識。潛意識裡的「潛」（sub-）意味「潛在顯意識之下」。[7]

晚上睡覺時，潛意識浮到顯意識，偽裝成夢裡那些充滿象徵意義的事物和不合邏輯的情節。然而，白天醒著的時候，這個隱藏的自我無聲無息地隱身在後，忙著驅動那些讓顯意識採取行動的欲求。

由於核心自我沒有意識到這個過程，故事人物便覺得自己的人生由自己做主。其實，指揮的不是他。一個不熟悉、隱藏的自我也占據著他。就像佛洛伊德所說的：「那些我在自己身上注意到、但我不知道如何讓它和我精神層面其他部分相連結的東西，似乎屬於另一個人所有。」

心智的顯意識和潛意識是一體兩面，分不開、互相衝突又互相重疊。潛意識止於何處，顯意識又始於何處？故事人物何時意識到自己潛意識的欲求？一個有自覺的習慣何時變成不假思索、渾然不覺？沒有清楚的界線能區分兩者。接下來的段落裡，為了說明人物設計的原則，我會分開談這兩個內在領域。你在創造多面向的人物時，都得替每個人物清楚畫出區分兩者的那條線。

面對反社會且大多具暴力傾向的潛意識衝動，幾乎是每一個你創造的複雜人物主要的道德掙扎。接受隱藏的自我擁有的黑暗之心與聖人光環，是自我認識必不可少的一部份。當然，光明面很容易看到，要讓黑暗面現身則需要莫大的勇氣。

當故事的觸發事件造成複雜的故事人物生活失衡，會有兩個欲求同時出現：（1）一個顯意識的欲求目標，也就是一個讓他覺得能重拾生活秩序的具體事物或情況。（2）一個剛顯現的潛意識欲求，這個欲求沉寂了多年，現在甦醒了。

顯意識的欲求目標

大家都想合理地掌控自己的存在，以及衝擊自身存在的事件。當觸發事件讓生活失衡，渴望恢復平衡的欲求自然會顯現在主角心中。起初，他可能不清楚必須怎麼做才能重拾秩序，但很快就會想到他的欲求目標，某個他相信有辦法讓生活重新上軌道的事物。

根據故事類型的不同，他的欲求目標可以是具體的事，例如在《異形魔種》（*Splinter*）這類恐怖片中，欲求目標是殺死怪物。

欲求目標也可以是一種狀態，例如在強納森‧法蘭岑的小說《修正》這類家庭題材裡，欲求目標是家人重聚。欲求目標也可以是一種體驗，像在毛姆的小說《剃刀邊緣》（*The Razor's Edge*）這類進化劇情裡，便是精神層次的改頭換面。

對大部分故事來說，主角針對欲求目標的自覺追尋就足以擔起整個故事。

潛意識的欲求目標

當極度矛盾、複雜的主角開始追尋欲求目標，他的潛意識通常也會參一腳，添加一個相反的欲求。潛意識有自己的渴望，而且知道該怎麼做。

因此，觸發事件也挑起一個潛意識驅力，一份隱藏的渴望想追尋自己的欲求目標，而它能滿足一個長期蟄伏、被忽略的願望或不滿。這個潛意識欲求和主角的顯意識欲求互相抵觸，並且從很多方面來說，成為主角最大的敵人。

剛浮上檯面的相反欲求很少只鎖定在一件具體事物上。同樣地，根據故事類型的不同，他的相反欲求可能是一種狀態，例如《絕命毒師》裡絲凱勒／瑪麗這對姐妹的家庭劇情副線，讓姐姐主宰手足權力關係就是相反欲求；另外，相反欲求也可能是一種體驗，像是《麥迪遜之橋》（*The Bridges of Madison County*）這類愛情故事裡，一段偉大、使人生無憾的戀情就是相反欲求。

如果故事人物顯意識和潛意識的欲求都一樣（肚子餓，他打開冰箱；慾火中燒，他手淫；鬱悶沮喪，他打給朋友），這些欲求不會增加人物的複雜度或深度。

如果要讓潛意識欲求跟顯意識欲求一樣，又何必賦予人物潛意識欲求呢？誰會注意到？

但如果這兩個欲求互相抵觸，如果潛意識欲求阻礙且推翻顯意識的心願，那麼一切會變得很有意思。從威廉·詹姆斯到賈克·拉岡（Jacques Lacan, 1901－1981）的心理學家都主張，潛意識是一面映照出顯意識相反面的鏡子。對作者來說，映照出相反面是他們幾百年來的常識。

潛意識欲求要能引起讀者／觀眾的興趣，就得直接抵觸人物顯意識的期盼和渴求，或呈現明顯的差異。如此一來，大家就會注意到……而且是很感興趣地注意到。

人物顯意識和潛意識自我之間確切的權力平衡關係，要由作者自行拿捏。不要偏激地、不屑地視之為動物本能，也不要自以為是待之以呆板的算計。

愛 vs. 恨

來看看愛與恨這組矛盾的人物面向：

吉爾斯・菲佛（Jules Feiffer, 1929－）編劇的電影《獵愛的人》（*Carnal Knowledge*）描述了強納森（傑克・尼克遜飾）從大學時代到中年的人生。如果問強納森他人生的渴望是什麼，他自覺的答案會是：「我是個長相英俊、喜歡玩樂的金融界成功人士。如果能找個完美的女人和我一起生活，那我就有如置身天堂了。」幾十年來，他一次又一次邂逅充滿魅力、有智慧、討人喜愛的女性，但每段戀情都重複相同模式：迷人浪漫的開始，痛苦無聊的過程，難堪丟臉的分手。身處戀情的殘骸中，每個女人都覺得自己被拋棄了。

強納森最主要的人物面向依循了情聖唐璜和凡爾蒙子爵（Vicomte de Valmont）[68] 奠定的傳統：憎恨女人的浪漫份子。顯意識層面，他告訴自己會將一生的愛奉獻給女人，但她們會因為各種原因一再讓他心碎。潛意識層面，他恨每一個女人。他每年都會勾引一個女人，一旦她開始崇拜他，他便有計畫、有組織地壓榨對方的愛。打從一夫一妻制出現起，顯意識渴望去愛，而潛意識渴望去恨，便一直同時存在。

害怕 vs. 勇敢

撰寫動作類型故事的作者，是沿著「危及性命的行為」與「讓人癱瘓的恐懼」這兩端構成的光譜而創作。如果一個人物面向連結了這兩個極端，那就是真正的英勇。

「害怕」是遇到生命威脅時的本能反應，伴隨著逃跑的衝動；「勇敢」則是甘冒生命危險的刻意抉擇，伴隨著對抗威脅的行動。絕對的恐懼來自潛意識，最終會徹底征服懦夫；絕對的勇敢則始於自覺的抉擇，驅使動作英雄有所作為。

---

[68] 十八世紀法國書信體小說《危險關係》（*Les Liaisons Dangereuses*）裡的人物，是個玩世不恭、遊戲人間的英俊男子。

像蜘蛛人和金鋼狼這樣的超級英雄，多是圍繞一個非比尋常的面向構成，而且通常將他們與神話、動物、魔幻、偽科學的元素融合在一起。至於打擊犯罪的鬥士，例如《終極警探》系列電影的約翰・麥克連（John McClane），或《緊急追捕令》等「骯髒哈利」（Dirty Harry）系列電影的哈利・卡拉漢（Harry Callahan），他們的人物塑造融合了寫實但瀟灑的特徵，成為被浪漫化的硬漢。這兩種類型的人物為了受害者，展現出最極端、自我犧牲、大無畏的利他精神，但他們內在從來沒有任何特質與他們外在的任何特徵有所矛盾。

複雜的英雄則以自身顯意識的道德力量，對抗潛意識的害怕之情。史帝芬・克萊恩（Stephen Crane, 1871 － 1900）的小說《紅色英勇勳章》（*The Red Badge of Courage*）主角亨利・佛萊明（Henry Fleming），或電影《怒海劫》（*Captain Phillips*）裡的船長理查・菲利普（Richard Phillips，湯姆・漢克斯〔Tom Hanks〕飾）皆是如此。也就是說，不像動作英雄那種理想化的冷靜鎮定，寫實的英雄沒有切斷顯意識和潛意識之間的連結。這樣的人物決定採取賭上性命的作為，同時又深感恐懼。

潛意識的衝突

讀者和觀眾只能間接察覺故事人物潛意識的衝突，也就是靠言外之意。他們比較人物說的話和他做的事，拿他給別人的說詞和辯解，對照他實際的選擇和行動。發現不一致時，讀者和觀眾便察覺到故事人物身上有不同的力量互相衝撞，潛伏在暗處的恐懼與對世界的憤怒互相對抗。這些內在最深沉的衝突讓兩個不相容的渴望彼此較量。接著，整個故事裡，難以言喻的潛意識衝突不斷進行角力，故事人物沒有察覺，但讀者／觀眾感受得到。

描繪這些深藏內心、原始的衝突，或許對作者來說是最困難的工作。小說家和短篇故事作者通常會運用全知的第三人稱敘事者，直接向讀者描述人物精神層面的緊張關係。影視編劇和舞台劇作家也會使用這種技巧，但不常用。這兩種說故事的方式——直接解釋與間接暗示——我偏好後者。

自我 vs. 他者

人的大腦下半區服從兩個指令：保護自己，以及保護你的基因庫。真要比較的話，生命機制會覺得後者比前者來得更重要。於是，父母會為了孩子犧牲自己、士兵為國捐軀、教徒會綁上炸藥背心殺害異教徒。自我與基因之間的選擇有時看似不理性，卻驅動著地球上生命的演化。因此，在潛意識領域裡，最持久且幾乎每天都會上演的衝突就是利己（對自己的愛）與利他（對他人的愛）的掙扎。[8]

　　來看個有名的例子。勞勃・班頓（Robert Benton, 1932 -）執導的電影《克拉瑪對克拉瑪》（Kramer vs. Kramer）。故事一開始，達斯汀・霍夫曼（Dustin Hoffman）飾演的泰德・克拉瑪（Ted Kramer）是個自私、不成熟的工作狂，冷落了在家全職照顧兒子的太太。太太突然拋下他和兒子，使克拉瑪自滿的生活徹底失序。這個負面的轉折點喚起克拉瑪心中被壓抑、沒被實踐的需求：潛意識裡，他想成為正直的好人，充滿愛的人。如今他兒子的福祉變得遠比他自身的幸福重要。在電影的高潮，他為了兒子主動放棄自己的需求。

錯覺 vs. 妄想

另一個可能出現的潛意識衝突，則是與故事人物如何處理現實有關，有錯覺和妄想之分。錯覺／幻覺（illusion）是抱持錯誤的感知，例如看到海市蜃樓、感覺到幻肢，或對不可能的事抱持不切實際的信心；妄想（delusion）則是對現實有錯誤的推論或理解，並且深信不疑，是典型精神疾病的症狀。

　　《慾望街車》的背景故事裡，田納西・威廉斯筆下的主角白蘭琪因為少女時代對浪漫愛情的錯誤認知，走入悲慘的婚姻、失去家產、淪為娼妓多年。儘管如此，她仍緊抓著白馬王子這個錯覺，幻想未來可以過著理想的生活。最終，由於酗酒、被羞辱和受到性暴力，她的自欺崩壞為徹底的妄想，進了精神病院。

　　順帶一提，在劇作家愛德華・艾爾比《脆弱的平衡》（A Delicate Balance）這

類的荒謬鬧劇裡，充滿潛意識衝突的人物最後通常非死即瘋。

●個案研究：安東尼與克利歐佩特拉

不同層次的故事人物面向如何在該人的身上交織？我們來看看兩個例子，也就是莎劇裡一對精彩的戀人：安東尼與克利歐佩特拉（埃及豔后）。

安東尼最主要的人物面向，是社會自我與隱藏自我之間的衝突：他對羅馬的統治 vs. 他對埃及豔后的渴望。換另一種說法，就是顯意識的理智與潛意識的渴望之間的衝突。安東尼政治性的自我讓他的聲望達到頂峰，但他內在自我對性慾的渴求也達到極致。

這個機敏聰慧、能言善道、務實、驕傲的將軍對於怎麼統治羅馬沒有半點猶豫。安東尼知道自己該做什麼。然而，他也是個喜愛享樂、耽溺美色、為情所困的傻瓜。他對克利歐佩特拉的飢渴驅使他去做他想做的事。就如同前面提過的：「應該」和「想要」有著天壤之別。

為了進一步豐富安東尼的性格，莎士比亞在他的諸多行為上添加了許多矛盾之處。站上世界的舞台時，他以將軍／戰士粗獷豪放的嗓音咆哮；與克利歐佩特拉相處時，他以詩人溺愛、溫柔的嗓音說話。他指揮羅馬軍團，卻甘願成為一個女人的奴隸。他帶領軍隊時是個成年男性，拜倒在摯愛的腳邊時變成了青少年。他在沙場上剛強倔強，在克利歐佩特拉枕邊卻毫無主見。

如果我們仔細檢視安東尼的內心，或許會發現：對他來說，戰爭和愛情只是激情與滿足的不同版本。就像熱愛戰爭的人會告訴你，殺戮是激情的展現，而勝利是深刻的滿足。例如電影《巴頓將軍》（Patton）裡，將軍喬治·巴頓（George Patton）在煙硝裊裊的戰場上，環視陣亡、受傷的士兵後，悄聲說道：「上帝保佑，但我真的愛死戰爭了。」同樣的話，安東尼在夜半激情時分應該也會這麼說。

克利歐佩特拉是莎士比亞筆下最複雜的人物之一。她是墮落的王室貴族，同時是個純真的迷人女子。面對敵人時她英勇無比，身處戰爭時卻陷入恐慌。她是個從未停止表演的演員，而她的表現充滿真實感，沒人會質疑她。

男人覺得她如此誘人，以至於在其他女人身上是缺陷和敗德的特質，在她身上就是優點和美德：她的盛怒變成貴氣的發號施令，她的痛哭都是悲傷的淚珠，她幼稚的胡鬧成為迷人的幽默，她的酩酊大醉是高貴的慶祝行為；她的叨念是對安東尼的關心，她的乞求和討價還價是謙卑和通情達理；她糟糕的玩笑話成了風趣的俏皮話，她放蕩的性慾成為她的個人魅力，而她無限膨脹的自我與虛榮心被重新解讀成愛國精神。

克利歐佩特拉的過人之處在於：在憤怒、貪婪、性慾這些力量從潛意識裡冒出來、即將現身之前，她感知能力極強的心智便能抓住這些力量，將它們轉化為令人著迷、充滿說服力的表演。她的愛人、敵人和子民看到的不是邪惡敗德，而是崇高偉大。因此，她的核心面向與安東尼的核心面向形成對比：精明、倔強、充滿算計的野心 vs. 愚蠢、意志薄弱、對激情的臣服。

有人認為，得不到心之所欲，是悲劇；有人則覺得，以最慘痛的代價得到心之所欲，才是真正的悲劇。

人物的深度

我們經常將故事人物看作容器，用修飾空間、體積的詞彙來形容他們的特質，例如「圓形人物」（round）和「扁平人物」（flat），或是以「淺薄」描述無趣的人，以「狹隘」形容固執己見者，以「（心胸）開闊」來描繪樂於接納新想法的人。而將人視為容器、最常用的描述，或許就是：「有深度」。

這些形容是談話時簡略的表達方式，但要創造一個吸引人、多面向的角色，作者得好好衡量人的靈魂。我們該以什麼樣的標準來評斷某人是飽滿還是空洞？作者要如何探測性格的深度？

人與生俱來一種回聲裝置，遇到其他人的瞬間就會起作用。這個瞬間的本能不需要經過思考，看到就知道了。這個潛意識的聲納系統會迅速追蹤對方臉上的種種跡象，傾聽對方聲音裡的顫動，察覺手勢裡蘊藏的緊張感，接著探進對方的內心，測量對方的深度，看看他有多少內在能量。這個測量深度的回聲裝置有個名字：第一印象。

人會演化出「第一印象」這樣的本能，是為了回答這個問題：「我能信任對方嗎？」

不管過去還是現在，這個問題的答案都攸關生存。讀者和觀眾憑直覺信任、隨時間累積而欣賞的故事人物，通常都具備內在的人物面向，深入私密自我和隱藏自我之中。這樣的深度會激起同理心和信任感。

接下來我會列出與人物深度有關的十種特質，附上取自舞台、銀幕、書籍裡的人物作為每項特質的範例。如果你的創作野心需要兼具複雜度與深度的故事人物，這個清單應該能刺激你的想像力。

1. 具諷刺意味的自我覺察

這樣的故事人物總是戒慎恐懼，深怕欺騙自己，很少被自己腦袋裡的東西唬弄，鮑爾·威利蒙（Beau Willimon, 1977 -）編劇的長篇影集《紙牌屋》（*House of Cards*）中，羅蘋·萊特（Robin Wright）飾演的克萊兒·安德伍（Claire Underwood）便是如此。

2. 洞察世事

具備此特質的故事人物總能意識到社會上的作態，絕不會被社會上發生的事欺騙，例如亨利·詹姆斯的小說《一位女士的畫像》裡的梅爾夫人。

3. 聰明才智

這樣的故事人物會思考。他汲取所有學科的知識，運用邏輯推理讓這些知識派上用場。阿嘉莎·克莉絲蒂十二本小說、二十篇短篇故事裡的瑪波小姐（Miss Marple）就是如此。

4. 痛苦的過往

希臘悲劇詩人伊思奇勒斯（Aeschylus）在悲劇三部曲《奧瑞斯提亞》（*The Oresteia*）中寫道：

甚至在我們的睡夢中，無法忘卻的痛苦會一滴又一滴地滴在心上，
直到智慧在我們絕望之時，藉由神的恩典強行到來。[69]

　　儘管故事人物盼望幸福快樂，但他會因為苦難而有深度。快樂的心想著
生命的好，受苦的心則會讓人更認識自己。苦難將人物帶離他的習慣與日常，
讓他發現他並非像自己想的那樣。失去摯愛的打擊會粉碎核心自我的地板，
揭露底下更深一層空間。悲慟之情則更進一步敲開這層空間的地板，揭露底
下更深的一層。[9]

　　儘管盡了最大的努力，人都無法讓自己停止感到悲痛。苦難讓人更明確
地感受到自身的侷限，能掌握什麼、不能掌握什麼。痛苦使幼稚的心靈變得
成熟。睿智能將痛苦的經歷置於道德脈絡中，藉由將其中某些糟糕的事物轉
化成珍貴的事物，使壞事不再那麼糟。

　　簡單來說，深刻的靈魂見證痛苦、引發痛苦，並抱著罪惡感活著。影集《絕
命毒師》與《絕命律師》裡的麥克（Mike Ehrmantraut）為了孫女的未來，冒著生
命危險一再犯罪，便是此一特質的範例。

5. 時間累積得來的豐富經驗

年輕的故事人物或許看起來比實際年齡來得成熟，但事實上，深度需要廣泛
的閱歷，而且最重要的，需要時間。賴芙麗（Penelope Lively, 1933－）的小說《月虎》
（Moon Tiger）裡的克勞蒂雅・漢普頓（Claudia Hampton）就是一例。

6. 專注的心神

面對面時，這類故事人物專心聆聽，並且會注視著對方，解讀說話者的言外
之意。《教父》、《教父2》（The Godfather Part II）裡，分別由馬龍・白蘭度（Marlon
Brando）與勞勃・狄尼洛飾演的維托・柯里昂閣下（Don Vito Corleone）就是如此。

---

69 伊思奇勒斯的悲劇三部曲包括《阿伽曼農》（Agamemnon）、《奠酒人》（The Libation Bearers）、《和
　善女神》（The Eumenides），本段引文出自《阿伽曼農》。

7. 對「美」的愛

人的深度能提高敏感度，直到美令人感到痛苦。拉比・阿拉瑪丁（Rabih Alamed-dine, 1959 －）的小說《無足輕重的女人》（*An Unnecessary Woman*）就是一例。

8. 冷靜沉著

不管面對威脅或壓力，這類人物都能好好控制自己強烈的情緒。由賴瑞・麥可莫特瑞（Larry McMurtry, 1936 － 2021）的小說改編而成的迷你影集《寂寞之鴿》（*Lonesome Dove*）裡，由勞勃・杜瓦（Robert Duvall）飾演的奧古斯都・麥格雷（Augustus "Gus" McCrae）就是一例。

9. 憤世嫉俗又多疑

這樣的人物認為，「希望」是對現實的否定。他不相信任何人說的任何事，除非他細細思索過。琳恩・諾蒂琪的舞台劇作《毀了》（*Ruined*）裡，納蒂大媽（Mama Nadi）就是這樣的故事人物。

10. 意義的探尋者

這類人物明白上帝開了什麼樣的玩笑。他知道人生本質上毫無意義，於是他試著在「為自己而活」與「為他人而活」之間的某處，找出某個意義。羅麗・摩爾（Lorrie Moore, 1957 －）的小說《字謎遊戲》（*Anagrams*）裡的班娜・卡本特（Benna Carpenter）就是一例。

　　將這些特徵融合在一個人物身上，通常會創造出反英雄：一個對自己運氣不好習以為常，對他人的苦難卻無法袖手旁觀的獨行俠；他生活處世隱忍克制，對自己的苦難束手無策；他在公開場合表現得機靈聰敏，獨自一人時則自嘲自貶；他鄙視社會規範，但忠於自己的信念；他是提防浪漫戀情的浪漫份子。

　　以下三位電影人物身上，出現了全部這十個特質：《梟巢喋血戰》（*The Maltese Falcon*）的山姆・史派德（Samuel Spade）、《北非諜影》的瑞克・布連、《夜

長夢多》（*The Big Sleep*）的菲力普・馬羅，而且三者皆由亨弗萊・鮑嘉完美詮釋。自他之後，很少有演員能一再演到如此考驗演技的故事人物，丹佐・華盛頓（Denzel Washington）算是其中的佼佼者。

潛文本裡的生命

文本（Text）指的是故事人物表現在外的言行舉止。這些言語、肢體表現會刺激讀者想像更多畫面，或吸引觀眾的注意。這些言行舉止構成他的人物塑造。潛文本則是故事人物的想法、感受，包括自覺但未表現出來的，或是不自覺而沒表現出來的。人物的核心自我不斷產生這些念頭、心態，不對外展現、表達；同時，那些在潛意識裡翻攪、難以形容的心境和欲求，則屬於最深沉的潛文本。[10]

不重要的故事人物只具備「文本」。他們表現出來的言行，就是他們真實的樣貌，藉此為故事服務。作者拒絕賦予他們的深度，刻意不去設想值得讀者／觀眾探究的內心世界。

另一方面，主要的人物看起來的樣子，就不是他們的真面目。人物塑造的文本，掩飾了核心自我的謎團，這些謎團存在於潛文本中。他隱而未顯的內心世界吸引著讀者和觀眾，讓他們產生這個問題：「這個人物……到底是什麼樣的人？」潛文本透露出來的線索，邀請讀者和觀眾探索、挖掘這個未知自我的真相。簡單來說，巧妙地構思、打造出來的多面向人物，可以讓讀者與觀眾化身為靈媒。

回憶一下你自身的閱讀、觀影經驗。當你翻著小說，或坐在漆黑的戲院裡時，應該都有過一種感覺：覺得自己正在讀心、解讀情緒。你的感知能力好像看穿了故事人物的言行，心想：「我比那個人物更了解他的內心世界到底發生什麼事，我能從表象看到本質，知道他在顯意識與潛意識裡真正在想什麼、感受什麼、渴望什麼。」

你靠自己產生這些理解，而且你也必須靠自己，因為就像在實際的人生中，深度只能透過直覺感受獲得。這也是為什麼，就算兩個人看到／讀到同一位故事人物，他們通常仍有截然不同的詮釋。活在一個複雜人物的內心裡、

屬於潛文本層次的面貌，從來無法徹底以言語表達出來，不管是誰來書寫都一樣。沒有人能決定你對故事人物該有什麼看法，就連人物他自己最誠摯的告解都沒辦法。最偉大的小說裡那些像上帝一般全知的敘事者，他們暗示的比寫出來反而更多，未說出口的比講明的多更多。這也就是為什麼，圖書館的檔案室裡堆了上千本文學批評的著作，這些作品都在問：哈姆雷特是什麼樣的人？安娜·卡列尼娜是什麼樣的人？沃特·懷特是什麼樣的人？

文本和潛文本之間的區隔——外界看到的外在自我 vs. 隱藏於內在的真實——對保持神智清醒來說極其必要。如果心智無法安全阻擋充滿侵略性的外在世界，內心世界便活不下去。

和讀者、觀眾一樣，故事人物之間也在仔細端詳彼此潛文本的深度，試著挖掘隱藏的真相：我能相信他嗎？他真正要表達的意思為何？他真正的渴望是什麼？他在乎誰？他自己，還是他人？……這諸多問題，隨著每個故事人物解讀其他人物的潛文本時，不斷湧現。奧賽羅必須確認他太太是否忠貞；李爾王必須知道哪一個女兒愛他——如果真的有人愛他的話；哈姆雷特必須查明叔父是否真的謀殺了他爸爸，而且最後因為叔父對一齣戲裡的謀殺場景產生內疚反應，讓哈姆雷特解讀出其中的意涵、確認叔父就是凶手。

至於會自省、反思的故事人物，他們對待自身的經驗就像在看一集集的電視節目，會反覆在腦海裡重播，仔細在潛文本裡搜尋、分析自己的行為，試著搞清楚自己究竟是什麼樣的人、怎麼成為這樣的人。這樣自省的心靈有時候會挖掘出隱藏起來的洞見，從錯誤中學習，並增加對自己的認識；其他時候則陷於自身的失敗之中，懷疑自己的價值，進而蒙蔽自己、看不到真相。

以下三本小說都有自我中心、自說自話（以第一人稱敘事）的主角：費德里克·艾克斯里（Frederick Exley, 1929 − 1992）的小說《粉絲筆記》（*A Fan's Notes*）、艾瑞斯·梅鐸（Iris Murdock, 1919 − 1999）的小說《大海，大海》（*The Sea, The Sea*），以及克萊兒·梅蘇德（Claire Messud, 1966 −）的小說《樓上的女人》（*The Woman Upstairs*）。

11
完整的人物

最理想的人物創造過程莫過於此：

首先，作者構思出一個引人入勝、複雜深刻、蘊藏豐富潛能的故事人物，但就像任何還沒活完一生的人一樣，他還不完整。接著，隨著故事發展下去，故事人物在高度壓力下做出決定和行動，逐漸展現他之前沒發揮出來的潛力。最後，故事來到高潮，人物的遭遇將他的人性推向情感、精神面的極限。也因此，關於他的一切，已沒有任何事物尚未挖掘、尚未探索、尚未發揮、尚未感受、尚未傳達了。所有能實現的都做到了，所有能搬演的表現了，所有能知道的都揭露了，所有能傾訴的都表明了，所有情緒都充分感受了。這時，故事人物便是完整的。

要達至這種「人物創造的理想」，需要四大步驟：準備、揭露、改變、完整。

人物設計的四大步驟

1. 準備
原則：觸發事件發生時，主要的故事人物還不完整。

故事剛開始時，主要人物和大多數人一樣，從來沒窮盡精神、情感、道德層面的可能性，未曾將這些層面推向極限。他們的感受和想法有一定深度，但不曾體驗過最徹底的強烈情感、深刻體悟，畢竟他們的生活從來沒有這種需要。他們都不完整，卻不自知。即將發生的故事會帶給他們未曾知曉的遭遇，以始料未及的方式影響他們。只有作者知道他們的內在即將發生什麼變化，以及他們真正會經歷哪些事、到什麼樣的程度。

以我的定義來說，「人物需求」（character need）是他們身上某個元素的空缺：沒有運用的智力、沒感受過的情緒、沒發揮的才能、沒充分活過的人生。「需求」是指某些沒做完的事需要完成，某些失缺的事物渴望被找到。

因此，一個複雜的人物走進你的故事時，他是個半成品。要達到人物創造的理想，你必須讓他經歷一些事，這些遭遇能在精神與情感層面將他的人性推得最深、最遠。

但他具有什麼樣的潛能？在你的主角走進故事之前，請好好掂掂他的斤兩。他的智商和情商如何？意志力呢？想像力呢？多有同理心？多有勇氣？請思索他至今的人生已經走了多遠，以及未來的人生還會如何走下去。

接著，請問問自己這個關鍵的問題：什麼樣的事件能讓我的主角沿著一個行動骨幹持續行動？這個行動骨幹最後要結束在情緒夠強烈、體悟夠深刻的故事高潮上，才能將主角的人性推向極限，進而使他變完整，不論是變好或變壞。一旦你找到答案，就可以寫成你的故事的觸發事件。如果能找到完美契合主角需求的觸發事件，就有可能創造出傑出的作品。

舉例來說：

對於戴蒙・林道夫（Damon Lindelof, 1973 －）與湯姆・佩羅塔（Tom Perrotta, 1961 －）編劇的《末世餘生》（The Leftovers）來說，全球百分之二的人口瞬間消失是這部長篇影集的觸發事件。賈斯汀・瑟魯斯（Justin Theroux）和凱莉・庫恩（Carrie Coon）飾演的雙主角凱文・蓋維（Kevin Garvey）和諾拉・德斯特（Nora Durst）因此突然發現人生沒有意義。

在蘇菲・崔德威（Sophie Treadwell, 1885 － 1970）的舞台劇作《機械》（Machinal）裡，觸發事件是海倫（Helen）因為父母和社會壓力，嫁給令她作嘔的男子，認

為這樣能帶給她安定的生活。

在恰克‧帕拉尼克的小說《鬥陣俱樂部》裡，讀者只知道是第一人稱敘事者的主角，搬進泰勒‧德爾登（Tyler Durden）的家裡和他一起住，兩人一起建立了鬥陣俱樂部。這就是小說的觸發事件。

至於朗‧內斯萬尼爾（Ron Nyswaner, 1956－）編劇的電影《鐵窗外的春天》（*Mrs. Soffel*），觸發事件是黛安‧基頓（Diane Keaton）飾演的典獄長夫人凱特‧索菲（Kate Soffel），決定為死刑犯讀《聖經》，藉此拯救他的靈魂。

2. 揭露
原則：故事事件的發展，揭露了人物本色和人物塑造兩者大不相同，或互相抵觸。

大多數故事類型會揭露故事人物內在的真實，但不改變他們。誠如英國作家薩繆爾‧巴特勒（Samuel Butler, 1835－1902）所言：「若有人企圖和自己那些過去的自我有所不同，那無疑是隻身對抗一整個軍團。」深刻的人物轉變不容易也不尋常。不過，有六種故事類型確實會隨著故事的進展而讓主角有所轉變，第十四章會有更詳盡的說明。

動作／冒險、戰爭、恐怖、奇幻、犯罪類型的故事，以及大部分和政治、家庭、健康、愛情、議題有關的劇情片或喜劇片，都將核心自我淹沒在好幾層具說服力又吸引人的人物塑造之下。故事接著會揭露人物的內在本性，但不改變人物的心理和道德觀——改變的是讀者／觀眾的理解。

一連串的事件讓人物身陷最大的危機時，揭露人物本色的力道最強勁。舉例來說，要生還是要死，這樣的選擇很簡單，任何由此而生的理解相對來說比較膚淺。但如果是介於兩種死法的抉擇——漫長、痛苦的疾病 vs. 迅速了結的自殺——便剝除了人物的公眾形象與私人形象，揭露他的核心自我。同樣地，如果他選擇失去一個極為重要的事物，以獲得另一個同等重要的事物，這個抉擇就能展現他的本性。

馬丁‧麥多納的舞台劇作《麗南鎮的美人》裡，四十歲的莫琳‧弗蘭

（Maureen Folan）待過精神病院，她看起來是個順從、膽怯的大孩子，直到她殺了母親，穿上母親的衣服、坐上母親在客廳的搖椅。在莫琳思覺失調的心智裡，她一直都是她母親，扮演女兒只是暫時的偽裝。

沙林傑（J. D. Salinger, 1919 - 2010）的小說《麥田捕手》中，憤世嫉俗、孤獨的霍爾頓對自己的性向感到困惑，並嚮往一段被自己理想化的戀情。他覺得被大家疏遠，因此也疏遠其他人。他的態度有所轉變，但從小說第一頁到最後一頁，他的核心自我從未有重大改變。

伍迪‧艾倫的電影《安妮霍爾》裡，艾維‧辛爾（Alvy Singer）少年期的不安全感持續荼毒他成年後的人生。因此他恨透事實，選擇幻想而非現實；因此快樂令他厭煩，選擇悲慘而非喜悅。他的自我中心讓他缺乏愛人的能力。長久下來，他的各種選擇揭露了他的本性：展現在外的魅力與機智的談吐之下，是個思想扭曲、毫無長進、神經質的男人。

總之，隨著主角人生的外在情況產生變化，他的選擇和行動逐漸揭露他的核心自我。隨著每句話、每個手勢，他的人物塑造逐漸褪去。我們可以說，到了故事的高潮，只剩下他真正的自我赤裸呈現。儘管被揭曉的人物本色並未產生變化，讀者和觀眾的看法卻有所不同，越來越了解這個故事人物。容我再重複一次：這種本性被揭露但沒有改變的模式，撐起了至今大多數故事裡的大多數主要人物。

請拿這個原則測試你的作品，簡單問兩個關於主要人物的問題：我們認為他在故事開頭是什麼樣的人？故事來到高潮時，我們認為他是什麼樣的人？你的答案應該要能展現讀者／觀眾對人物的理解有所轉變。

3. 改變
原則：人物的轉變，使人物面向的價值取向有所變化。

「忒修斯之船」（Ship of Theseus Paradox）這個存在已久的難題問道：「如果一艘船經年累月緩慢修補，到最終，所有部位都換成了新的材料，那麼這艘船還是同一艘船、可以使用同樣的名字嗎？另一方面，如果這艘船出海後不

知去向，但大家另外打造了一艘規格完全相同的船，那麼這艘新船需要新的名字嗎？還是說，它本質上仍是一開始的那艘船？」

這兩個情況裡，不管是船舷、繫繩栓或船帆，沒有任何部位來自一開始那艘船。儘管如此，這兩艘船招來了相反的結論：大多數人覺得，逐一進行修補的船是同一艘船，應該保有「忒修斯」之名，但替代的船是另一艘全新的船，需要重新命名。

這個古老的難題當然和船隻命名無關，而是在隱喻人的變化。將船替換為**身分認同／自我**，這則寓言便是在追問：「我現在是什麼樣的人？過去曾是什麼樣的人？未來將是什麼樣的人？命運會讓我始終如一，還是徹底不同？」一個複雜的故事人物就像航行在未知水域的船，途中會遇上許多偶然發生、出乎意料、重擊人生的事件。這些事件有可能改變他的本性，也可能不會。

針對故事人物的變化，有些寫作者的觀點和大多數人看待「忒修斯悖論」的態度一樣：逐步調整不會改變他們筆下人物的核心自我，但一樁深具衝擊性的事件造成的震驚和創傷會改變核心自我。其他作者則持相反觀點：重大事件從來不會改變他們筆下的故事人物，但時間的積累會緩慢地造成轉變。

就像我們在第三章討論過的，每個作者都要有自己一套對人性的論述，以回答這個問題：「如果我筆下人物的生活遭到破壞，這些傷害是否會改變他的核心自我？」

你認為是哪一個？就像「忒修斯之船」悖論，你認為故事人物的本性會越來越鮮明，但本質上沒有改變？還是說，你覺得他會蛻變成一個完全不同的自我，連過去的自己都認不得？換句話說，你覺得故事人物的每個想法，會一點一滴地改變他的自我，導致現在的他和前一刻的他有所不同？故事人物花時間與其他人相處，會讓自己變得更像他們嗎？還是說，你覺得這些轉變都無足輕重，人物的本質不受影響、始終如一？

自我恆久不變論

自我恆久不變的理論認為，剛出生的小孩是張白紙，幾乎能成為任何人。

不過，隨著人生經驗的累積，他發展出獨特的行動／反應模式，這些模式將他的心智整合在一起，創造出持久的身份認同。以這個穩定的核心自我為中心，他外在的人物塑造多少會有變動。不過，一旦這個模式固定下來，在故事未來的事件裡，他的抉擇和行動會讓他的本性越來越明確，讓他越來越像他自己。

小說《米德鎮的春天》（*Middlemarch*）裡，作者喬治・艾略特（George Eliot，1819－1880）就抱持這樣的觀點，用以下這句經常被引用的意象來表述：「即使當我們在高地上激動地大吼大叫，依然能看見恆久不變的自我，在廣闊的平原上駐足、等著我們。」

在追尋自我的故事裡，主角能辨識自身的外在轉變，但同時也覺得他的過去依屬於自己，而且某個意義上來說，就等於他。約翰・奧斯本（John Osborne, 1929－1994）的舞台劇作《憤怒地回望》（*Look Back in Anger*）裡的吉米・波特（Jimmy Porter），以及詹姆斯・麥克布萊德（James McBride, 1957－）在自傳《水的顏色》（*The Color of Water*）中都這麼覺得。其實，「回顧」這個行為本身就隱含了恆久身份認同的概念。如果人的核心自我無法持續存在，那麼現在的自我就無法回顧過去的自我。

許多作者認為，核心自我有辦法保護自身，免受外在生活一連串持續改變的侵擾，例如身體變化，以及人際關係、職涯變動、搬家等私人與社會層面的變動。持續變化的外在情況不會改變核心自我的本質，特別是道德面的本質。[1] 舉例來說，《發條橘子》（*A Clockwork Orange*）這部改編自安東尼・伯吉斯（Anthony Burgess, 1917－1993）同名小說、由史丹利・庫柏力克執導的電影裡，麥爾坎・麥道威爾（Malcolm McDowell）飾演的主角艾力克斯（Alex），不僅使他人遭受極大的痛苦，自己之後也承受莫大的折磨，但他仍堅定不動搖、甚至快樂地依然故我。

自我持續變動論

動物順從本能，人類則分析本能。狼從來不操心當狼的意義為何，牠就只是隻狼。然而，有自覺的人類心智會因為自身的欲望、直覺而苦惱不安，

會仔細觀察本能和理智之間的拉扯，這一切都是為了成為更好的自己，或至少成為不一樣的自己。因此，很多作者認為改變不僅有可能，也很必要。

改變發生時，會沿著人物關鍵的面向進行。舉例來說，約翰・彌爾頓的史詩《失樂園》裡，主角的核心矛盾是善／惡。故事勾勒出天使路西法（Lucifer）從正面到負面的轉變弧線。他身為光之天使（善），受驕傲自滿的心驅使，集結其他想法相似的天使群起反叛，想推翻上帝。經過三天激戰，他被逐出天堂，墜落到地獄。他在地獄取了新的名字「撒旦」，成為暗之天使（惡）。

來看看其他例子：比利・懷德（Billy Wilder, 1906 - 2002）執導的電影《洞裡乾坤》（*Ace in the Hole*，又譯《倒扣王牌》）中，寇克・道格拉斯（Kirk Douglas）飾演恰克・塔圖姆（Chuck Tatum），其關鍵面向仁慈／殘忍也經歷了正面到負面的轉變；卡勒德・胡賽尼（Khaled Hosseini, 1965 -）的小說《追風箏的孩子》（*The Kite Runner*）主角阿米爾（Amir）身上，則是發生反方向的變化。

另外，狄更斯的中篇小說《聖誕頌歌》裡，主角艾比尼澤・史古基是從自私的貪婪轉變為大方的付出，從負面擺盪到正面；美國有線電視網 Showtime 推出的影集《金融戰爭》（*Billions*）中，達米安・路易斯（Damian Lewis）飾演的巴比・阿克斯（Bobby Axelrod）則經歷反方向的轉變。你也可以交織多個人物面向，製造反諷的效果，例如亞拉文・雅迪嘉（Aravind Adiga, 1974 -）的小說《白老虎》（*The White Tiger*）裡，巴蘭・哈外（Balram Halwai）從守法的公民變成罪犯（好到壞的轉變），同時也從赤貧的勞工變身成企業總裁（負面到正面的轉變）。

在有所轉變的自我身上，價值取向可以有兩種變化：正面或負面。

正面的轉變弧線

正面的轉變，顧名思義就是最後結束在正面的價值取向。故事人物一開始或許處在正面或負面的狀態，接著在正、負交替的循環裡擺盪。這樣的擺盪增加了故事高潮的衝擊力道，而故事高潮滿足了故事人物的欲求。

因此，一道正面的轉變弧線通常始於人物察覺自己身上有個負面狀況。起初，他會抗拒改變，但更苦澀的真相揭露後，使他不得不改變，最終抵達

精神面這道斜坡的山頂。

以下是幾個例子：

約翰・派屈克・尚利（John Patrick Shanley, 1950 −）的舞台劇作《懷疑：一則寓言》（*Doubt: A Parable*）[70] 裡，阿洛西斯修女（Sister Aloysius）從原本被自以為是蒙蔽雙眼的專橫（傲慢），變成因懷疑而感到羞愧（謙卑）。

丹尼・魯賓（Danny Rubin, 1957 −）編劇的電影《今天暫時停止》（*Groundhog Day*）中，比爾・莫瑞（Bill Murray）飾演的菲爾・康納斯（Phil Connors）從原本幼稚、只關心自己、無法愛人的自大狂（自私），轉變為成熟、富同情心、深情真摯的戀人（無私）。

至於柯慈的小說《屈辱》，大衛・魯睿原本是個善於操控人心的誘姦者、做作的知識份子（自我欺瞞），之後逐漸拆解自己的人生，最終接受自己真實的處境，明白自己身在一個他無法掌控的世界裡（自我覺察）。

接著，我們來看看影集、電影《慾望城市》（*Sex and the City*）裡四個經歷正面轉變弧線的故事人物，看這些變化如何讓不完整的人物變得完整：

■凱莉・布雷蕭

莎拉・潔西卡・派克（Sarah Jessica Parker）飾演的凱莉・布雷蕭（Carrie Bradshaw）是生活在紐約的流行文化記者，專寫性愛、戀愛方面的文章。雖然在知識層面上，她對這些議題有深入的研究和縝密的評論，但情緒主導了她的選擇和行為。影集一開始，凱莉非常在意自己的行為舉止和外表，充滿不安全感。經過六季影集和兩部電影之後，她轉變為泰然自若、安恬自適。

影集的最初，凱莉在朋友和男人身上尋求認可和慰藉，而且特別依賴克里斯・諾斯（Chris Noth）飾演的大人物（Mr. Big）。凱莉的神經質使她有些走火入魔，例如執意要有一把情人住處的鑰匙、在對方家的浴室櫃子裡要有同樣大的空間擺放自己的物品。她對自己的行為很有自覺，並將一切怪罪到她容

---

70 這齣舞台劇作後來改編成電影《誘・惑》。

易「被沖昏頭」。她在第一季最後懇求大人物：「告訴我，我是你的唯一。」她並不完美但極富同理心，這要歸功於她自嘲的幽默感。

凱莉追尋真愛和承諾，但同時懷疑自己是否適合婚姻和家庭。她在第一季第一集遇到的大人物，是她唯一的真愛。雖然她和很多人談過戀愛，但覺得大人物是自己的靈魂伴侶。在第六季、也就是最後一季的影集裡，大人物表示，為了要和凱莉在一起，他要從加州回到紐約市。而在第一部電影的高潮處，兩人結婚了。問題來了：她是靠自己走到安恬自適這一步，還是婚姻讓她安心自在了？

■莎曼珊・瓊斯

金・凱特羅（Kim Cattrall）飾演性慾高漲的莎曼珊・瓊斯（Samantha Jones），她是四個朋友之中最年長的，並且開了一間公關公司。就像她自稱的「試性戀者」[71]，莎曼珊的故事大多圍繞在她的性愛冒險。不管有沒有愛情，享受激情就是她的熱情所在，不過，莎曼珊除了自己，從來沒有愛過任何人。她看似沒有愛人的能力，因此這部影集以救贖劇情（Redemption Plot）來形塑她的轉變弧線。

雖然在性愛方面很自戀，莎曼珊在朋友當中卻是最忠誠也最不輕率批判的人。她認真談過幾段感情，其中一位是同性戀，不過她很少和人約會超過兩次。然而，到了第六季，發生了兩件事：她和傑森・路易斯（Jason Lewis）飾演的史密斯（Smith）開始交往，並且被診斷出乳癌。

莎曼珊以莫大的勇氣和幽默感面對癌症。不管療程有多可怕，史密斯都陪著她度過最難受的時光。莎曼珊為此深愛著他。四年後，在第一部電影裡，莎曼珊搬到洛杉磯和他生活，並盡己所能全心投入這段戀情中。

然而，儘管她對史密斯有感情，卻發現自己深受性慾亢進的鄰居所吸引。終於，她開始質疑自己的感覺，最後得出以下結論：比起史密斯，她更愛自己。

---

71 這個字出現在第三季第四集，凱莉向朋友表達她對性向（同性、異性、雙性戀）界線模糊的困惑，而莎曼珊表示她都願意試試看。原文 Try-sexual 也能諧音成「三性戀」（tri-sexual），意味著她願意三種性向的戀情都試試看。

兩人於是分手了。續集電影中，莎曼珊回到她的老樣子，在賓士車的引擎蓋上做愛。

莎曼珊經歷了兩次轉變：從沉迷於沒有感情的性愛（真實的自我），到投入沒有性的愛情（虛假的自我），再回頭沉迷於沒有感情的性愛（最真實的自我）。

■夏綠蒂・約克

克莉絲汀・戴維斯（Kristin Davis）飾演的夏綠蒂・約克（Charlotte York）出身康乃狄克州的名門，是舞會女王、啦啦隊成員、田徑好手、青少年模特兒、騎馬好手、史密斯學院（Smith College）畢業生、藝術經紀人——標準的美國精英份子。她的故事走教育劇情路線，從天真變得世故。

夏綠蒂極度浪漫，總在尋找身穿閃亮盔甲的白馬王子。她是這群朋友中最不憤世嫉俗的人，認為愛能克服一切。她鄙視朋友放蕩的行為，覺得約會有許多規矩。夏綠蒂對愛的樂觀態度，常讓她的朋友感到羨慕，甚至肅然起敬，但她的朋友也常被她的下流話、她對口交的熱情嚇到。

對浪漫愛情的信念，使夏綠蒂決定在蜜月之前不和未婚夫發生性關係，結果發現她的「完美」先生無法人道。兩人最後因為先生和婆婆扭曲的親子關係，離婚收場。

夏綠蒂起初很排斥自己的離婚律師哈利（Harry，伊凡・韓德勒〔Evan Handler〕飾），因為他瘋狂流汗、吃相難看、禿頭但體毛很多。但哈利向她坦承深受她的吸引後，兩人便發生關係了。哈利讓她體驗了生命中最棒的性愛。夏綠蒂試著和哈利只保持肉體關係，但因為哈利的深情，她逐漸墜入情網。

一開始，她試圖改造哈利，讓他更接近自己心目中理想的男人，但發現這麼做對哈利造成極大的痛苦後，便接受了哈利原本的樣子。她還皈依了猶太教，因為哈利公開宣稱只與猶太教徒結婚。

只有在夏綠蒂意識到得將浪漫理想擺一邊、接受哈利真實的樣子，她才能找到實現她浪漫理想的愛情。和白馬王子徹底相反的男人，最終成為她理想的伴侶。與「對的人」經歷了真切的災難，但與「錯的人」體驗了理想的

愛情，這就是夏綠蒂經歷的轉變弧線。

■米蘭達・霍布斯

辛西亞・尼克森（Cynthia Nixon）飾演的米蘭達・霍布斯（Miranda Hobbes）是華爾街的律師，過度看重工作、嚴重低估男人。她的故事走教育劇情的路線，有兩方面的改變。一開始幾季裡，她對男人的態度充滿懷疑和不滿，認為他們既不成熟又充滿不切實際的浪漫情懷。

米蘭達之後認識了大衛・艾根柏格（David Eigenberg）飾演的酒保史蒂夫（Steve）。兩人的關係從一夜情發展成同居。收入差異引發爭執，導致兩人分開，但仍維持友好的性關係。之後，史蒂夫因為癌症切除了一顆睪丸。為了讓他相信，不管有幾顆睪丸，女人依然會覺得他很迷人，米蘭達便和他上床了。

結果米蘭達因此懷孕，但決定不打掉小孩。懷孕使她的性格變得柔軟，她也告訴史蒂夫自己會負起全責扶養小孩，如果史蒂夫想來看小孩的話也很歡迎。母職增加了這個工作狂的壓力，但她想辦法平衡了育兒和事業。她與史蒂夫也試著以柏拉圖式的伴侶關係，一起扶養兒子。

在兒子首次生日派對上，米蘭達脫口說出對史蒂夫的愛；令她開心的是，史蒂夫也表明她是「唯一」。於是，兩人結婚了。

電影第二集裡，米蘭達工作過頭，錯過兒子的學校活動。更糟的是，厭女的上司對她很不尊重。史蒂夫勸她離職，到自己欣賞的公司找個有成就感的工作。米蘭達在職場和愛情兩方面，都經歷了失衡到平衡的轉變。

負面的改變弧線

故事人物一開始或許處在正面或負面的狀態，接著在正、負交替的循環裡擺盪，這樣的擺盪加深了衝擊力道，最後以悲劇收尾。當然，這個轉變弧線形塑了最精彩的莎劇人物他們的生與死：安東尼和克利歐佩特拉、馬克白和馬克白夫人、布魯特斯與卡西烏斯、科利奧蘭納斯、理查三世（Richard III）、哈姆雷特、奧賽羅、李爾王——所有人物都在悲劇的高潮中變完整了。

負面轉變弧線通常始於故事人物活在年少時期的幻想裡，或處在天真幼稚的狀態。現實不時打斷他的美夢，但他依舊堅持自己的信念，直到陷入充滿痛苦、無法逆轉的殘酷真相中，例如易卜生的海姐・蓋柏樂（Hedda Gabler）、史特林堡的茱莉小姐（Miss Julie）[72]，以及幾乎每一齣田納西・威廉斯舞台劇作裡的主角。

善良到邪惡的轉變，可以像麥斯威爾・安德森（Maxwell Anderson, 1888 – 1959）的劇作《壞種》（The Bad Seed）一樣，從一個甜美的女孩講起，最後以一個連環殺手作結；也可以如喬伊・舒馬克（Joel Schumacher, 1939 – 2020）執導的電影《城市英雄》（Falling Down），以一個認真工作的白領工程師開始，最後以他精神崩潰做出一連串暴行作結；又或者像大衛・湯瑪斯（David Thomas, 1959 –）的小說《奧斯蘭》（Ostland），將故事人物從理想主義者變成大屠殺的凶手。

湯瑪士・哈代（Thomas Hardy, 1840 – 1928）的小說《無名的裘德》（Jude the Obscure）裡，以體力活維生的裘德（Jude Fawley）自學古希臘文和拉丁文，希望成為大學學者（幻想），但下層階級的匱乏與上層階級的偏狹碾碎了他的夢想。他成了石匠，一輩子在切石頭，直到窮困潦倒地過世（現實）。

喬治・盧卡斯（George Lucas, 1944 –）的《星際大戰》（Star Wars）系列電影，背景故事和天使路西法墮落的過程很像。身為絕地武士的安納金天行者（Anakin Skywalker，代表善良），為了拯救愛人而尋找超越生死的力量，因此從光明勢力叛逃到惡名昭彰的黑暗勢力。被燒傷又被斬斷手腳的他，加入了西斯帝國，並取名為達斯・維德（代表邪惡）。

派翠克・馬柏（Patrick Marber, 1964 –）的舞台劇作《偷情》（Closer）裡，故事人物丹（Dan）、安娜（Anna）、賴瑞（Larry）、愛麗絲（Alice）都在追尋愛情、追尋親密關係（有意義）。四個人好幾年來反覆見面、做愛、交往、分手，最後以寂寞和不滿足收尾（無意義）。

不管正面或負面，人物的轉變弧線很少沿著平穩順暢的直線進行，反而

---

72 這兩位故事人物皆出自以其名為劇名的舞台劇。

更像鋸齒形線條一般曲折擺盪。如果故事的價值取向從來沒有改變，那麼故事只是僵化的擺拍。想像一下，如果故事裡所有事情都很正面、很正面、很正面地進行下去，最終以所有故事人物眉開眼笑作結；或者，如果只有令人沮喪的場景不斷湧現，一切皆直直往下落，直到在谷底將人物壓垮，那會是什麼光景？千篇一律是作者的大敵。

故事人物如何看待改變

你筆下的人物回顧自己的人生時，他看到的是什麼樣的自己？和現在一樣的他，還是變成他認不出來的別人？他依然沒有改變嗎？還是變得更好？變得更糟？無法辨識？他喜歡、討厭或忽視那些過去、現在和未來的自己嗎？

對待自己的態度有很多種，從自戀、自愛、自重、自我疏離、自我批評、自我厭惡，到萌生自殺的念頭。這段光譜能收納於兩個相反的人生觀之中：認為人生是「先天命定」或「後天運定」。

先天命定的人生觀：如果你的人物經常回顧過去，極少放眼未來，那麼他可能會覺得自己被困在無法作主的命數裡。他可能從來不去實現自己的欲求，只會滿足他人的要求。他感到迷惘，覺得和真實的自我失去聯繫，而這個真實的自我隱藏在潛意識的某處。

這位擁有先天命定觀的人物審視過去時，覺得自己並非逐漸演變，而是改頭換面成自己都認不得的樣子嗎？他舊有的信念、價值觀和目標是否好像都不見了？他過去的渴望和行為舉止是否令他感到困惑？他是否好奇，自己怎麼會那樣處理過去的一些事？對於自己過去的作為，如果不至於無法理解，他覺得很陌生嗎？轉變會不會看上去非常大，大到他無法想像自己怎麼會是以前那個樣子？也就是說，他會對自己感到疏離、陌生嗎？

後天運定的人生觀：如果你筆下的人物經常放眼未來，很少回顧過去，那麼他活得很隨心所欲，自由地選擇自己的道路。他從不懷疑自己的核心自我。「運」帶有未來感，暗示著前方有個目的地，而他的目的地在未來等著，將他吸引過去，引導他實現目標。

隨著這位擁有後天運定觀的人物逐漸長大成人，他會認同改變了的自我

嗎？隨著他年少的憤怒軟化為中年的滿足，隨著他對事業的投入熱誠逐漸流失，隨著關節炎逐漸使他衰老，他回顧過往時，會不會覺得儘管生理、心理逐漸改變，但他本質上始終如一？他最初的心理組成很自然地隨著時間持續演變嗎？他過去的欲求會影響現在的行為嗎？換句話說，他覺得和自己有所連結、可以感知自己嗎？隨著時間推移，你筆下的人物怎麼看待自己？

對有些故事人物來說，改變帶來理解。法蘭克・戴瑞邦（Frank Darabont, 1959－）編劇的電影《刺激1995》（*The Shawshank Redemption*）中，摩根・費里曼（Morgan Freeman，1937－）飾演的瑞德（Red）看待他的過往時毫無扭曲或合理化，並希望他能回到過去，和年少時犯下重罪的自己講道理。

對有些故事人物來說，改變帶來困惑。D. H. 勞倫斯（D. H. Lawrence, 1885－1930）的小說《虹》（*The Rainbow*）裡，娥蘇拉・布朗溫（Ursula Brangwen）回顧人生時倍感困惑。人生的每個階段看起來都很不一樣，卻又全都是她：「但，『娥蘇拉・布朗溫』到底代表什麼意思？過去的她不知道她是什麼人，只知道她什麼都不想要、什麼都否定。她一次又一次從嘴裡吐出幻滅、虛假的灰燼與砂礫。」

對有些故事人物來說，改變帶來憤怒。薩繆爾・貝克特的劇作《克拉普最後的錄音帶》（*Krapp's Last Tape*）裡，克拉普在六十九歲時，將他幾十年來錄的錄音帶拿來聽。年少時的他相信恆久不變的自我，但此時他不再這麼想了。聽著自己過去的聲音，克拉普知道這些都曾經是他，但現在的克拉普鄙視過往的自己，無法同理其中任何一個自我。就像蛇蛻皮一般，年復一年，克拉普蛻去較年輕的自我，最後剩下一個滿是怨氣的老人。那是最後的克拉普。

不管改變的速度是快或慢、改變的方向是朝內或朝外、改變的方式是憑著機運或憑著意志，所有故事人物對改變都有他自己的理解——有人接受，有人否認，有人不予理會。但整體來說，改變會引發四種可能的反應：

1. 故事人物認為改變只是表象，很快就會回到老樣子。
2. 他覺得自己改頭換面了，變成更好的自己。
3. 他覺得自己變得比較糟，更好的自己被留在過去。

4. 他或許發現了最真實的自我，從童年起就被壓抑的自我。現在，不管好壞，他終於能以真正的樣子活著。

作者如何看待改變

對於人物的改變，你個人有什麼樣的看法？你筆下的人物面對自己的改變會作何反應？有些作者相信恆久不變的身份認同，有些則支持身份會持續變動。有些作者會展露人物本色，有些則保密到家；有些作者會讓人物有所轉變，有些不會。不過，不管什麼情形，作者如何連結人物和他的過去，會影響人物自我認同的發展。

舉例來說，健全的過往可以強化現在和過去的聯繫，讓身份認同完整；痛苦的過往會削弱今昔的連結，使身份認同支離破碎。核心自我一旦因為不當的對待而受損，便會緊抓著過去的記憶，努力讓回憶鮮活又真實，藉此來維持自己的神智。這種情況下，痛苦的過去會對故事人物產生不同後果。以下列出四種可能：

1. 糾纏：某個心理創傷不斷出現在腦海中，伴隨著原本創傷經驗的衝擊力，而且其力道並未因時間而減弱，類似創傷後壓力症候群之類的。由於傷疤從未成形，每次回憶都再次撕開原本的傷口。
2. 壓抑：顯意識將痛苦的回憶埋在潛意識裡，被壓制的回憶在裡面化膿，使精神官能症變嚴重、身份認同變得扭曲。
3. 幻想：如果某個精神創傷拒絕淡去，人的心智便會重寫這段過往，編織另一個自身從未經歷的事件發展，並幻想自己曾經歷過，以處理這份傷痛。
4. 平衡：人的心智勇敢地面對，既不過分執著，也不扭曲真相。

改變的時機和原因，有沒有使你筆下的人物對自我的理解有所不同？如果改變來得很突然，例如在廚房發生意外，故事人物的臉和手都燙傷了，那麼毀容這件事會損害他的自我認同嗎？如果改變來得緩慢，而且是在刻意的

選擇下造成的，例如故事人物每天對丈夫下毒，劑量剛剛好使先生致病，作為他某次侮辱行為的懲罰，但時間久了，她漸漸認為先生不值得繼續活著，這麼一來，她一直都是同樣的自我？還是說，一個改變了的自我取代了舊的自我？傑出的作者會發想出獨一無二的方式來處理故事人物的變化。

讀者／觀眾如何看待改變

故事開始後，隨著相關的鋪陳、說明不斷累積，讀者和觀眾漸漸掌握了表象，知道故事人物看上去是什麼樣的人。同時，對於人物本色的顯露、人物的改變這雙重的好奇，會吸引讀者與觀眾追隨故事到最後。這些人物本質上究竟是什麼樣子？他們可能會有什麼樣的轉變？

故事節奏和讀者／觀眾的興趣都很重要。作者得好好掌握事件發生的時機，先要隱瞞，後要揭露，再來要改變，最終使一個複雜的人物完整。

4. 完整
原則：最傑出的故事會在人類經驗的極限裡滿足主角的需求和欲求。

需求（need）和欲求（desire）看似同義詞，但我認為，兩者描述了故事人物兩個極為不同的層面，是從兩種迥異的觀點看到的兩回事。

欲求：一個故事人物想達到的目的、尚未實現的目標。整個故事的過程中，在主角掙扎著重拾生活秩序的同時，他極盡自身智力與情緒能量所能及，努力追尋他的欲求目標。

需求：一個內在的空缺，一個渴望被實踐的潛能。觸發事件發生時，作者辨識出筆下主角有什麼樣的欠缺、哪裡不完整。這時的主角是傑出故事人物的原料，但缺乏獨特的經驗來實現他與眾不同的潛能。因此，作者得來填滿人物的人性，使他臻於完整。

而作者創造的諸多事件，可以在故事的高潮處做到這件事。故事最後的轉折點會讓主角的情緒和精神承受莫大的壓力。伴隨主角最後採取的行動，他會感受到自身能力的最大值。因為在主角情緒與精神深度最深的時刻，作

者充分挖掘並展現了他的核心自我。他因此成為一個完整的故事人物——關於他的一切，已沒有任何事物有待揭露、有待改變。

故事人物從不會意識到自己的需求。只有他們的作者知道，只有作者明白筆下人物有什麼潛能，只有作者能想像筆下人物最完整的狀態是什麼樣子。

不會改變的故事人物——動作英雄、卡通人物、漫畫角色——沒有需求。他們不會改變，但依舊迷人。影集《人生如戲》裡，賴瑞‧大衛每一季自始至終都一樣偏執。一集接一集，他沒頭沒腦地實踐自己對得體合宜的盲目狂熱，持續展現他頑固、爆笑的自我。同樣的模式也出現在漫威電影宇宙裡的超級英雄身上，每個續集皆是如此。

不過，在人物驅動的故事類型裡（請見第十四章），故事開始時，主要人物的內在都不完整，主角尤其如此。他們的人生至今不要求他們將自己的能力（智力、道德判斷、才華、意志力，以及情感能量，例如愛與恨，甚至包括勇氣和狡詐）發揮到極致。但經歷故事中各種衝突時，人物的行動和反應便能將他們逼到極限。等故事來到高潮，出自本能、想使自身臻於完整的需求，驅使他們奔向盡頭，奔向人類經驗的極限。

來看看幾個具有完整性的故事人物：

古希臘悲劇大師尤瑞匹底斯（Euripides）的劇作《米蒂雅》（Medea）中，米蒂雅公主發現自己的愛人——也是她兩個兒子的父親——伊阿宋（Jason）拋棄她，要和別的女人結婚。米蒂雅不僅毒死了第三者、第三者的父親，而且為了懲罰伊阿宋，還殺死自己的親生兒子。她帶著兒子的屍體逃亡、偷偷埋起來，要讓伊阿宋永遠無法在他們的墳前祈禱。米蒂雅以這種方式復仇，將自己逼到令人難以置信的極致。

至於索福克里斯的《伊底帕斯王》，在故事的高潮處，伊底帕斯得知自己無意間弒父娶母，這個發現讓他無比震驚，在參雜著悲痛的盛怒下，他挖下了自己的雙眼。如此突如其來的情緒麻痺了他所有的思考，讓伊底帕斯處於震驚的狀態——但這樣的故事人物未臻完整。

不過，二十三年後，九十歲的索福克里斯完成了這個故事人物。劇作《伊底帕斯在科羅諾斯》（Oedipus at Colonus）裡，伊底帕斯徹底思考了他的遭遇，進

而明白，是自己的驕傲和自我覺察的匱乏決定了他的宿命。簡單來說，他早該看清這一切才對。而當伊底帕斯承認了自己的罪過，他便完整了自己，安詳離世。

金基德（1960－2020）執導的電影《春去春又來》（*Spring, Summer, Fall, Winter . . . and Spring*）裡，童僧從殘忍的小孩，長大成性慾旺盛的青少年，接著成為殺妻的重罪犯，再成為悔罪伏法的受刑人，最終成為老僧——這段轉變結束在內心真正的改變、人生淬煉出的智慧，以及自我的完成。

艾瑞斯・梅鐸的小說《大海，大海》中，身兼導演與舞台劇作家的查爾斯・阿羅比（Charles Arrowby），終其一生都著迷於與女性的戀愛關係，從來都沒有發現自己唯一、真正愛的對象，一直以來都是他自己。最後，他耗盡自己有限的人性，困在自我欺瞞的死胡同裡，對真正的自我徹底視而不見。

《螢光幕後》（*Network*）原是帕迪・柴耶夫斯基（Paddy Chayefsky，1923－1981）編劇的電影，後由李・霍爾（Lee Hall, 1966－）改編成舞台劇。電影與舞台劇裡，分別由彼得・芬奇（Peter Finch）與布萊恩・克蘭斯頓（Bryan Cranston）飾演的主角霍華・比爾（Howard Beale）是電視台主播，他因為公開宣稱現代生活毫無意義而聲名大噪。隨著比爾在黃金時段節目裡憤世嫉俗的發言將收視率越拉越高，他的精神狀況也急劇惡化。最後，他針對「無意義」這個主題發表的言論也變得毫無意義。由於收視率下滑，電視台決定讓比爾在鏡頭前遭到暗殺。他死了，但他的人物面向也被徹底揭露、一點都不剩。

麥可・柯里昂什麼時候變得完整？在《教父2》的結尾嗎？有人這麼認為，但我不認同。前兩集裡，都是麥可讓他人受苦，直到《教父3》（*The Godfather Part III*），他才體會到真正的憤怒與心痛。

影集《末世餘生》的結尾，諾拉和凱文在餐桌上握緊彼此的手時，兩人的愛情故事靜悄悄迎向高潮。三季以來，諾拉的憤世嫉俗使她不相信凱文，而凱文對親密關係的恐懼也讓他認為自己配不上諾拉。在這中間，諾拉為了尋找消失的家人，穿越到平行的世界去，凱文則一次又一次死而復生。當他們體認到，要讓無意義變得有意義，唯一的方式就是相信他們的愛。這一刻，他們便完整了自己。

使人物臻於完整

總而言之，對一些故事人物來說，是一股強烈的渴望想在世界上留下印記、一份無法壓抑的渴望想追尋意義，驅使他們去讓自己變完整。對其他的故事人物來說，驅動他們的則是對支離破碎的恐懼，或是對自身性格的強烈好奇。這兩種情況下，人物藉由接受外在的考驗，以使內在臻於完整。他們冒極大的風險追尋某個事物，他們對它極為重視但無法徹底掌握，甚至在順利得手後也無法完全掌握。[2]

然而，絕大多數的故事人物很少會探問自己究竟活得有多深刻、能再走得多遠，以及是否有機會徹底活出自己。但作者藉由提出關鍵的問題、進行關鍵的權衡，為故事人物深究這些人生大哉問。

要想藉由寫作，滿足一位故事人物想活得完整、徹底的這份需求，作者首先得意識到：我們所有人天生就帶著用不完的才能，懷抱遠超過生活所需的想法和感受，擁有許多不自知的力量。因此，請好好研究筆下人物在故事開始之前的過去，並問問你自己：考量到我的人物現在的生命狀態，考量到他迄今運用到的那一小部分心緒與精神面的能力，以及他未來可能在這兩方面觸及的深度和廣度——他的人性還缺少了什麼？

找出答案後，接著再問問你自己：這個人物需要什麼東西才能讓自己變得完整？什麼樣的具體事件應該會發生在他身上，並使他發揮自己的潛能？那個答案就是你的故事需要的觸發事件。

接著，請繼續探問：哪些事件可以將人物推向他思想、存在的極限？哪些壓力、衝突、選擇、行動和反應，會使他充分展現自己的人性？這些問題的答案將成為你要訴說的故事。

一旦故事人物臻於完整，他們通常會回頭深思那些在他們身上留下傷疤、但同時令他們的人性得以完整、深具諷刺意味的事物。讓我們以這些故事人物所思所想來為這一章作結：

馬克白：明天，再一個明天，再一個明天，就這麼日復一日地蹣步

前行，直到時間的最後一個單位……

——莎劇《馬克白》

終於完成了，她無比疲憊地放下畫筆，心想，我看到我的意象了。
——莉莉（Lily），維吉尼亞·吳爾芙的小說《燈塔行》（*To the Lighthouse*）

傑克·伯登（Jack Burden）：現在，我們即將走出這棟屋子，走入動盪的世界；走出歷史，又走入歷史，並承擔起時間賦予的可怕責任。
——羅伯特·潘·華倫（Robert Penn Warren，1905 – 1989）的小說《國王的人馬》

韓伯特·韓伯特：我想著歐洲原牛與天使，那些經久不褪的顏料蘊藏的祕密，預言般的十四行詩，藝術的庇護，而這是我唯一能和妳共享的不朽，我的蘿莉塔。

——納博科夫的小說《蘿莉塔》（*Lolita*）

薩里耶利：庸才無所不在——不管是現在，還是未來，源源不絕——我赦免你們的罪。阿門。
——彼得·謝弗（Peter Shaffer，1926 – 2016）的舞台劇作《阿瑪迪斯》

伊蓮（Elaine）：那是道古老的光，而且挺微弱的，不過足以看清。

——瑪格麗特·愛特伍的小說《貓眼》（*Cat's Eye*）

瑞克·布連：看來命運已經插手了。

——電影《北非諜影》

12

象徵的人物

　　不管故事人物有多完整或有多侷限，他們都不只是他們自己，而是具備更豐富的含義。你創造的每個人物都是一個隱喻，可能代表某個社會身份（母親、小孩、老闆、員工），或代表某個內在特質（善良、邪惡、睿智、天真），也可能兩者兼具。這些角色構成的故事人物可以分成兩大類：寫實派與象徵派。有些作者受日常生活的觀察啟發而創造出故事人物，並讓他們身陷日常的地獄，面對生活的麻煩與困境；至於另一群作者，例如 DC 漫畫和漫威宇宙的創作者，他們在創作時特別重視人物身上的象徵意義，並賦予這些人物超乎日常、奇幻的人物塑造。

　　對於創作奇幻、科幻、恐怖、超級英雄、超自然、魔幻寫實這些幻設故事（Speculative Fiction），以及它們再細分出的次類型的作者來說，象徵本身比體現象徵含義的故事人物來得重要。

　　而對於傳統寫實派——以家庭、親密關係、社會體制與機構、法律系統和道德心理學（moral psychology）方面等實際問題為中心發展故事——的作者來說，體現象徵含義的故事人物比象徵本身來得重要。

　　創作過程中，象徵會自然而然產生，由不得作者作主。不管天分才華有多高，作者都無法從零開始，刻意創造出全新的象徵符號。象徵源遠流長，

不受時間影響，你只能借用，無法創新。[1]

象徵的生成方式如下：在看到、聽到、碰觸到某個事物時，我們的心智會出於本能地問：「這是什麼？為什麼它是這個樣子？」接著，我們的理解力與想像力會穿透事物的表象，尋找內在固有的結構和隱藏的原因。這些體悟隨著時間的積累，概念化為意義豐富、濃縮了強大能量的符號。

比方說，在自然界的曲線弧度啟發下，我們的心智想像出完美的圓，接著進一步將這個抽象的概念轉變為生命週期的象徵；孕婦展現出複製基因的能力，我們的祖先因此將這樣的形象神化為大地之母；大海的狂暴讓水手想起憤怒、嚴厲的父親，於是希臘人想像出海神波賽頓。這種從特定到普遍、從普遍到理想的發展，催生了清晰又精彩的象徵意象。而那些作者是在哪裡找到這些意象的呢？在他們的夢裡。

夢境以象徵符號展現，是在數十萬年、甚至數百萬年前，早在我們進化成智人之前就演化出來的調適機制。這樣的機制是為了維護睡眠品質。

你晚上輾轉反側時，腦袋裡湧現了什麼？奔流的想法：盼望與渴求、恐懼和害怕、熱情和憤怒、嚮往與愛慕——這些我們疲憊的心無法掌控的未解決衝突。

印度教將人心比喻為喋喋不休的猴子——眾多吱吱喳喳的念頭在腦中跑來跑去，日以繼夜，每分每秒，絲毫不停歇。這樣的叨叨絮絮讓你保持清醒，直到大腦的松果體分泌褪黑激素，你才漸漸睡去。接著，做夢的機制將你淌流的想法壓縮成象徵符號，讓腦袋有機會休息、身體有辦法修復。

就像活塞藉由壓縮引擎汽缸內的氣體產生熱能，象徵符號也將諸多含義壓縮成單一意象，進而產生力量。

例如，一位蓄著鬍子、身穿長袍、坐在大椅子上、從上往下看的男性象徵著天父。這樣的意象展現了複雜的概念，包括判斷力、智慧、洞見和絕對的權威，再加上對懲罰的害怕、破壞規矩的內疚、受到保護的感激，以及深植於尊敬和畏懼的崇拜之情——在一個意象裡混融、濃縮了最大量的意義和情感、情緒。

象徵人物的光譜

在象徵人物的光譜上，從最明亮排到最黯淡，依序是燦爛的原型人物（archetype）、白熱的寓意人物（allegory）、柔光的典型人物（type），最後是暗淡的套式人物（stock）。

原型人物：將本質化為故事人物

人類創造原型，就像鳥類築巢、蜘蛛結網一樣，都出自本能。原型意象的象徵力量極具普遍性，因此，原型意象的細節雖然能有無限多種變化，基本模式卻不會消失。不管原型的表象如何隨不同文化而改變，如何從動畫到真人演出有所不同，原型的存在都令人著迷。

原型存在於故事的四大元素裡：事件、場景設定、物件、角色。

1. 事件：例如聖誕、墮落（失去恩典）、善與惡的戰役。
2. 場景設定：沙漠作為沉思冥想的場地，花園體現繁殖力的奇蹟，城堡意味權威的中心等等。
3. 物件：光象徵希望，紅色代表激情，心形符號代表愛。
4. 角色：悲情戀人、被放逐而遊蕩的浪人、揮動魔杖的巫師。

原型人物則有如石頭雕像，裡裡外外都一樣。舉例來說，大地之母將所有母親的面向——賦予生命、養育純真、包容缺點——集中在一個堅若磐石的身份裡。大地之母沒有潛文本。她從不假裝，從不開玩笑，從不曾冷嘲熱諷。沒有深藏著的願望和她的說詞互相矛盾，沒有不為人知的感受讓她的行動變得複雜。她純粹就是母親。

原型人物能延展也能收縮。醜陋的老太婆、乾癟的女巫、睿智的女性都是大地之母的異體。他們不一定具備魔法或超自然力量，不一定令人討厭，不一定惡毒壞心，也不一定樂於助人。比較一下《綠野仙蹤》（*The Wizard of Oz*）裡的西方壞女巫與北方好女巫就知道了。

不論寫實或充滿奇幻色彩，故事人物或多或少都是某個古老原型的化身。雖然自有其原型，但只要故事人物一站上舞台、現身於書頁或銀幕上，原型的理想性便會降低，因為完美的化身只能想像，無法實際表現出來。創造古老原型的化身時，若想要有新意，作者就得在人物塑造著手，發想巧妙嶄新的外在特徵。

原型人物並非不可計數，但到底有多少個原型存在，從柏拉圖、榮格到當代幻設故事的創作者，大家都沒有共識。有許多原型來自宗教：上帝、撒旦、天使、惡魔；有些來自家庭：母親／皇后、父親／國王、小孩／公主／王子、僕人；其他原型則從社會衝突中汲取：英雄、反抗者、怪物（反派）、玩把戲的人（丑角）、幫手（智者、導師、巫師）。

關於上述最後一個原型人物「幫手」，我們有《魔戒》（*The Lord of the Rings*）裡的甘道夫（Gandalf）、《星際大戰》裡的歐比王‧肯諾比（Obi-Wan Kenobi）、不同版本亞瑟王傳說裡的巫師梅林（Merlin），以及更多故事裡出現的神仙教母。此外，一個角色當然也可以結合兩個以上的原型。莎士比亞的《暴風雨》中，主角普洛斯帕羅（Prospero）就集巫師、導師、統治者、英雄和反派的原型於一身。

由於幻設故事裡的原型人物沒有人物面向，這類人物無法改變：超級英雄或許會抗拒出任務，但終究會及時披上他的披風，飛去救援。因此，原型人物代表的原型意象越純粹，我們越不在乎他的過去或未來，越不會想像當下場景之外的他是什麼樣子，越不會挖掘他的內心世界，他的行動也變得更好預測。

由於寫實派的複雜人物擁有豐富面向、有能力改變，他具備什麼原型角色和代表什麼概念，就變得不那麼重要。儘管如此，不論人物寫實與否，如果他能在讀者或觀眾的潛意識層面引起他們對原型意象的共鳴，這個人物的衝擊力就越強。相反地，如果讀者／觀眾很自覺地冒出「喔，他象徵著XXX！」這種念頭，如果他們認出人物的象徵含義，這個人物就變得扁平，他的衝擊力也消散了。因此，請以前所未見的人物塑造隱藏人物的象徵意義。請利用人物的表象迷住讀者／觀眾，然後，不動聲色地讓你的原型意象避開

讀者／觀眾的顯意識、溜進他們的潛意識裡，進而讓他們在不自覺或不在乎原因的情況下，感受到這個原型意象的存在。

寓意人物：將價值化為故事人物

和原型人物類似，寓意人物也是由單一元素構成，但沒那麼縝密。原型人物體現一個普世角色（英雄、母親、導師）的所有層面，相較之下，寓意人物只體現了一個層面，正面或負面的價值。

在寓言故事的道德宇宙裡，全體人物象徵了一整套價值觀，例如中世紀的道德劇《凡夫俗子》（Everyman）裡，每個人物都代表一個人的層面，像是知識、美貌、力量或死亡。

強納森·史威夫特（Jonathan Swift, 1667 - 1745）的諷刺小說《格列佛遊記》（Gulliver's Travels）刻畫了不同國度，每個國度的人民都有他們代表的價值，例如氣量狹小、官僚主義、荒謬的科學，以及對權威的服從。威廉·高汀（William Golding, 1911 - 1993）將小說《蒼蠅王》（Lord of the Flies）的場景設定在一座孤島上，困在島上的一群男孩整體來看代表了人類，但每個男孩也各自象徵不同的價值，例如民主 vs. 獨裁、文明 vs. 野蠻、理性 vs. 非理性。皮克斯（Pixar）的動畫《腦筋急轉彎》（Inside Out）則在主角潛意識裡創造了一個寓言故事，將五種情緒寫成故事人物：樂樂（Joy）、憂憂（Sadness）、怒怒（Anger）、驚驚（Fear）、厭厭（Disgust）。

再看看其他例子：《納尼亞傳奇》（The Chronicles of Narnia）裡的獅子象徵智慧，但《綠野仙蹤》裡的獅子代表膽小。《樂高玩電影》（The Lego Movie）裡的黑心商人（Lord Business）象徵著企業暴政。拉斯洛·卡勒斯納霍凱（László Krasznahorkai, 1954 -）的小說《抵抗的憂鬱》（The Melancholy of Resistance）裡那隻巨大的鯨魚標本，象徵了世界末日。《愛麗絲鏡中奇遇》裡的雙胞胎兄弟（Tweedledum and Tweedledee）代表「沒有差異的差異」。卡通頻道（Cartoon Network）推出的系列動畫《神臍小捲毛》（Steven Universe）裡，充滿寓意的故事人物以不同的寶石建立他們的身份認同。

典型人物：將行為舉止化為故事人物

許多故事用不上原型人物或寓意人物，寫實的故事類型特別如此，但絕大多數的故事裡都可以看到一、兩個典型人物。

典型人物是一個形容詞的擬人化。迪士尼的《白雪公主》（Snow White and the Seven Dwarfs，改編自格林童話）便將七個形容詞變成七個小矮人：瞌睡蟲（Sleepy）、害羞鬼（Bashful）、愛生氣（Grumpy）、開心果（Happy）、噴嚏精（Sneezy）、糊塗蛋（Dopey）、和萬事通（Doc）。

這種沒有面向的配角只展現出一種行為特徵，例如頭腦不清楚、充滿愛心、愛責怪、煩躁不安、深具藝術天賦、害羞、嫉妒、驚慌失措、殘忍；或是只表現出一種性情特徵，像是冷漠的店員、健談的計程車司機、不快樂的富家女孩。所有形容詞都有其相反面——快樂 vs. 悲慘、漫不經心 vs. 戰戰兢兢、愛發牢騷 vs. 克己自持，因此也使典型人物的數量翻倍。[2]

最早的故事創作者以社會角色來區分故事人物：國王、王后、戰士、僕人、牧人。不過，亞里斯多德在著作《尼各馬科倫理學》（Nicomachean Ethics）裡，開始以性格來研究人，用形容詞來描述他們，例如極度虛榮、品德高尚、暴躁易怒、好脾氣、自以為是、愛爭論的。

亞里斯多德的學生泰奧弗拉斯托斯，在他的著作《人物誌》（The Study of the Character）裡擴充了這個概念。他簡短犀利地列出三十個典型，極富洞察力地描繪了他的時代和人性。不過，這三十個典型都很負面：迷信的、愛說謊的、緊張的、自以為是的、滑稽的、阿諛諂媚的、乏味的、愛吹噓的、懦弱的……他大可列出相應來說正面的典型，例如理性的、誠實的、冷靜的、謙虛的、睿智的、真誠的、有趣的、低調的、英勇的……但我猜負面的典型人物帶給他的讀者更多樂趣。他列出的許多典型人物，之後都出現在古希臘喜劇家米南德（Menander）的鬧劇裡，例如《古怪人》（The Grouch）、《厭女者》（The Misogynist）、《受憎惡者》（The Man Nobody Likes）。

要將一個臨演提升為一個典型人物，你只需賦予他特定的行為舉止即可，例如有個平凡無奇的青少年雖然努力想控制自己，卻總忍不住尷尬地傻笑。

接著，讓我們來看看三個很熟悉的典型人物：

狂熱份子

狂熱份子可能是個厭倦現狀的邊緣人、沒天份的藝術家，或長期對生活不滿的人。但無論如何，他拒絕接受無意義的生活，也痛恨自己現在的樣子。為了尋找新的身份認同，他加入了某個組織、運動，有了新的名字、新的制服、新的語彙。如此裝備齊全的他，變成了狂熱份子，著迷於他熱愛的事物，並痛恨任何與之對立的事物。最糟的情況，這個憤怒的狂熱份子會將自我厭惡投射到和他不一樣的人或事物身上。[3]

以下是幾個引人深思、直得研究的例子：亨利・賓（Henry Bean, 1945 −）執導的電影《狂熱份子》（*The Believer*）裡，雷恩・葛斯林（Ryan Gosling）飾演的主角丹尼爾・巴林特（Daniel Balint）；保羅・湯瑪斯・安德森（Paul Thomas Anderson, 1970 −）執導的電影《世紀教主》（*The Master*）中，瓦昆・菲尼克斯（Joaquin Phoenix）飾演的弗萊迪・奎爾（Freddie Quell）；布萊德・柏德（Brad Bird, 1957 −）執導的動畫《超人特攻隊》（*The Incredibles*）裡，由傑森・李（Jason Lee）配音的反派辛拉登（Syndrome）。

怪咖

怪咖是狂熱份子的相反。怪咖只著迷於他唯一的愛：他自己。他用過時的流行打扮自己（例如夏威夷衫），蒐集老東西（例如手提黑膠唱片機），培養無意義的嗜好（例如自釀啤酒）。

他想要與眾不同，而且不是靠另類新穎的想法讓自己獨一無二，而是從沒人想要的東西裡彰顯自己的特別。為了閃避嘲笑，他誇大說自己做任何有意義的事都會怎麼做怎麼失敗。為了不受責難，他總是先發制人地露出「我只是開玩笑」的傻笑，而且很諷刺地躲在群眾裡生活。

怪咖的例子如下：電影《謀殺綠腳趾》（*The Big Lebowski*）裡，傑夫・布里吉（Jeff Bridges）飾演的樂保斯基；電影《拿破崙炸藥》（*Napoleon Dynamite*）裡，瓊・海德（Jon Heder）飾演的拿破崙；電影《醉鄉民謠》（*Inside Llewyn Davis*）中，奧斯卡・伊薩克（Oscar Isaac）飾演的主角勒維恩・戴維斯（Llewyn Davis）。

冷靜自持者

冷靜自持，意味他情緒非常克制，從不展現熱切的渴望或不安全感，冷漠疏離且鎮定沉著。這類人看似靜止停滯，安靜寡言且難以捉摸，不讓讀者／觀眾理解。我們覺得他有個不為人知的過去，但從來無法肯定。他有拿手專長，以獨特的方式維生，但只有他自己知道那個獨特的方式是什麼。他是個道德觀有灰色地帶的務實者，在荒謬的世界裡照自己的規矩過活。他不需要也不想要掌聲，他明白自己的價值。我們感受得到他的內在深度，但只能猜測他的內心，無從確認。[4]

來看幾個例子：電影《我一直深愛著你》（*I've Loved You So Long*）中，謎樣的殺人犯茱麗葉（Juliette Fontaine）為了她的祕密而保持沉默十幾年；電影《控制》（*Gone Girl*）裡的艾咪（Amy）扮演好幾個具毀滅性的自我，但沒有一個自我是真正的她；克林·伊斯威特（Clint Eastwood）在電影《迷霧追魂》（*Play Misty for Me*）、《荒野浪子》（*High Plains Drifter*）裡都演出這種形象的故事人物。

套式人物：將工作／任務化為故事人物

典型人物搬演特定行為，套式人物（Stock）是從事特定工作、完成特定差事。故事裡的社會需要公民扮演他們的社會角色，這些角色主要由他們從事的工作來定義。

在不穩定的零工經濟裡打滾的人無法掌握自己的未來，例如在餐廳當服務生的研究所學生、在沃爾瑪大賣場工作的年長接待員、從事創作以外差事維生的藝術家。由於他們的工作和他們對生活的期待互相抵觸，這些人物可能太有趣、具備太多面向，無法成為套式人物。

相反地，有穩定職務的人，他們工作的領域多半夠小，以至於他們對這個領域的體系和常規有一定程度的掌握，例如律師、油漆師傅、醫生、高爾夫球俱樂部的教練等等。穩定的工作可能讓他們內在的創造力變遲鈍，同時也降低他們對客戶、屋主、病患、俱樂部成員的同理能力。不過，當這樣的專業人士被安排在主要人物身邊，就變成套式人物。

最早期舞台上的套式人物都配有相應的道具，以便讓觀眾辨識他們，例

如牧羊人有曲柄手杖、使節有雙蛇杖（caduceus）、國王有權杖、英雄配戴寶劍、老人拄著拐杖。

古羅馬劇作家暨諷刺作家普羅特斯（Plautus）則運用了滑稽荒唐的套式人物：富有的吝嗇鬼、聰明的奴隸、愚蠢的奴隸、奴隸販子、妓女、自吹自擂的士兵、逢迎巴結的寄生蟲。

套式人物執行任務時，別無選擇：醫生就是要向家屬宣布壞消息，律師就是得解釋遺囑上的規定，乞丐就是要行乞。不管將套式人物描繪得陳腐老套或新穎別緻，套式人物最大的優勢就是一眼就能辨識其用途，不太需要多解釋。讀者／觀眾知道套式人物出現的原因，也知道他在故事裡的任務。但套式人物執行任務時，不必然是枯燥乏味的。他也值得鎂光燈，只要你賦予套式人物獨一無二的人物塑造，讓他在執行任務時運用獨特的技巧。

套式人物會隨著潮流不同而有所變化，例如成功神學（prosperity theology）的傳教士取代嬉皮的精神領袖；俄國間諜退場，中東恐怖份子登台；人造的怪物出局，基因突變的人類上場；外星生物已經落伍，殭屍大軍當道。

套式人物的行動侷限在他們的工作／任務裡，典型人物的作為侷限在他們代表的典型中，所以他們沒什麼機會做決定。也因此，他們很容易變得陳腐老套。所有的陳腔濫調都曾經是超棒的點子，只是被重複用到爛了，所以毫無原創性可言。

不過，誠如亨利·詹姆斯所言，老套的故事人物不斷被重複利用，但也取之不盡、用之不竭。難道，因為年老的守財奴、揮霍無度的年輕人、吝嗇鬼、賭徒、酒鬼或滴酒不沾之人以前都出現過，就不能再登場了嗎？當然不是。在富有想像力的作者手中，套式人物能巧妙地自成一格。電影《魔鬼終結者》（The Terminator）裡，阿諾·史瓦辛格（Arnold Schwarzenegger）飾演的機器人殺手是一個極具威脅性的反派。他既是套式人物又是典型人物，但他身上結合了機器／人類的特質，使他的人物塑造獨一無二。

說實在，近幾十年來推出的超級英雄起源故事，讓這些超級英雄看上去越來越像克盡本分的超級套式人物。二十世紀誕生的原型人物是本來就天生神力，例如北歐神祇的雷神索爾（Thor）、古希臘女神的神力女超人，以及像

神一般的超人。反觀二十一世紀的英雄，他們獲得超能力靠的是意外（被輻射蜘蛛咬到而出現了女版蜘蛛人「蛛絲」〔Silk〕、意外受突變原影響而催生了驚奇女士〔Ms. Marvel〕），或是科學家自己有意為之（鋼鐵人〔Iron Man〕打造自己的超級盔甲）。電影《驚爆銀河系》（*Galaxy Quest*）就譏諷了這樣的趨勢。在這部片中，扮演套式人物的演員（套式人物）被外星人（套式人物）誤以為是能拯救他們族類的救星（原型人物）。

刻板人物：將偏見化為故事人物

刻板印象始於一個謬論：「所有的 X 都是 Y。」比如有錢人常認為窮人就是懶惰，窮人則認為富豪都很殘忍。也因此，偏見比陳腔濫調更糟。陳腔濫調指的是很久以前想到的絕妙點子，而從那時起，創作者不斷使用這個點子，直到新鮮的發想變成陳腐的老套。然而，老套起碼還保有某種真實，刻板印象卻是扭曲真實。

刻板人物（stereotype）以原型人物為模仿對象，但將其宏偉堂皇的特質簡化成偏見，例如大地之母變成猶太媽媽[73]、睿智國王變成惡毒老闆、英雄戰士變成街頭痞子、女神變成娼妓、魔法師變成瘋狂科學家。

那為什麼刻板人物會歷久不衰？因為容易寫。至於寫實的人物，作者得下功夫創作，讀者和觀眾都得付出心力去理解。

寫實人物 vs. 象徵人物

寫實手法與象徵手法創造的故事人物是光譜上的兩個極端——一方立足於現實情況，另一方以抽象概念為基礎。兩個極端之間，是多種特質的不同混合，創造出各種我們想像得到的人物。所以，讓我們分別檢視這兩個極端，了解兩者的特質，以及兩者如何影響故事人物的創造。

象徵的傳統始於史前神話故事。人類最早的故事，將大自然（太陽、月亮、

---

73 猶太媽媽（Jewish mother）是西方國家故事創作裡常見的刻板人物，多被刻畫為愛叨唸、多話、過度保護與溺愛小孩、專橫的母親形象，且持續干預小孩的人生，即便小孩已經成年。

閃電、打雷、大海、山脈）的力量，化作象徵的神祇、半神半人與其他超自然存在。這些神話故事裡，諸神創造了宇宙、創造了人類。經過不同時代、不同文化的轉述，神話故事在口耳相傳的過程中會喪失些許含義，畢竟這些故事並未以文字記錄下來。對神話故事來說，文字無足輕重，具備象徵意義的人物和行動最重要。

寫實的傳統則追溯到吟遊詩人荷馬，他在《伊里亞德》裡生動描繪了戰士的心理和戰爭的腥風血雨。寫實派試圖如實描繪人生，不受錯誤的信念蒙蔽，不以多愁善感的情緒進行美化。寫實派直白的故事敘述，避開了充滿象徵含義、奇想層面的虛構，以強調犀利尖銳、思想層面的故事，當中的人物活在現實狀態裡，而不是活在理想狀態中。

寫實與象徵人物之間的關鍵差異，至少存在於十個層面上：

1. 真實性：奠基現實 vs. 美夢成真

寫實派對付的是現實世界，而在現實世界裡，願望幾乎都不會成真；屬於幻設故事的象徵派——古代或現代的神話、奇幻文學——會讓美夢成真。不管是否具備神奇的力量，現在的英雄或超級英雄都活在講道德正義的世界裡，良善永遠會戰勝邪惡，愛能戰勝一切，死亡不會結束生命。

其他的象徵派故事類型，例如寓言和傳奇故事，則認為願望很危險，所以說的是傳授道德教訓的警世故事。伊索寓言〈狐狸與葡萄〉（The Fox and the Grapes）、格林兄弟蒐集來的民間故事〈漢賽爾與葛麗特〉（Hansel and Gretel，又譯〈糖果屋〉），以及希臘神話裡阿楚斯家族（House of Atreus）的故事就是三個經典例子。現代寓言則針對反烏托邦的未來提出警告，例如喬治‧歐威爾（George Orwell, 1903－1950）的小說《一九八四》（Nineteen Eighty-Four）、瑪格麗特‧愛特伍的小說《使女的故事》（The Handmaid's Tale）、奈歐蜜‧埃德曼（Naomi Alderman, 1974－）的小說《電擊女孩》（The Power）。

2. 人物本色：複雜的心理特質 vs. 卓越不凡的性格

象徵派故事挑起的是人物之間的衝突，而不是人物內在的矛盾，因此象徵人

物多具備卓越不凡的性格,寫實人物則發展出複雜的心理。比較一下蝙蝠俠(也就是布魯斯·韋恩)和薩爾·古德曼(也就是吉米·麥吉爾)就一清二楚。

3. 衝突的屬性:外在 vs. 內在

象徵人物採取行動是為了對抗外在社會面、自然面的阻力,寫實人物則多半為了對抗自我懷疑、自我欺騙、自我批判,以及其他這類內在的騷亂與看不見的心魔。

4. 複雜性:純粹單一 vs. 面向豐富

就像那些啟發象徵人物的原型概念,現代神話的故事人物有特徵但沒有面向,有欲求但沒有矛盾,有文本但沒有潛文本。他們各自是單一純粹的象徵符號,裡外皆如此。

相反地,多面向的寫實人物在社會自我、私人自我、私密自我和隱藏的自我之間,有著強烈的矛盾。

5. 細節:稀疏 vs. 緻密

寓言、神話、傳奇故事的象徵派作者聚焦在人物最重要的本質上。他會避開人物塑造的細膩特徵,藉此簡化現實的密度。

相較之下,寫實派作者蒐集有力的細節,藉此讓故事人物更豐富、更具體。舉例來說,比較一下動畫《超人特攻隊》對超能先生一家的行雲流水,與影集《六呎風雲》(*Six Feet Under*)裡細膩刻畫的葬儀社家庭成員。

6. 理解的難度:困難 vs. 容易

寫實人物需要我們投入專注力與洞察力。我們有多仔細思索他全部的自我,他就有多真實。這個人物越矛盾但仍保持一致、越善變卻依然統合成一體、越難預料但依舊可信、越具體卻還是神祕難解,那麼他就越真實、越迷人、越有趣。這樣的人物讓我們得付出心力理解他,一旦搞懂了,便會回報我們深刻的體悟。不妨研究一下小說/電影《危險關係》裡的凡爾蒙子爵、威

廉‧福克納（William Faulkner, 1897 – 1962）的小說《押沙龍，押沙龍！》（*Absalom, Absalom!*）裡的湯瑪斯‧薩德本（Thomas Sutpen），以及影集《絕命律師》的吉米‧麥吉爾。

至於神話、傳奇故事、寓言裡的象徵人物，我們一眼就能看穿，很容易理解。故事人物越籠統、越能預測、越沒有潛文本，他就越不出人意表、越無趣、越不真實。阿不思‧鄧不利多（Albus Dumbledore）、瘋狂麥斯（Mad Max）和超人都屬於這一類。

7. 世界觀：堅強扎實 vs. 感傷濫情

寫實派鼓勵以堅強扎實的情感處理人物，象徵派往往以過多的情緒、情感渲染人物。

當有可信度的動機引發強而有力的行動時，便會產生堅強扎實的情感，就像易卜生的劇作《幽靈》（*Ghosts*）、奧文‧薩金特（Alvin Sargent, 1927 – 2019）編劇的電影《凡夫俗子》（*Ordinary People*）裡，父母親為了孩子願意冒一切風險。

相較之下，感傷濫情是以虛假的起因製造不真實的效果來操控情感。比方說，強加快樂結局這種手法就跟安徒生的〈小美人魚〉一樣古老，也和史蒂芬‧史匹柏的《世界大戰》（*War of the Worlds*）一樣過時。

8. 結局：諷刺 vs. 簡單

寫實派作者處理人生的雙重性：你為了達成某個目標而採取的作為，正是確保你絕對無法成功的要素；你為了躲避某事物而採取的作為，恰好徹底讓你無處可逃。因此，不管故事的高潮是悲是喜，寫實派都會產生一種雙重效果：喜劇收場需要極大的犧牲，悲劇結局則帶來體悟與智慧。現實永遠都如此諷刺，故事人物也相應受到折磨。

除了像小說家菲利普‧狄克（Philip K. Dick, 1928 – 1982）這一類異數，神話、寓言、傳奇故事多半都抗拒諷刺。這種故事裡的人物大多直接、純粹，且故事大多正面樂觀。

9. 人物動能：靈活 vs. 僵硬

寫實派揭露人物不為人知的真面目，接著往往會讓人物的內在本質有所轉變。象徵人物徹頭徹尾只擁有一個固定的特質，因此沒什麼好揭露或改變的。

　　寫實派故事充滿懷疑精神，象徵派多半一廂情願。拿神話對照現實，會發現神話裡的原型人物都是美夢成真的化身。

　　二十世紀初期，心理學家榮格以神話故事裡的原型人物為基礎，發展與集體潛意識有關的理論。喬瑟夫・坎伯進一步延伸榮格的理論，發展出單一神話理論，俗稱「英雄的旅程」（the hero's journey），希望以此取代基督教。坎伯這套英雄旅程的偽神話，被好萊塢動作片的工匠拿來鍛造成故事模板，藉此大量生產暑期強檔大片。【5】

10. 社會動能：靈活 vs. 僵硬

象徵派故事的階級結構往往會安排一位統治者位於最上層、一大群農民位於最底層，其他人則在中間。寫實派會輕易讓權力在故事人物之間轉移，即便故事以君主制或獨裁政府為背景。

●個案研究：《權力遊戲》

大衛・班紐夫（David Benioff, 1970 -）與丹尼爾・威斯（D. B. Weiss, 1971 -）一起將喬治・馬汀（George R. R. Martin, 1948 -）的奇幻小說《冰與火之歌》（*A Song of Ice and Fire*）改編成長篇影集，把殘酷的寫實手法帶入奇幻史詩大作中。在象徵派黑白分明的架構下，他們盡可能將故事人物刻畫得充滿灰色地帶。結合神話的限制和虛構創作的自由，他們創造了一百六十個角色，代表了不同程度的寫實與象徵，以及政治光譜上的所有可能。

　　處在極端右派的是蘭尼斯特家族（House Lannister）專橫的全境守護者瑟曦（Cersei），坦格利安家族（House Targaryen）優雅的龍后丹妮莉絲（Daenerys）則代表進步左派。

　　瑟曦體現了衰退、亂倫、母權、君主暴政；從性情層面來看，她支持封

建制度、反對改變。丹妮莉絲體現了展望未來、正義和進步的人本精神；從性情層面來看，她反對封建制度、支持改變。丹妮莉絲否定神話，瑟曦則活出神話本身。

在這個兩極化的世界裡，編劇也安排了守夜人軍團（Night's Watch）的菁英才德制、無垢者軍團（the Unsullied）的平等主義、麻雀（Sparrows）這群窮苦之人的信仰狂熱，還有議會的民主制度，用投票做決定。然而，死亡不搞政治這套。當夜王（Night King）和他的異鬼（White Walkers）大軍入侵，象徵派與寫實派之間的張力退去，這時的問題變成誰死、誰活。

如何從老梗變出新把戲

你希望能寫出前所未見的故事人物，但幾千年下來，故事創作者創造、重新創造與回收利用的故事人物，已經有上百萬個了……這個數字一點也不誇張。你是在這樣的傳統下創作，因此你筆下人物的核心自我必然會對應到某個原型人物、寓意人物、典型人物或套式人物。你的任務是要在已知裡創作（否則沒人知道該怎麼回應你的作品），同時也要讓自己筆下的人物獨特、新鮮、前所未見。不妨試試以下四種方法：

1. 在幻設故事裡，替難以置信的行動創造看似有道理的動機。
2. 在寫實類型的故事裡，寫出過著奇特生活、以奇特眼光看待人和行為的人物。
3. 在兩者的次類型裡，賦予故事人物極端的經歷，藉此震撼舊信念，催生新的。
4. 在兩者的次類型裡，以「進入人物」的寫作方法，增添一種緊迫感。如果是寫小說，就從過去經歷過這些事件的故事人物他的觀點來寫。至於創作舞台或銀幕作品，從當下正在經歷這些事件的人物他的觀點來創作。

13
極端的人物
人物三角：寫實／非寫實／極端

　　故事創作在處理現實的不同方式中，互相衝突的手法能構成一個三角形，繪製故事人物的不同可能：其中一角是寫實手法，賦予人物尋常生活中擁有的力量；再來一角是非寫實手法，賦予人物超乎尋常的力量；最後的第三角是極端手法，將另外兩者賦予人物的力量予以扭曲。這三者在三角形裡交會、重疊，創造出變化無窮的故事人物。

寫實：尋常人物在尋常世界

被稱為「寫實主義」（Realism）的文學運動始於兩百年前，是針對浪漫主義的煽情浮誇而產生的反動。寫實主義強調客觀反映現實，但它平實的風格和它有意取代的鋪張渲染手法一樣充滿人為雕琢。

　　寫實的作者仔細觀察人、人的行為，將觀察的結果和想像力混合在一起，再經過心智的細細過濾，最後結晶為一位故事人物，他存在的世界呼應著我們的世界。他擁有統合的自我，道德觀井然有序，對現實具備理性的認知，會和其他人往來交流，會追求自身渴望，能堅定地抉擇、行動，而且有辦法改變。這樣的主角身邊圍繞著一整組近似的人物，而主角搬演的故事依據不

同文化傳統被讀者／觀眾視為尋常現實。你這輩子已經看了很多這類的作品。

非寫實：尋常人物在異常世界

非寫實手法將寫實手法創造的尋常人物放在超乎尋常現實的世界裡。這些世界靠著特別的力量運作，例如系列電影《神鬼奇航》（Pirates of the Caribbean）的超自然力量、《哈利波特》系列小說的魔法、村上春樹小說《1Q84》的巧合、電影《我不笨，我有話要說》的擬人化、電影《死亡禁地》（The Dead Zone）裡主角擁有的超能力、舞台劇作《六個尋找作者的劇中人》的異常情境、卡夫卡（Franz Kafka, 1883 － 1942）小說《審判》（The Trial）裡顢頇的官僚體制、《愛麗絲夢遊仙境》裡夢境的神奇力量、科幻小說《銀翼殺手》（Do Androids Dream of Electric Sheep?）的未來科技、電影《似曾相識》（Somewhere In Time）的時空穿越、電影《迴路殺手》（Looper）的時空扭曲。

這些延伸的現實世界裡，有的故事人物會唱起歌（例如電影《茶花女》〔La Traviata〕）、會跳起舞（例如動畫《睡美人》〔Sleeping Beauty〕），或者又唱又跳（例如音樂劇《摩門之書》〔The Book of Mormon〕）。非寫實手法常會消除「第四道牆」，讓人物向劇院觀眾、電影觀眾或電視觀眾說話，例如百老匯音樂劇《毛髮》（Hair）、電影《反斗智多星》（Wayne's World）、影集《邋遢女郎》。

非寫實手法源自顯意識於白天清醒時的奇想，或是潛意識於夜晚睡眠時的夢境。一旦這些幻想性設定和人物啟發了一則故事，它們便成為理想化世界的華麗隱喻，傳達人性追求的美夢成真樣貌。

寫實、非寫實手法創造的世界極為不同，卻有兩點相似之處：（1）不管設定有多奇特或真實，一旦放到一個故事裡，這個世界會發展出因果關係運作的規則，確立事情如何、為何發生；像物理定律般運作的模式決定哪些事會發生、哪些不會。（2）活在寫實、非寫實世界裡的人物，都相信這套運作機制；從故事人物的觀點來看，他們的所見所聞都極為真實。

他們起初可能會像電影《今天暫時停止》裡的主角菲爾・康納斯，質疑他所在的世界、測試世界運作的法則；不過，故事裡的現實遲早會成為他們

的現實，而他們也或多或少照著新現實的法則正常表現。這是說故事的特性。荷馬史詩《奧德賽》的世界包含天神和怪物，但奧德修斯也和其他英雄一樣跟他們打交道。

尋常人物身處的社會、文化、物質環境，不是來自寫實手法針對現實的模仿，就是非寫實手法想像出來、針對現實的改造。尋常人物的行為和動機講求可信度；他們的故事具備的意義最終一清二楚，並以具情緒渲染力的方式表現；他們的對白企圖讓人一聽就懂；他們的故事呈現對於人性新近觀察到的細節和體悟。

這裡要注意的是，奠基於統合的人物面向、充分傳達的故事人物，是寫實與非寫實派通用的標準。賣座的小說、戲劇、影視作品裡，都存在這樣的人物。

因此，請仔細思考讀者和觀眾的品味，以及他們偏好寫實還是非寫實。因為他們很有可能不會想看到極端手法創造的故事和人物。

極端：異常人物在異常世界

作者越是對意義失去信心，越容易走偏鋒。

起初，哲學家假定人生有意義，而找到這份意義是人類最主要的目標。這樣的追尋迂迴地持續了好幾世紀，但了十九世紀，哲學家尼采（Nietzsche，1844－1900）、齊克果（Kierkegaard，1813－1855）等人提出人生無意義的主張。這股思想潮流也越來越興盛，而且因為精神分析的研究而更蓬勃發展。以佛洛伊德、榮格、阿德勒為首的精神分析學家，發現了自我內在的不一致，主張人幾乎不可能認識真正的自我，遑論找個意義來引導自我。兩次世界大戰與好幾次種族大屠殺發生之後，在說故事手法及人物創造方面產生重大變革的後現代荒謬劇作、電影和小說裡，虛無主義（nihilism）找到了表現的方式和管道。

極端派認為外在、內在的人生都沒有意義，所以推翻所有事物：他們不要連續，主張脆裂；不要清楚真實，選擇扭曲失真；否定情感的投入，強調

智識的運用；否定參與，強調疏遠；拒絕進展，擁抱重複。

不尋常是極端派的尋常，不傳統是極端派的傳統。只要任何事物被視為是正統、尋常的，極端派便反其道而行。但說來諷刺，這麼做並沒有擺脫傳統、尋常的束縛。誠如哲學家海德格（Martin Heidegger，1889－1976）所言：「所有對立與反抗，都包含了對所反抗的對象具決定性、甚至具危險性的依賴。」[1]

極端手法之於故事人物，就像立體主義（Cubism）之於肖像畫。採用極端手法的作者創造故事人物時，就像在畫一幅畢卡索式的肖像畫。他誇大、粉碎、縮小、扭曲、重新安排人的自我，但讀者／觀眾依然多少能辨識。

極端的故事設定充滿高度的象徵意義，但因果定律極度不一致。高達（Jean-Luc Godard，1930－）的電影《週末》（Weekend）中，任何事都能沒來由地發生；貝克特的劇作《等待果陀》，什麼事情都沒發生，同樣毫無來由。毫無疑問地，這些新發想需要嶄新、極端的故事人物。

除了自己之外，極端人物和外界——上帝或社會、家庭或戀人——少有連結。他們可能與世隔絕、停滯不變，例如史塔佩的劇作《君臣人子小命嗚呼》裡的人物；或如暴民般聚集、發狂失控，馬龍・詹姆斯（Marlon James, 1970－）的小說《七殺簡史》（A Brief History of Seven Killings）裡的人物就是如此。這些人物的對白往往退化成胡言亂語，例如大衛・林區（David Lynch，1946－）的電影《內陸帝國》（Inland Empire）。

相對容易表現極端人物的故事媒介是小說。以第一人稱或第三人稱敘事的小說家，能深入人物的內心，模仿他碎裂、跳躍的思緒，勾勒他極為主觀且往往很偏執的焦慮和印象、瞬間迸發的衝動、破碎的欲求和四分五裂的性格。這是貝克特創作小說和戲劇最根本的技巧。

作家唐・德里羅（Don DeLillo, 1936－）為小說《白噪音》（White Noise）創造的人物，他們的身份不只啟人疑竇，根本完全無從確定。湯瑪斯・品瓊（Thomas Pynchon，1937－）的小說《萬有引力之虹》（Gravity's Rainbow）以主角泰榮・斯洛索普（Tyrone Slothrop）為中心創造了四百個故事人物，而斯洛索普這個人，可能根本不是他自己、其他人物，或甚至作者所說的那個樣子。

對劇作家或影視編劇來說，表現極端人物的難度較高，因為演員本身具

體的存在就賦予故事人物一種確實感。

　　劇作《快樂時光》（Happy Days）裡，貝克特為了削弱演員的影響，將劇中唯二的人物溫妮（Winnie）和威利（Willie）埋到土裡，只露出頭。

　　作品充滿荒謬色彩的導演李歐・卡霍（Leos Carax）在電影《花都魅影》（Holy Motors）中，安排主角奧斯卡（Oscar）扮演九個不同的身份，從年邁的女乞丐、行刺的歹徒，到黑猩猩的丈夫和父親。

創造極端人物

要將故事人物極端化，只需要掏空他的傳統、尋常面向。以下列出九個可行的刪除法，能讓人物變得極端：

1. 去除自我覺察

劇情片裡，有自覺的人物奮力掙扎時會退一步心想：「這真的會惹禍上身！」但仍不顧危險繼續奮戰。不過，當你去除人物自我覺察的能力，劇情片裡嚴肅的故事人物就變成喜劇裡引人發笑的偏執狂。

　　這類引人發笑的人物受制於某種盲目的偏執——像石頭般一心一意，如大海般頑強，像雨一樣重複。要創造一齣鬧劇，喜劇作家會將人物和他的執著綁在一起，極盡能事利用他的偏執：

　　犯罪喜劇電影《笨賊一籮筐》（A Fish Called Wanda）裡，亞契・利奇（Archie Leach）特別怕尷尬，卻一再陷入面紅耳赤的丟臉情境中。

　　系列電影《粉紅豹》（The Pink Panther）中，探長克魯索（Clouseau）力求完美，但辦案過程中不斷搞烏龍，一直出醜。

　　影集《人生如戲》的主角賴瑞・大衛非常在意合宜的行為舉止，但不斷發現周遭的人一直違反他瑣碎的規矩。

　　電影《伴娘我最大》（Bridesmaids）的主角安妮・沃克（Annie Walker）極力想經營好她唯一的友情，但每次都搞砸。

　　上述的傳統喜劇偏執狂，都還有一、兩項普遍讓人感興趣的特質，這幾

項特質使他的性格豐富飽滿。極端人物則不然。他會將某股執著推向極度狂熱，直達荒謬的境地。要將一個喜劇人物極端化，請拿掉他所有特質，只留下他的執著，接著將他困在這份執迷中，永遠不放他出來：

劇作《女僕》裡，尚·惹內將兩位女僕困在他們施虐／受虐的遊戲裡。

劇作家尤金·尤涅斯科則在《國王死去》中，將主角貝倫格（Berenger）困在他對死亡的恐懼裡。

湯姆·史塔佩也在劇作《君臣人子小命嗚呼》裡，將故事人物羅森格蘭茲（Rosencrantz）和吉爾登斯吞（Guildenstern）困在哈姆雷特的故事裡。

劇作《在斯坡坎尋找另一隻手》（A Behanding in Spokane）裡，馬丁·麥多納將主角卡麥寇（Carmichael）困在不斷尋覓自己的斷手的迴圈裡。

2. 去除深度

和完整、複雜、充分揭示本性的故事人物相反的，是被掏空的故事人物——他只剩內心的空虛，成為極端人物只差一步之遙。

電影《城市英雄》裡，編劇艾比·羅伊·史密斯（Ebbe Roe Smith, 1949－）剝除了主角威廉·福斯特（William Foster，麥克·道格拉斯〔Michael Douglas〕飾）的理智。

電影《柯波帝：冷血告白》裡，編劇丹·福特曼（Dan Futterman，1967－）抹去了楚門·柯波帝的道德感。

編劇葛拉罕·摩爾（Graham Moore, 1981－）在電影《模仿遊戲》（The Imitation Game）裡，挖掉了主角艾倫·圖靈（Alan Turing，班奈狄克·康柏拜區〔Benedict Cumberbatch〕飾）的核心自我。

絕望吞噬了這三個人的人性，將他們的人生逼到荒謬的邊緣。

3. 去除改變

複雜、多面向的主角會有所轉變，但扁平人物不會。扁平人物只跟自己打交道，排除和其他人的連結。

在寫實的故事類型裡，扁平人物會被揭露他的本性，但無法有所改變。湯瑪士·哈代的小說《無名的裘德》、《黛絲姑娘》（Tess of the d'Urbervilles）裡的

裘德和黛絲就是如此。他們唯一的變化就是一直走下坡，從充滿期盼變得毫無希望。[2]

而在非寫實的故事類型裡，不管有沒有超能力，英雄和反派也都是扁平人物。緊張刺激、充滿冒險動作的幻設故事中，故事人物會改變世界，但從不改變自己。他們體現善良或邪惡，並遵循古老的說故事傳統，到死都代表善良或邪惡。

事實上，寫實、非寫實故事裡那些依然故我的人物都暗示著有可能改變，不管可能性多低。如果哈代讓裘德成為研究古希臘羅馬的學者，他實現夢想的變化過程可以很深刻又動人。如果布魯斯・韋恩受夠了大眾對蝙蝠俠的不尊重，決定運用他的能力打造一個邪惡帝國，這樣的改變會非常驚人，但也令人著迷。我一定會買票觀賞這樣的續集。

如果傳統故事類型裡的扁平人物有所改變，他們的變化會令人倍感意外，但看起來具說服力也很有意義。然而，如果活在極端世界的極端人物要從扁平變得複雜，這種變化就會看起來很假。

劇作《等待果陀》裡，維拉迪米爾（Vladimir）和艾斯特崗（Estragon）這兩位漫無目的的人物，不斷重複說著「無事可做」（Nothing to be done.）。這句話概括了他們扁平的特質。然而，如果其中一位突然跟另一位說：「等夠了。我不認為果陀會出現。我們去找點事做，闖出點名堂。」接著兩人就走了，為有機會改變而興奮不已。真變成這樣的話，貝克特的存在主義傑作就會崩壞得一塌糊塗，只剩下愚蠢。[3]

威爾・塞爾夫的小說三部曲《傘》（Umbrella）、《鯊魚》（Shark）、《電話》裡，扁平的人物分裂成五個不同的觀點。思緒的碎片表現了不同樣貌的解離性身份障礙症、藥物引發的幻覺與泛自閉症障礙。如果作者將這些碎片整合成完整的故事人物，他們便會破壞他狂暴不羈的創作。

4. 去除身份認同

二十世紀之前，作者塑造人物的身份認同，靠的是環繞著他的文化元素：性別、階級、家庭、年齡、信仰、國籍、教育程度、職業、語言、種族、藝術品味等等。

當故事人物表示：「我是個——」後面接的是從他當下現實中汲取的名詞。這古老的做法持續至今天，因身份（認同）政治（identity politics）而更加強化。

現代主義運動推翻了這個模式。現代主義不再著重故事人物之間的衝突，轉而改說人物內心世界的故事、追尋內在自我不朽的真實。現代主義作品裡的人物背對世界，希望能發現一個核心自我，這樣的自我安靜地待在內心深處，被思緒的無盡自由與創造力的美所包圍。

到了二十世紀末，後現代主義者發現內心世界不提供這樣的庇護和慰藉。外在世界和內在世界，就只是兩種版本的地獄。貝克特的小說《無以名之者》（*The Unnamable*）中，主角表示他已「關上門，不招待任何人」，包括他自己。在自己內心裡沒有歸宿的故事人物，受現實感喪失（derealization）或自我感喪失（depersonalization）所苦，也可能兩者兼具。喪失現實感是指突然覺得外在世界很不真實，而喪失自我感是突然覺得自己很不真實。

喪失現實感是絕望的副作用，藥物和酒精往往會強化這種感受。喪失自我感則是生理和心理創傷或極端寂寞的副作用。被判處單獨監禁的囚犯，一段時間後注定會喪失他的自我。穿著拘束衣的他終於被放出來時，他的第一個問題（如果還能講話）便是：「我是誰？」

現實感喪失會剝奪人的同理能力，剝奪人看見其他人身上的人性；自我感喪失則斷絕了人同理自己的能力，無法感覺到自己的人性。

有多少方式能使故事人物喪失自我同理（self-empathy）的能力，進而失去身份認同呢？以下簡單列出幾個：

(A) 失去身份認同的來源

故事人物身處的文化建構了他的人物塑造和人物本色。如果外在力量摧毀了身份認同的來源，他也會跟著消失。

珍・瑞絲（Jean Rhys，1890－1979）的小說《夢迴藻海》（*Wide Sargasso Sea*）裡，克里奧爾（Creole）[74]／牙買加非裔混血的安東妮・寇司威（Antoinette Cosway）是

---

74 克里奧爾在不同區域、不同時代有不同意涵，此指歐洲白種人在西印度群島等殖民地的後裔。這位主角有白種人和非裔的血統。

牙買加莊園的繼承人，嫁給一名英國人。先生帶安東妮回自己的家鄉，之後羞辱她的種族身份並和他人私通，破壞了兩人的婚姻。安東妮被關在閣樓裡，所有的自我認同皆被剝奪，最後陷入瘋狂。[75]

現代非洲文學之父奇努瓦·阿契貝（Chinua Achebe, 1930 – 2013）的小說《分崩離析》（*Things Fall Apart*）裡，某個奈及利亞部族的勇士奮力對抗英國殖民者和傳教士，但他的部落後來改信了基督教，並與他作對。來自部落祖先的身份認同遭到剝奪，他最終選擇自我了斷。

(B) 拒絕身份認同的來源

故事人物厭惡他的祖先，因而排斥他的信仰、種族淵源、性別或任何其他形塑人格的影響因子時，他就會調整（如果沒有徹底消除的話）自己的身份認同。

約翰·奧斯本的舞台劇作《憤怒地回望》中，男主角吉米·波特（Jimmy Porter）滿腔熱血，但大英帝國早已瓦解，他發現已經毫無機會實現心目中的壯闊人生。以他工人階級的出身，他永遠不可能參與任何重大事業，無法活出他所嚮往、英勇無畏的自我。

亞當·席佛拉（Adam Silvera, 1990 –）的小說《我，比不快樂更快樂》（*More Happy Than Not*）裡，亞倫·索托（Aaron Soto）找了一家醫療公司來消除他的同志身份。這家公司消除亞倫的一些記憶，但同志性向不是記憶，是基因。

(C) 創傷

思覺失調等苦難或基因異常造成的傷害，會嚴重破壞人的身份認同。

電影《神鬼認證》（*The Bourne Identity*）裡，傑森·包恩（Jason Bourne）因為受重傷而導致失憶，為了知道自己的身份而踏上旅程。

電影《三面夏娃》（*The Three Faces of Eve*）與迷你影集《雙面葛蕾斯》（*Alias*

---

75 這本小說被視為夏綠蒂·勃朗特（Charlotte Brontë）的小說《簡愛》（*Jane Eyre*）的「前傳」，講述羅徹斯特先生第一任太太的故事。

Grace）[76] 裡，分身、多重人格賦予主角不同身份，但沒有一個是主角真正的身份。

電影《藍色茉莉》（*Blue Jasmine*）的主角茉莉・法蘭西斯（Jasmine Francis）為了報復先生出軌，向聯邦調查局舉發他貪污。茉莉因此破產，進而飽受精神崩潰、幻覺所苦，她的自我因而分崩離析。

(D) 身份遭到竊取

冒牌貨蠶食故事人物的身份，直到沒有人相信他就是自己口中說的那個人。

電影《雙面女郎》（*Single White Female*）中，海蒂・卡爾森（Hedy Carlson）飽受毫無生氣、深沉的空虛所苦。為了找出愉快又滿足的自我，她模仿室友的外貌、言行舉止，試圖竊取對方的身份。

(E) 執迷耽溺

狂熱份子極度執迷時，會做出看起來不像他會做的反常舉動。震驚之餘，他們會從所作所為中抽離，並藉口「我剛剛失神了，那不是我平常會做的事」為自己開脫。事實上，他們在壓力下做出的選擇，充分反映了他們真實的樣貌。

電影《色，戒》（*Lust, Caution*）裡，日軍在一九四二年占領了上海。一名年輕貌美的抗日份子色誘特務頭目，以便進行暗殺計畫，但兩人的肉體關係使她不可自拔。等到有機會能行刺時，她卻出乎自己預料地，突然選擇放他走，救了對方一命。

5. 去除目標、意義

許多極端人物背棄這個世界。他們為了逃離人際關係帶來的各種混亂，撤退回自己的內心世界裡，以為在那裡就能享受自由、創造力，以及平靜的自我

---

76 《雙面葛蕾斯》是瑪格麗特・愛特伍的同名小說改編。

認識。然而，他們的沉思漫無目的又空洞，他們發現自己內在的創造力虛偽做作，自我覺察令人痛苦難耐。當有些記憶不由自主迸現，他們不是否定其真實性，就是停止思考。卡在內在與外在世界中間，他們試圖逃離；不管內在或外在世界，他們都不想要。當極端人物渴望陪伴，其實是為了逃避突然發作的焦慮，那些對當下的苦惱、與存在相關的瑣事、無謂的內在無聊所感到的焦慮。他們毫無目標可言。

貝克特的劇作《克拉普最後的錄音帶》裡，克拉普的醫生警告他，香蕉對他的健康有害。結果，克拉普把香蕉剝了皮、塞進嘴裡，就這樣呆愣了一段時間，睜著眼放空許久，無法或不想咬下去，香蕉就這麼掛在他臉上。[4]

極端人物漫無目標，也因此被困住，被困在不完整的劇作裡，例如《六個尋找作者的劇中人》；被困在沒頭沒腦的重複裡，例如《椅子》；被瘋癲的政治困住，例如《縱火犯》（The Arsonists）；受困於未知的威脅，例如《生日派對》（The Birthday Party）；受困於盲目的順從裡，例如《犀牛》（Rhinoceros）；被困在死亡裡，好比《國王死去》；被困在莎士比亞的劇作中，好比《君臣人子小命嗚呼》；受困於官僚體系裡，例如《審判》；受困於警察國家中，例如《枕頭人》（Pillowman）；深陷在庸俗之中，例如《電影》（The Flick）；受困於亞馬遜叢林，例如《遭遇》（The Encounter）；又或者被困在鄰居的後院，好比《一人逃脫》（Escaped Alone）。就像電視節目《對台詞》（Whose Line Is It Anyway?）[77]中的即興演員一樣，這些故事人物被困在舞台上，無法逃脫劇作家設定的前提。

對許多二十一世紀的作者來說，政治的荒謬使他們對於意義、目標的理解與感受變得模糊不清。而藝術家若感到困窘滯塞，會連帶癱瘓他創造的故事人物──停滯的人物認為沒有任何事物能讓人生有意義，愛、藝術、知識、上帝都不行，性愛肯定也做不到。因此，對於現下的意義喪失，活屍就是最完美的隱喻。極端人物就像活屍，有生命但沒有真正活著。可能的話，他們會住在什麼也沒有的活屍地帶。

---

77 即興喜劇表演的電視節目，受邀上節目的即興演員會根據主持人設定的情境來臨場發揮，演一齣引人發笑的小短劇。

6. 去除整體性

複雜人物的行為有所矛盾：他又愛又恨、說謊又講實話，這些有凝聚效果的矛盾將他整合成一體。相較之下，極端人物身上不穩定、無法整合的碎片會讓他支離破碎。

舉例來說，現在的參與式劇場（participatory theatre）中，故事人物與觀眾互動時，他們的角色就分裂成故事人物和演出者，例如《極限震撼》（*Fuerza Bruta*）、《不眠之夜》（*Sleep No More*）、《六十六分鐘在大馬士革》（*66 Minutes in Damascus*）。

伊莎貝爾・威德納（Isabel Waidner, 1974 －）的小說《花俏的小玩意》（*Gaudy Bauble*）裡，物件變成故事人物，然後自體繁殖（印在運動衫上的那張臉成倍數增加，變成一大群變性人）。

7. 去除成熟的特質

成熟的心智每天的任務，是要居中調解周遭環境與內在本能，平衡兩個敵對的力量，斡旋出內心的平靜。[5]

極端人物是永遠長不大的小孩，臣服於外在世界（順從）或臣服於自己的衝動（暴力），又或者同時臣服於兩者（服從命令、充滿暴力傾向的野蠻人）。

村上春樹的小說《發條鳥年代記》裡，像孩子般的主角岡田亨沒在找他的貓或他太太時，便是身在井底沉思。

威斯康辛州麥迪遜市的布魯姆街劇場（Broom Street Theater）[78] 推出的粗俗諧擬劇作，例如《奧克拉同志！》（*Oklahomo!*）、《芭蕾女伶與經濟學家》（*The Ballerina and the Economist*），都對成熟的特質一點興趣也沒有。

待過布魯姆街劇場的查理・考夫曼，他寫的電影劇本也是如此。比方說，他編劇的電影《還我本性》（*Human Nature*）裡，就有位科學家在教導老鼠餐桌禮儀。

---

78 布魯姆街劇場是美國最多產、最早成立的實驗劇場之一。

8. 去除良知

邪惡的故事人物之所以犯下毫無悔意的暴虐行徑，在於他沒有良知的約束。沒良心、邪惡的人物會在故事中引發權力爭鬥，這在眾多故事類型中都看得到，包括犯罪、戰爭、動作／冒險、政治戲劇、家庭戲劇。

深陷風險極高的狀態時，人都知道如何拋棄良知。這是老生常談。極端人物會將殘暴提升到另一個層次，就像薩德侯爵（Marquis de Sade, 1740 − 1814）[79] 在其著作《臥房裡的哲學》（Philosophy in the Bedroom，又譯作《閨房哲學》）裡解釋的：「透過殘暴的行為，人對嶄新的存在方式會有超越常人的感知力與敏銳度，這是其他方式無法達到的。」

極端邪惡的核心是施虐症（Sadism），認為一般虐待追求的目的（取得資訊或招認），削弱了虐待經驗本身難以形容的滿足感與超常的純粹性。極端的邪惡尋求怪誕駭人的快感。

極端邪惡的作為引人作嘔。噁心，是對腐爛變質、污濁惡臭的排泄物、黏糊狀物質、嘔吐物產生的本能反應。對動物的溢出物產生生理上的作嘔反應，是為了保護我們身體免於毒素的侵害；對道德敗壞的事物產生心理上的作嘔反應，則是為了保護靈魂免於邪惡的侵害。極度邪惡的故事人物真的會讓人反胃。

系列電影《魔戒》的索倫（Lord Sauron）並非極端邪惡的人物。他其實還挺優雅的。索倫為了維繫權力而奮鬥，但他不是施虐狂，所以不會引人作嘔。

相反地，喬治・歐威爾的反烏托邦小說《一九八四》裡，黨意志的貫徹者奧布朗恩（O'Brien）在主角溫斯頓・史密斯（Winston Smith）的頭上裝了一個有柵欄機關的籠子，裡頭關著飢腸轆轆的老鼠。只要籠門一被掀起，那些老鼠就會撲上去啃史密斯的臉。奧布朗恩開心看著這場駭人的精神虐待如何摧毀他的受害者，感到十分滿足。他就是極端邪惡的化身。

---

79 法國貴族，以情色書寫著稱。施虐（Sadism）一詞便出自他的名字，知名著作包括小說《索多瑪一百二十天》（Les 120 Journées de Sodome ou l'école du libertinage）。他在世時被認為是不值一談的二流情色小說家，但他的評價在二十世紀翻轉，掀起「薩德主義」研究熱潮。

9. 去除信念

不論是尋常或極端，針對任何你創造的故事人物，都可以問一個很有幫助的問題：我的故事人物有多瘋？他心智正常，也處在一個清醒、正常的世界裡嗎？還是他精神失常，但處在正常的世界裡？又或者，他心智正常，但處在瘋狂的世界裡？還是說，他既瘋癲，又處在瘋癲的世界裡？前三種可能含納了寫實與非寫實手法創造的人物，而極端人物屬於第四種。

小說家派翠西亞・海史密斯（Patricia Highsmith, 1921 − 1995）筆下的湯姆・雷普利（Tom Ripley）[80] 屬於第二類。他身處的世界很正常，但他很瘋。他集心理病態與社會病態於一身，必要時不惜動手殺人。對雷普利來說，有必要指的是以他人的性命為代價來滿足他的欲望。

路易斯・卡洛爾筆下的愛麗絲屬於第三種。她神智清楚，但身處的世界很瘋狂。這位受到良好教育、自以為是的小女孩必須理解這個瘋癲世界的運作方式，不然無法找出回家的路。

雷普利和愛麗絲之所以是傳統的故事人物，在於他們相信世界自有其道理，而極端人物缺乏任何這樣的信念。不管在他們身處的外在世界或內心世界裡，極端人物都無法找到意義與道理，而且肯定也不相信任何形而上的東西。

信念／信仰是一種個人對現實的詮釋。宗教信仰相信，有個上帝創造世界，並賦予世界道德規範。愛國主義堅信一個民族國家具備的正當性，以及它有傳統來歷的現實。科學信念認為，嚴謹精確的因果律使現實得以運作。信仰愛情的人認為，愛是最重要的價值……因為擁有諸如此類的信念，傳統的故事人物在自己的生命中找到意義。

極端人物因為沒有信仰的支撐，面對荒謬時便感到絕望。

徐四金的小說《香水》中，葛奴乙發現包括自己在內的大家都令人作嘔，而且空洞無意義。缺乏信念的他，最後誘使一群饑餓的暴民將他撕爛、在大

---

80 犯罪系列小說的主角。出現在《天才雷普利》（*The Talented Mr. Ripley*）、《地下雷普利》（*Ripley Under Ground*）等小說中，曾於一九九九年改編為電影。

街上吃了他，這是他逃離荒謬的最終手段。

未來：異常人物在尋常世界

後現代的前衛藝術幾十年前就死透了，取而代之的是擁抱過去的潮流。現在的後現代主義戲劇、電影和小說，只是在回收利用、窮盡二十世紀大大小小所有的手法，重複到令人生厭。就像貝克特筆下的人物會說的話：「沒有什麼事還沒做過。」於是，有別於複製過去，二十一世紀走得最前面的故事創作是在譏諷當下。

古典的諷刺作品裡，頭腦清楚的敘事者嘲弄瘋狂的社會。強納森・史威夫特在《格列佛遊記》裡完美運用了這個技巧；七十年前，貝克特也以身在荒謬設定裡的極端人物來嘲弄現實。有別於史威夫特和貝克特，當今的作者讓極端人物置身傳統、尋常的故事設定裡，同時讓我們不受善良本性的影響，對人物產生共鳴與同理。

亞拉文・雅迪嘉的小說《白老虎》、馬丁・麥多納的舞台劇作《在斯坡坎尋找另一隻手》、阿利安卓・伊納利圖（Alejandro Iñárritu，1963 −）執導的電影《鳥人》（*Birdman*）、保羅・貝提（Paul Beatty, 1962 −）的小說《背叛者》（*The Sellout*）、潔美・艾廷博格（Jami Attenberg, 1971 −）的小說《無處停歇》（*All Grown Up*）裡帶有黑色幽默色彩的主角，都是罪犯、瘋子，或是犯了罪的瘋子。

其實，最極端的故事人物現在也有自己主演的長篇影集：《駭客軍團》（*Mr. Robot*）裡患有重鬱症、焦慮症的主角、《小鎮滋味》（*Santa Clarita Diet*）裡迷人的食人活屍、《狂想》（*Maniac*）中接受精神藥物實驗的精神病患者、《含笑上台》（*I'm Dying Up Here*）裡那些執著到有些嚇人的喜劇演員、《追殺夏娃》（*Killing Eve*）中討人喜歡的連環殺手薇拉內爾（Villanelle）、《殺手進城》（*Barry*）裡身兼演員／殺手的巴瑞（Barry），以及《絕命律師》裡犯法的刑事律師吉米・麥吉爾。

隨著作者不斷突破同理心的極限，他們要求讀者和觀眾對越來越瘋狂、越來越危險的故事人物產生共鳴。「對當代讀者／觀眾來說，要多黑暗才算太過頭？」這個問題的答案，似乎一直在探底，看不到盡頭。

第三部
人物的宇宙

　　以下三章，將分別從三個不同的角度來審視故事人物，包括：從不同故事型態中的卡司、人物在一個故事裡採取的行動，以及從讀者與觀眾的觀點來看故事人物。

14

類型中的人物

在講故事的藝術當中，沒有任何東西可以強迫作者依照某種規則來創作。類型並未強加任何命令。類型只是在跟隨傳統與慣例的模式。正如同音樂或繪畫的潮流一般，讀者與觀眾逐漸發掘自己最喜歡的類型，然後期待看到並享受這些類型的設計。他們自然而然想要再次體驗這些類型，但每一次體驗都要有令人滿意的差異。

舉例來說，這裡有三組對故事事件的期待：

一、犯罪故事：（a）有人會犯下罪行。（b）有人會發現這個不正義的狀況。（c）主角會想辦法找出誰是罪犯，然後逮捕並懲罰他。（d）罪犯會拚命躲避被抓到與被處罰。（e）主角或許能維護正義，或許不能。

二、愛情故事：（a）戀人將會相遇。（b）他們會陷入愛河。（c）強大的力量會反對他們相戀。（d）戀人會對抗這些力量。（e）他們的愛情將會成功，或是失敗。

三、教育劇情：（a）主角對自己的生活不滿意。（b）他感到空虛與無意義，讓他覺得憂慮，但他不知道該怎麼辦。（c）他會遇到一個「導師角色」。（d）導師會引導或啟發他。（e）主角會發展出新的體悟，賦予他人生意義與目標。

隨著時代演進，法庭對犯罪的定義方式、家庭鼓勵或反對戀情的方式、知識份子對於意義的定義方式都會跟著演化。當社會的信念歷經變化，類型的慣例也會發展出創新的方法來表現這些演變中的概念。作者對於周遭正在變遷的世界很敏感，他會保留、刪除或重新創造這些慣例。然而，任何創新都必須考慮到大眾會有何期待。由於讀者與觀眾喜愛他們的類型，所以，當你要扭曲或打破慣例，就必須為故事增添更新、更清晰的意義與情感。

只要對類型的慣例有適切理解，會知道它從不限制故事的表現，反而是讓故事可以成立的前提。如果戀人從未相遇，愛情故事就無從講起；如果罪行沒被發現，就無法講述犯罪故事；如果主角過著幸福滿足的生活，教育劇情就無法開展。如果沒有慣例，講故事的藝術就無法存在。

類型可以分成兩種基本類別：

一、創造內容的**內容導向類型**（primary genres）：故事人物、事件、價值與情感。

二、表現內容的**形式導向類型**（presentational genres）：喜劇性或戲劇性、寫實或詩意、現實或奇幻等等。

內容導向類型

內容導向類型的演變，因應了人生的四大衝突層面：物質、社會、人際關係、內心。

因應真實世界裡的各種衝突，古代的作者先從創世神話講起，談神祇如何創造天空、大地、海洋與人類。一旦對超自然力量的信仰建立起真實世界的秩序，他們便將主題從神明轉向英雄，發明了動作／冒險類型（Action/ Adventure Genre）。這些虛構故事搬演了對抗風暴、洪水、閃電與飢餓野獸的生死搏鬥。

但是，對人命最致命的威脅來自人類，所以作者們在社會、家庭與親密關係的層次上，發展出其他各種類型。這些衝突創造外在變化的歷程，最終是內心的衝突導致了人物轉變弧線。

很少故事會純粹到讓人物只參與一種衝突層次。在大多數故事的講述過程裡，這四個層面會混合、融合、相乘。這裡讓我們先將這些衝突層次區別開來，以理解它們如何創造內容導向類型。

自我對抗大自然

動作／冒險類型：人類最早的動作故事是讓英雄對抗化身為神的大自然力量，例如荷馬史詩《奧德賽》中奧德修斯對抗的暴風是「海神」波賽頓在背後吹氣助長、《聖經》故事裡的羅得（Lot）[81] 從耶和華發動的火山爆發降下之焰火與硫磺中逃生、美索不達米亞文明的史詩主角吉爾伽美什（Gilgamesh）殺死帶來旱災的「天牛」（Bull of Heaven），以及其他成千上萬的故事。

恐怖類型：希臘人將自然力量誇大後轉化為怪物，例如九頭蛇「海德拉」（Hydra）、獅面龍尾羊「喀邁拉」（Chimera）、牛頭怪「米諾陶」（Minotaur）、獨眼巨人（Cyclops）、吸血怪「摩耳摩」（Mormo）、狼人「萊卡翁」（Lycaon）與蛇髮女妖「梅杜莎」（Medusa）——每一個都是人類想像出來的夢魘。

自我對抗社會

戰爭類型：打從第一個人類撿起第一根棍棒開始，燎原戰火就不曾停歇，但首創此一類型的人是古希臘詩人荷馬，他的《伊里亞德》講述了特洛伊戰爭與戰場英雄阿基里斯（Achilles）的故事。

政治類型：雅典人在西元前五百年左右建立民主政體的時候，政治權力鬥爭立刻成為戲劇題材，例如希臘悲劇《安蒂岡妮》（Antigone）與鬧劇《馬蜂》（The Wasps）。

犯罪類型：愛倫·坡在《莫爾格街兇殺案》（The Murders in the Rue Morgue）創造了神探杜邦（C. Auguste Dupin），犯罪偵查就此變成一個類型。柯南·道爾寫出福爾摩斯之後，這個類型就深受閱讀大眾的喜愛。

---

81 出自《聖經·創世記》。索多瑪與蛾摩拉是沉溺於罪惡的兩座城市，當上帝決意毀滅此二城，事先派出天使通知「義人」羅得一家提前逃離。最後，羅得與兩個女兒成功逃出生天，只有羅得的妻子因為沒有遵從天使「過程中不得回頭」的吩咐，在逃命時回頭一看，立即變成一根鹽柱。

現代史詩：二十世紀獨裁者的興衰啟發了這個類型，作家們將古代的冒險史詩改寫為爭取自由之戰，讓一個勢單力薄的英雄對抗擁有無上權力的暴君。這個小蝦米對上大鯨魚的類型涵蓋甚廣，橫跨寫實與奇幻的領域，例如小說《魔戒》、《一九八四》、《使女的故事》與電影《萬夫莫敵》（Spartacus）、《星際大戰》、《梅爾吉勃遜之英雄本色》（Braveheart），以及影集《冰與火之歌：權力遊戲》等。

社會戲劇：十九世紀的政治動盪揭露了多項社會問題，例如貧窮、貪腐與性別不平等。這個類型指出這些衝突，並以戲劇呈現可能的解決方案。小說家狄更斯等與舞台劇作家易卜生等，窮盡其創作生涯以揭發社會種種不公義。時至今日，社會戲劇類經常獲得奧斯卡金像獎的青睞。

自我對抗親密關係

在親密關係的層次上，兩種類型搬演了家人與情人之間的衝突。

家庭戲劇：從《米蒂亞》到《李爾王》，從沃利・蘭姆（Wally Lamb, 1950 -）的小說《他是我兄弟》（I Know This Much Is True）到克里斯多福・洛伊德（Christopher Lloyd, 1960 -）的情境喜劇《摩登家庭》（Modern Family），家庭故事無論是戲劇取向或喜劇取向，是個源遠流長而且被一說再說的故事類型，以戲劇來呈現維繫或瓦解家庭的忠誠與背叛。

愛情故事：將浪漫愛情理想化的初始目的，是為了馴化狂暴的男性。中世紀末期，強暴案件有如瘟疫一般橫掃歐洲，為了因應此一現象，吟遊詩人——當時的大眾文化傳播者——在說唱故事之間頌讚貞潔與具騎士精神的戀愛等種種美德。從那時候起，每一波浪漫主義浪潮後都會緊跟著一波反浪漫主義潮流，一次又一次在西方文化與它們訴說的愛情故事中浮沉。

愛情故事有一個次類型叫做「夥伴故事」（Buddy Story）。它以戲劇呈現的並非浪漫戀愛，而是朋友關係中的親密情感，例如艾琳娜・斐蘭德（Elena Ferrante）的小說《那不勒斯故事》（My Brilliant Friend）、舞台劇作家努南（John Ford Noonan, 1943-2018）的《一對白妞坐著講話》（A Coupla White Chicks Sitting Around Talking）、電影《虎豹小霸王》（Butch Cassidy and the Sundance Kid）與《末路狂花》。

自我對抗自我

具有心理複雜度的故事，會在人物內在本性的層次上，呈現觸發事件發生時的人物狀態，是如何一步步轉變成戲劇高潮時的另一個狀態。但就故事人物的內在來說，作者究竟可以改變什麼呢？

道德觀、心態、人性，這三者之一。

1 道德觀：故事人物如何對待其他人？

人物面對人生中種種誘惑時的反應，可以強化或腐化他的道德觀，讓他變好或變壞，讓他更誠實或更會欺騙，更仁慈或更殘酷，更願意奉獻或更自私。

2 心態：對於真實世界與他的人生，故事人物如何思考與感受？

因為基因命令我們不得自殺，於是我們等待死亡到來，但當你站在死亡那一邊，存在就沒有內在意義了。面對無情的時間與隨機的運氣，每個複雜的人物都必須回答一個極私密的問題：我的存在除了生存之外有沒有意義？我的人生具有意義，還是荒謬？在講述存在危機的故事裡，主角若非發現活著的正向理由，就會屈服於人生的無意義本質。

3 人性：故事人物的人性面潛力歷經怎樣的改變？他的自我變得更充實，還是更空虛？

最細膩深刻的故事會涉及故事人物的人性，並讓它發生改變。它們會讓作者提出最困難的問題：我的人物是隨著時間進化或退化？如果他在進化／退化，我講述故事的方式滿足了／沒有滿足人物人性面的哪個需求或匱乏？故事人物是成長還是空洞化？如果你執行下列兩個主要任務，就會獲得這些問題的答案：

（一）在故事開頭，人物的整體人性可以深刻或膚淺，它取決於複雜的人格特質如何交相作用，例如智慧 vs. 無知、同情心 vs. 漠然、慷慨 vs. 自私、情緒沉穩 vs. 衝動性格等等。在故事的企畫階段，想像一下你的人物內在世界的相對成熟度與完整度，再估量一下人物內在世界比較傾向正向或負向的改變。

（二）一旦你對人物的深度與廣度有了掌握，在觸發事件與後續種種事

件中展露他的本性，讓他的轉變弧線橫跨整個故事。

要執行這兩個任務，你只有一個方法：讓你的人物承受壓力，然後在他試圖滿足其欲求時，給他幾個行動讓他選擇，這些選擇要能揭露他現在是什麼樣的人，並為他將要成為什麼樣的人鋪路。在故事的高潮，人物在人性面上若非變得高尚就是沉淪，他會成為一個比較圓滿或更有缺陷的人。

十六種內容導向類型

內容導向類型會在故事人物的人生中造成重大改變。它可能發生在外在層面，也可能發生在內在層面。因此，內容導向類型可以分成兩個基本類別：「命運劇情」（Plots of Fortune）與「人物劇情」（Plots of Character）。

為了製造改變並讓它展現出來，內容導向類型內含四個核心慣例：核心價值、核心事件、核心情感、核心卡司。以下會用這四個重要慣例來檢視十六種內容導向類型，其中十種屬於命運劇情，六種屬於人物劇情。

十種命運劇情

命運劇情會改變角色人生的外在狀態，可能變好或變糟。他的命運可能會在輸與贏、窮與富、團聚與孤寂等狀態之間擺盪。命運劇情的類型有許多次類型，有些類型可能有十多個次類型。舉例來說，動作類型有十六個次類型，犯罪類型有十四個，愛情類型有六個。以下的清單只說明類型，先不談次類型。

一、動作類型
核心價值：生 vs. 死
核心事件：英雄任由惡徒擺佈
核心情感：興奮
核心卡司：英雄、惡徒、受害者

英雄、惡徒、受害者——這三種故事人物構成道德原型的三角：英雄的重要特質是利他主義，惡徒的是自戀，受害者的是脆弱。

英雄可以改變世界，卻無法改變自己。他們的力量光譜，從一端的超級英雄（超人）、動作英雄（《神鬼認證》系列電影裡的傑森‧包恩），一路到另一端的平民英雄（《怒海劫》）。超級英雄運用超越人類的力量來對抗超越人類的惡徒與怪物；動作英雄對抗傳統惡棍，考驗自己的能耐；平民英雄沒有特殊力量或技能，只有承受痛苦、承受非必要風險的意志力。

惡徒的光譜涵蓋了超級惡徒、犯罪首腦與街頭幫派。他們毫不猶豫使用暴力，因為他們對受害者也是人這件事並不在乎；英雄必須被挑釁才能使用暴力，因為他不能無視（包含惡徒在內）任何人的生命價值。對惡徒來說，英雄與受害者都只是可割可棄的「物」，是他們達成目的的工具；對英雄來說，惡徒也是人。

與犯罪故事裡的罪犯不同，動作類型裡的惡徒不能被買通。他有一個足以定義其人生價值的計畫，執行完美的犯罪比他自己更重要。他的陰謀隱晦又神祕（否則他就只是犯法而已），並且極具破壞力（否則只要普通警察就可以應付了）。

脆弱的受害者有很多種樣貌：兒童、情人、家庭、小鎮、國家、地球與宇宙。受害者對故事來說很重要。倘若沒有受害者，英雄就無法展現英雄本色，惡徒也沒辦法使壞。

像動作劇情這樣隨處可見的類型，因為被講過無數次，故事原型已經被打磨到最核心，例如以下這個比《聖經》還早出現的故事模式：英雄奇蹟般地誕生，但出身寒微；他很早就被認證身懷超能力；他快速登上英雄地位；他被他信任的夥伴背叛；他戰勝邪惡、凱旋而歸；他因為自大而失去人心；他贖罪、自我犧牲並成為聖人。近代的英雄為這個範本添加了各種獨具人物特色的變化，例如《星際爭霸戰》（*Star Trek*，2009）的史巴克（Spock）、《異形》（Alien）的艾倫‧雷普利（Ellen Ripley）、詹姆士‧龐德（James Bond）、哈利‧波特、《瓦力》的同名主角、《麻辣女王》（*Miss Congeniality*）的葛蕾絲‧哈特（Gracie Hart）與《冰與火之歌：權力遊戲》的丹妮莉絲‧坦格利安。

二、恐怖類型

核心價值：存活 vs. 淪入地獄

核心事件：英雄任由惡徒擺佈

核心情感：恐怖

核心卡司：怪物、受害者

恐怖類型去除了動作英雄，聚焦在於怪物與受害者的衝突上。動作英雄令人亢奮，恐怖怪物讓人恐懼。動作類型讓讀者與觀眾在情感上保持安全距離，恐怖類型則直搗潛意識。我們可以把動作類型想成一股力量（force），而恐怖類型是一場入侵。

動作英雄遵循大自然的規律，怪物們若不是用超自然力量打破這些規律，就是以強大到不可思議的力量扭曲它們。

動作劇惡徒是自戀狂，恐怖怪物是虐待狂。惡徒貪婪，怪物邪惡。財富、權力與名氣可以滿足惡徒，但怪物讓受害者痛苦並延長其受虐時間，只因為受害者的痛楚可以讓他獲得無上快感。

三、犯罪類型

核心價值：正義 vs. 不義

核心事件：英雄任由惡徒處置

核心情感：懸疑

核心卡司：反英雄、惡徒、受害者

在二十一世紀的犯罪類型裡，大多數都拋棄動作英雄改採用反英雄。與動作英雄一樣，反英雄在故事中從未改變。與動作英雄不同的是，反英雄的核心自我層次多且複雜。

反英雄是道德上的現實主義者，他可以行善也可以作惡。差別在於他很清楚這一點，所以讓外在變強悍以保護內在那個比較好的自我。他看起來酷到對什麼都沒感覺，內心卻強烈渴望正義。反英雄努力遵循他自己的道德準

則、守住他的道德觀，同時內心懷抱著另一個凶惡的自我。雖然他知道打擊犯罪的生活會慢慢毀滅他的靈魂，但他埋頭繼續奮鬥。

四、愛情類型
核心價值：相愛 vs. 失戀
核心事件：愛的行動
核心情感：對愛情的渴求
核心卡司：戀人們

如果愛不會讓人受苦，就不是真愛。驗證真愛的唯一行動，是默默犧牲自己——無聲地採取行動，完全不寄望會被看見或獎賞。付出者會付出代價，被愛者會獲益。書寫戀愛故事的一大考驗，就是創造出有原創性的愛的行動，它對於你的故事人物來說是獨一無二的，而且能深深感動你的讀者／觀眾。

五、家庭類型
核心價值：凝聚 vs. 崩解
核心事件：親情凝聚或家人離散
核心情感：對凝聚的渴望
核心卡司：家庭

家庭故事的卡司可以有血緣關係，沒有也可以。但無論這個團體是如何組成的，成員還是會支持並保護彼此、互相羈絆，即便他們不愛彼此。

六、戰爭類型
核心價值：勝利 vs. 戰敗
核心事件：決定性戰役
核心情感：極度恐懼
核心卡司：軍人、敵人

軍事戰略的成功關鍵，是執行這個戰略的勇氣。此類型需要故事人物在面對恐懼時思考並行動。

七、社會類型

核心價值：問題 vs. 解方

核心事件：察覺危機

核心情感：義憤

核心卡司：社會領袖、受害者

社會類型發掘的社會問題包含貧窮、種族歧視、兒童虐待或成癮問題，然後以戲劇呈現這些問題需要解方。

八、政治類型

核心價值：權力者 vs. 無權力者

核心事件：贏得或失去權力

核心情感：對勝利的渴求

核心卡司：兩個敵對陣營

在爭奪黨派權力時，故事人物幾乎都會把他們信誓旦旦公開的信念拋到腦後。在政治鬥爭中，大規模毀滅性武器是醜聞，包括賄賂、背後捅刀，以及最嚴重的：偷情。

九、現代史詩類型

核心價值：暴政 vs. 自由

核心事件：反抗行動

核心情感：義憤填膺

核心卡司：暴君／反抗者

在非寫實的史詩裡，例如《魔戒》、《星際大戰》、《公主新娘》（*The Princess Bride*）與《冰與火之歌：權力遊戲》，暴君絕無法倖存，但英雄可以勝出。在寫實的史詩裡，例如《萬夫莫敵》、《一九八四》、《梅爾吉勃遜之英雄本色》與《蒼蠅王》，暴君總是勝出，但英雄絕無法倖存。

十、職場奮鬥類型

核心價值：成功 vs. 失敗
核心事件：職場上的失敗
核心情感：支持追求成功
核心卡司：主角／組織、體制

在這個類型中，充滿企圖心的主角，例如科學家、運動員、創業家，不斷奮鬥以達成目標。這個類型的體質適合傳記故事，例如克里斯・賈納（Chris Gardner, 1954 −）從遊民變成投資專家的真實故事改編電影《當幸福來敲門》（*The Pursuit of Happyness*）、網球好手莎拉波娃（Maria Sharapova）的自傳《莎拉波娃勇往直前》（*Unstoppable*）。

六種人物劇情

在道德觀、心態或人性面向上，人物劇情會將故事人物的內在本質從好變壞，或從壞變好。如同第十二章所述，套式人物在故事登場，僅是為了執行他們被預設的任務。他們確確實實就是他們看起來的樣子。相反的，多面向的故事人物會用社會面具掩蓋內在自我。隨著做出一個個抉擇、一次次行動，他們的真面目會逐漸顯露，但是不會改變。在前述這十種命運劇情的卡司中，充斥著這兩類人物。但經歷真正心理變化的人物，出現在以下六種故事形式裡。

這六個類型展現了在不斷改變的人類精神裡的各種精彩勝利與悲劇。正如我們先前說過的，要讓人物依照轉變弧線從一種人變成另一種，故事需要改變這三種人物內在特質的任一：道德觀、心態、人性。

道德觀劇情

每個社會都有它自己的司法審判慣例與禮教規範，讓民眾知道如何待人接物。這些規範會跨各種不同光譜，從合法到非法，從善到惡，從對到錯，從仁慈到殘忍等等。宗教對於道德、不道德的規範會更加詳細。然而，儘管社會已經使出全力，違反這些準則的大奸大惡、小奸小惡依舊層出不窮。

每個作者都會為他的故事設計獨特的道德觀，跟他個人信仰的規範、他所屬文化的規範、一般大眾在閱讀或觀影時所想像的道德理想規範有關。作者處理的是主角對他人採取的行為，而引導這些行為的價值包括：符合倫理／違反倫理、有價值／無價值、對／錯、仁慈／殘忍、真誠／說謊、同情／冷漠、愛／恨、樂善好施／自私、善／惡。救贖與墮落類型的故事，以戲劇呈現主角的道德觀是如何沿著從負轉正或由正轉負的轉變弧線。

一、救贖劇情

核心價值：道德 vs. 不道德

核心事件：挽回品德的行動

核心情感：對改變的希望

核心卡司：主角

什麼樣的行為造就什麼樣的人。救贖劇情讓主角的品德由負轉正。當主角對待他人的方式由殘忍轉為仁慈、由欺騙轉為真誠、由違反倫理轉為合乎倫理，他在故事高潮採取的道德行動將會彌補他先前種種的不道德行徑。

在恩斯特・雷曼（Ernest Lehman, 1915－2005）編劇的電影《成功的滋味》（*Sweet Smell of Success*）中，一個潦倒的騙子遇上不擇手段的導師，只要他願意違背原則，導師就會讓他事業亨通。最後，騙子的事業心熬不過良心的煎熬。雖然他回歸比較善良的自我，卻付出了代價。

在杜斯妥也夫斯基的《罪與罰》裡，拉斯柯尼科夫是個心懷妄想的知識份子。他殺害了一個老婦，以為這個作為會以某種方式讓他變得與眾不同，甚至是像個英雄。但這份殘酷的荒謬不停地折磨他，直到他自首並最終乞求

原諒為止。

大衛・馬密的電影劇本《大審判》（*The Verdict*）中，法蘭克・蓋文（Frank Galvin）救贖自己過往腐敗行徑的方式，是擊敗一個更腐敗的律師事務所。

在安妮・瑪莫羅（Annie Mumolo, 1973 －）與克莉絲汀・薇格（Kristen Wiig, 1973 －）共同撰寫的電影劇本《伴娘我最大》裡，安妮・沃克原本自私的嫉妒心，逐漸轉變成珍貴的友情。

二、墮落劇情

核心價值：不道德 vs. 道德

核心事件：覆水難收的不道德行徑

核心情感：害怕失敗

核心卡司：主角

當主角對待他人的方式從合乎倫理轉為違反倫理，由善變惡，從道德轉為背德，他就敗壞了他的核心自我。墮落劇情即是道德觀由正轉負的轉變過程。

安東尼・明格拉（Anthony Minghella, 1954 － 2008）改編自派翠西亞・海史密斯小說的電影《天才雷普利》中，湯姆・雷普利本來只是個普通的騙子，後來盜用了他人身份，最後轉變為犯下多起命案的謀殺犯。

亞拉文・雅迪嘉的小說《白老虎》中，巴蘭・哈外從一個努力工作的僕人轉變成貪腐的創業家。他為了達到目的，謀殺、偷竊、賄賂並刺殺自己的家人。

在羅伯特・亞斯金（Robert Askins, 1980 －）的舞台劇《對神發誓說真話》（*Hand to God*）中，傑森（Jason，又稱泰隆〔Tyrone〕）從無邪青少年變成了撒旦代理人。

在文斯・吉利根與彼得・古爾德（Peter Gould）創作的影集《絕命律師》中，吉米・麥吉爾從一個為罪犯辯護的律師，轉變成服務黑幫客戶的罪犯：薩爾・古德曼。

心態劇情

故事人物的心態所涵蓋的能力，包括他對周遭世界、歷史與人物的認識，加上他個人與職場上的體驗、清醒與作夢時的狀態，以及他的 IQ、EQ 與意志力。上述這些因素的總和，創造出人物對現實的感受，以及他如何看待其中的自己。他內在的各種態度形塑了他在行動上的選擇，以及他對後續反應有何期待、對結果有何感受。當他跌落人生谷底，他的心態決定了他發現人生有意義或沒意義。

在教育與幻滅劇情中，作者會處理人物對現實抱持的觀點，因為現實影響他的人生態度。他如何看待現實，會以下列的價值來表現：有意義／沒意義、驕傲／沒骨氣、有知識／無知、相信神／無神論、樂觀／悲觀、信任／不信任、滿足／沮喪、自尊／自憎。

三、教育劇情

核心價值：意義 vs. 虛無主義

核心事件：發現意義

核心情感：渴望意義

核心卡司：主角、老師

今天的人類找不到意義——這個危機導致自殺率與成癮率不斷增高。人不想要無足輕重的人生，想找到超越苟活的意義。當意義消失，人類會沮喪；當人類找到意義，他們的生活就有方向。

教育劇情表現此一由負轉正的改變，它讓主角從覺得人生百無聊賴，變成學到生命價值為何。教育劇情之所以這樣命名，就是強調主角因為這個學習經驗而導致內在覺醒。

莎劇《哈姆雷特》是終極的教育劇情。哈姆雷特內心被兩個自我拉扯：他的王子自我想要為遇害的父親報仇，他的核心自我卻問：「這有何意義？」一個人無法同時往兩個方向前進，所以哈姆雷特內心天人交戰。因為他痛恨這個世界的狀態，所以他疏遠所有的人；因為他內心迷茫，所以他疏遠自己。

困在這兩個自我之間，人生似乎沒有意義。但最終當他臣服於命運，他找到了意義：「一隻麻雀墜地也是天意⋯⋯有準備就是一切。」

雷・布萊伯利（Ray Bradbury, 1920－2012）的科幻小說《華氏451度》（*Fahrenheit 451*）中，蓋・蒙塔格（Guy Montag）本來不讀書又無知，後來轉而擁抱書裡的知識之美。

阮越清（Viet Thanh Nguyen, 1971－）的小說《同情者》（*The Sympathizer*）中，主角意識到無論什麼革命都會背叛那些發動革命的人。即便如此，真正的革命份子只為了一件事而活：下一場革命。

在蘇菲亞・柯波拉（Sofia Coppola, 1971－）執導的《愛情，不用翻譯》（*Lost in Translation*）裡，兩個自我批判的角色從無意義的孤獨轉向，找到意義勇敢去愛。

在傑森・瑞特曼（Jason Reitman, 1977－）與謝爾登・特納（Sheldon Turner）合寫的電影劇本《型男飛行日誌》（*Up in the Air*）裡，主角在故事的開頭與結尾都是虛無，但他在過程中從自欺轉為自覺。

四、幻滅劇情

核心價值：意義 vs. 虛無主義

核心事件：失去信念

核心情感：對無意義的恐懼

核心卡司：主角

幻滅劇情的故事會讓其主角從樂觀主義走向宿命論，從認為人生有意義轉為看不到自己的未來。

伊迪絲・華頓（Edith Wharton, 1862－1937）的小說《歡樂之家》（*the House of Mirth*）中，莉莉・巴特（Lily Bart）讓自己進退兩難：她討厭上流社會的勢利眼與空虛，但事實上，她無法脫離富裕的生活方式。她的兩難困境最後以吞食安眠藥自殺收場。

在卡繆（Albert Camus, 1913－1960）的小說《墮落》（*The Fall*）中，尚－巴蒂

斯特（Jean-Baptiste）發覺自己的人生很虛假——過去如此，未來也將如此，於是從志得意滿墮落到自憎，再到自我毀滅。

菲利普・羅斯的小說《美國牧歌》（*American Pastoral*）裡，西摩・黎沃夫（Seymour Levov）意識到沒有人是真誠地活著，連面對內在的自我也不真誠。良善的人生是不可企及的。

葛拉罕・摩爾的電影《模仿遊戲》中，電腦天才兼戰爭英雄艾倫・圖靈因為是同性戀者，遭到司法機關強迫化學去勢。圖靈明白社會永遠不會讓他誠實地活著，於是自殺了。

在丹・福特曼的電影劇本《柯波帝：冷血告白》中，楚門・柯波帝打算寫一本暢銷書，於是花了七年時間取得兩個坐牢的殺人犯信任，利用他們來取材。自私讓他對自己完全幻滅，從此不再寫小說。

人性劇情

某種程度來說，最深刻的故事是人性劇情。道德觀與心態劇情會改變主角的同理心與信念，人性劇情則會轉變他整個存在狀態。角色的人性不只包括他的道德原則、心智態度，還有他的成熟度、性傾向、靈性、勇氣、創造力、意志力、判斷力、智慧、對美的敏感度、對他人的洞察、對自己的洞察，以及許多其他層面。

從讀者與觀眾的角度來看，人性劇情會讓他們好奇以下這個最引人深思的問題：主角會變成比較圓滿，還是更有缺陷的人？他的核心自我會變充實還是空洞？他的人性會進化還是退化？

你筆下的每個複雜人物，都會有獨特的性格特質組成。你首先要列出並衡量你筆下人物的各種能力，才能為他在人性上的轉變打好基礎。在你的主角進入故事之前，先問以下的問題來確立他現下的需求狀態：「他的主要特質為何？在他人生這個階段，他已經成長到什麼程度？他有什麼改變的潛能？他的進化與成長空間還有多少？什麼事件能夠提升他、達致最完整的人性體驗？如果故事是往負向發展，他會退化並崩壞到什麼程度？哪些轉折點會徹底泯滅他的人性？」你要說的故事將回答上述這些問題。

在進化與退化劇情中，作者會運用的價值包括：兒童／成人、依賴／獨立、成癮／清醒、衝動／謹慎、弱／強、不諳世事／世故、自我耽溺／自我控制、正常／神經質、神智清楚／精神錯亂。

五、進化劇情

核心價值：圓滿 vs. 空洞的人性
核心事件：核心自我的成長
核心情感：渴望充實滿足的人生
核心卡司：主角

屬於進化劇情的作品，會讓角色的人性由負轉正，給他一個機會盡情揮灑人生。這類敘事最受歡迎的一種是青春成長故事，它是由青澀轉為成熟的徹底變化，讓主角從孩子成長為大人。

約翰·諾斯（John Knowles, 1926 － 2001）的小說《返校日》（*A Separate Peace*）裡，青少年基恩（Gene）幼稚地嫉妒著他的死黨菲尼（Finny），後者是優雅有度的運動健將。菲尼死後，基恩那個童稚的自我也一起死去。主角雖然失去了好友，卻變得成熟。

《站在我這邊》（*Stand by Me*）、《飛進未來》（*Big*）與《南方野獸樂園》（*Beasts of the Southern Wild*）這類電影，讓青少年進化為成人。另一種人物成熟弧線的起點，則是讓故事人物看起來像大人，內心其實還是青少年。

在史蒂夫·克洛夫斯（Steve Kloves, 1960 －）的電影劇本《一曲相思情未了》（*The Fabulous Baker Boys*）中，鋼琴師傑克·貝克（Jack Baker）就像個邋遢的孩子一樣懶散度日。但他一旦決定要放棄輕鬆的流行樂，轉而面對要求更嚴密精準的爵士樂，他找到了內心裡那個成人。

沃爾特·特維斯（Walter Tevis, 1928 － 1984）的小說《江湖浪子》（*The Hustler*）中，主角靠玩撞球耍詐騙錢，像還沒長大的青少年一樣享樂度日，到最後才終於變成熟，但一切已經太遲，因為他自私冷漠地對待他愛的女人，導致她自殺身亡。

我們在第十一章裡說過，要進化到人性最高境界，通常以一個頓悟為核心，也就是剎那間的「我明白了！」在那一刻，在理性與感性、情感與認知、思想與感受上，主角會經歷最深刻的體驗。他的人生在這一刻來到最高點。然而，為了這個巔峰的體驗，他必須付出代價，而且往往為此犧牲性命。

易卜生的劇作《海妲·蓋柏樂》最後一場戲中，海妲發覺自己永遠必須依靠男人生活。他們將永遠掌控她，而她將永遠無法靠自己達成一番成就。當這個領悟的最高潮到來，她在盛怒之下拿起槍抵住自己的頭。

黑暗反諷的故事，例如希臘悲劇《伊底帕斯王》、莎劇《奧賽羅》、小說《安娜·卡列尼娜》、劇作《賣冰人來了》（*The Iceman Cometh*）與電影《聖鹿之死》（*The Killing of a Sacred Deer*），故事的高潮都是在主角死前或終於認命而獲得人生終極體驗的時刻。這一刻，他們的人性圓滿完整了。

六、退化劇情

核心價值：圓滿 vs. 失落的人性

核心事件：放棄核心自我

核心情感：對空虛的恐懼

核心卡司：主角

屬於退化劇情的作品，會讓角色由正轉負，透過他的每個抉擇與行動，逐漸讓他失去人性。此類型最常見的故事之一，是成癮問題造成主角退化。

休伯·塞爾比（Hubert Selby, 1928 – 2004）的小說《噩夢輓歌》（*Requiem for a Dream*）裡，四個主角因為毒品而失去人性。影集《護士當家》（*Nurse Jackie*）的傑琪·培頓（Jackie Peyton）、電影《玫瑰人生》（*La Vie En Rose*）的琵雅芙（Edith Piaf, 1915 – 1963）也是如此。電影《失去的周末》（*The Lost Weekend*）與《相見時難別亦難》（*The Days of Wine and Roses*）裡的人物，是用酒精毀滅了自己。在小說《包法利夫人》（*Madame Bovary*）與《安娜·卡列尼娜》裡，對浪漫戀情上癮毀滅了靈魂。

艾比·羅伊·史密斯的電影劇本《城市英雄》裡，威廉·福斯特（William

Foster）是軍火公司的工程師，失去了家庭與工作。他走過洛杉磯，一路上對城市進行各種破壞，他的人性逐漸崩解。

在伍迪・艾倫編導的《藍色茉莉》裡，愧疚、謊言、貧窮與被排斥加總起來，讓茉莉失去了理智。

故事人物如果是突然轉變，往往讓人覺得不會長久、膚淺、容易反轉，但是當因果關係是隨著時間慢慢地串起來，改變似乎會是永久且不可避免。請注意上述的舉例中，進化與退化進程都歷經好幾年，或至少暗示這是多年累積的改變，有時甚至需要幾十年。

十種形式導向類型

為了讓內容導向類型更精彩，並且讓故事人物栩栩如生，作者們發展出了各種表演、闡述、觀點、風格與調性的表現技巧。這些方法塑造出以下十種形式導向類型：

一、喜劇：任何可以引發笑聲的內容導向類型。內容導向類型裡的各種戲劇都可以輕鬆變換為喜劇，甚至衍生為鬧劇。

二、音樂劇：任何可以唱歌跳舞的內容導向類型。

三、科幻：任何以未來世界或替代現實（alternate reality）為背景的類型。

四、歷史：任何發生在過去時代的類型。

五、奇幻：任何在沒有時代背景的世界或魔幻時空發生的類型。

六、紀錄片：任何以事實講述故事的類型。

七、動畫：任何可以製作成動畫的類型。

八、自傳：任何以戲劇呈現回憶錄主角的類型

九、傳記：任何將傳主的外在生活當成故事核心的命運劇情。然後，作者可以決定是否要用人物劇情來刻畫他想像出來的人物內在生活。唐・德里羅關於刺殺甘迺迪總統的凶手奧斯華德（Lee Harvey Oswald）的小說《天秤座》（Libra），以及喬伊斯・卡洛・奧茲關於瑪麗蓮・夢露的小說《金髮女郎》，

都讓其主角透過退化劇情進行轉變。

十、藝術：藝術電影、實驗劇場、前衛流行（avant-pop）的小說，經常會採用這種表演風格。這類作品會以內容導向類型作為起點，但讓其角色經歷支離破碎的各種事件，並且在不連續的時間框架中，以不可靠的敘事觀點來講述。為了創造這類宏觀面的扭曲，這類作品經常在微觀的執行面上採用混合媒材、超影像（hyperimage）與視覺象徵。

類型的組合

如果作品的中心劇情與劇情副線結合多種類型，角色的複雜度就會自然而然擴增。舉個經典範例來說，犯罪故事的中心劇情經常順理成章穿插了愛情故事的劇情副線，這樣的組合可以帶出偵探主角的內心世界，既可表現出警察辦案所需的強悍特質，也可呈現浪漫故事所需的溫柔片刻。

各種類型都可以混合或融合。

混合類型（mixed genre）可以在兩條以上的故事線之間切換。劇情對位呈現不同的主題，可以讓作品整體意義更豐富，同時間也能為人物添加更多層次與面向

比方說大衛・米契爾（David Mitchell, 1969 -）的小說《雲圖》（Cloud Atlas）在六種不同類型的故事之間交錯，而且分別在不同時代背景，包括教育劇情、幻滅劇情、進化劇情、政治戲劇，以及兩種犯罪次類型：驚悚片與監獄戲劇。這六個故事中的主要人物跨越時代與故事線彼此呼應。如同作者在 BBC 第四廣播頻道的訪問中所說：「整本小說的這些人物，除了一個之外，都是同一個靈魂轉世到不同肉身裡，我們可以藉由相同的胎記辨認出來⋯[《雲圖》]的主題是獵食——人吃人，團體吃團體，國家吃國家，部落吃部落的方式⋯[我]在不同的脈絡裡讓這個主題不斷輪迴。」

混合類型的設計，使作者必須精熟的類型慣例因此增加好幾倍，讀者／觀眾對於慣例的期待也會大增。在此同時，作品卡司的人數與多元性也會擴增。像《雲圖》這麼龐大的卡司，對於作者創造力的要求極高。有些讀者會在頁面邊緣做筆記，方便自己搞清楚這麼複雜的角色群。

融合類型（Merged genre）會結合多條故事線，所以一個故事裡會發生另一個故事，後者不但推動前者，也讓前者更複雜。

　　以下是兩個案例：

　　羅素・哈博（Russell Harbaugh）導演的電影《愛在愛之後》（*Love After Love*）整體上是一齣家庭戲劇，屬於命運劇情。一個本來就有麻煩的家庭，在父親過世之後更是陷入痛苦。父親的死，提出了關鍵戲劇性問題：寡婦與兩個兒子是否能一家人凝聚起來，還是分崩離析？

　　但這個問題的答案，取決於三個主要人物各自內心的故事弧線：寡婦的愛情故事，以及兩個兒子努力要轉大人的進化劇情。換句話說，這三條內在故事線推動了這個家庭戲劇的高潮：全家人凝聚在一起，因為他們的人性進化了，他們在愛之後又發現愛。

　　昆汀・塔倫提諾（Quentin Tarantino, 1963 −）導演的《從前，有個好萊塢》（*Once Upon a Time in . . . Hollywood*），同時融合又混合類型：演員瑞克・達爾頓（Rick Dalton，李奧納多・狄卡皮歐〔Leonardo DiCaprio〕飾）與特技演員克里夫・布茲（Cliff Booth，布萊德・彼特〔Brad Pitt〕飾）之間有夥伴劇情，融合了達爾頓內在的進化劇情。達爾頓拚命想要找到內心力量來克服酗酒問題，以挽救自己的演藝生涯，但是他跟布茲的共依存症（codependent）病態友誼，擋住他走向自我控制之路。這兩條故事線之間的衝突，提出了關鍵戲劇性問題：這兩人是否會為了達爾頓的未來著想而犧牲友誼？還是繼續當酒友，直到悲劇收場？同一時間，一個生與死的犯罪故事與上述這兩個被融合的故事交錯。在惡名昭彰的曼森家族（Manson gang）入侵住家的場景裡，三條故事線來到最高潮。

　　當類型融合時，一個故事的走向決定了另一個的結果。這樣的融合，會縮小卡司的規模（同一主角在兩個類型裡演出），用到的類型慣例數量也會減少（一個觸發事件可發動兩個類型，例如在銀行搶案中，一對情人相遇）。

15
行動中的人物

　　每個人物都有自我故事。他們會告訴自己三種自我故事，包括：他回顧自己過去的身份，他省思自己現在的狀態，以及他前瞻看未來的自己。這當中，他未來的故事是最重要的，因為它形塑並主導了你的作品走向。

　　在童年的某一個階段，浸淫在家庭教養、學校教育與文化氛圍中的他，開始幻想自己夢想的生活、理想的身份認同、理想的情人、理想的職涯、理想的生活方式——也就是他期待人生應有的樣貌。隨著時間過去，他不斷改寫自己的過去，並將過去合理化，好給自己理由解釋為什麼他變成現在的樣子。當他自問：「我是誰？我是怎麼變成這樣？又該如何融入這個世界？」他的自我故事給了他答案，讓他的許多自我可以統合為一。[1]

　　當他的自我故事化為行動，會給他一種獨一無二的行事風格（modus operandi，借用自犯罪類型的術語），一種獨特的作風。

　　故事人物的行事風格不僅僅是一套人物塑造的特徵——聲音、手勢、服裝、心境（這些特徵造就了他的個人特質）。在人物追求其欲望客體時，在他企圖活出理想未來時，行事風格給了他慣用的策略模式。他獨一無二的行事風格引導他如何處理正向與負向的種種可能事件：他打算怎麼逐步得到自己想要的東西，以及他計畫如何逃避他害怕的事物。在他一生當中，人物或許

會放棄年輕時的行事風格，但比較可能的狀況是，在家庭、工作，當然還有愛的壓力下，他只會對行事風格進行調整。[2]

當你筆下故事的觸發事件讓你主角的生活突然失衡，他將會重新找尋平衡的方法，也就是：試圖在那些對抗他意志與欲求的力量上，強加上他的自我故事。換句話說，他會以自己的方式、自己的行事風格來面對問題。所以，如果要讓你的人物採取行動，首先要創造出他的自我故事，然後想像他期盼的未來，並貫徹他自我故事中採取的行事風格。

人物的行事風格，環繞著多種不同主題展開。為了讓大家稍微理解有什麼可能的主題，以下列出最常見的三種戲劇前提，並從舞台劇、電視影集、小說與電影中挑出一些範例，也各附上一種可以推動故事的反轉情節。

好萊塢主題

不少人會把日常生活當成電影來過。他們在最喜愛的故事裡尋找個人目標，然後認同其中的人物，並以故事裡的行為當成他們在真實人生中如何行事的範本。創作者將這些行為收入故事裡再利用，讓我們看到，某些行事風格可以同時驅動事實與虛構、現實人物與虛構人物。以下僅列出五種：

神祕情人

由於主角覺得日常生活很無聊，他的行事風格會尋求一個神祕、謎樣的情人。

例如：希區考克（Alfred Hitchcock, 1899 － 1980）導演的《迷魂記》（Vertigo）裡的史考提・佛格森（Scottie Ferguson）；保羅・瑟羅（Paul Theroux, 1941 －）的小說《寫不出來》（A Dead Hand）裡的傑瑞（Jerry）；史蒂芬・馬拉特拉（Stephen Mallatratt, 1947 － 2004）改編自蘇珊・希爾（Susan Hill, 1942 －）同名小說的舞台劇作《顫慄黑影》（The Woman in Black）[82] 裡的亞瑟（Arthur）；大衛・林區主創的電視影集《雙峰》（Twin Peaks）裡的戴爾・庫柏（Dale Cooper）。

---

82 這本小說也曾於二〇一二年改編為電影，此處中譯援引自電影片名。

反轉：結果該神祕對象根本沒什麼需要隱瞞或要說的真相。他只是為了吸引戀人，才假裝莫測高深。

怪咖冒險者

主角覺得自己無法融入正常社會，於是創造出一個古怪的自己，找尋和他一樣怪或甚至更怪的人，越怪越令他興奮。

例如：潘·休士頓（Pam Houston, 1962 −）的短篇小說集《牛仔是我的罩門》（*Cowboys Are My Weakness*）裡的無名敘事者；愛德華·艾爾比的舞台劇《山羊》（*The Goat or Who is Sylvia?*）裡的馬丁（Martin）；南茜·奧立佛（Nancy Oliver, 1955 −）電影劇本《充氣娃娃之戀》（*Lars and the Real Girl*）裡的拉斯（Lars）。傑瑞·塞恩菲爾德（Jerry Seinfeld, 1954 −）與賴瑞·大衛主創的影集《歡樂單身派對》（*Seinfeld*）裡的柯斯莫·克萊默（Cosmo Kramer）。

反轉：我們經常預設古怪行徑的背後藏著迷人個性，但主角也可能發現他伴侶身上的刺青、傷疤與粉彩色漸層染髮，都只是為了讓自己看起來有趣而採取的無謂策略而已。

童話故事

主角扮演童話故事裡的王子或公主。

例如：田納西·威廉斯的劇作《跳蚤叮咬藥膏夫人》（*The Lady of Larkspur Lotion*）裡的哈威−摩爾太太（Mrs. Hardwicke-Moore）；隆諾·摩爾（Ronald Moore, 1964 −）主創的影集《異鄉人：古戰場傳奇》（*Outlander*）裡的克萊兒（Claire）；桐華的小說《步步驚心》裡的張曉；威廉·戈德曼的電影《公主新娘》裡的小花（Buttercup）。

反轉：當王子變成惡棍、公主變成女巫的同時，童話故事的世界也變得怪誕。

紀錄片

知識份子常有的行事風格，是會不由自主地對人際關係進行分析，結果把

約會變成了 Discovery 電視頻道紀錄片。就像量子力學的海森堡測不準原理（Heisenberg Uncertainty Principle），理性觀察會影響激情，把激情變成按表操課的性愛手冊。

例如：伍迪・艾倫導演的《安妮霍爾》裡的艾維・辛爾；菲利普・羅斯的小說《波特諾伊的怨訴》（Portnoy's Complaint）裡的亞歷山大（Alexander）；達倫・史塔（Darren Star, 1961 −）主創的影集《慾望城市》裡的四個主角；大衛・埃爾德里奇（David Eldridge, 1973 −）舞台劇作《起點》（Beginning）裡的蘿拉（Laura）與丹尼（Danny）。

反轉：當他們分析拆解自己的感受與行為時，調情變成了科學研究專案。研究就像一種戀物癖，讓他們覺得比色情影像更具挑逗性。

限制級影片

暴行與羞辱能讓施虐狂與受虐狂得到快感。這類人物會試圖施虐或受虐，侮辱受害者或侮辱自己，或兩者同時並行。

例如：尚・惹內的舞台劇作《女僕》裡的索朗吉（Solange）與克萊兒（Clair）；利奧波德・馮・薩克─馬索克（Leopold von Sacher-Masoch, 1836 − 1895）中篇小說《穿毛皮的維納斯》（Venus in Furs）裡的塞弗林（Severin）；麥可・漢內克（Michael Haneke, 1942 −）導演的《鋼琴教師》（The Piano Teacher）裡的艾莉卡（Erika）；諾亞・霍利（Noah Hawley, 1967 −）編劇的單元劇《冰血暴》（Fargo）裡的羅恩・馬佛（Lorne Malvo）。

反轉：虐待狂喜歡侮辱受害者的行事風格，出自他對死亡的恐懼。當受害者受苦，可以暫時帶給虐待狂一種神一般操控生死的感覺。但最終邊際效益法則會逆轉一切：他越羞辱受害者，感受到的快感就越少。他反而覺得越來越無聊，越來越沒有權力，最後對死亡的恐懼變得無法忍受，他開始對自己施暴。

政治主題

所謂政治，就是在社會組織中，包括政府、公司、宗教、醫院、大學等等，

或甚至小到家庭、朋友與情人關係中，對於權力的運用、濫用，以及權力中的階級。人類不論聚集起來做任何事，權力分配總是不均。簡而言之，這就是政治。

暴君

主角的行事風格讓他扮演統治者，把其他人當成他的子民來壓迫。

例如：特雷西‧萊特（Tracy Letts, 1965 －）的舞台劇作《八月心風暴》（*August: Osage County*）[83] 裡的維奧莉特‧威斯頓（Violet Weston）；大衛‧雀斯主創的影集《黑道家族》裡的東尼‧索波諾；奧立佛‧史東（Oliver Stone, 1946 －）的電影《疤面煞星》（*Scarface*）裡的東尼‧蒙大拿（Tony Montana）；希拉蕊‧曼特爾的小說三部曲《狼廳》、《血季》（*Bring Up the Bodies*）與《鏡與光》（*The Mirror and the Light*）裡的克倫威爾。

反轉：第一種，在主人與奴隸的關係中，奴隸起身反抗暴君扭轉局面。第二種，奴隸當上主人後，突然間承受了賺錢持家的壓力。他想要再回去當奴隸，以前的主人卻不想交換身份了，因為他很喜歡現在無憂無慮的生活。

民主

主角主張權力需要相互制衡。

例如：羅伯特‧海萊因（Robert Heinlein）小說《異鄉異客》（*Stranger in a Strange Land*）裡的瓦倫丁‧史密斯（Valentine Smith）；法蘭克‧卡普拉（Frank Capra）導演《富貴浮雲》（*Mr. Deeds Goes to Town*）裡的郎佛羅‧迪茲（Longfellow Deeds）；大衛‧班尼歐夫（David Benioff）與丹尼爾‧威斯（D. B. Weiss）主創《冰與火之歌：權力遊戲》裡的瓊恩‧雪諾（Jon Snow）。

反轉：一個爸爸照顧家庭的方式溫柔又平和，但對家人來說，他似乎顯得太軟弱了。他們渴望紀律。因為生活不順遂，所以媽媽偷情，孩子學壞，但他們的潛意識裡都希望爸爸可以鐵腕齊家。

---

83 此舞台劇也曾於二〇一三年改編為電影。

無政府狀態

故事人物隨興衝動地濫用權力，引發個人、家庭與社會層面的種種混亂。

例如：馬克・卡莫列提（Marc Camoletti, 1923 − 2003）的鬧劇《波音情人》（*Boeing Boeing*）裡的伯納（Bernard）；賴瑞・大衛主創兼主演的情境喜劇《人生如戲》；泰瑞・紹森（Terry Southern,1924 − 1995）的電影《奇愛博士》（*Dr. Strangelove*）裡的李波將軍（General Jack D. Ripper）；亞歷山大・波普（Alexander Pope, 1688 − 1744）的敘事詩《文丑傳》（*Dunciad*）裡的蠢材之王（King of Dunces）。

反轉：混亂的人物過著一團亂的生活，無法得到自己想要的，所以決定從現在開始他要按部就班、只做合乎常理的事。他想像一個理性的未來，用理性的行動來達到目標，但這麼做讓他覺得很無趣，這才發現他真正想要的是混亂帶來的興奮、刺激。

物件主題

無法建立各類親密關係的故事人物，往往會把人當成物。如果他們重視某個人，並非因為那個人值得，而是因為他可以派上用場。這種行事風格有許多變化型，以下是比較常見的四種。

收藏者

這種人會把美麗的東西收集到「寶物箱」裡，例如房子、名車、藝術品與情人。

例如：約翰・符傲思（John Fowles,1926 − 2005）的小說《蝴蝶春夢》（*The Collector*）裡的佛瑞德（Frederick）；安東尼・薛佛（Antony Shaffer,1926 − 2001）的舞台劇作《偵探》（*Sleuth*）[84] 裡的安德魯・魏克（Andrew Wyke）；詹姆斯・派特森（James Patterson, 1947 −）的小說《死亡誘惑》（*Kiss the Girls*）[85] 裡的尼克・魯斯金（Nick Ruskin）。

反轉：收藏者反而被收集。

---

84 二○○七年改編為電影，台灣翻譯片名為《非常衝突》。
85 一九九七年改編為電影《桃色追緝令》。

玩家

這類故事人物把人生當成遊戲（雖然是致命的遊戲），並利用其他人（不論他們是否清楚狀況或不自覺）一起玩。

案例；愛德華‧艾爾比劇作《誰怕吳爾芙》裡的喬治（George）與瑪莎（Martha）；諾爾‧寇威爾的喜劇《花粉熱》（Hay Fever）裡的布利斯（Bliss）一家人；鮑爾‧威利蒙主創影集《紙牌屋》裡的法蘭克‧安德伍（Frank Underwood）；米蘭‧昆德拉（Milan Kundera, 1929 -）小說《生命中不能承受之輕》（The Unbearable Lightness of Being）裡的托馬斯（Tomas）。

反轉：玩家反被人玩。

強迫症患者

如同收藏者，強迫症患者偏愛物勝過人。與收藏者不同之處在於，強迫症患者的行事風格只長期反覆聚焦在一件事情上。任何事物都可以成癮。

性：大島渚（1932 - 2013）導演的《感官世界》（In the Realm of the Senses）裡的阿部定與石田吉 。

宗教：湯姆‧佩羅塔的小說《剩餘者》（The Leftovers），已改編為長篇影集《末世餘生》。

毒品：強納生‧拉森（Jonathan Larson, 1960 - 1996）創作的搖滾音樂劇《吉屋出租》（Rent）裡的咪咪‧馬奎茲（Mimi Marquez）。

酒精：麥爾坎‧勞瑞（Malcolm Lowry, 1909 - 1957）的小說《火山下》（Under the Volcano）裡的傑佛瑞‧費明（Geoffrey Firmin）。

藝術：麥可‧弗萊恩的小說《一頭熱》（Headlong）裡，馬丁‧克雷（Martin Clay）執著於一幅失落的布勒哲爾（Bruegel）畫作。

愛：法拉利（Farrelly brothers）兄弟導演的《哈啦瑪莉》（There's Something About Mary）裡的泰德‧史卓曼（Ted Stroehmann）。

自我：奧斯卡‧王爾德（Oscar Wilde, 1854 - 1900）的小說《格雷的畫像》（The Picture of Dorian Gray）裡的道林‧格雷（Dorian Gray）。

反轉：強迫症患者終於得到想要的東西之後卻討厭它。

生意人

一心一意想成功的老闆，將自己的事業當成機器來運作，把員工與客戶當成原物料對待，毫無情感可言。

例如：蕭伯納（George Bernard Shaw）的劇作《賣花女》（*Pygmalion*）裡的亨利‧希金斯（Henry Higgins）；約翰‧克里斯（John Cleese, 1939－）主創的十二集影集《非常大酒店》裡的貝西‧福提（Basil Fawlty）；伊蓮‧梅（Elaine May, 1932－）的電影劇本《求婚妙術》（*A New Leaf*）裡的亨利‧葛拉罕（Henry Graham）；強納森‧法蘭岑的小說《修正》裡的艾爾佛瑞‧藍博特（Alfred Lambert）。

反轉：事業破產。

場景創作：行動中的主角

「行動」指的是故事人物為了要滿足某個欲求，在言語或肢體、在思想或實踐、內在或外在所採取的任何作為。如果沒有欲求，行動就變成活動——無聊，殺時間，啥事都沒發生。

要讓人物採取行動，作者必須在每一場戲回答以下這些關鍵問題：「這些人物這一刻想要什麼？他們會採取什麼行動來達成目的？有什麼出乎意料的阻力在妨礙他們？他們會如何反應？接下來他們會做什麼？」

讓我們依序來探討這些問題。

我的故事人物想要什麼？

在任何場景中，現在的欲求與未來的欲求會驅動角色：他想要（一）立竿見影的效果（他希望現在就發生），讓他可以向前邁進，更接近（二）長程欲求（重新找回生活的平衡）。如果故事人物現在的欲求沒能達成，他的未來會變得黑暗一點；如果成功了，他的生活就會往正向前進。演員會將人物當下的欲求稱為「場景目標」（Scene-Objective），整個故事中的核心欲求則稱為「終極目標」（Super-Objective）。

以轉折點作為場景的核心時，你首先要找出主角的場景目標，也就是他

想立刻達成的目的（可以往終極目標邁進一步）。然後，將這個立即目標放在心上，從他的觀點出發，讓他開始行動。

他的第一個行動為何？

一場戲開始時，每個人物都會運用他熟悉的行事風格和最喜歡的策略，那些過去曾經奏效的姿態與言語。每個人都會仰賴自己對行動結果的評估，很自然地期待著：「在這個情況下，如果我這樣做，很可能會發生那樣的結果，這種反應可以讓我往我的目標更進一步。」

　　人物的生命經驗已經教會他，在各種狀況下可以預期什麼樣的反應。隨著時間過去，他會對事情發生的機率產生一種感覺。他預判的能力高低，取決於他的歲數、生命經驗廣度、對世間萬物因果關係的理解深度。也因此，每個人物評估行動結果時的感覺都是獨一無二的；他會以他獨有的方式來試探這個世界。他的第一個行動都是已經驗證有效的策略，認為可以引發有益的反應。

什麼阻力在妨礙他？

但，故事人物的行動非但沒引發他期待中的有益反應，反而導致出乎預料的阻力，阻礙他達成目的。在每個轉折點，人物以為行動將會引發的反應，與實際上發生的大相逕庭。他在每一個戲劇節拍與每個時刻下的主觀預期，都被他周遭的人與世界的客觀現實打槍。

　　這些對抗主角的阻力可能來自大自然力量、體制或組織、另一個人物或團體、內心的黑暗衝動，或是上述種種力量的組合。

阻力造成什麼出乎意料的反作用？

阻力突然來襲，各種過去隱而未現的反應冒了出來，讓主角大為震驚。他本來以為所有反應都在他的掌握之中，現在卻有了全新的理解。出乎意料的阻力造成的衝擊，有可能將他的處境轉為之前沒預見的正向發展，但比較常見的情形是，這場戲牽涉到的價值會轉為負向。

情勢變化會如何影響他？

情節在轉折點急轉直下，不只能讓我們對人物與其處境有更深刻的領會，也能牽動情感。改變價值的正、負向走勢時，會產生牽動情緒的副作用。這情緒是正面或負面，取決於價值變化的走向。

當生命價值由負轉正，故事人物自然會體驗到正面情緒。比方說，從被奴役轉為自由，會將人物從悲慘的境地提升到喜悅。反之，遇到由正轉負的變化時，人物的情緒也隨之掉到谷底。比方說，從有伴侶轉為寂寞，就會引發強烈的痛苦。

價值不盡然需要外在衝突才能產生變化。有時候，光靠心智就可以反轉價值取向。

想像一個人物生活在平靜、安心的狀態。他不害怕未來。他相信不管發生什麼事，他都能應付。但後來因為某個不理性因素，他內心開始慢慢恐懼自己會遭遇某種壞事。他的心思充滿令人不安的疑慮，擔心在未知的未來，某個目前身分還不明的對象會以不明的方式侵犯他。

在這個例子中，安全／威脅這個價值由正轉負，同時，人物的情緒從平靜無波轉為焦慮。在極端例子裡，他甚至會失去一切控制，陷入偏執的瘋狂狀態。

他的下一步為何？

從觸發事件開始，主角就開始追尋他欲求目標，盡其所能要實現他的自我故事，盡全力讓生活回復他理想中的平衡。但情勢在改善之前會先惡化。對立力量將會阻礙他的路，而且會越來越強大、越來越聚焦，讓他陷入越來越深的危機，迫使他更深入省思自己，以找尋更好的行動方案。

在這個衝突中，故事人物會努力活出最好的自己，也就是他自我故事裡的理想身份認同。但當他的行動逐漸遇到越來越強大的負面阻力，壓力可能會大到讓他的核心身份認同崩解，然後他的道德觀、心態、人性會有正向或負向的改變。這時，故事就進入了人物改變的六大類型其中之一。（參見第十四章〈六種人物劇情〉一節，頁 246。）

讓人物採取行動，可能會迫使你重新考慮先前創作這個故事時的種種選擇。新的場景可以為人物的行為設計啟發新的點子，你可能會想要重新設計人物塑造的特徵；而當新的轉折點需要新的策略，你可以重新構思人物本色。

　　所有的思考都可以讓故事變得更好。你最初始的靈感，在一場戲接著一場戲、各種行動與反應的相互作用下，將進化為複雜的人物與絕妙的故事完美融合的作品。

16
演出中的人物

　　觀眾與讀者希望從故事的卡司中獲得什麼？發現與認同。

　　發現：觀眾與讀者想要進入故事裡冒險，就像探險家想闖入荒野一般。他們追求的興奮感，就好比人類學家發現一個前所未見的部族時的感受。無論故事環境有多日常或多奇特，當中的各個人物都是陌生人。這些人物有種種古怪特質與令人好奇的行為，所以觀眾／讀者想要認識並理解他們。正如哲學家亞里斯多德所言，最極致的快樂是沒有人教、自然而然的學習。[1]透過故事與人物，讀者／觀眾可以毫不費勁地體察人性，以及人類的欲求、行動在生活中可能導致什麼後果。

　　認同：一旦進入了故事，讀者／觀眾想要找到自己。在故事主角的心中，或也在其他故事人物心中，讀者／觀眾會發覺它反映出自己的某個人性面向──顯然不會每個面向都相同，而是某個重要的特質相同。換句話說，對複雜的人物產生同理就像你在照鏡子一樣。

　　會讓人產生同理的故事人物，打開了一扇情感的門，通往私密或甚至原始、深層觸動卻也令人著迷的認同。如果沒有同理，讀者／觀眾只是坐在外面往裡看，沒什麼感觸，學到的就更少了。

　　發現與認同，讓讀者／觀眾可以在無數虛構的世界裡旅行，在他們永遠

無法接觸的世界裡過著不可能體驗的生活，並以遠遠超越日常的方式去感受。

為了探討故事人物的搬演如何帶領讀者／觀眾做到上述幾點，我們先從人物的七個共通功能開始討論。

人物在演出中的七個功能

一、增添讀者／觀眾在理解故事上的趣味

打破讀者／觀眾的預期雖然可以讓人有深刻體悟，但是，人物的獨特特質和他令人驚訝卻又可信的行為，才能讓他所處的社會與背景更有魅力。

二、讓讀者／觀眾產生同理

同理是關鍵。如果讀者／觀眾無法感受到與故事人物有共通的人性面向，就不會越來越投入，反而變得不在乎，而且失去興趣。

三、驅動懸疑

懸疑就是情感上的好奇心──結合了讀者／觀眾對人物本質的興趣，與對人物福祉的關心。不帶關心的純粹好奇心，會把故事人物變成一樁案例研究；不帶好奇心的純粹關心，則只是無腦的熱情。

為了要讓整個故事從頭到尾都保有勾引人的懸疑，人物的行動必須有多元的變化，卻又在合理範疇內。如果他只能做一件事，他就無法創造懸疑，但如果他什麼都能做，甚至可以做出不可能的事，這樣也不能創造懸疑。

四、創造謎中謎

故事就是一大堆問題的總和：為什麼現在發生這件事？接下來會如何？結果會如何？

複雜的人物會額外拋給讀者／觀眾另一組問題，讓他們進入心理深淵：他是誰？他覺得自己想要什麼？為什麼他想要這些東西？他的各種欲求如何

相互牴觸？他會變成什麼樣的人？隨著拼圖一塊塊慢慢拼上，故事人物可以創造出一條心理上的懸疑線，與情節驅動下的故事整體懸疑線平行發展。

五、讓人驚訝

不僅人物世界裡出乎意料的阻力會讓讀者／觀眾嚇一跳，他對阻力的反應也會有同樣的效果。他用令人驚訝的方式應對變化，可以讓讀者／觀眾認識他的本性。因此理想的狀況是，在每一個轉折點，人物採取行動卻發生出乎意料的事件，接下來他的反應無論是大或小，應該都不可預期，卻又符合人物性格，當下雖令人吃驚，回顧故事脈絡時卻又合理。

六、帶出其他人物的各種面向

我們下一章會看到的，在設計精良的卡司裡，各個人物會相互輝映、彼此開發。

七、啟發對人性本質的體悟

不管是寫實或非寫實故事的人物，都會在讀者／觀眾心中留下形象。細究各個人物的性格，可以鼓勵讀者／觀眾不只探索自己的內心，還有自己身邊的人的內心狀態。

讀者／觀眾與人物的連結

恐懼、憤怒、愛、恨、懷疑、抗拒與順從等感受，都是發展來應對我們人生中最致命的威脅：其他人。這是很合理的成長適應。不合邏輯的是我們不把這些情緒能量用在現實，反而投注在那些不存在的人物上。情緒幫助我們在現實中活下去，但是在虛構敘事中讓自己變得脆弱，究竟有何意義？

就如同前面說過的，故事人物可以發揮教育上的功能。不論真實或想像出來的人，都是有待解決的謎團。人物引起我們的好奇心，然後當我們理解他們心裡在想什麼，好奇心便得到了滿足，也從中獲得對我們自己與他人的

珍貴體悟。

很合理。奇怪的似乎是我們的情感連結。在真實生活中，為了森林大火中燒得焦黑的受害者而哭是合理反應，但為什麼我們會對電影《火燒摩天樓》（*The Towering Inferno*）中喪生的人物流淚？虛構世界裡被想像出來的人物，如何跨過幻想與真實的分界線，讓觀眾與讀者傷透了心？不真實的人物如何激發真實、甚至痛苦的情感？

「如果」的力量

人的內在可以劃出理性思考和本能情感這兩個領域，但它們中間還存在另一個領域。當我們的心智願意時，它可以拋下真實，放鬆地進入「如果」的想像世界。

「假裝」的能力，也就是用「如果模式」來思考，是為了提高存活機率而演化出來的。切換成假設的模式，可以先給自己一個演練真實情境的機會，如此一來，當這個情境真的發生了，我們的存活機會就會增加。比方說，人類史上最早出現的藝術形式是舞蹈（比那些石窟壁畫或造型雕刻更古老），就是一種遠古的「如果儀式」，模仿打獵與殺戮，為攸關生死的真實暴力做準備。

故事與其中的人物也是相同的道理。與現實中不存在的人物產生連結時，我們體驗到了情感測試：在真的戀愛之前先體驗愛，在真的威脅之前先體驗恐懼，在真的失去之前先體驗哀痛。沉浸在虛構敘事中的種種「如果」當中，可以讓我們的心智為真實情境做準備，排練生存之道，訓練我們面對生命。[2]

讀者／觀眾觀點

從讀者或觀眾的視角來看，他們因故事人物所感受到的情感似乎單純又自然。但是對作者來說，要想創造、形塑出這些體驗，他必須具備在不同層面之間取得平衡的技巧。

首先，人生基本上可以分為兩種情感體驗：愉悅與痛苦。然而，這兩者又都可以細分出無窮的程度差異與分支，例如「愉悅」包含喜悅、愛、美與性感等，「痛苦」則涵蓋悲痛、憤怒、恐怖與悲傷等。讀者／觀眾進入故事

之後會感受哪些情感情緒，取決於他們對故事人物產生的兩種不同反應：同情與同理。

同情（或稱好感）

當讀者／觀眾覺得某個故事人物討人喜歡時，就會開始產生同情的感受。討喜又深入人心的人物，就像大家會喜歡的鄰居、同事或熟人，讓人不時想跟他們聊聊天。當然，反之亦然。如果讀者／觀眾討厭某個人物，他們的感受就轉為反感或甚至輕蔑，而這或許正是作者想達到的目的。

同理（或稱認同）

當讀者翻開一本書，或觀眾坐在戲院裡的那一刻，他就開始在故事的世界裡搜尋可以投注情感的最佳位置。場景設定與卡司出現之後，他會迅速辨別出正向與負向、對與錯、善與惡，以便找出「善的中心」。

他找出「善」是因為他就像所有人一樣，清楚自己有缺點也有弱點，而持平來看，他相信自己是誠摯多於虛假、正義多於不義、公平多於偏頗——一個內在傾向正直誠實的人。

也就是說，因為他認為自己基本上是正向的，因此自然而然會找尋故事「善的中心」來當作自己的鏡子。[3]

當他感覺到自己與卡司成員的某個內在特質有連結時，他就會認同那個人物。同理心（「和我是同類人」的感覺）會把故事人物轉變成他可能想擁有的家人、朋友或情人，或甚至變成他自己。同理心是本能性的，在潛意識中油然而生，憎惡則需要有意識地做選擇。當我們的心智在故事人物的內在本質中發現道德或美感上令人厭惡之處，它會拒絕認同，不但不可能產生同理心，還會導致反感或徹底無感。

一旦讀者或觀眾感覺到故事人物與他是同類人，他們在本能上就會支持那個人物獲致成功。某種程度上來說，他們宛如親身經歷一般去體驗故事，感覺好像與那個人物並肩而行，在腦海裡間接執行他的行動、體驗他的情感。

同理心乃重中之重

面對故事作品時，人人都成了道德哲學的專家。

　　他們會衡量故事人物行為的倫理水準高低，比他們看待自己的標準還要高。在某個人物「應該做什麼」與「必須做什麼」的兩難之間，觀眾因為尋求「善的中心」，因此會偏向「應該做什麼」。

　　這就是為什麼兩個聰明、敏感的人看了同一個故事後，卻會出現相反的反應。這跟故事本身沒什麼關係，一切都是同理心使然。其中一人對主角心生同理，所以喜愛這個故事，在潛意識裡忽略故事的所有缺點，以免破壞他欣賞故事的樂趣。另一人對主角覺得反感，所以他討厭這個故事，覺得受不了它的缺陷。換句話說，前者認同了「善的中心」，後者如果不是無法找到「善的中心」，就是厭惡它。

　　「善的中心」不是指仁慈或善良。能讓人產生同理的故事人物，經常心中也會有道德與不道德的兩股衝動在對抗。「善的中心」這個名詞，意指人物內心的正向光芒，與周遭的種種負向陰影形成對比。為了確保同理心可以導向故事最需要的地方，作者會把這個正向價值取向放在中心劇情的主角身上。

　　在形塑讀者／觀眾情感體驗的過程中，作者必須拿捏許多細膩的層面，打造人物「善的中心」只是其中之一。以下是五種平衡的拿捏：

善的平衡

讓我們來思考馬里奧・普佐《教父》三部曲這個例子。它刻畫的罪犯世界裡，有幫派、貪腐的警察與政客。然而，柯里昂黑手黨家族有一個正向特質：忠誠。他們團結一致、保護彼此。其他黑手黨家族總是輪番背叛、暗箭傷人，於是成了邪惡的壞人。相反地，教父家族因為忠誠，所以是正義的壞人。觀眾覺察到此正向價值就會產生同理，進而對黑幫產生認同。

　　為了更深入探討善的核心，讓我們來檢視湯瑪士・哈理斯小說《沉默的羔羊》的卡司設計。讀者在主角克麗絲・史達琳身上找到可以同理的中心，但也對另一個主要角色，漢尼拔・萊克特，產生了同理。

作者哈理斯讓萊克特出場時就被包圍在一個比一般人更黑暗的世界：聯邦調查局在操控克麗絲的同時，也對萊克特說謊；囚禁萊克特的心理醫師是個虐待狂，而且急於成名；被萊克特殺害的那些警察都是笨蛋。接下來，哈理斯讓這個人物內在散發出強大光芒：萊克特聰明絕頂；他對克麗絲有同情心；他的冷面笑匠幽默深得人心；他的計謀很精湛，執行時又帶著冷靜的勇氣；他雖然住在有如地獄的精神病院，卻仍能保持鎮靜與紳士風度，簡直不可思議。「善的中心」在萊克特身上成形的同時，讀者開始認同他，不在乎地聳聳肩：「好吧，他吃人，但是有比吃人更糟的事。我一時想不出來有哪些，但一定有。如果我是個心理病態、吃人的連續殺人犯，那我希望能像萊克特一樣。他超酷。」

力量的平衡

在故事發展的初期階段，請先這麼做：想像將你的主角放在天秤的一端，掂量他可以採取任何行動的能力、智能、想像力、意志力、成熟度與其他種種強項。然後，天秤的另一端是故事歷程中他必須對抗的所有對立勢力來源的總合。

你可以從他內在的衝突與矛盾的欲求開始著手，因為他或許正是自己最難纏的敵人。在內在衝突之上，疊加他在人際關係中必須面對的種種難題。接下來，加入他周遭各類組織產生的對立力量，例如僱用他的單位、政府、教會等等。最後加上來自環境、背景的對立力量，例如混亂的交通、極端的天氣、致命的疾病、完成任務的時間不夠、距離他迫切需要到手的事物太遠，以及短暫的生命。

對比他在人生各個層面必須面對的各種對立力量總合，在掂量主角個人能力能否抗衡時，你的主角達成欲求目標的機率應該微乎其微。他是個弱者。

在主角心裡，他在地球上所有人的眼裡都是個弱者。雖然說窮人或體弱之人是很明顯的弱者，但遇上公權力和稅務這種事時，即便是富有的權貴也會自憐地哀鳴。幾乎所有人都覺得人生是不斷對抗負面力量的艱苦戰役，這些負面力量之一就是生命早晚會終結的事實。基於這個原因，讀者／觀眾不

會對強者產生同理，例如《社群網戰》（*The Social Network*）裡的馬克・祖克柏（Mark Zuckerberg，傑西・艾森柏格〔Jesse Eisenberg〕飾）。所以，為了將同理心導向故事的核心，請把你的主角放在「善的中心」，安排非常強大的力量來對抗他，並讓他扮演弱者。

強度的平衡

有些故事人物會讓我們愛他一輩子，有些卻被我們遺忘。人物在讀者／觀眾的想像中可以多栩栩如生，以及他們在乎人物到什麼程度，取決於認同感有多強。當他們想像自己若是這個故事人物會有何感受、領會他的想法與情感，就會產生強烈的連結感——當然，這取決於他們是否願意去同理。有些人物，我們會全盤接受，有些我們會淺嘗即止。作者創造的人物，必須複雜到足以讓讀者／觀眾有意識地持續感興趣，同時也得在潛意識層面上抓住他們的同理心。

焦點的平衡

如果將同理心從故事核心人物移到配角身上，可能會有讓讀者／觀眾失去注意力焦點的風險。但從另一方面來看，每條劇情副線各自的主角有他的「善的中心」，這些額外的故事線經常可以放大讀者／觀眾對故事整體的投入程度。

其實，讀者／觀眾可以一次認同許多的故事人物。如果一個卡司能吸引他們產生多重的同理心焦點，同時聚焦好幾個人物確實沒有問題，或是在人物之間輪流聚焦。多元組成的卡司可以給他們機會看到不同的心理樣貌，對於他們發現的人物內在，可以同理也可以厭惡。[4]

舉例來看，《冰與火之歌：權力遊戲》裡有三條主要故事線：其一是以瑟曦・蘭尼斯特為主角，對抗多個皇室家族，他們不是要篡她的后位，就是要脫離她的統治獲得獨立。其二是以丹妮莉絲・坦格利安為主角，看她如何奮鬥搶回鐵王座（Iron Throne）。其三是以瓊恩・雪諾為主角，看他如何領導守夜人（Night Watch）在戰鬥中對抗夜王與異鬼大軍。這三條中心劇情線在交錯之餘，產生了許多劇情副線，包括家族衝突、政治戲劇、愛情故事，以及人物

救贖、墮落與進化的多種劇情。幾乎每個主要人物都有劇情副線，當中有次要的「善的中心」。

態度的平衡

當故事裡有一群人回應某個人物時，它透露出各種社交訊號，例如同理心、憎惡、喜愛、仇視或冷漠。如果讀者／觀眾對那一群人產生同理，會被鼓勵去感其所感。如果他們不喜歡那群人，暗示著讀者／觀眾的感覺應該反其道而行。

《麥迪遜之橋》用了一場餐館戲來塑造觀眾對婚外情的態度。一個眾所皆知有婚外情的在地人走進餐館時，主角（他自己也正在陷入婚外情的邊緣）讓出一個吧台座位供她入座。她一坐下，餐館內的其他在地人交頭接耳、給她臉色看，最後她因為覺得被羞辱，轉身走出餐館。這兩個偷情者看起來都充滿魅力、聰明又有禮貌，盯著他們的鎮民則一臉凶相又無知，每一個都有獨特的醜樣。觀眾覺察到，如果他們加入這群痛恨婚外情的鎮民，自己可能也會像他們那樣討人厭又不堪。為了避免落入這種境地，他們的同理心就會放在編劇想要的地方，也就是外型俊美的外遇者身上。

同理心的危險

即便人類的基因裡就有產生同理心的傾向，因為故事不同、讀者不同、觀眾不同，被故事人物激發的感覺強度與深度，也會有極大差異。重視自身利益的人，對於人物內心狀態比較不敏感；有強烈同理心的人則比較敏感。[5] 同理心要是過了頭，可能會被自戀狂利用並加害。而它雖然能吸引我們貼近那些「和我一樣」的人，但也會造成偏見，進而損害判斷力。同理心讓我們喜歡俊男美女多於醜人，看重人脈關係多於工作能力，關注短期立即性災難的受害者、忽略受疾病或飢餓長期折磨的弱勢。同理心讓人難以冷靜觀察、聆聽，然後下判斷。[6]

但換個角度來看，倘若沒有同理心來深化我們的情感投入，光是同情可能會讓我們淪為濫情。

感情與濫情

我們在前面說過，對於引發情緒反應的事件，以合乎比例、平衡的方式產生回應，這種才是感情。濫情則是不平衡、動機不足、過度表現的耽溺，與引發情緒的事件規模不成比例，比方說，看著孩子中上的成績單，卻露出勇敢的微笑並潸然淚下。

在《冰與火之歌：權力遊戲》第八季第五集〈鐘聲〉（The Bells）的劇情高潮裡，詹姆・蘭尼斯特（Jaime Lannister）拚命戰鬥、找到了受困且害怕的瑟曦。紅堡（Red Keep）在他們的周遭崩塌，這一刻他抱住她說：「看著我。看我就好。其他一切都不重要。只有我們才重要。」他犧牲自己的生命，不讓她孤獨死去。他的行動與他的愛成比例，所以可以催動誠摯的感情。

《辛德勒的名單》（Schindler's List）是以納粹大屠殺為背景的黑白電影，當中有一幕是一個穿著亮紅色外套的小女孩走過克拉科夫（Krakow）可怕的抄家現場。後來，辛德勒看到這個孩子被紅外套包裹著的屍體。這個畫面激發了他的轉變，從一個自私冷酷的物質主義者，變成一個高貴、犧牲自我的英雄。這就是心理學所謂的「一廂情願」（wish fulfillment），虛假程度就像讓一名惡棍撫摸小貓，以顯示連他這種邪惡之人都能對寵物動情。正如榮格指出的，殘酷會以濫情的糖漿來引誘受害者。

讀者／觀眾的詮釋

故事會請讀者／觀眾詮釋的不僅是眼前的事件，還有在銀幕或舞台或書頁之外、沒有搬演的事。由於先前的場景導致目前的發展，所以已經發生的事件兜在一起必須合理，同時也必須讓人可以推論當前事件可能導致未來什麼結果。倘若讀者／觀眾無法詮釋，就不可能投入情感。

潛文本也是同樣的道理。要想發現故事人物動機的真相，讀者／觀眾絕不能只看他的話語和行徑、選擇與行動，更要找出隱藏的緣由與意義。

然而，詮釋取決於是否理解人物的欲求與價值。為了做出完整的反應並清楚掌握意義，讀者／觀眾必須在每一場戲都感覺到人物當下的欲求，以及每一場戲的欲求堆疊起來是如何促成他在戲劇高潮時刻追求的終極目標。但

是，要理解人物想要什麼，讀者／觀眾也必須理解每場戲涉及的價值，以及驅動整個故事的核心價值。

一旦誤解故事的價值取向，就會導致對人物欲求的誤解，導致錯誤詮釋。如果讀者／觀眾無法釐清故事人物在人生裡承受什麼風險，不明白什麼是正向、什麼是負向，那麼他們可能會誤解人物追求什麼或是為什麼追求。一旦讓他們困惑，就會導致錯誤的解讀，扭曲了你想表達的意義。

●個案研究：《黑暗之心》

約瑟夫・康拉德中篇小說《黑暗之心》的故事背景設在一八九〇年代的非洲，故事跟著船長馬羅（Charles Marlow）駕船深入剛果河。他接受一家比利時貿易公司委託，要把一批象牙貨品與該公司職員庫茲（Kurtz）帶回來。這家公司擔心庫茲可能已經開始胡作非為。

旅途中，馬羅詢問那些認識庫茲的人，打聽到的所有事情似乎都相互矛盾。有人畏懼且不信任他，暗示他本性邪惡，其他人則聲稱他是個有教養與魅力的藝術家、音樂家。有件事是肯定的：庫茲懂得怎麼煽動當地人去屠殺大象，將象牙一噸一噸地堆成山。

一個可能的詮釋是，馬羅就像個心理偵探，為謎一般的庫茲深深著迷。這個詮釋讓「洞察／不知情」成為故事的核心價值，而馬羅船長的欲求目標是發現真正的庫茲。

在另一種解讀之中，馬羅是個迷惘的人，道德觀渾沌不明。其他歐洲人認為殖民主義將文明帶給「黑暗大陸」，但馬羅懷疑這是為了將貪婪合理化的順理成章自我欺騙。他希望庫茲也有跟他一樣的想法，才會背叛雇主，選擇高貴的原始人美德，拋棄變態的文明。如此一來，故事的核心價值就變成「純潔／腐敗」，而馬羅的欲求目標是證明人的本性良善。

然而，當馬羅找到庫茲時，他發現這個原本文明開化的紳士，如今已經變成邪惡的暴君，遭到殘暴對待、充滿恐懼的部落民眾把他當成神來崇拜。庫茲轉而擁抱原始非但沒讓他變高貴，反而讓他變得野蠻。

不同的價值創造不同的意義。在第一個詮釋中，當馬羅找到那個改頭換

面的庫茲，他領悟到，因為核心自我不斷演化，要想明白另一個人的真實本色是不可能的。在第二個詮釋中，馬羅對於人內在的野蠻本性有了更深、更全面的體悟。

重點：讀者／觀眾一旦理解了故事基本上是什麼題材與其核心價值，他們的認知就成為他們詮釋故事人物的基礎。

讀者／觀眾的認知

除了感受到的情緒與自己詮釋得出的意義，讀者／觀眾還會在不同時間點發生的一連串事件中（自由意志 vs. 命運），從不同的覺察角度（神祕 vs. 懸疑 vs. 戲劇性反諷），在不同的層次上理解故事人物（文本 vs. 潛文本）。創作的過程中，作者必須從這三個觀點開發他的故事人物：

文本 vs. 潛文本

感覺到同理心，與理解潛文本是兩回事。不論是對於喜歡或討厭的故事人物，讀者／觀眾都會去解讀人物的心。他們不只是抱著興趣在追故事發展，還會同時在兩個層次上覺察正在發生什麼事：外在的話語與行為 vs. 內在的想法與感受，也就是文本 vs. 潛文本。

正如杜斯妥也夫斯基所言，複雜的故事人物，其隱晦的內心世界有如一首交響樂曲。當一個人物訴說自己的事，讀者／觀眾雖然只聽到兩、三個音符，卻能在當中感知到他宛如交響樂團合奏般的內心想法與感受。人物搬演的兩種模式，會以兩種相當不同的方式啟動這種感知：

（1）在書頁上，作者的創造力與讀者的想像力結合，使人物躍然紙上。
（2）舞台與銀幕上，演員在導演、燈光與美術指導、攝影師、剪接師、化妝師與作曲家的支持下，大家齊心協力將編劇的創作呈現給觀眾。

關於人物塑造，觀眾可以從頭到腳看到銀幕或舞台上的人物，目睹他們在其社會與環境中如何行動。觀眾吸收到巨量的細節，不太需要發揮想像力。相反地，讀者會注意到或具體或譬喻上的細節，然後添加上自己人生各階段的個人體驗，最終將這些素材傾注入他的想像中，攪拌、調合出完整的人物

塑造。

　　至於人物本色，觀賞舞台或銀幕上的演出時，我們的想像力會穿透演員的眼神、語言與手勢，看穿他的意圖與自欺，在當中搜尋由其潛意識浮出的真相。想像力可以看到人物顯意識層面的想法，但不會說破，讓它們留在人物的表面形象下。

　　以第一人稱觀點進行敘事的文類，經常會寫出人物顯意識面的想法，但沒有對其他人物說。這時，讀者必須穿透文本，掃描主角的潛意識。卡司裡其他人物的內在世界，是透過第一人稱敘事者的認知來慢慢揭露。不同的作者會讓他以不同程度的扭曲來呈現這些人物真正的想法與欲求。

　　以第三人稱觀點進行敘事的文類，讀者感知故事的方式不一樣。有些作者是透過展現加暗示，有些則是直說加解釋。展現派的作者會以戲劇形式呈現人物的外在行為，藉此暗示人物的內在世界，例如海明威的《老人與海》；直說派的作者則會直接刻畫人物的想法與感受，例如維吉尼亞·吳爾芙的《戴洛維夫人》。今天，大多數第三人稱觀點的作品會混用展現與直說、暗示與解釋。

自由意志 vs. 命運

前面說過，我們從一開始進入故事，就已經在期待結局，而主角走向未來的路似乎有無限可能。但是當故事結束、我們回過頭去看，所有發生過的事件卻又彷彿都是宿命的安排。這時候，我們對主角已經有深入的認識，覺得以他的心理狀態，確實只能以故事裡的那種方式採取行動，別無其他可能。在他所處的背景與社會環境內在的種種力量牽制下，那些發生過的事必定得發生。看不見但逃不過的命運宰制著他。

　　講述故事時，讀者／觀眾是感受到宿命論抑或自由意志的力量，取決於他們處於故事的哪個時間點：事件之前、之中或之後。事件發生之前，我們對於未來的事件一無所知，所以故事人物似乎可以自由選擇與行動。但在事件發生之後，我們回顧並發現大量相互交錯的力量影響了所有事件，如今看來結果似乎是命中注定的。所以，作者需要在每場戲、每個段落、每一幕，

都掌握好人物轉變弧線的進展節奏，以便我們在故事結局回顧人物的命運時能得到體悟，滿足了我們在故事開場時懷抱的好奇心。

神祕／懸疑／戲劇性反諷

人物在虛構世界裡一場接一場的虛構事件中奮鬥，並未意識到自己活在虛構裡。對他們來說，故事就是他們的人生。同一時間，讀者／觀眾處於故事時間軸之外，可能在人物經歷事件的前、中、後看到事件。這種「知情」的差異創造出三個敘事策略：神祕、懸疑、戲劇性反諷。

「神祕」的敘事策略，讓人物領先讀者／觀眾知情。舉例來說，在經典的謀殺推理故事類型中，某人走向衣櫃要拿襯衫，一打開櫃門卻有屍體掉出來。這個設計中，殺人凶手領先看故事的人。凶手知道是誰幹的，但他可不會說出來。所以，一直抱持好奇心的讀者／觀眾知道的比故事人物少，他們在後頭追趕、看著前方，緊盯著人物領先知情的種種事件，嘗試查出人物已經知道的資訊。

「神祕」策略主導下的故事，尤其是那些由名偵探推動劇情的作品，能夠引起同情，卻無法引發同理。福爾摩斯討人喜歡，但跟我們不是同一類人。我們無法將自己與他等同看待，因為他的傑出近乎完美。

「懸疑」策略是讓讀者／觀眾處於與卡司相同的時間點。事件發生的瞬間，同時衝擊故事人物與我們看故事的人。讀者／觀眾可能會預期某些轉折點，而人物可能會隱藏某些祕密，但整體來看，兩者都知道過去與現在，卻都不知道未來。如此一來，關鍵戲劇性問題（major dramatic question，MDQ）就變成「劇情將如何發展？」所有的故事中有高達九成都採取這個策略。

「戲劇性反諷」是讓讀者／觀眾領先人物，在未來的事件發生在卡司身上之前就已經知情。這個策略將關鍵戲劇性問題從「劇情將如何發展？」轉為「我已經知道這些人物做了這件事，但他們是怎麼做到的？為了什麼原因這麼做？」

比利・懷德編導的《雙重保險》（*Double Indemnity*）與《日落大道》（*Sunset Boulevard*），開場都是主角身中多槍，然後倒敘那些導致他們付出生命的選擇與

行動。電影觀眾因為從開場就知道結局，於是他們等於擁有上帝視角，很清楚主角籌畫的所有致富計謀最終將會害死他。

那些以知名歷史事件為背景，或是關於名人的故事，讀者／觀眾會無條件自動置身「戲劇性反諷」中。但是某種程度上來說，無論故事採取的策略為何，讀者／觀眾通常會知道人物不知道的事。比方說，在主角沒有參與的場景裡所講、所做、所計畫的一切，立刻就讓我們所知的資訊超過主角，因為我們在場而他不在。

不過，除了傳記與謀殺推理，只單一採用「戲劇性反諷」或絕對「神祕」策略的故事相對罕見。大多數作者會融合全部這三種策略：以「懸疑」構成整體策略，但在故事發展過程中，藏有祕密的人物知道的比讀者／觀眾多，後者則透過倒敘的場景，得知比該場景中的人物還多的資訊。

《北非諜影》中的政治與愛情劇情線，使此片充滿懸疑，但在這樣的戲劇張力中，回顧年輕情侶在巴黎相遇的倒敘，增添了一層戲劇性反諷。當觀眾看著瑞克與伊爾莎（Ilsa）浪漫相戀，他們知道這對情侶將會面對黑暗的未來。後來，故事轉採「神祕」策略，瑞克決定了最後要採取什麼行動，但是對大家保密，包含觀眾在內。

比較近期的例子是阮越清的第一人稱小說《同情者》。一個間諜頭子逮到一名雙重間諜，逼他寫下一生的故事，而且，一定要說真話。我們讀到的小說其實是這份「自白」。這個故事的懸疑點在於它的關鍵戲劇性問題：雙重間諜會說真話還是謊話？他的選擇會救了他還是害死他？

《同情者》敘事者的自白在三十年以上的時間裡來回交織，圍繞祕密刺殺計謀的種種謎團吸引著讀者，在此同時，小說的每一頁都帶著「戲劇性反諷」意義。我們很清楚：即便主角面對死亡威脅，但他一定活了下來，否則我們就讀不到他的這本自白「書」了。

第一印象的力量

在這一章的尾聲，讓我們來討論一下開場：

創造故事的起始點時——故事發生地點的描繪、小說開頭的章節、觸發

後續場景的行動——請留意第一印象的力量。當讀者／觀眾遇到新的事物，他們會冒出各種想法，在好奇心的驅使下預期最糟或最好的結果，或是兩者同時。他們會猜想這一切將導致什麼發展，比方說某個人物進入故事的那一刻——主角登場的那一刻更是如此。

請抗拒以下這個衝動：把主角放在第一頁。你應該把主角留到最有戲劇效果的場景，然後給主角一個特殊的進場方式。

《北非諜影》開頭的幾場戲中，好幾個人物提出與主角相關的問題，覺得他有魅力卻又冷漠，有名氣卻又神祕。當攝影機最後終於拍到瑞克，他穿著白色燕尾服，自己在跟自己下西洋棋。經過這麼多鋪陳後，觀眾自然會好奇：「這男人是何方神聖？」

不管你是何時帶進那些主要人物，都要用有衝擊力的方式介紹他們進場，讓觀眾留下深刻印象。

在大衛‧連（David Lean, 1908－1991）執導的《阿拉伯的勞倫斯》（*Lawrence of Arabia*）中，沙里夫‧阿里（Sherif Ali）登場時是地平線上的一個遙遠小點，然後他騎著馬慢慢接近我們。在燃燒的沙漠天空背景之前，他的身影越變越大。

在尤金‧歐尼爾（Eugene O'Neill）的舞台劇作《長夜漫漫路迢迢》（*Long Day's Journey into Night*）中，瑪麗‧泰隆（Mary Tyrone）輕飄飄地走進她家客廳，在吸食嗎啡後的迷茫狀態下喃喃自語。

勞夫‧艾利森的小說《隱形人》[86] 中，一個男人坐在地下室裡，天花板上掛著一百顆亮到讓人無法直視的燈泡。他冷靜地告訴讀者，他正在偷城市的電。

菲比‧沃勒－布里奇（Phoebe Waller-Bridge, 1985－）主創的影集《追殺夏娃》第一季第一集中，一個長相甜美的女孩坐在冰淇淋店裡吃聖代。薇拉內爾坐在店內一角對著女孩一笑，女孩也回以燦爛笑容。然後，當薇拉內爾要走出店門口時，她拿起女孩的聖代、砸到她驚訝的臉上。

威廉‧高汀的小說《黑暗之眼》（*Darkness Visible*）中，二次大戰的納粹空軍正在瘋狂轟炸倫敦。在一片炸彈火海地獄中，一個孩子走了出來，嚴重燒傷、

---

86 參見頁135。

面目全非。

在傑瑞・赫爾曼（Jerry Herman）、傑羅姆・勞倫斯（Jerome Lawrence）、羅伯特・E・李（Robert E. Lee）合創的音樂劇《梅姆》（*Mame*）中，梅姆站在弧型室內梯的上頭吹號角，然後順著扶手溜下來。

一個複雜的故事人物進場時的理想狀態，要能使我們對其未來產生興趣，並引發我們對其核心自我產生進一步想法。

第四部
人物關係

　　沒有人會對外揭露全部的自己，不論對象是誰。我們每個人都只對他人暴露自己的某些面貌，保留某些給自己，並藏起重大的祕密。對自己的了解也是同樣的道理。沒有人能讓自己看到自己的全貌。我們看不見自己真正的樣貌，只有其他人可以察覺某些真相。[1]

　　人生如戲，戲如人生。某個故事人物可能與另一人產生連結，或透過共通的學術興趣（academic interest），或因為相同的宗教情懷，又或者是萌生浪漫情愫，但他絕不可能與某一個對象在所有方面都能相通、連結。不過，如果你以這個人物為中心來建構卡司，設計好用每位成員去描繪他的某一個面貌，那麼在他面對不同成員的過程中，他的特徵與不同面向就會自然而然揭露。因此，作者的難題是如何設計出一個卡司，以便在戲劇高潮時，讓讀者／觀眾認識該人物的程度超出他的自知。

人物關係的原則：每個卡司成員都會帶出其他成員的特徵與真相。

　　我們會在第四部中驗證這個原則，看它如何引導卡司的人際關係與設計。

17

卡司設計

　　走向宿命的道路，沒有一條是筆直的。我們每個人都會蜿蜒通過社交與人際關係交錯複雜的迷宮，在各種關係的十字路口、高速公路交流道、入口、出口與一百八十度轉彎道之間尋找方向。因此，故事人物的核心自我絕對不是決定他命運的唯一因素。他的本能將他推向某一類的欲求，在此同時，環境背景、社會與人際關係的浪潮卻將他拉向另一類欲求。因為人與人會相互影響，我們設計卡司的關鍵，就圍繞著那些界定彼此關係特質的連結與對立關係來設計卡司。在這些相互結合又彼此對照的往來關係中，卡司成形了。

　　結構良好的卡司裡，人物特徵與不同面向會形成各種對比，讓每個人物都具有自己的特色。不論是他們在場景裡的互動中，或是在其他不同場景裡談論或想到彼此時，角色們會透過對比與矛盾來揭露、澄清其他人的本色。此外，故事人物面對面互動時，會相互引發行動與反應，顯露出他們各個面向的正向／負向價值取向。

　　當焦點在人物之間移轉，這個系統會形塑他們如何彼此幫助或阻撓、他們想要或排斥什麼、他們會或不會做什麼、他們是什麼人，以及每個人物又是如何揭露其他人的特徵與動力。當無法相容的不同欲求惡化成衝突，人物之間的連結會斷裂，關係開始轉變。所以，作者在發展故事時，會不斷讓人

物之間互相比較與相互對照，讓他們有各種相同與相異之處，創造出只有他看得到的型態。哈姆雷特拚命在尋找意義，而莎士比亞從頭到尾都知道他的王子最終會在哪裡找到它。

因此，只因為一個人物在你的想像中出現，並不意謂他就可以在你的卡司中占有一席之地。每個角色必須對於能讓故事更好看的創意策略有所貢獻。讀者／觀眾對故事的心理投入程度，並不全都源自主角，另一個源頭是卡司所有成員的共通處與差異處之間產生的張力。如果故事人物只在一條軸線上針鋒相對——善對抗惡、勇敢對抗懦弱——只會讓他們彼此變得無謂而已，觀眾會對他們越來越不感興趣。但如果他們是以複雜多樣的方式在對抗，會引發好奇心與同理心，進而才能讓看故事的人集中注意力並投入情感。這一切需要對卡司設計進行深入思考。以下五個小節會探討來自主流敘事媒介的五個範例。

●個案研究：小說《傲慢與偏見》

珍・奧斯汀（Jane Austen, 1775－1817）的基本卡司設計是以班奈特（Bennet）家五姐妹為核心。奧斯汀將複雜的主角伊莉莎白（Elizabeth）放在正中心，賦予她四個清晰可見的特徵：冷靜理性、社交魅力、自尊心、獨立。為了要使伊莉莎白有更多重的面向，奧斯汀設計了四種內在特質來對抗上述四個外在特徵，包括衝動、內在道德信條、謙遜，以及渴望愛情。

理性／衝動、社交魅力／內在道德信條、自尊心／謙遜、獨立／渴望愛情，這四組矛盾設定了她的面向。奧斯汀在設計她與四姐妹——珍（Jane）、瑪莉（Mary）、凱蒂（Kitty）、麗迪亞（Lydia）——之間的關係時，這四組矛盾也發揮了作用。

伊莉莎白的四個姐妹，性格只靠各自的外在特徵來支撐，都只有單面向，是像外表看起來那樣的扁平人物。在彼此對立的關係設計中，每個姐妹的特徵都定義並強調了伊莉莎白的四個面向之一，而她的四個面向也與她們的特徵形成對位關係。這些差異讓五個角色都更清晰且具有個人特色。

一、伊莉莎白與珍

伊莉莎白的核心面向是理智對抗衝動。在小說的觸發事件中,她是個對他人抱持耐心與成熟洞見的女性。但當她遇上達西先生(Mr. Darcy)這個傲慢的紳士,卻對他抱持著衝動、帶有偏見的評價(因此書名叫做《傲慢與偏見》),與她平時四平八穩的識人之明有所抵觸,於是對達西產生反感,並讓故事開始走上愛情的顛簸之路。最終她發覺她內心的道德信條其實是偏見,她的自尊心是傲慢的同義詞,而她與達西就像一體的兩面。

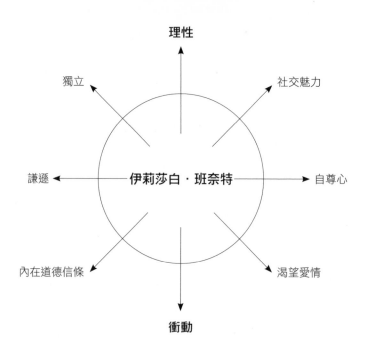

伊莉莎白的四面向

伊莉莎白抱持世故的懷疑論,她的姐姐珍則顯然相反。珍天真地相信人性本善。她就像小鹿一樣容易相信人,與洞察世事的伊莉莎白天差地別,導致珍做出一些不幸的選擇。

二、伊莉莎白與瑪莉

伊莉莎白的第二個面向是機智魅力與道德信條的對位。在內心深處，她抱持清楚的倫理信念，但她把這些信念隱藏在笑臉迎人的個人魅力背後，也不告訴他人，因為她不希望朋友與家人因為這些信條覺得無趣或反感。

相反地，瑪莉像個裝模作樣的學究愛說教，讓人厭煩。於是，不同於伊莉莎白，瑪莉完全沒有社交生活。

三、伊莉莎白與麗迪亞

伊莉莎白的第三個面向是，她強烈的自我價值感對抗著壓抑但不做作的謙遜。

相反地，麗迪亞不斷展現她的動物本能，使她那些小家子氣的愛慕虛榮與打情罵俏更顯得浮誇。

四、伊莉莎白與凱蒂

伊莉莎白的第四個面向是，她的自主獨立精神對抗她愛慕達西先生的強烈感情。

凱蒂與她完全相反：依賴他人，需要他人照顧，意志力薄弱，容易哭成淚人兒。

伊莉莎白的聰慧與沉穩，與她的四個姐妹柔弱、慌忙的不安全感形成對比。在姐妹共處的場景裡，每場戲都凸顯了對方與自己形成對比的特徵，讓這五個人物變得獨特且令人難忘。於此同時，又讓伊莉莎白維持在小說的核心地位。

就像伊莉莎白，極複雜人物的多個面向會在四個自我層次──社會自我、私人自我、私密自我、隱藏的自我──上交錯。當人物的面向越多，需要用來刻畫他複雜性的人際關係也越多。所以，當你在發展每一個人物、探索卡司的各項特徵與面向如何相互作用時，要想啟發自己的想像力，我建議你可以畫出卡司各種特徵與面向的人物關係圖。

人物關係圖

要想畫出卡司之間的關聯圖，請先畫三個同心圓。把你的主角放在圓心。因為矛盾關係需要時間搬演才會揭露給讀者／觀眾看到，所以應該給主角大多數的面向。舉例來說，伊莉莎白·班奈特具有四個面向，在《傲慢與偏見》的人物關係圖中位居圓心。

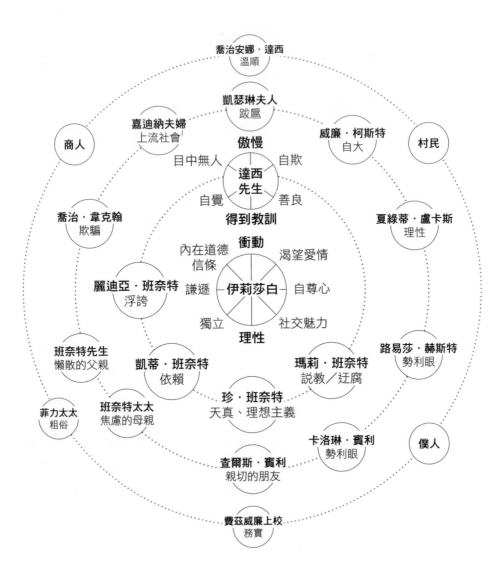

將主要的支持角色與出力角色放在第一個圓上，並記下他們的特徵與面向，然後讓他們的位置與主角形成對位，例如有三個面向的達西，以及伊莉莎白的四個姐妹：

　　達西（傲慢／得到教訓、目中無人／善良、自欺／自覺）、珍（天真）、瑪莉（迂腐）、凱蒂（依賴）、麗迪亞（浮誇）。伊莉莎白帶出達西那三個正向的面向。

　　由於具有多種面向會讓觀眾把注意力集中到那個人物身上，並且需要運用一些故事篇幅來呈現，因此第二圈的角色會侷限在各自的特徵。比方說，班奈特夫婦（焦慮的父母）、查爾斯·賓利（親切的朋友）、卡洛琳·賓利（勢利眼）、夏綠蒂·盧卡斯（理性）、威廉·柯林斯（自大）、喬治·韋克翰（欺騙）、路易莎·赫斯特（勢利眼）、凱瑟琳夫人（跋扈）、嘉迪納夫婦（上流社會）。

　　第三圈角色遍佈於故事外圍：僕人、村民、商人與遠親。

●個案研究：電影《笨賊一籮筐》

《笨賊一籮筐》由約翰·克里斯與查爾斯·克萊頓（Charles Crichton, 1910 – 1999）編劇。這部片獲得美國影藝學院奧斯卡最佳原創劇本與最佳導演獎提名。凱文·克萊（Kevin Kline, 1947 –）因為這部片贏得最佳男配角獎，約翰·克里斯與麥可·帕林（Michael Palin, 1943 –）則分別獲得英國電影學院獎（BAFTA）最佳男主角獎與最佳男配角獎。英國電影協會（The British Film Institute）將此片選為二十世紀最佳英國電影之一。

　　《笨賊一籮筐》這部片的靈感源自一場午餐聚會。

　　當年這兩位編劇正在製作一部企業宣傳片。某天，畢業於劍橋大學法律系的克里斯表示他一直夢想著有朝一日要演一個律師，克萊頓則回說他一直夢想著要導一場有壓路機的戲，於是他們倆決定合寫一部同時有律師與壓路機的電影劇本。然後克里斯臨場發想出下面這個異想天開的橋段：一個愛狗人士卻無法停止殺死狗。克萊頓很自然地提出一個邏輯性問題：為什麼？答

案：他其實是想殺死狗主人，卻老是沒瞄準目標。為什麼他想要殺狗主人？因為她是目擊證人。目擊了什麼？搶案。就這樣，他們開始嘲諷黑色電影（film noir）劇情，創造出一部讓人捧腹的「犯罪喜劇」（crimedy）。

故事

汪妲（Wanda）是個美國女騙子，與男友奧圖（Otto）計畫要黑吃黑對付倫敦黑道份子喬治（George）與同夥肯（Ken）。他們四人搶劫了價值數百萬美元的鑽石之後，汪妲與奧圖立刻向警方揭發喬治，兩人後來卻發現他已經先發制人偷藏了鑽石。

汪妲在肯的魚缸裡發現一把保險箱鑰匙，把它藏在自己的墜飾裡。這是尋找喬治藏寶處的線索。接下來，電影多了一條愛情故事劇情副線。汪妲勾引喬治的律師亞契，希望從他身上查出鑽石的下落。但是她不小心把墜飾掉在亞契家，亞契的老婆溫蒂（Wendy）誤以為這是亞契送自己的禮物。

喬治叫肯殺掉搶案的唯一目擊證人柯蒂太太（Mrs. Coady）。她是個刻薄的老太太，養了三隻迷你犬。肯三度想要幹掉她，但每一次都意外殺死她的一條狗。最後他用一大塊建築水泥塊壓死第三隻小狗。這個可怕情景讓柯蒂心臟病發，讓他終於完成任務。

由於沒有證人，喬治即將被警方釋放，於是在盤算脫逃計畫時將鑽石的藏匿地點告訴肯。但是在法庭上，汪妲出賣了喬治。震驚之餘，亞契不小心稱呼她「親愛的」。在旁聽席上的溫蒂覺察到亞契與汪妲有婚外情，後來跟他離婚。

在此同時，奧圖對肯逼供，問出了珠寶藏在某家旅館的保險箱裡。奧圖知道藏寶處，而汪妲手上有保險箱鑰匙，兩人於是結盟。

亞契下定決心要偷那批鑽石來彌補自己的損失，再與汪妲遠走高飛到南美洲。他帶著她上了自己的捷豹轎車，飛車來到肯的公寓。但是當亞契跑進肯住的大樓時，奧圖偷走亞契的車，還帶走汪妲。

肯與亞契展開追逐。奧圖與汪妲找到了鑽石，但汪妲背叛奧圖，在掃具間裡將他打昏。奧圖醒來後，衝去機場找汪妲，可是亞契在機場跑道上與他

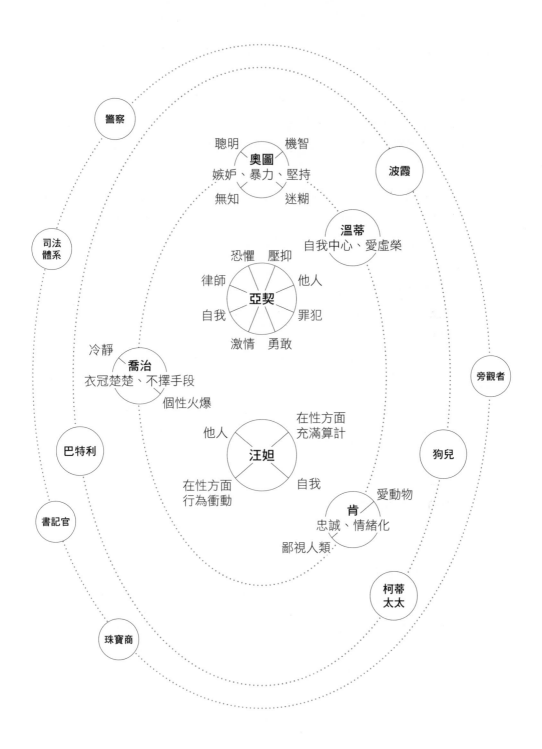

對峙。奧圖正要開槍打亞契時，肯開著壓路機把他輾過去。亞契與汪姐在飛機上會合。

前頁是《笨賊一籮筐》的人物關係圖，設定了他們的各種偏執與面向：

正如我們在第十三章中所見，喜劇人物的特色是盲目的偏執，他們都看不到自己僵固的行為模式，行動也無法偏離此模式。

◆**亞契・利奇**（約翰・克里斯飾）的偏執是害怕丟臉。他意識到這一點之後，扮演起類似影星卡萊・葛倫（Cary Grant, 1904－1986）的角色，變成本片的愛情故事線男主角（卡萊・葛倫的本名叫做亞契・利奇）。

◇**亞契的三個面向：**

他很害怕卻有勇氣。一開始，他很畏懼瘋狂的奧圖，但最後他找到了面對他的勇氣。

他是個律師，卻也是罪犯。許多人或許不認為這有何矛盾之處，但就亞契來說確實是如此。他致力於法律工作，卻為了愛而犯罪。

他本來是為他人而活，後來轉變成為了自己而活。他不顧自己的需求，為了妻子、女兒與客戶而工作，但從他愛上汪姐那一刻起，他終於為自己想要的人生而奮戰。

◆**汪姐・葛許維茲**（Wanda Gershwitz，潔美・李・寇蒂斯〔Jamie Lee Curtis〕飾）的偏執是對會講外語的男人著迷。

◇**汪姐的兩個面向：**

她在性方面既充滿算計又行事衝動。她比這些男性人物更加聰明，利用自己的魅力來操控他們，但偶爾會因為自己盲目的偏執而受害。

她本來為自己而活，後來轉變成為亞契而活。錢是她唯一想要的東西，但後來她全心全意愛上亞契。

◆**奧圖・魏斯特**（Otto West，凱文・克萊飾）對尼采有偏執。

◇**奧圖的兩個面向：**

他很聰明卻無知。他以前是中情局幹員，會引用尼采哲學的名句，但他竟以為倫敦地下鐵（London Underground）是一個政治運動。

他很機智卻很迷糊。奧圖在壓力之下腦筋動得很快，也是說謊高手，但在與人交談時會分心，無法記住「中間那段話」。

◆**肯・派爾**（Ken Pile，麥可・帕林飾）偏執於保護動物。

◇**肯的面向：**

他愛動物愛到偏執狂的程度，但他鄙視人類。動物死去時他覺得是悲劇，還會去寵物墓園哀悼落淚，可是他在街上殺人卻相當開心。

◆**喬治・湯瑪森**（George Thomason，湯姆・喬治森〔Tom Georgeson〕飾）偏執地相信犯罪是白領職業。

◇**喬治的面向：**

他既冷酷又個性火爆。他冷靜，城府深，不擇手段，衣衫革履，致力於犯罪事業。但是當汪姐在法庭上背叛他，他暴露出他盛怒的那一面給全世界看。

◆**其他人物：**

溫蒂・利奇（瑪麗亞・艾特肯〔Maria Aitken〕飾）偏執於自己的優越感。她高高在上、傲慢，對他人毫無疼愛之心（連自己的女兒也不例外）。

波霞・利奇（Portia Leach，辛西雅・克里斯〔Cynthia Cleese〕飾）對自己的鼻子有偏執。她的主要特徵是自我中心。

艾琳・柯蒂（Eileen Coady，派翠西亞・海耶斯〔Patricia Hayes〕飾）對自己那三隻小狗有偏執。她的主要特徵是易怒。

卡司的其他成員還包括檢察官、法官、珠寶商、鎖匠、書記官、客戶、監獄管理員與路人。

結論

雖然影評人很少認真看待喜劇，但所有講得動聽的故事都能創造意義。《笨賊一籮筐》的論點是，如果你願意拋棄職涯與家庭，最後你也可以帶著價值兩千萬美元的鑽石與夢中情人到里約熱內盧逍遙。

●個案研究：舞台劇《奴隸遊戲》

傑瑞米・O・哈里斯（Jeremy O. Harris, 1989 − ）撰寫的舞台劇《奴隸遊戲》（*Slave Play*）是一個現代寓言。劇名暗示本劇關於奴役的主題，但也暗指鞭子與綑綁束縛、鞭痕與性高潮。個別來看，本劇的人物似乎很寫實，每個人都在私密與個人的難題中掙扎，但他們同時也象徵了權力者與被宰制者此一永恆衝突中那些典型人物。

傑瑞米・哈里斯創作《奴隸遊戲》時，還是耶魯大學的學生。二〇一八年，本劇在外百老匯首演，立刻引發爭議。隔年，它移至百老匯演出，場場滿座，直到新冠肺炎疫情迫使所有劇場關閉。

《奴隸遊戲》提出了以下問題：種族歧視的驅動力為何？為什麼美國的跨種族婚姻如此失能？這是先天還是後天造成的？是因為人類心理渴求權力的衝動？還是因為種族隔離、群體幽禁這種殘暴的社會體制？為了尋找答案，本劇卡司涵蓋了四對深受折磨的跨種族夫妻。

本劇中的黑人角色都因為過去的種族創傷而受苦，但他們白人伴侶都不曾、不能、不願看見或是感受對方的創傷。儘管他們都真心關心其黑人伴侶，但他們若不是忽視其黑人出身，就是覺得黑皮膚迷人性感。而如果黑人伴侶

能夠放寬心表達他們所受的苦，他們的白人伴侶是否就能看到並理解？還是說，黑人伴侶的宿命就是永遠活在對方的盲點裡？劇中黑人角色陷入的僵局，引發了失樂症（anhedonia），失去了感受性歡愉的能力。

這齣劇發生在一座過去的維吉尼亞州農場，多線的劇情設計交錯在三對跨種族伴侶各自的衝突之間：菲力普與雅蘭娜、蓋瑞與達斯汀、肯妮莎與吉姆。另外還有一對女同志跨種族伴侶蒂雅與派翠夏，協助建構了本劇的戲劇張力，但她倆的關係並未發展成一條故事線。

本劇的三幕如下。

第一幕〈工作〉

第一幕開展了三段施虐／受虐的勾引與性交片段，這三對伴侶穿著美國南北戰爭之前的服裝，演出露骨性愛層面的強烈衝突，看起來確實很像十九世紀的故事，但劇中偶爾摻入一些現代音樂、人名，以及十九世紀那個時代不會使用的對白：

第一場：一個名叫肯妮莎的奴隸稱呼她的監工「吉姆主人」，問他要不要打她。吉姆很好奇為什麼她有這種想法，肯妮莎回答：「您有那根鞭子，不是嗎？」吉姆沒練過怎麼用鞭子，所以當他嘗試揮鞭時卻打到自己的臉。為了勾引他，肯妮莎舔食地板上的食物、搖擺她的臀部。

第二場：雅蘭娜是個性生活不滿足的南方淑女。她在一張有頂棚的大床上嬌媚地扭動，手裡操著一根巨大的黑色假陽具。菲力普是她的奴隸，英俊、黑皮膚顏色較淺。他服侍她滿足色慾，讓她將假陽具硬插進他的肛門。

第三場：在農場的穀倉裡，白人男僕達斯汀在蓋瑞的身影下包捆著乾草。蓋瑞是個讓人望而生畏的黑人監工。達斯汀反抗蓋瑞，兩人的搏鬥演變成幾乎稱得上強暴。當達斯汀舔著蓋瑞的靴子，蓋瑞高潮了，哭喊出聲。

突然間，故事急轉直下，蒂雅與派翠夏登場。這兩位手裡拿著寫字夾板的心理治療師闖入這個空間，揭露出這三個片段其實是三對跨種族伴侶的性治療練習。

第二幕〈療程〉

治療師相信她們激進的「前南北戰爭性表演療法」可以治療失樂症，因為它能「幫助無法從白人伴侶身上獲得性歡愉的黑人伴侶，重新投入性生活。」然而，當蒂雅與派翠夏為這三對伴侶進行她們的主僕體驗「療程」，第一幕裡施虐／受虐性幻想角色背後的那些真實自我，當他們正視著彼此，施加於彼此的痛苦也遠比鞭子、靴子與假陽具更強烈。他們一個接一個犀利剖析其真實生活中的自我與隱藏自我之間的衝突，以及那些令他們恐懼與撩起他們欲望的事物之間的衝突。

比方說，平時沉默寡言的菲力普說道：「所以，妳的意思是我……那個……嗯……我不能勃起……的理由是因為……就是，呃，種族歧視？」整齣舞台劇中，這樣的台詞不斷帶給觀眾痛苦的快感，製造笑點與傷害。

隨著第二幕的開展，心理治療變成了心理折磨。這場性治療實驗不但沒有療癒種族歧視的傷口，反而讓傷口發炎惡化。伴侶之間相互反目；「療程」徹底崩壞；面具落下；核心自我被赤裸裸揭露。菲力普／雅蘭娜、蓋瑞／達斯汀的劇情來到戲劇高潮，同時讓第二幕落下。第三幕就由本劇最主要的肯妮莎／吉姆故事線獨撐大局。

第三幕〈驅魔〉

最後一幕強烈刻畫了種族歧視的兩難困境。肯妮莎與吉姆在臥室獨處，她拚命想理解自己為什麼自己對丈夫抱持這麼深刻的厭惡，而他擔心這場性治療會造成她心理創傷。他的判斷沒有錯，只是他不理解為什麼。

一開始，肯妮莎是受到吉姆的白人身份所吸引；他因為是英國人，所以不像美國人那樣有種族層面的各種偏見。隨著時間過去，她開始察覺到，因為他是白人，所以他帶著隱形的鞭子，而因為她是黑人，所以她沒有反抗能力。他有權力，就是這麼簡單。他不承認這個冷酷的真相。她希望他可以明白，但他聽不進去。

本劇最高潮中，他們倆突然重新演出第一幕施虐／受虐主僕的角色。當他們的即興強暴遊戲變得太過激烈，肯妮莎尖聲喊出中止遊戲的安全暗號。

而當他們徐徐地恢復正常後，她感謝他願意聆聽。全劇終。

這齣劇作揭露出故事人物們的雙重身份，分別是第一幕中的象徵自我，以及第二幕中的核心自我，兩者互相衝突。到了第三幕，核心自我熔合了象徵自我，兩邊都完整了。

卡司

為了讓卡司更精彩，傑瑞米・哈里斯創造出一個自覺層次各自不同的人物光譜，一端是肯妮莎痛苦的自覺與黑人身份（犀利洞見），另一端是吉姆開心的自我欺騙與白人身份（渾然不覺）。其他六個角色，則象徵面對黑人身份的多種心態：蓋瑞討厭身為黑人，派翠夏無視自己的黑人身份，蒂雅將她的黑人身份智性化（intellectualized），菲力普昇華了他的黑人身份，達斯汀熱愛黑人身份，雅蘭娜覺得黑人身份能撩起情慾。

在畫出人物關係圖之前，讓我們先以複雜程度由低到高的順序來評論這八個角色。

派翠夏與蒂雅

派翠夏與蒂雅是一對治療師，說著一大堆讓人摸不著頭緒的偽心理學術語。當她們要討論感受時，她們說的是「在心理空間與溝通領域處理素材」，大量使用「素材性」與「位置性」這類偽術語。黑人在她們口中變成「少數主義者」，白人社會是「異性戀家父長制」。

這個兩人團隊研究種族歧視造成的各種惡性效應，卻又以盲目危險的實驗讓治療對象再度承受這些效應。雖然她們似乎有同理心也付出關懷，但她們記錄這些心理傷痛的真正理由，其實是為她們的專題論文收集資料。對她們來說，科學比撫慰人心更重要。

人物本色與人物塑造之間──也就是真實與表象之間──的第二層矛盾，讓這兩人多了一個複雜層次。淡咖啡膚色的派翠夏暗自覺得自己是白人，與身為白人卻聲稱自己是黑人的達斯汀形成對照。蒂雅冷靜專業但內心紊亂，

希望自己能像菲力普那樣超然。這兩個女人無法被滿足的願望給了她們第二個面向：有安全感的職場自我，相對於沒有安全感的私人自我。

菲力普

菲力普身強體壯，黑白混血，俊俏如模特兒，受過良好教育但不太聰明。雅蘭娜是他的白人女友，會代替他發言，把他晾在背景。他相信種族並不要緊，認為自己是「超越黑人與白人的超級男人」。他困在掌控他的伴侶與他無種族的身份認同之間，受失樂症所苦。他的核心面向讓他外表看起來性感，內心卻沒有性慾。

雅蘭娜

第一幕中，雅蘭娜扮演一個緊張兮兮、好色、狂野的女性施虐狂，渴望雞姦她的家僕，並坦承：「這樣對我來說很性感，真的太性感了。」但在下一幕，她還原回一個會舉手發言、寫筆記的學生。當這個 A 型的完美主義者最終瞥見自己親密關係的真相，也就是她故意視而不見菲力普的種族、導致他們的愛情崩解，她突然退縮回否認心態，像在唸咒般地反覆說著：「跟種族沒有關係。」

好奇心對上自我欺騙，極度自制的舉止對上失控的性慾，是她的兩個面向。

蓋瑞

蓋瑞痛恨身為黑人。他一輩子都在壓抑悶燒的憤怒，躲在無聲怨恨的面具之後。在第一幕的性幻想扮演裡，他強迫相愛將近十年的達斯汀舔他的靴子，然後突然間高潮顫抖。他的核心面向是內心的盛怒對上外表的冷靜自持。

達斯汀

達斯汀討厭自己身為白人。他可以說自己是拉丁裔或西西里裔，卻堅稱自己是黑人。他的伴侶蓋瑞只能把他當白人看待，但自戀的達斯汀辯稱證據

很明顯。最後，當達斯汀被迫面對自己的真相，他像個歌劇女伶一樣大發脾氣：「黑與白之間有很多深淺色調！」他的面向顯而易見：一個白人堅稱自己是黑人。

吉姆

第一幕中，吉姆扮演肯妮莎猶豫不決的主人，但當他命令她趴下去吃地板上的東西，情慾讓他興奮到發抖。他說她是他的「王后」，這其實就暗示他是國王，而國王統治王后。

到了舞台劇尾聲，他一直壓抑的真實心聲逐漸被覺察，那就是：白種男人永遠擁有更高的權力。最後，他聽到肯妮莎懇求他給她她想要的粗暴性愛。他向她保證：「我們是平等的，唯一的差異是，我呢，妳懂的，我是妳的上司。」吉姆二分的內在面向是：在顯意識的層面，他愛他的妻子；在潛意識的層次，他喜歡懲罰她。

肯妮莎

白人魔鬼糾纏著肯妮莎。不過，在第一幕的性幻想扮演裡，她拜託吉姆叫她「女黑鬼」。然後，在恐懼與情慾的交織下，她漸漸轉為「奴隸愛人」的角色。

第三幕中，她讓兩人的角色扮演變本加厲，強迫吉姆承認他雖然真心愛她，卻仍是個施虐狂白人魔鬼。她誘惑他開始扮演那個角色的同時，她的性幻想轉為現實，揭露了她在第一幕扮演的受虐狂其實就是她的真實自我。到了即興演出的自我與真實自我之間矛盾消解的那一刻，她終於完整了，全劇結束。

基於上述的關係，本劇的人物關係圖如下頁所示：

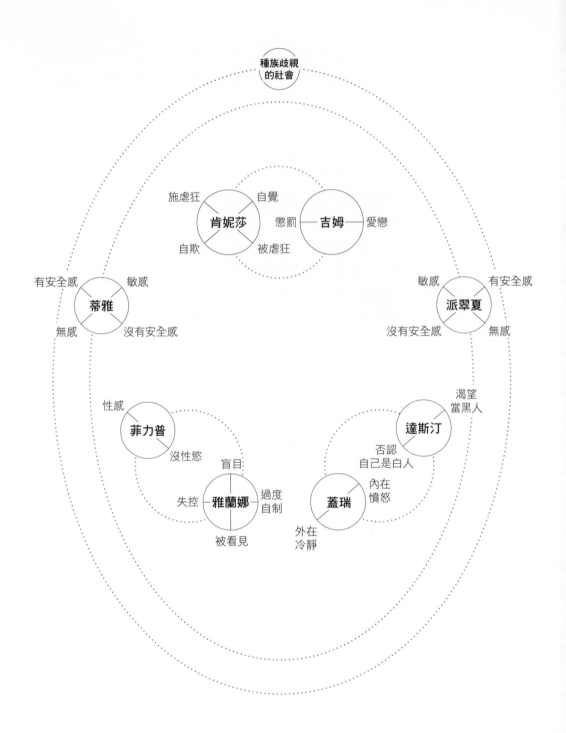

種族歧視
的社會

施虐狂　　　自覺
　　肯妮莎　　懲罰　吉姆　愛戀
自欺　　　被虐狂

有安全感　　敏感　　　　　　　　　　敏感　　有安全感
　蒂雅　　　　　　　　　　　　派翠夏
無感　　沒有安全感　　　　　　沒有安全感　　無感

性感　　　　　　　　　　　　　　　　渴望
菲力普　　　　　　　　　　　　　當黑人
沒性慾　　　　　　　　　　　　達斯汀
盲目　　　　　　否認
失控　雅蘭娜　　自己是白人
　　　　過度　　　　　　　　內在
　　　　自制　　蓋瑞　憤怒
被看見　　　　外在
　　　　　　　冷靜

如左圖所示，種族歧視的社會構成了最外圍的第三圈。

蒂雅與派翠夏（敏感／無感、有安全感／沒有安全感）位於第二圈的兩側。

第二圈內環繞著三個獨立的內部圈圈：蓋瑞與達斯汀（內在憤怒／外在冷靜、討厭白人／討厭黑人）、菲力普與雅蘭娜（性感／沒性慾、被看見／盲目、過度自制／失控）、肯妮莎與吉姆（自覺／自欺、愛戀／懲罰、施虐狂／受虐狂）。肯妮莎與吉姆這兩圈其他人稍大一點，以示這是中心劇情。

結論

《奴隸遊戲》的劇名，精準表現出其意義：奴隸制是施虐／受虐情結的實踐。奴隸制創造出的巨大財富，只是人類最黑暗欲望的副作用。金錢是工具，不是目的。奴隸制（或壓迫任何弱勢階層）最深層的原因，是對權力的欲求，以及痛苦帶來的快感，換句話說就是施虐／受虐情結。

讓我們回顧一下第八章提到的動機問題：「為什麼人會做出這樣的行徑？」

好幾世紀以來，哲學家與心理學家一直在為此大哉問尋找一個終極答案。佛洛伊德說，一切都跟性有關。阿德勒說，一切都跟權力有關。歐內斯特・貝克爾說，一切都跟死亡有關。倘若我們深入思考，性與權力其實都跟死亡有關：性可以繁衍下一代以打敗死亡，權力可以打敗敵人以控制死亡。所以，我贊同貝克爾的觀點。

施虐／受虐的發展思路如下：

恐懼（fear）是一種讓人不寒而慄的情緒，當我們不知道接下來會發生什麼事時，會陷入恐懼；畏懼（Dread）則是一種讓人驚恐的覺知，當我們知道將會發生什麼事卻無法阻止時，它會排山倒海而來。從小，我們就發現死亡是人生的一項事實。我們早晚會死，我們對於改變這個事實無能為力。對死亡的畏懼，雖然有些人應對得比較好，但所有人都會感到畏懼。

到了某個時間點，孩子可能會發現權力讓他感覺好一些……至少在那個當下。也許他捏死一隻蟲子，突然感覺到一股快感。那一瞬間，像神一般掌握生死的權力讓他全身發熱。他想要再次感受那種快感，而且頻率越來越高、

強度越來越大。當他尋求權力時，性格會往施虐狂傾斜（至少有些人是如此）；他開始傾向藉由奪取掌控生死的權力，來壓制他對死亡的畏懼。奴隸主人每天都感受到這種快感，現代的超級富豪也一樣。

又或者，也許那孩子發現他沒有任何力量與之抗衡，未來也會一直如此，但如果寄身在權力者的影子下，他可以逃避對死亡的焦慮。只要那人施展權力讓他受苦，他會感覺到從那份畏懼中短暫解脫的受虐快感，也就是痛苦的快感。奴隸對主人低頭時會感覺到那種興奮，現代社會的員工在為老闆鼓掌時也一樣。[1]

哈里斯的舞台劇以聰明、機智的方式來探討人際關係的政治。如果你給權力一個發揮的舞台，你的作品也能做到。因為無論你如何設定你的故事——不管你的卡司是有幾千人，或只有一對情侶——權力就是權力，一樣會流淌、起落。

因此，當你開展故事時，要衡量你的卡司成員之間的權力平衡，然後，跟著權力的變化動態（誰占上風？誰落居下風？）一路寫到最後一場戲。在設計卡司時加入權力的遊戲，經常能啟發意想不到的靈感。

●個案研究：短篇小說〈血孩子〉

奧塔維亞·巴特勒（Octavia E. Butler, 1947 - 2006）的〈血孩子〉（*Bloodchild*），講述的是跨物種之愛。

一九八四年，艾西莫夫（Isaac Asimov, 1920 - 1992）的《科幻小說雜誌》（*Science Fiction Magazine*）刊出這篇小說，接下來幾年間，它榮獲科幻小說界的兩項大獎：雨果獎（Hugo）與星雲（Nebula）獎。《軌跡》雜誌（*Locus*）與《科幻小說記事》（*Science Fiction Chronicle*）也曾稱它為最佳短篇小說。[2]

背景故事

許多世代之前，僅存的最後一批人類移居到特立克族（Tlic）聚居的星球。他們是一種巨大的昆蟲，會將蟲卵注入動物體內來繁殖。地球人降落時，特立

克族發覺人體是絕佳的孵化宿主。然後，特立克政府建造了封閉的保護區，以保護人類不會被下蛋的蟲群侵犯。但是，作為讓人類生存的代價，每個家庭必須選一個人來孕育特立克的蟲卵。這些幼蟲孵化後會咬破宿主的身體爬出來，使宿主死亡的機率很高。人類同意接受這個交易。

蓮（Lien）是帶著四個孩子的寡婦，選擇了么子甘（Gan）去孕育政府高官特加托（T'Gatoi）的卵。特加托從多年前就成為這個家的友人，很有愛心，每天都去造訪，並提供他們輕微的麻醉劑作為生活慰藉。對於甘，她更是懷抱著一種特別的母愛。

故事

觸發事件：蓮她們一家必須有成員植入特加托蟲卵的日子到了。甘很清楚，當媽媽懷著他的時候，她就已經決定選擇他背負這個責任。他的心情七上八下，非常迷惘。然而，甘的兩個姐姐覺得當特立克卵的宿主是一種榮譽，大哥奎（Qui）則是痛恨這個想法。他曾經目睹幼蟲咬破男性宿主的身體爬出來，讓宿主在痛苦中死去。

理想的狀況是，在蟲卵剛孵化、幼蟲冒出來時，由特立克族對人類宿主進行某種剖腹產手術，把飢餓的幼蟲移到某種動物的肉上，這樣就可以拯救宿主的生命。

某天下午，一個育有蟲卵卻被他的特立克族拋棄的男人，跑來敲甘家的門。他叫做布蘭姆（Bram），特加托為他動了緊急手術。甘射殺了保留區養的一頭動物，提供肉給剛孵化的幼蟲吃，幫忙拯救了這個男人。

甘目睹了這場浴血手術，看著特加托從宿主體內拉出一條又一條蟲，讓宿主痛不欲生。甘內心極為厭惡，甚至考慮要在植入蟲卵之後自殺。後來，特加托在必須產卵的那一夜，給了甘一條生路，問他是否寧可讓他其中一個姐姐植入蟲卵。

甘在此刻陷入危機，他必須做出抉擇：拿姐姐的命去冒險來拯救自己，還是拿出男子氣概，光榮地承擔生命危險。

他選擇接受自己的命運。他因為愛家人、愛人類，也愛特加托，因而決

定獻出自己的身體。特加托將卵植入甘的身體那一刻，她充滿愛意地承諾她永遠不會拋棄他。

卡司

要發展大規模且複雜的卡司，必須要有足夠的篇幅，但短篇小說沒有這樣的空間。因此這個故事裡，只有甘與特加托是複雜的人物，其他人都有精彩的人物塑造，但是沒有面向。

甘

他以第一人稱講述這個故事，讓我們可以看到他的內在衝突，以及他內在的三個面向：

一、他很恐懼但很勇敢。他雖陷入恐怖的處境，內心卻保有等待有朝一日得以發揮的勇氣。

二、他想保護自己，卻又能犧牲自己。他對抗命運是為了自私的理由，但最終為了道德緣由而向命運屈服。

三、他是快要成年的孩子。開場的一句「我童年的最後一夜……」，為故事定了調。

特加托

這條身長近三公尺的大蟲身體分成多節，每一節都長了許多隻腳，尾巴上有刺可以讓人睡著。她與蓮是老朋友，對甘有耐心與愛心，讓她有種祖母的光輝。但在此同時，她的基因驅策她要繁殖。

特加托也有三個面向：

一、她仁慈但專制。特加托就像動物園管理員一樣，是個慷慨、有愛心的保護者，但她也是負責管轄這個人類家庭的主人。

二、她減輕痛苦但也造成痛苦。特加托很清楚她的物種造成人類恐懼，

甚至是死亡。所以她因為良心不安，會贈送蓮家麻醉藥丸與針劑，安撫他們的恐懼與焦慮。

　　三、她有愛心但也會殺戮。她愛蓮的家人，尤其是甘，但為了自己物種的存續，如有必要，也會終結他們的生命。

　　其他的卡司成員沒有面向，但每一個都有不同特徵。

蓮

　　特徵：憂傷。這個寡婦知道這一夜，她的兒子或兩個女兒之一必須植入特加托的蟲卵，她沒有辦法阻止。聽天由命讓她痛苦，也似乎讓她變老了。

奎

　　特徵：憤怒。奎反抗現況，對於人類必須屈服於特立克統治相當生氣。

甘的兩個姐姐

　　特徵：順從。甘的姐姐們觀點不同於其他家庭成員。她們相信被選上孕育特立克蟲卵是一種殊榮。

布蘭姆

　　特徵：驚恐。當布蘭姆體內的幼蟲從卵殼冒出時，布蘭姆恐慌尖叫。

特郭吉夫（T'Khotgif）

　　特徵：個人面關切。這隻讓布蘭姆懷孕的特立克蟲急忙趕到他身邊。

醫師

　　特徵：專業面關切。他協助特加托拯救布蘭姆。

〈血孩子〉的人物關係圖如下頁所示：

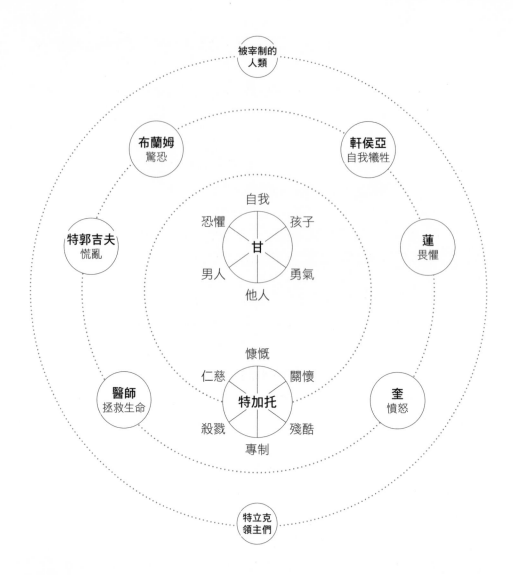

結論

我們在第十四章裡看過，內容導向類型共有十六種主要類型，而任何一種內容導向類型都可以歸入十種形式導向類型中。〈血孩子〉的形式導向類型是科幻，走的是內容導向類型中的進化劇情，故事的主角甘在當中從幼稚轉為成熟。

科幻獨特的敘事慣例是它的設定。故事發生的時間是否要落在未來，並沒有規定，但故事中的社會某種程度上都會扭曲變形（甚至是反烏托邦）[3]。正常社會秩序被擾亂的源起發生在背景故事裡，原因是人類愚蠢地濫用科學。

在〈血孩子〉中，作者從未告訴我們地球發生了什麼大災難，導致故事卡司的祖先必須放棄地球，而他們移居外星球之舉反轉了原本的規律。在地球上，人類是宰制一切的物種，把各種生物做成食物與衣物、當成寵物。在特立克星上，人類降級為次等物種，被當成孵卵的工具。

如果你喜歡寫科幻類型，可以以奧塔維亞·巴特勒為本，利用科幻的力量來反轉真實，創作出乎意料且預警未來的故事，同時創造出讓人產生同理的卡司。

●個案研究：電視影集《絕命毒師》

長篇劇集是一種特殊媒介，它與小說的差異，就像電影與舞台劇的差距一樣大。長篇電視劇因為集數不限、播映季數不限，因此可以連續多年在螢光幕上呈現龐大的卡司。對作者來說，長篇規格讓他們有機會創造許多具備多重面向且複雜的人物，這是任何其他故事形式無法企及的。所以，在深入分析《絕命毒師》之前，讓我們先概要檢視一下這個讓它得以存在的媒介。

篇幅長度與卡司規模

卡司越小，人物之間的關係就越少，於是他們的策略、行為、欲求的數量與多元性也會越少。而場景越少，轉折點的變化性就越少，人物必須做出的抉擇與行動也會越少。基於這些原因，單幕劇、短篇小說、短片與漫畫的卡司，在人物數量與其面向上都會受限。

相反地，卡司越龐大，人物關係與面向的衍生就會越多。此外，場景數量與變化性越大，以及演出時間越長，人物的欲求、他們必須做出的選擇和行動也會越多元。因此，長篇小說、舞台上或電視上播放的多幕劇、喜劇、歌舞劇，通常卡司的多元性與心理複雜度都會比較高。

長篇劇集由於卡司規模龐大，加上可以在多年間接續播映，因此可以將說故事藝術中的人物複雜度，提升到其他媒介無法比擬的程度。舉例來說，一千頁的小說或英雄史詩傳奇裡的事件與人物發展，大約是一季的長篇劇集。多季播映的故事考驗著作者洞察力、記憶力與感受力的極限。因此，長篇劇集的編劇要想在五到十年期間播映的五十到一百集裡，讓觀眾對龐大的卡司持續感興趣，是非常艱鉅的任務。

讓觀眾感興趣的兩種模式

故事引發觀眾興趣的方法，是在顯意識的層次引起讀者／觀眾的好奇心，並在潛意識的層次引起他們的關心。

好奇心：觀眾的智識面需求，包括解答他們的問題、解開謎題與難題、收攏發散的模式，以及理解人物的人生中那些手段與動機。

關心：觀眾體驗正向價值取向的情感需求，例如偏好生而非死、偏好愛而非恨、偏好和平而非戰爭、偏好善而非惡等等。

然而，倘若觀眾無法對卡司中至少一個主要人物產生心理認同，則不論好奇心或關心都無法讓他們持續感興趣。事實上，理想的長篇作品應該要能以多個「善的中心」來引發同理，讓他們不僅同理中心劇情的主角，也能同理劇情副線裡的主角。

一個故事的關鍵戲劇性問題，都是「後來會怎麼樣？」這個問題的變化形。舉例來看，影集《維京傳奇》的關鍵戲劇性問題是，「拉格納·羅斯布洛克（Ragnar Lothbrok）是否會征服英格蘭？」影集《繼承之戰》的關鍵戲劇性問題是，「肯道·洛伊會不會繼承他父親的企業帝國？」關鍵戲劇性問題可以引起觀眾的好奇心，並讓他們連續多年追著想知道答案。

但在長篇故事裡，最強大的吸引力，也就是能在最長期間抓住觀眾最濃烈興趣的元素，源自主要人物們的心理深度。複雜的人物，其內心世界就像海洋的魔力一般可以讓觀眾著迷，讓他們連續追劇好幾小時，不斷發現預想不到的人物特徵，為外在自我與核心自我之間的矛盾而驚歎，以及最重要的，跟隨主角的人物轉變弧線，直到他完成道德觀、心態或人性層面的轉變為止。

請記住以下重點：長篇劇集得仰賴揭露真相與進化，才能讓觀眾長年追劇。什麼會毀掉觀眾長期追下去的興趣？重複與僵化。一旦主角已沒有真相可以揭露，一旦他無法再改變，一旦他已經被掏空、心理層次也被耗盡，那他就會變得可預期又單調。如此一來，觀眾群就會逐漸減少。

以《夢魘殺魔》（*Dexter*）為例：這部美國有線電視網 Showtime 的劇集有八季，從二〇〇六年播到二〇一三年。第一季建立戴克斯特（麥可・霍爾〔Michael C. Hall〕飾）是個自以為替天行道的心理變態者，但他表面上的人物塑造很討喜。他沒有情感、同情心或良知，只有在殺人的時候才會亢奮。

然而，接下來三季讓戴克斯特同情起兒童、有了戀愛的感覺，也對出乎他意料的後果感到罪惡感；他的角色至此已經完整。到了第四季結局，關於戴克斯特，他所有能被理解的，觀眾都知曉了。第五季到第八季既沒揭露之前沒看到的特徵，他的心理狀態也沒有改變。儘管劇情裡大量加入逆轉，戴克斯特這個角色卻停滯不變，最後就連忠實劇迷也放棄了。據說二〇二一年秋天會推出最新一季十集，我希望它能夠把人物轉變處理好，因為這是劇迷引頸企盼的。[87]

在長篇劇集五十到一百小時的篇幅裡，主角需要具備的複雜度遠遠超過三個面向。

《絕命毒師》
◆主創者：文斯・吉利根

《絕命毒師》播映了五季共六十二集。主創者是以美國南方的俚語「breaking bad」為此劇集命名，意謂人生走向背德與充滿暴力的歧路。當年吉利根向電視圈提案這齣影集時的標語只有一句話：「《萬世師表》（*Goodbye, Mr. Chips*）裡的齊普斯老師變成《疤面煞星》（*Scarface*）。」現在這句話已廣為人知。

這部影集有一條中心劇情、二十五條劇情副線，卡司有超過八十名有台詞的角色。二〇一三年，金氏世界紀錄宣布《絕命毒師》是有史以來評價最

---

87 最新一季影集《Dexter: New Blood》已於二〇二一年十一月在美國 Showtime 頻道播出。

高的影集。三位主演演員共獲得九座艾美獎，影集還另外榮獲了七座艾美獎、兩座金球獎、兩座皮博迪獎（Peabody Awards）、兩座影評人票選獎（Critics' Choice Awards）、四座電視評論家協會獎（Television Critics Association Award），以及三座衛星獎（Satellite Award）。

本劇的前傳劇集《絕命律師》於二〇一五年開始播映，另有一部續集電影《續命之徒》在二〇一九年上映。

背景故事

沃特‧懷特（布萊恩‧克蘭斯頓飾）是個博學的科學家，他與女友葛麗琴（Gretchen，潔西卡‧赫克特〔Jessica Hecht〕飾），以及艾利耶‧史沃茲（Elliott Schwartz，亞當‧高德利〔Adam Godley〕飾）合作創立了灰質科技（Gray Matter Technologies）公司。在一次爭吵之後，沃特賣掉股份退出。艾利耶與葛麗琴堅持下去，利用公司持有的沃特發明專利，建立了一家相當成功的企業。過了一段時間，艾利耶與葛麗琴結婚。

沃特因為失敗而灰心喪志，到阿布奎基（Albuquerque）一所高中當老師，娶了絲凱勒（Skyler，安娜‧剛恩〔Anna Gunn〕飾）為妻，生了兩個孩子。

第一季

雖然沃特從不抽菸，卻發現自己罹患了無法開刀治療的第三期肺癌。為了在死前籌措安家費，他走上了犯罪人生。他脅迫以前教過的一個學生傑西‧平克曼（亞倫‧保羅〔Aaron Paul〕飾）跟他一起製作冰毒（甲基安非他命）。傑西買了一輛老露營車作為製造冰毒的場所。沃特就在裡面用常見的化學物質創造出藥效強大的藍色冰毒。

傑西嘗試在街頭銷售毒品，此時埃米利歐（Emilio，約翰‧柯亞馬〔John Koyama〕飾）與瘋狂小八（Krazy-8，麥克斯米諾 亞辛內加〔Maximino Arciniega〕飾）這兩個癮三毒販強行要介入他們的生意。沃特將兩人引誘進露營車，先毒死一人，再絞殺另一人。然後沃特、傑西開始與屠庫‧薩拉曼卡（Tuco Salamanca，雷蒙‧克魯茲〔Raymond Cruz〕飾演）這個不擇手段、幾近瘋狂的黑道合作販毒。

第二季

沃特與傑西在一場槍戰後殺了屠庫，於是他們沒了毒品經銷商，想辦法找到一個刑案辯護律師薩爾・古德曼（鮑伯・奧登科克〔Bob Odenkirk〕飾），律師介紹他們認識一個大毒梟葛斯・福林（Gus Fring，詹卡洛・埃斯波西托〔Giancarlo Esposito〕飾）。葛斯付給他們一大筆錢。沃特取了一個黑道化名：海森堡（Heisenberg）。由沃特的連襟漢克・史瑞德（Hank Schrader，迪恩・諾里斯〔Dean Norris〕飾）領導的緝毒署專案小組，開始調查這個神祕的毒梟是誰。

傑西愛上了海洛英成癮者珍・馬古利斯（Jane Margolis，克萊斯汀・瑞特〔Krysten Ritter〕飾），然後自己也上癮了。沃特要求他戒毒，否則不把葛斯給的錢對半分給他。珍嘗試要勒索沃特好讓他拿錢出來，但她在吸毒時昏倒，被自己的嘔吐物活活噎死。在此同時，沃特就站在房間的另一頭默默看著她死去。沃特把傑西送進戒毒中心。幾天後，他目睹兩架客機在城市上空相撞。這場悲劇會發生，是因為珍擔任飛航管制員的父親唐諾（Donald，約翰・德・蘭西〔John de Lancie〕飾）心神狂亂所造成的。這場災難是沃特的錯。

第三季

沃特的婚姻在崩潰中。絲凱勒要求離婚的時候，沃特揭露了自己的祕密犯罪生涯，求情說自己都是為了家庭才鋌而走險。絲凱勒為了報復沃特，勾引她的上司，然後以婚外情嘲弄沃特。沃特與傑西為葛斯效力，在一個隱密的高科技實驗室製毒。沒過多久，兩個販毒集團殺手為了幫屠庫復仇而攻擊漢克。漢克殺死對方、倖存下來，但暫時癱瘓不能動彈。由於葛斯利用兒童在街頭販毒，傑西開始反抗他。葛斯用蓋爾（Gale Boetticher，大衛・柯斯塔比萊〔David Costabile〕飾）替換傑西。沃特害怕蓋爾一旦學會自己製毒，葛斯就會把他與傑西一起殺掉。他叫傑西殺了蓋爾。傑西照辦。

第四季

葛斯再把沃特、傑西找回來製毒。絲凱勒在心理上接受了沃特的販毒事業，並且在律師薩爾的協助下，買下一間洗車場來洗沃特賺來的錢。

葛斯掃平了他在墨西哥的敵人們，回頭對付沃特。沃特引誘傑西去謀殺葛斯。他們第一次出手失敗了。沃特給海克特・薩拉曼卡（Hector Salamanca，馬克・馬戈利斯〔Mark Margolis〕飾）一個機會報復葛斯，後者很開心地引爆一顆隱藏的炸彈，與葛斯同歸於盡。

第五季：第一部

沃特、傑西、麥克（Mike Ehrmantraut，強納森・班克斯〔Jonathan Banks〕飾）與莉蒂亞（Lydia Rodarte－Quayle，蘿拉・佛雷瑟〔Laura Fraser〕飾）一起合夥販毒。他們為了獲取需要的原料，去搶劫一列火車。傑西與麥克想要把他們的股份賣給狄克蘭（Declan，路易斯・費雷拉〔Louis Ferreira〕飾）這個鳳凰城的毒販，但沃特拒絕。沃特改幫莉蒂亞製毒，她再販售到歐洲各地，結果銷售長紅，讓沃特賺進數不清的鈔票。為了終結這場紛爭並金盆洗手，沃特殺了麥克，然後僱用傑克（Jack，麥可・博文〔Michael Bowen〕飾）與他的納粹重機幫派殺光麥克的手下。巧合之下，漢克發現原來沃特就是海森堡。

第五季：第二部

漢克去質問沃特，沃特卻讓他碰了一鼻子灰。漢克轉去問絲凱勒，但她拒絕背叛沃特。沃特知道大難臨頭了，於是在沙漠裡埋下八千萬美元。

傑克那幫人殺死敵對幫派，搶了他們的製毒設備。沃特嘗試跟傑克談條件，但納粹幫背叛沃特，殺了漢克，抓走傑西，搶走沃特大部分的錢。

沃特想說服絲凱勒跟他一起遠走高飛，她卻拔刀相對。他們的婚姻到此畫下句點。一開始，沃特躲了起來，但後來他改變作風，脅迫艾利耶與葛麗琴照顧他的兩個孩子。

在傑克的納粹幫據點，沃特運用遠端遙控的機槍殺死了傑克等幫眾，救出被囚禁的傑西。受傷的沃特請傑西殺了自己，但傑西拒絕，驅車離去。沃特回想了片刻自己的販毒帝國，然後死去。

卡司設計

◆第三圈角色

第三圈角色不會獨立下決定。他們只會因應比較重要的故事人物而行動，並執行協助或對抗重要人物的任務。《絕命毒師》有超過五十個第三圈角色。按照他們服務的主要人物，我把他們其中一些分成幾組。

沃特：高中校長卡門；學校工友雨果；槍販洛森；腫瘤科醫師戴卡沃利；資源回收商老喬；毒販狄克蘭。

傑西：平克曼一家；布洛克；康柏；亞當；溫蒂；戒毒輔導組長；克羅維斯；埃米利歐；史普吉與他女友；杜魯（騎腳踏車的孩子）。

絲凱勒：襁褓中的女兒荷莉；小沃特；小沃特的朋友路易斯；她的離婚律師潘蜜拉；洗車場老闆波格丹。

漢克：警察與刑警們，例如卡蘭丘、芒恩、默克特、蘭米與羅伯茲。

葛斯：他的共犯，例如麥斯、蓋爾、杜安、朗、貝利、泰勒斯、克里斯、丹尼斯、維克與丹。

海克特：璜、屠庫、蓋夫、剛佐、諾多茲、托圖加等幫眾，以及海克特在養老院的護理師。

麥克：媳婦史戴茜與孫女凱莉。

薩爾：他的員工，例如休埃爾、艾德、法蘭西絲卡與庫比。

編劇鮮少會用任何細節刻畫第三圈角色。為了讓他們有特色，導演會仰賴選角指導的指引。此外，造型與髮型設計也會賦予每個角色特殊的外貌。此後，就得靠演員來讓人物活靈活現。

◆第二圈角色

第二圈的人物並不複雜，但有時他們的行動會讓故事線走上新方向。編劇會給他們特殊的人物塑造，演員則會以耐人尋味的個性來賦予他們血肉。但第二圈角色的內在本質沒有矛盾，所以也沒有面向。

比方說，泰德（Ted Beneke）跟絲凱勒有婚外情，絲凱勒最後從沃特藏匿的鉅款中拿出幾百萬給他；沃特退出一起創立的公司之後，艾利耶與葛麗琴成

功致富；因為女兒的死，唐諾造成了空難悲劇。沃特的行為影響了這些人物，但對於他們的人生方向，他們自己有最後的決定權。

《絕命毒師》卡司有十七個第二圈角色：

一、史提夫（Steve Gomez，史蒂芬・蓋札達〔Steven Michael Quezada〕飾），漢克在緝毒署的搭檔

二、蓋爾，葛斯的製毒師

三、伊拉狄歐（Eladio Vuente，史蒂芬・鮑爾〔Steven Bauer〕飾），大型販毒集團的老大

四、海克特・薩拉曼卡，前任販毒集團頭子

五、屠庫・薩拉曼卡，販毒集團頭子

六、里奧內・薩拉曼卡（Leonel Salamanca，丹尼爾・蒙卡達〔Daniel Moncada〕飾），殺手

七、馬可・薩拉曼卡（Marco Salamanca，路易斯・蒙卡達〔Luis Moncada〕飾），殺手

八、瘋狂小八，毒販

九、傑克，白人至上主義幫派領導人

十、安卓莉亞（Andrea Cantillo，艾蜜莉・里歐斯〔Emily Rios〕飾），傑西的女友

十一、珍，傑西的女友

十二、貝吉（Badger Mayhew，麥特・瓊斯〔Matt L. Jones〕飾），傑西的同夥

十三、瘦彼特（Skinny Pete，查理斯・貝克〔Charles Baker〕飾），傑西的同夥

十四、泰德（克里斯多福・庫辛斯〔Christopher Cousins〕飾），絲凱勒的上司與情人

十五、唐諾，珍的父親

十六、葛麗琴，沃特的前女友

十七、艾利耶，沃特以前的事業合夥人

◆第一圈角色

第一圈的故事人物通常會變成他們各自劇情副線的主角。他們有能力與機會做出抉擇並採取重要行動，能夠影響中心劇情與其他故事線。《絕命毒師》

有十個複雜的第一圈人物。

陶德：單面向

人物塑造：陶德（Todd，傑西・普萊蒙〔Jesse Plemons〕飾）是個彬彬有禮的青年，但他使用暴力又快又有效率，凌虐或殺人都不眨眼。他就像沒有高智商的人魔漢尼拔・萊克特，恐怖、冷靜、沒意義的有禮貌。

人物本色：終極的社會病態者（sociopath）。

陶德協助觀眾度量沃特作惡的極限。社會病態者的嚴重程度可以從重度到輕度。沃特只是輕度社會病態者，陶德是最黑暗的重度。沃特對於自己造成的痛苦不會有愉悅感，但殘酷行徑讓陶德開心。沃特有各種感受，甚至有熱情，但陶德完全沒有。

面向：禮貌／冷酷無情

莉蒂亞：單面向

人物塑造：莉蒂亞是個緊張、冷漠的企業主管。

人物本色：她從任職的公司盜賣原料給毒販。她是沒有人際關係的孤狼竊賊，擋她財路者必殺。

面向：有教養／暴虐

麥克：單面向

人物塑造：麥克在執行犯罪手法時工於心計，但相當疼愛孫女。

人物本色：對麥克來說，違反法律不過是一種謀生方式。他忠於上頭的老闆與手下，從不傷及無辜。他是盜亦有道的犯罪界反英雄。

面向：溫情／冷血

薩爾：單面向

人物塑造：薩爾的衣著浮誇，在法庭上寡廉鮮恥，在刺耳的電視廣告上自我推銷。在危急的處境下，他會以荒謬的方法幫自己解套；他帶來的反諷

橋段提供本劇一種喜劇緩場（comic relief）[88]。

人物本色：他的本名是吉米・麥吉爾，但因為大家信賴猶太裔律師，所以改了猶太裔姓名「薩爾・古德曼」。薩爾是高明的律師，他能給有效的建議，為了解決客戶在犯罪時遇上的麻煩，他可以找到絕頂聰明的法律漏洞。

他還提供其他各種服務，例如湮滅證據、藏匿贓物、假造銀行帳號、偽造文書、行賄、恐嚇、落跑時的安置與其他非法服務。

面向：罪犯／律師

瑪麗・史瑞德：雙面向

人物塑造：瑪麗（貝希・布蘭特〔Betsy Brandt〕飾）是醫療技師，深愛著老公漢克、姐姐一家人，以及所有紫色的東西。

人物本色：她是偷竊狂，透過順手牽羊的小小犯罪快感，填補生活的空虛。她感覺自己很依賴丈夫，品德上不如姐姐高尚。後來當絲凱勒的犯行被揭發，她因為道德優越感而洋洋得意。丈夫死亡之後，她發現自己有很強的力量，可以獨當一面。

面向：依賴／獨立；軟弱／強大

小沃特：雙面向

人物塑造：小沃特（R・J・麥特〔R. J. Mitte〕飾）是個罹患腦性麻痺的青少年。

人物本色：這男孩卡在交惡的父母之間，先是倒向媽媽，再倒向爸爸，最後再倒向媽媽。當他發現父親是害死姨丈的毒販，震驚之餘倒在地上打滾，後來因此成熟、獨立，從一個受保護的受害者轉變為母親與妹妹的保護者。

面向：孩子／成人；被保護／保護者

絲凱勒：三面向

人物塑造：絲凱勒是個迷人的家庭主婦，也是身障男孩的母親，她在

---

88 在緊湊的劇情間安排輕鬆或搞笑橋段，讓觀眾的心理狀態放鬆片刻。

eBay 上賣東西並且當兼職會計賺點現金。

人物本色：有人聲稱絲凱勒是個內心受傷的妻子，在婚姻中一直小心翼翼。其他人則控訴她傷害沃特，對他頤指氣使還瞧不起他。

我的看法是以上兩點都沒錯。就像許多夫妻一樣，沃特與絲凱勒互相傷害又互相支持。兩人在心底都覺得自己比對方優越，都覺得自己在人生中受委屈（他比她更覺得委屈），當面對生活中那些不如意之處，也都把對方當成出氣筒。

但後來沃特得了癌症，然後開始祕密的犯罪人生。絲凱勒以勾引她上司來報復。當沃特販毒賺進數以百萬計的錢，絲凱勒原諒了他，藉口是他販毒是為了照顧家庭。她協助洗錢，並拍影片脅迫漢克保持緘默。

有些人或許會認為她有斯德哥爾摩症候群，在心理上認同壓迫自己的人，但如果她真的是內心受傷的妻子，後來她又如何能變成思考敏捷、頭腦冷靜的女商人，透過虛設的洗車場來洗白鉅額的黑錢？

上述這些矛盾披露了一個複雜角色。她的內心可以把負面扭曲為正面，例如「這很糟，但也沒那麼糟。沃特答應要金盆洗手，所以如果我可以洗錢，其他的問題就會消失，沃特就可以變回原來的那個人。現在只是過渡期。」

除了小沃特之外，《絕命毒師》大多數角色都是背德或亦正亦邪，或像絲凱勒一樣陷入道德上的兩難：理智上她可以分辨是非，情感上她卻沒有重心。如果她可以逍遙法外，她很樂於當個罪犯。她會跟著感覺改變立場然後行動。

面向：理性／感性；關愛／懲罰；道德／不道德

葛斯：三面向

人物塑造：葛斯在智利出生，是個彬彬有禮的餐廳老闆，也是地方事務的領導者，並且熱心公益贊助反毒慈善團體。他慷慨、直爽，也支持警方執法。

人物本色：葛斯冷血行使權謀霸術，以經營他的犯罪事業。麥斯是他的愛人與共犯，為麥斯之死復仇是驅動他的內在力量。

面向：外表善良／內心邪惡；表面低調／內心高調；直爽／工於心計

漢克：四面向

人物塑造：對同事來說，漢克散發出大剌剌的緝毒署幹員活力。在家裡，他收藏礦石、自己釀啤酒、疼老婆。

人物本色：漢克表面上是個浮誇、無禮的種族主義者，內心卻是個高明的偵探。在男人堆裡他很強悍，但遇到女人他就軟弱，尤其是面對他老婆。他的內在本質讓他鼓起勇氣對抗自己的創傷後症候群與恐慌症，同時他理性分析的心智也在對抗自己暴躁的脾氣。

面向：愚昧／聰明；軟弱／強悍；堅強／恐慌；理性分析／暴躁。

傑西：六面向

人物塑造：傑西以前是沃特的學生，兩人後來成為製毒共犯。他滿口好笑的俚語，打扮入時，愛打電動，喜歡派對與科技玩意兒。他聽饒舌和搖滾樂，會嗑危害較輕的休閒毒品。但他很愛他的歷任女友，也會保護她們身陷危險的孩子們。

人物本色：《絕命毒師》中，傑西是唯一能看到本劇核心道德矛盾的卡司成員。他殺掉敵對製毒師的那一刻，就意識到他並非為了保護自己而犯罪。他的命運已經與一個邪惡的人綁在一起，他在整個劇集裡都想脫離犯罪世界，讓他由背德走向道德，並從自我毀滅走向沉靜自持。

面向：教育程度低／懂得街頭生存之道；衝動／謹慎；享樂主義／堅忍；害羞／大膽；意志力薄弱／意志力堅強；為錢鋌而走險／然後拋開金錢

　　如此複雜的人物需要大量的支持角色與不少的影集篇幅，才能帶出他那麼多外在特徵，以及他的六個面向、人物轉變弧線。圍繞傑西並與他互動的第一、二、三圈人物，人數高達數十人。

沃特：十六面向

人物塑造：五十歲的沃特，本來是科學家，事業失敗後轉行當高中老師。他教學認真，運用他邏輯嚴謹且廣博的知識來讓教學內容更豐富。在家裡，他是個慈愛的丈夫與父親，受肺癌所苦。

傑西的六面向

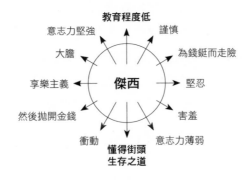

傑西救贖劇情圖

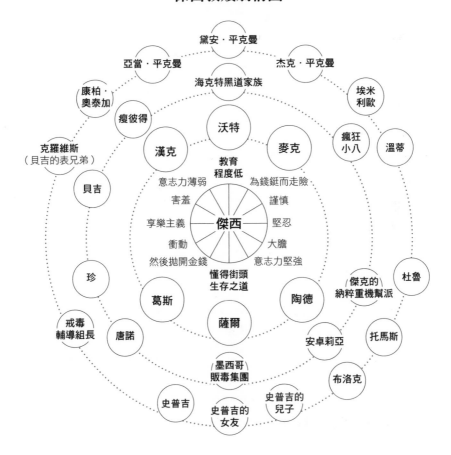

人物本色：一開始，沃特是個不完整的人物，想獲得人類最極限的強烈體驗，這是驅動他的內在力量。他相當驕傲且自我中心，渴望他人的認同。他不停說謊，好為自己那些極為殘酷的行為找理由。在他自我欺騙的心中，他深信家庭價值、自由企業制度與科學發展。但事實上，他心狠手辣，為了追求建立犯罪帝國的夢想，幾乎是殺人不眨眼。

沃特的十六面向

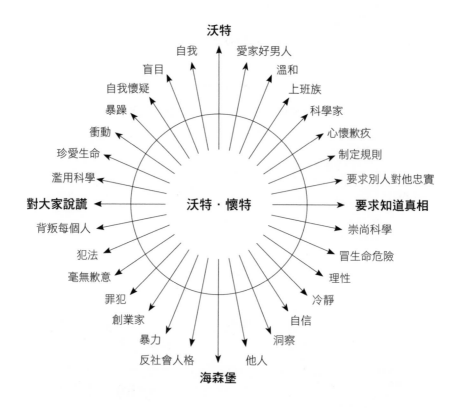

　　面向：沃特的十六個面向可分成兩類，一是人物塑造與真實自我之間的矛盾，二是真實自我與隱藏自我之間的矛盾。

面向：人物塑造 vs. 真實自我

一、愛家好男人卻是社會病態者。

二、溫和卻暴力。

三、上班族卻是創業家。他是老師，卻打造了一個價值數以百萬美元計的販毒帝國。

四、科學家卻成為罪犯。出於某種過於天真的理由，我們傾向相信科學家都有道德操守。沃特是個極其危險的的書呆子，他這種類型會讓其他書呆子覺得驕傲。

五、會表示歉意但從不真心覺得歉疚。

六、對他人制定嚴格的規則，自己犯法卻毫不猶豫。

七、要求別人對他忠實，自己卻幾乎背叛每一個人。

八、要求知道真相，卻以高超技巧不斷說謊。

九、崇尚科學可以充實人生，卻濫用科學殘害其他人。

上述這些矛盾並非沃特最深層的面向，因為它們只是讓人物塑造與真實自我相互牴觸。最深的面向不會在行為的表面呈現，只會在人物行動的背後被暗示出來。

面向：私人自我 vs. 隱藏自我

一、由於他罹患末期癌症，所以毫不猶豫去冒生命危險，但正因為他已經癌末，所以他珍愛生命，拚了命要體驗生命的極限。

二、理性卻衝動；他會謹慎評估成功機率，然後在困難重重的狀況下用命去賭輸贏。

三、性格冷靜，但倘若他無法得到自己想要的，就會大發雷霆。

四、有自信且自傲，卻自我懷疑且謙虛。

五、可以敏銳地看穿他人，對自己卻幾乎沒有覺察。

六、熱愛家庭，也致力想給他們幸福。但為了滿足他自戀狂的需求，他不斷讓家人、夥伴傑西與連襟漢克陷入生死危機。在自我與他人之

間的矛盾裡，他總是選擇自己。

七、主要面向：他最大的內在矛盾是在自我與另我（alter ego）之間，在他自認是誰與他其實是誰之間，在沃特與海森堡之間。

沃特嘗試將這兩個人相互隔絕：一邊是冷酷、工於心計的毒販海森堡，另一邊是用意良善的父親與丈夫沃特。舉例來說，當他懇求傑克留漢克一命時，他是沃特；但是當他叫傑克殺掉傑西時，他是海森堡。

他當沃特的那一面綁架了荷莉，因為這個襁褓中的女兒是他生命中唯一未來還能愛他的人。但因為荷莉，最終他明白了真相。他意識到他販毒並非為了家庭，而是為了自己，為了海森堡而犯罪。當他把女兒送回去給她媽媽，他連最後剩下的一點點沃特都拋棄了。從此之後，他整個人都是海森堡了。

為了創造出《絕命毒師》主角的十六個面向，沃特需要與有史以來最龐大的配角群，在螢幕上對手六十二個小時。為了協助大家理解它有多麼複雜，我重新整理出沃特的黑幫劇情圖，將所有幫助他販毒的角色放在第一圈，所有阻撓他販毒的角色放在第二圈，絲凱勒同時處於第一、二圈，警方與黑幫份子則在外圍的第三圈。

沃特的人物轉變弧線

我將《絕命毒師》的中心劇情命名為「海森堡的勝利」。海森堡並非全新的自我，沃特已經壓抑他一輩子了。海森堡一旦有機會冒出來壯大，就立刻有了自己的生命，摧毀沃特與他珍惜的所有事物。

表面上，《絕命毒師》的核心故事似乎是墮落劇情，沃特在當中由好人變成壞人。然而，有些人認為最後那幾集讓他得到了救贖。

經過五季影集的揭露，我們明白了：在學生面前步履蹣跚的那個平庸老師，在連襟面前怯懦的那個人，在妻子枕邊的那個膽小鬼，其實都是沃特的偽裝。沃特的販毒化名海森堡才是他的真實自我。當他割捨沃特那一面去做可怕的事，他感覺良好。第一季的最高潮，他在首度殺人之後，回家以他從未體驗過的激情與妻子做愛。但是當他嘗試要割捨海森堡，就會怒氣爆發。

沃特的黑幫劇情圖

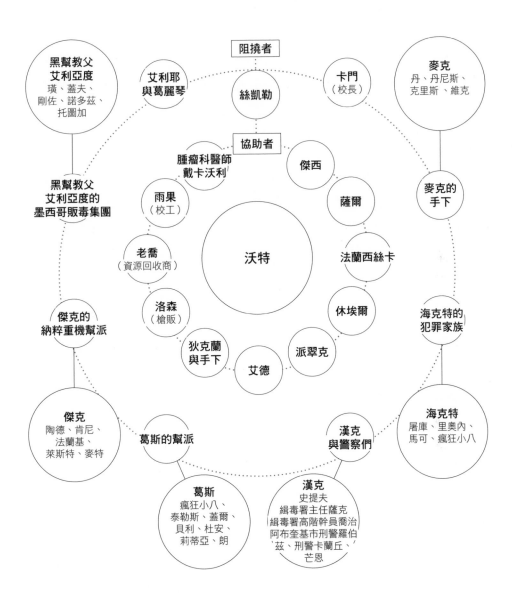

《絕命毒師》全劇的最高潮，將沃特的墮落劇情推向救贖。這時候，劇本將沃特／海森堡融合為一個完整的人物，解決了兩者之間的矛盾。這個完整的人物是以邪惡的手段做好事。

　　但沃特不是反英雄。他是個在巨大的反諷中實踐自我的撒旦英雄。他失去了一切，卻獲得了我們極少數人可以獲得的體驗：將生命推到人類經驗的極限。

總結

　　《絕命毒師》那些由故事驅動的意義，以及卡司的多元面向，無一不深入刻畫了人性。這齣劇集的劇本不論放在任何時代都會成功，但為什麼它會出乎任何人預料的爆紅呢？我相信，這是因為文斯・吉利根在最適合的時間點說出了需要被說出來的話：他的《絕命毒師》諷刺了現代的「創業家精神」意識型態。

　　二〇〇八年發生了兩件事：金融海嘯與《絕命毒師》第一季播出。不論在真實世界或本劇的虛構世界裡都一樣，有些人發大財，其他人被坑殺。在這樣的時代，主角不擇手段想贏回他覺得原本就屬於自己的東西，觀眾自然而然會對他產生同理。

　　沃特的兩個創業夥伴背叛了他，再加上他自己頑固的自尊心，讓他被放逐到科學界之外。他心裡知道自己比較厲害，一旦機遇來了、讓他發現自己的天命，便拚了命要搶回他本來應得的菁英地位。他就像艾茵・蘭德（Ayn Rand, 1905－1982）[89] 小說裡那種打造帝國的人物，混身於弱者之間等待時機，謀畫自己的復仇大計。

　　沃特運用高人一等的技術知識，創立了一家新創公司，推出了比競爭對手更棒的產品。這可不是簡單任務。然後，這個白手起家的男人必須應付不可靠的夥伴，並對付心狠手辣的競爭者。一方面，原料短缺持續讓他很頭痛；另一方面，他還得面對供應鏈的難題。再加上讓所有創業者最煩心的問題：

---

89 俄裔美籍小說家暨哲學家，代表作《阿特拉斯聳聳肩》（*Atlas Shrugged*）是自由主義派、捍衛自由市場的人士心目中的聖經。

政府監管。就沃特的例子來看，監管單位是美國緝毒署。

就像所有白手起家人士，沃特必須應對一些笨蛋。這些人不是感覺受到沃特成就光環的威脅，就是無法理解他的願景。

在第一季裡，每個人都是罪人：瑪麗在商店順手牽羊，而她的老公知法犯法。整個卡司幾乎都是由黑社會生意人、黑道律師、貪腐警察、毒販與毒蟲組成。

因此，一開始沃特製毒與殺人，相對來說，程度似乎不嚴重。但吉利根讓我們明白：程度是重大問題。

沃特不是普通的罪人。他的黑暗靈魂導致他所在的城市與他的家庭遭致各種毀滅。他殺了不少人，也讓很多人染上毒癮。就像傑西一樣，只要看過沃特的真實面目，就會知道他是撒旦。

但這齣劇的天才之處，就在於能讓觀眾同理。我們認同這個黑暗王子。就像數以百萬計的觀眾一樣，沃特一生都懷抱著深深的憤怒與憎惡，讓他對妻子大吼說，沒有人敬佩他有多厲害。就像那些被體制壓垮的弱者一樣，沃特的一舉一動都在大喊：「認可我的價值！」

《絕命毒師》把沃特設計成像那些科技顛覆者與創新者一樣。這些人在車庫裡創業，然後創造出震撼社會的產品（我可不是在暗示祖克柏或賈伯斯〔Steve Jobs〕是毒販，雖然他們的產品確實似乎能讓人養成使用習慣）。

沃特會照顧家人、救了傑西一命、殲滅傑克的重機幫派、用他自己的作風（而非法律途徑）終結了他的犯罪帝國，所以他成了一個令人滿意的角色。

《絕命毒師》的核心類型是進化劇情，也就是人性往正向轉變的故事。最終，沃特他實現潛能與追求內在本質完整的需求都被滿足了。

結語：致寫作者中的革命份子

　　倘若你渴望成為藝術家，重美而輕利，通常會讓你處處碰壁，然後陷入貧窮，而且備受奚落。這些恐懼已經擊垮許多有天份的寫作者的意志力。要想面對這些恐懼，寫作者不是要反叛，而是應該革命。反叛者討厭當權者，因為覺得自己不受喜愛或欣賞。真正的革命份子是獨自在沒人看到的地方，從自己內心開始革命。他知道自己完整的價值，不需要其他人來告訴他自己的價值為何。反叛者想推翻當權者，爬上他們的位子。無聲的革命不求這種事；人文主義者是孤獨的革命份子。

　　他不是狂熱份子，他獨立自主。

　　他相信人類創造力是重中之重，也相信人類意識中那些最高貴的價值，其中之一就是仁慈。

　　他喜歡有好友相伴。事實上，因為他對朋友與熟人的洞察，讓他開始對故事人物著迷。

　　他抱持懷疑主義，但不犬儒。他厭惡大眾相信的那些謊言，對他們誤以為真實的妄想也深惡痛絕。他很清楚所有團體、所有不同社會的各種侷限，他讓自己從納粹口號所謂的「血與土地」（blood and soil）中解放出來，不盲目效忠國家、階級、種族、政黨、宗教……甚至家庭。

他從不抄襲人生。真實的人或許能啟發他的靈感，但他們只是出發點，光靠他們永遠不足以成就作品。

他努力精進寫作技藝，並且讓直覺與洞察力引領方向。

表面的人物塑造對他來說絕對還不夠。他會用無法對現實世界的人施展的方法，深入挖掘筆下人物隱藏的內心生活，以創造出我們都會迫切想認識的故事人物。

他從不炫技。他寫作絕不會為了彰顯自己的寫作技巧。

他知道怪異不等於原創。

他知道認識自我是啟發故事人物的最真實靈感來源，所以他會花時間觀照內心。

對於靈感來源他並不設限。無論是在哪發現靈感，不管是在突發事件、在他人或在自己身上，他都會把點子收藏起來。

他探討戲劇衝突，並且喜歡複雜的層次。

他以絕妙的廣度與驚人的深度來闡明人類精神。

他賦予筆下人物的故事終點只有一個：充分實現其人性層面的可能性。

寫作者中的革命份子讓我們的夜晚變得光明。

本書的最後一頁已來到盡頭。在此，這最後一刻，我要向你們舉杯致敬：寫作者，你們是故事領航者與人物探索者，讓我敬你們一杯。祝福你們在人類荒野中找到自己的路，挖掘出潛藏的寶藏，然後安全返家。

致謝

本書的初稿不只粗糙，而且生硬。我要感謝 Ashleigh Blake 與 Sherman 圖書館讀書俱樂部的成員（Andrea O'Connor, Suzanne Ashley, Corinne Kevorkian, Catherine D'Andrea）。他們深入研讀我又厚又未經修飾的原稿，再提供我補強原稿不足之處的各種洞見。

我的編輯 Marcia Freedman 最擅長明眼看清章節與段落、甚至一句話裡的文句邏輯。一直以來承蒙她大力協助，我非常感謝她。

我同樣也要感謝平面設計師 Oliver Brown，以清晰的視覺呈現了卡司與人物特徵的相關圖示。

最後，如果有人讀了初稿後給你善意的謊言，這其實並沒有幫助。所以，我要對我的朋友 Christa Echtle 致上最深的謝意，謝謝她的無比聰慧與真誠的人格。

名詞解釋

　　行動 Action：故事人物為了刻意造成改變，採取的任何心理層面或實際行動。

　　活動 Activity：故事人物在沒有企圖時做的任何事。沒有企圖的行為與想法可以殺時間，但不會改變任何事物。

　　施為者自我 Agent Self：執行人物行動的心智層面。施為者自我做出核心自我想做的事，在此同時，核心自我在幕後觀察並覺知這一切。核心自我稱其施為者自我為「我」，即主詞「我」的意思，例如「我做了那件事／我正在做這件事／我將要做那件事」。

　　寓意人物 Allegorical Character：象徵某個普世共通概念之特定面的角色。比方說，若作者想將「創造力」的概念戲劇化，每個卡司成員可能各自象徵一種藝術，諸如詩歌、繪畫、舞蹈、音樂、雕塑、電影、劇場等等。

　　原型人物 Archetypal Character：象徵某個普世共通概念的角色。原型人物以最純粹的形式代表種種概念，例如母親身份、時間、權力、善、惡、生命、死亡與永生。

　　人物關係圖 Cast Map：呈現卡司成員之間的各種關係。這種圖示描繪出眾人物如何與其他人物的特徵抗衡，以及他們如何激發彼此的不同面向。

善的中心 Center of Good：主要人物內心深處的正向特質。在主角身上，通常可以發現勇敢、仁慈、力量、智慧與誠實等特質，讓讀者與觀眾對他產生同理。若是與其他卡司成員或社會周遭的負向能量形成對比，這個正向的核心會變得更有吸引力。

人物複雜度 Character Complexity：持續性的內在矛盾型態。這些強有力的面向，會建構出角色的外在性格與內在身份認同。

人物驅動的故事 Character-driven Story：由主要人物導致重大故事事件的故事。來自環境背景、社會或巧合的外在影響力，對故事的影響會較小。

人物塑造 Characterization：故事人物的外在身份。可以從外在觀察到的個人特色，結合了人物所有的生理與口語表達特徵，以及人物的施為者自我所扮演的所有社會與個人形象。

核心自我 Core Self：心智的聲音。當被問到「我是誰？」這個問題，此顯意識核心會回答「是我」，即受詞「我」的意思，例如「它發生在我（身上）／它正發生在我（身上）／有一天它可能會發生在我（身上）」。此顯意識核心在施為者自我執行任務的同時會觀察它，然後評斷結果。核心自我是觀察者，也會研究周遭的人、記得過往的事件、預期未來的事件，或幻想不可能發生的事件。

危機 Crisis：主角最終也最激烈的對抗局面。在這個場景裡，故事中最強大的對立力量當面壓迫主角，迫使主角陷入兩難的行動抉擇。主角選擇的行動，會讓故事來到最高潮。

人物深度 Depth of Character：潛藏的欲望與意識的暗流。有深度的人物，其內心世界會有無聲的意識流，該意識流是被寂靜深處更有重量的覺知漩渦所牽動。觀眾與讀者認同這些人物的時候，會感覺到他們遼闊的意識、讀到人物沒表達出來的心思，並且更深層地感覺到他們雙眼背後閃耀發光的潛意識欲望。

面向 Dimension：生命中持續存在的矛盾狀態，故事人物身上兩個相反特質或特徵之間的反差。比方說，故事人物有時聰明有時愚蠢，先做好事再做壞事，對某些人慷慨、對其他人卻自私，在某個情境裡很強，在另一個情境

裡卻很弱。

戲劇性反諷 Dramatic Irony：同時覺知過去、現在與未來。當讀者或觀眾的覺知狀態從神祕（知道的比故事人物少），轉為懸疑（知道的和人物一樣多），再轉為戲劇性反諷（知道的比人物還多），他們好奇的問題會從「接下來會發生什麼？」轉為「這些人物發現我已經知道的這件事時，他們會怎麼反應？」當看故事的人在事件發生之前，已預先知道人物會出什麼事，他們的好奇心會轉變成畏懼，他們的同理心會深化為感同身受。

命運 Fate：預先決定事件的一股隱形力量。人會相信命運，是源自宿命論的觀點：生命中發生的一切都是由神一般的力量預先決定，所以必定會發生。人生的事件無論多麼複雜，只有一條可能的發展路線，也只有一個可能的結果。就這個觀點來看，自由意志只是幻象。

第一人稱敘事者 First-Person Narrator：將虛構故事當成自傳講述的聲音。作者將此敘事者所知的範圍侷限在他一個人能知道的範圍。

焦點人物 Focal Character：吸引最大、最多關注的角色。卡司中的焦點人物幾乎總是主角，但在罕見的案例中，特殊的配角也可能佔據聚光燈下的位置。

陪襯人物 Foil Character：照亮主角的角色。陪襯人物的種種對比特質，協助定義了主角，但在必要時，這個人物也可能負責說明或解讀一個遙遠或神祕的主角。

對立力量 Forces of Antagonism：阻礙故事人物欲求的各種反作用力。這些力量可以源自大自然、社會機制、人際關係或是人物內心的黑暗衝動。

隱藏自我 Hidden Self：潛意識的心智。往往相互矛盾的種種無聲驅力，會滲透到顯意識層次之下。當故事人物對突如其來的壓力產生自發反應時，這些心理能量會顯露出來，凸顯出人物的某種特性（勇敢、懦弱、仁慈、殘酷、暴力、冷靜等等）。

觸發事件 Inciting Incident：故事線的第一個重要轉折點。「觸發」意謂「產生衝擊的開場」。此一事件讓主角的生活突然天翻地覆，激發出他的終極目標，也就是對於回復平衡生活的欲求。

動機 Motivation：與生俱來對於滿足的渴望。動機可以有各式各樣，諸如對安全的需求、性驅力、害怕挨餓等，它們會將故事人物推向特定的欲求，例如有門禁管制的社區、性感的愛人、飽足的一餐。這些不間斷的熱望與欲求，很少能被長久滿足。

欲求目標 Object of Desire：主角為了回復人生的平衡，因此想獲取的事物。它可以是個人面或社會面的性質，也可以是心理層次或實體的。

劇情／情節 Plot：故事中各項事件的安排、連結與交織方式。

情節驅動的故事 Plot-driven Story：在這種故事裡，背景環境、社會與巧合的種種力量導致主要事件發生。故事人物的欲求與個人素質帶來的影響，僅發揮次要效果。

觀點人物 Point-of-View Character：在故事講述過程中，引導讀者／觀眾的角色。大多數故事會跟著主角經歷一個個事件，但偶爾作者會讓主角保持神祕的距離，改透過配角的觀點來敘事。

形式導向類型 Presentational Genres：以形式為基礎的故事型態，形式包含不同的風格、調性或表現媒介。

內容導向類型 Primary Genres：以內容為基礎的故事型態，內容包含各種不同的故事人物、事件、價值、情感。

可靠的敘事者 Reliable Narrator：據實以述的敘事聲音。作者在講述故事時，會創造一個第三人稱的聲音，它就像神一般對人物與事件始末有全盤理解。當換成故事中的人物主述時，他們會使用第一人稱，這時他們所知道的也受限於各自的經驗。上述的兩個情況下，敘事者都是可靠的，讀者／觀眾可以信任他們不會扭曲真相。

解決 Resolution：核心劇情來到戲劇高潮之後的任何場景或描述。

揭露 Reveal：隱藏的真相被暴露出來。

場景目標 Scene-Objective：在這個當下，故事人物想達成的目標，會帶領他更靠近其終極目標一步。

支持角色 Support Role：其行動會影響故事事件走向的人物。

套式角色 Stock Role：根據其職業或社會地位執行任務的故事人物，對事

件走向沒有影響。

潛文本 Subtext：故事人物沒表現出來的內在世界。讀者與觀眾透過一個複雜人物的表面行為（文本）窺視，以發現那些沒說出來、不能說出來的想法、感受與驅力（潛文本）。

終極目標 Super-Objective：使人生重新回復平衡的需求。自從觸發事件開始，主角的終極目標一直激勵他奮鬥去達成欲求目標，於是能回復人生的平衡狀態。

出力角色 Service Role：在特定場景裡發揮功用的故事人物，但不影響事件的走向。

懸疑 Suspense：情緒面的好奇心。它讓觀眾既在理性上感興趣，也投射同理心，引領讀者／觀眾看完整個故事。

敘事 Telling：故事的同義詞。

文本 Text：作品可被感官覺知的表面層次，包括小說頁面上的文字、銀幕上的聲音與影像、舞台上的演員與布景。

第三人稱敘事者 Third-Person Narrator：作者創造出來講述其故事的聲音。它將虛構作品當成故事人物的傳記來看待。它所知的範圍，可能廣泛到對故事的歷史背景、設定與卡司的全知理解，也可能侷限在對單一人物內在生命與外在生活有限的洞察。

人物本色 True Character：故事人物的內在特性，由三種自我構成：顯意識的核心自我、行動中的施為者自我，以及潛意識的隱藏自我。

轉折點 Turning Point：將故事人物的人生價值取向從正轉負或從負轉正的事件。

不可靠的敘事者 Unreliable Narrators：這種講述故事的聲音可能是混亂、無知或不誠實的。如果由不可靠的第三人稱聲音來講故事，他可能會警告讀者他不能被信任，或讓讀者自己發現這件事。若由不可靠的第一人稱角色來敘事，他或許很誠摯，卻抱持著偏見或看不見真相。

價值 Value：帶有正、負兩極能量的經驗，可以將人類處境從正向轉為負向，或從負向轉為正向，例如生／死、歡愉／痛苦、正義／不義等。

原書注解

第一部：人物頌

第一章：故事人物 vs. 真實的人

1. *Forms of Life: Character and Moral Imagination in the Novel*, Martin Price, Yale University Press, 1983.
2. *Character and the Novel*, W. J. Harvey, Cornell University Press, 1965.
3. *Forms of Life: Character and Moral Imagination in the Novel, Martin Price*, Yale University Press, 1983.
4. *Aesthetics: A Study of the Fine Arts in Theory and Practice*, James K. Feibleman, Humanities Press, 1968; The Aesthetic Object: An Introduction to the Philosophy of Value, Elijah Jordan, Principia Press, 1937.
5. *Love's Knowledge: Essays on Philosophy and Literature*, Martha C. Nussbaum, Oxford University Press, 1992.
6. *The Art of Fiction*, Henry James, 1884; repr., Pantianos Classics, 2018.
7. *Forms of Life: Character and Moral Imagination in the Novel*, Martin Price, Yale University Press, 1983.
8. *The Journal of Jules Renard*, Jules Renard, Tin House Books, 2017.
9. "After Sacred Mystery, the Great Yawn," a review by Roger Scruton of Mario Vargas Llosa's *Notes on the Death of Culture, TLS*, November 4, 2015.
10. *Aesthetics: A Study of the Fine Arts in Theory and Practice*, James K. Feibleman, Humanities Press, 1968.
11. *Character and the Novel*, W. J. Harvey, Cornell University Press, 1965.
12. *Aesthetics: A Study of the Fine Arts in Theory and Practice, James K. Feibleman*, Humanities Press, 1968.
13. *Character and the Novel*, W. J. Harvey, Cornell University Press, 1965.

第二章：亞里斯多德理論的辯證

1. *The Art of Fiction*, Henry James, 1884; repr., Pantianos Classics, 2018.
2. *Wilhelm Meister's Apprenticeship and Travels*, Johann Wolfgang von Goethe, translated by Thomas Carlyle, Ticknor, Reed, and Fields, 1851.
3. *Forms of Life: Character and Moral Imagination in the Novel*, Martin Price, Yale University Press, 1983.

第三章：創作者的基本功

1. "Dissociating Processes Supporting Causal Perception and Causal Inference in the Brain," Matthew E. Roser, Jonathan A. Fugelsang, Kevin N. Dunbar, et al., *Neuropsychology* 19, no. 5, 2005.
2. *The Story of Art*, E. H. Gombrich, Phaidon Press, 1995.
3. *ThePoliticsofMyth:AStudyofC.G.Jung,MirceaEliade,andJosephCampbell*,Robert Ellwood, State University of New York Press, 1999.
4. *Forms of Life: Character and Moral Imagination in the Novel*, Martin Price, Yale University Press, 1983.

第二部：打造故事人物

1. *Six Plays*, August Strindberg, author's foreword to *Miss Julie*, Doubleday, 1955.

第四章：人物發想——由外到內

1. *My Life in Art*, Konstantin Stanislavski, Routledge, 2008.
2. *Jaws*, Peter Benchley, Ballantine Books, 2013.
3. *45 Years*, film adaptation by Andrew Haigh of "In Another Country," a short story by David Constantine.
4. *On Writing: A Memoir of the Craft*, Stephen King, Scribner, 2000.
5. *IdentityandStory:CreatingSelfinNarrative*,Dan

McAdamsandRuthellenJosselson, The Narrative Study of Lives, vol. 4, American Psychological Association, 2006.

6. *The True Believer: Thoughts on the Nature of Mass Movements*, Eric Hoffer, Harper Perennial Modern Classics, 2010.

第五章：人物發想——由內到外

1. *The Art of Fiction*, Henry James, 1884; repr., Pantianos Classics, 2018.

2. *Connectome: How the Brain's Wiring Makes Us Who We Are*, Sebastian Seung, Houghton Mifflin Harcourt, 2012; Networks of the Brain, Olaf Sporns, MIT Press, 2011.

3. *The Birth and Death of Meaning: An Interdisciplinary Perspective on the Problem of Man*, Ernest Becker, Free Press, 1971.

4. *The Feeling of What Happens: Body and Emotion in the Making of Consciousness*, Antonio Damasio, Mariner Books, 2000.

5. *The Self Illusion: How the Social Brain Creates Identity*, Bruce Hood, Oxford University Press, 2012.

6. *The Concept of Mind*, Gilbert Ryle and Daniel C. Dennett, University of Chicago Press, 2000.

7. *Greek Religion*, Walter Burkert, Harvard University Press, 1985.

8. *Grecian and Roman Mythology*, Mary Ann Dwight, Palala Press, 2016.

9. *Thinks . . .* , David Lodge, Viking Penguin, 2001.

10. *Incognito*, David Eagleman, Pantheon Books, 2011.

11. *The Principles of Psychology*, William James, vols. 1–2, 1890; repr., Pantianos Classics, 2017.

12. *Psycho Analytic Explorations*, Donald W. Winnicott, Grove Press, 2019.

13. *Consciousness*, Susan Blackmore, Oxford University Press, 2005.

14. *Hamlet: Poem Unlimited*, Harold Bloom, Riverhead Books, 2004.

15. *The Rise and Fall of Soul and Self: An Intellectual History of Personal Identity*, Raymond Martin and John Barresi, Columbia University Press, 2005.

16. *The Principles of Psychology*, William James, vol. 1, chap. 9, "The Stream of Thought," Dover Books, 1950.

17. *The Complete Essays*, Michel de Montaigne, Penguin Classics, 1993.

18. *The Work of the Negative*, Andre Green, Free Association Books, 1999.

19. *Strangers to Ourselves: Discovering the Adaptive Unconscious*, Timothy D. Wilson, Harvard University Press, 2002.

20. TerrenceRaffertyonE.L.Doctorow,*NewYorkTimes BookReview*,January12,2014.

第六章：角色 v.s 人物

1. *Character and the Novel*, W. J. Harvey, Cornell University Press, 1965.

第七章：人物的外在

1. *Philosophical Investigations*, Ludwig Wittgenstein, translated by G. E. M. Ans- combe, Macmillan, 1958.

2. *Forms of Life: Character and Moral Imagination in the Novel*, Martin Price, Yale Uni- versity Press, 1983.

3. Ibid.

4. Ibid.

5. *Theory of Literature*, Rene Wellek and Austin Warren, Harcourt, Brace, 1956.

6. *Character and the Novel*, W. J. Harvey, Cornell University Press, 1965.

7. *The Time Paradox*, Philip Zimbardo and John Boyd, Simon and Schuster, 2008.

8. *Actual Minds, Possible Worlds*, Jerome Bruner, Harvard University Press, 1986.

9. *Dialogue: The Art of Verbal Action for Page, Stage, Screen*, Robert McKee, Hachette Book Group / Twelve, 2016.

10. *Revolutionary Writing: Reflections of the Revolution in France and the First Letter on a Regicide Peace*, Edmund Burke, 1796.

11. Theophrastus'sfulllistofcharactertypes:theIro nicalMan,theFlatterer,theGarrulous Man, the Boor, the Complaisant Man, the Reckless Man, the Chatty Man, the Gossip, the Shameless Man, the Penurious Man, the Gross Man, the Unseasonable Man, the Officious Man, the Stupid Man, the Surly Man, the Superstitious Man, the Grumbler, the Distrustful Man, the Offensive Man, the Unpleasant Man, the Man of Petty Ambition, the Mean Man, the Boastful Man, the Arrogant Man, the Coward, the Oligarch, the Late-Learner, the Evil-Speaker, the Patron of Rascals, and the Ava-ricious Man. For an amusing explanation of each unpleasantness, read *Characters: An Ancient Take on Bad Behavior*, Theophrastus,

annotated by James Romm, Callaway Arts and Entertainment, 2018.

12. *The Oxford Handbook of the Five Factor Model*, Thomas A. Widiger, Oxford University Press, 2016.

13. *Story: Substance, Structure, Style, and the Principles of Screenwriting*, Robert McKee, HarperCollins, 1997, pp. 243–248.

第八章：人物的內在

1. *Nicomachean Ethics*, Aristotle, book 3, chaps. 1–5, SDE Classics, 2019.

2. *Punished by Rewards*, Alfie Kohn, Mariner Books, 1999.

3. *The Denial of Death*, Ernest Becker, Simon and Schuster, 1997.

4. *The Stages of Psychosocial Development According to Erik H. Erikson*, Stephanie Scheck, GRIN Verlag GmbH, 2005.

5. *Man's Search for Meaning*, Viktor E. Frankl, Beacon Press, 1959.

6. *Understanding Civilizations: The Shape of History*, James K. Feibleman, Horizon Press, 1975.

7. *The Science of Logic*, Georg Hegel, translated by George Di Giovanni, Cambridge University Press, 2015.

8. As Claudia Koonz notes in *The Nazi Conscience* (Belknap Press, 2003), death camp commandants suffered sleepless, guilt-ridden nights when their crematoriums weren't running on schedule.

9. *Thinking, Fast and Slow*, Daniel Kahneman, Farrar, Straus and Giroux, 2013; *Subliminal: How Your Unconscious Mind Rules Your Behavior*, Leonard Mlodinow, Vintage, 2013; *Strangers to Ourselves: Discovering the Adaptive Unconscious*, Timothy D. Wilson, Belknap Press, 2004.

10. How the Mind Works, Steven Pinker, W. W. Norton, 1997.

11. Jenann Ismael on the nature of choice: "We are shaped by our native dispositions and endowments, but we do make choices, and our choices . . . are expressions of our hopes and dreams, values and priorities. These are things actively distilled out of a history of personal experience, and they make us who we are. Freedom is not a grandiose metaphysical ability to subvene the laws of physics. It is the day-to-day business of making choices: choosing the country over the city, children over career, jazz over opera, choosing an occasional lie over a hurtful truth, hard work over leisure. It is choosing that friend, this hairstyle, maybe tiramisu over a tight physique, and pleasure over achievement. It is all of the little formative decisions that when all is said and done, make our lives our own creations." ("Fate's Scales, Quivering," Jenann Ismael, *TLS*, August 9, 2019.)

12. 12. *Free Will and Luck*, Alfred R. Mele, Oxford University Press, 2008; *Effective Intentions: The Power of Conscious Will*, Alfred R. Mele, Oxford University Press, 2009.

第九章：人物的面向

1. "Not Easy Being Greene: Graham Greene's Letters," Michelle Orange, *Nation*, May 4, 2009.

2. BBC Culture Series, April 2018.

3. *The Odyssey*, Homer, translated by Emily Wilson, W. W. Norton, 2018.

第十章：人物的複雜度

1. *The Power Elite*, C. Wright Mills, Oxford University Press, 1956; *Civilization and Its Discontents*, Sigmund Freud, W. W. Norton, 2005.

2. "The Financial Psychopath Next Door," Sherree DeCovny, *CFA Institute Maga zine* 23, no. 2, March–April 2012.

3. *Twilight of the Elites*, Christopher Hayes, Random House, 2012.

4. *The Self Illusion: How the Social Brain Creates Identity*, Bruce Hood, Oxford University Press, 2012.

5. *Games People Play*, Eric Berne, Random House, 1964.

6. *The Oxford Handbook of the Five Factor Model*, Thomas A. Widiger, Oxford University Press, 2016.

7. *Personality, Cognition and Social Interaction*, edited by John F. Kihlstrom and Nancy Cantor, Routledge, 2017; *Subliminal: How Your Unconscious Mind Rules Your Behavior*, Leonard Mlodinow, Random House, 2012.

8. *The Private Life*, Josh Cohen, Granta, 2013.

9. *The Courage to Be*, Paul Tillich, Yale University Press, 1952.

10. *Dialogue: The Art of Verbal Action for Page, Stage, Screen*, Robert McKee, Hachette Book

Group / Twelve, 2016, pp. 45–53.

第十一章：完整的人物

1. *Time in Literature*, Hans Meyerhoff, University of California Press, 1955.
2. *Upheavals of Thought: The Intelligence of Emotion*, Martha C. Nussbaum, Cambridge University Press, 2003.

第十二章：象徵的人物

1. *Man and His Symbols*, Carl G. Jung, Dell, 1968; *Archetype, Attachment, Analysis: Jungian Psychology and the Emergent Mind*, Jean Knox, Brunner-Routledge, 2003.
2. *The Book of Qualities*, J. Ruth Gendler, Harper Perennial, 1984.
3. *The True Believer: Thoughts on the Nature of Mass Movements*, Eric Hoffer, Harper and Row, 1951.
4. *The Origins of Cool in Postwar America*, Joel Dinerstein, University of Chicago Press, 2018.
5. *ThePoliticsofMyth:AStudyofC.G.Jung,MirceaEliade,andJosephCampbell*,Robert Ellwood, State University of New York Press, 1999.

第十三章：極端的人物

1. *The Principle of Reason*, Martin Heidegger, translated by Reginald Lilly, Indiana University Press, 1991.
2. *Flat Protagonists: A Theory of Novel Character*, Marta Figlerowicz, Oxford University Press, 2017.
3. *On Beckett*, Alain Badiou, Clinamen Press, 2003.
4. "Beckett, Proust, and 'Dream of Fair to Middling Women,'" Nicholas Zurbrugg, *Journal of Beckett Studies* no. 9, 1984.
5. *Civilization and Its Discontents*, Sigmund Freud, Verlag, 1930.

第三部：人物的宇宙

第十五章：行動中的人物

1. *Childhood and Society*, Erik Erikson, W. W. Norton, 1963.
2. *Love Is a Story*, Robert Sternberg, Oxford University Press, 1998.

第十六章：演出中的人物

1. *Aristotle: The Desire to Understand*, Jonathan Lear, Cambridge University Press, 1988.

2. *LanguageasSymbolicAction*,KennethBurke,UniversityofCaliforniaPress,1968.
3. "TheMythofUniversalLove,"StephenT.Asma,*New YorkTimes*,January6,2013.
4. *Actual Minds, Possible Worlds*, Jerome Bruner, Harvard University Press, 1986.
5. *The Better Angels of Our Nature*, Steven Pinker, Penguin, 2015.
6. *Gut Reactions: A Perceptual Theory of Emotion*, Jesse J. Prinz, Oxford University Press, 2004.

第四部：人物關係

1. *The Sociology of Secrecy and of Secret Societies*, Georg Simmel, CreateSpace Independent Publishing Platform, 2015.

第十七章：卡司設計

1. *The Birth and Death of Meaning: An Interdisciplinary Perspective on the Problem of Man*, Ernest Becker, Free Press, 1971; *The Denial of Death*, Ernest Becker, Free Press, 1973.
2. *Bloodchild and Other Stories*, Octavia E. Butler, Seven Stories Press, 2005.
3. *The Shifting Realities of Philip K. Dick: Selected Literary and Philosophical Writings*, Lawrence Sutin, Vintage Books, 1995.

人物的解剖：跟好萊塢編劇教父學習角色研究的技藝，挖掘人物的四個自我，深究人性的課題，建立渾然一體的人物角色宇宙

CHARACTER: The Art of Role and Cast Design for Page, Stage, and Screen

作　　　者	羅伯特‧麥基 Robert McKee	
譯　　　者	汪冠岐、黃政淵	
封 面 設 計	高偉哲	
內 頁 排 版	高巧怡	
行 銷 企 畫	蕭浩仰、江紫涓	
行 銷 統 籌	駱漢琦	
營 運 顧 問	郭其彬	
業 務 發 行	邱紹溢	
責 任 編 輯	林淑雅	
總 編 輯	李亞南	
出　　　版	漫遊者文化事業股份有限公司	
地　　　址	台北市103大同區重慶北路二段88號2樓之6	
電　　　話	(02) 2715-2022	
傳　　　真	(02) 2715-2021	
服 務 信 箱	service@azothbooks.com	
網 路 書 店	www.azothbooks.com	
臉　　　書	www.facebook.com/azothbooks.read	
發　　　行	大雁文化事業股份有限公司	
地　　　址	新北市231新店區北新路三段207-3號5樓	
電　　　話	(02) 8913-1005	
訂 單 傳 真	(02) 8913-1056	
初 版 一 刷	2022年6月	
初 版 五 刷	2024年3月	
定　　　價	台幣500元	

CHARACTER: The Art of Role and Cast Design for Page,
Stage, and Screen
by Robert McKee
Copyright©2021 by Robert McKee
Published by arrangement with McKim Imprint LLC
Complex Chinese translation copyright©2022
By Azoth Books Co. Ltd.
ALL RIGHTS RESERVED.

國家圖書館出版品預行編目 (CIP) 資料

人物的解剖：跟好萊塢編劇教父學習角色研究的技藝, 挖掘人物的四個自我, 深究人性的課題, 建立渾然一體的人物角色宇宙/ 羅伯特. 麥基(Robert McKee) 著；汪冠岐, 黃政淵譯. -- 初版. -- 臺北市：漫遊者文化事業股份有限公司, 2022.06
344 面；17x23 公分
譯自：Character : the art of role and cast design for page, stage, and screen.
ISBN 978-986-489-625-7(平裝)
1. 電影劇本 2. 寫作法 3. 角色
812.31　　　　　　　　　　　　　　　111005343

ISBN　978-986-489-625-7

漫遊，一種新的路上觀察學
www.azothbooks.com
漫遊者文化

大人的素養課，通往自由學習之路
www.ontheroad.today
遍路文化‧線上課程